JN294583

Stranger In My Arms
by Lisa Kleypas

とまどい

リサ・クレイパス
平林 祥［訳］

ライムブックス

STRANGER IN MY ARMS
by Lisa Kleypas

Copyright ©1998 by Lisa Kleypas
Japanese translation rights arranged with Lisa Kleypas
℅ William Morris Agency, Inc., New York
through Tuttle-Mori Agency, Inc.,Tokyo

とまどい

主要登場人物

ラリーサ（ラーラ）・クロスランド ……………伯爵未亡人
ホークスワース伯爵ハンター・キャメロン・クロスランド…ラーラの亡夫
レイチェル・ロンズデール……………………ラーラの妹
テレル・ロンズデール…………………………レイチェルの夫
アーサー・クロスランド………………………ハンターのおじ
ジャネット・クロスランド……………………アーサーの妻
レディ・カーライル……………………………ハンターの元愛人
タイラー大尉……………………………………元インド駐在の軍人
ジョニー・キャノン……………………………孤児
ソフィー…………………………………………ハンターの母親
ジェイムズ・ヤング……………………………ホークスワース家の土地管理人
ドクター・スレイド……………………………ホークスワース家かかりつけの医師

1

「伯爵様は生きておいでです、レディ・ホークスワース」

ラーラはまばたきひとつせず、土地管理人のジェイムズ・ヤングの顔をじっと見つめた。今のはきっと聞き間違いだろう。ひょっとすると、ヤングは酔っ払っているのかもしれない……彼が酔ったところなんて、見たことがないけれど。あるいは、現在のホークスワース伯爵夫妻の下で働くのに疲れて、少し頭が変になってしまったのかも。あのふたりと一緒にいて、まともでいられる人間なんていないから。

「みなさんが驚かれるのは当然です」ヤングは真顔で続けた。ラーラを見つめる眼鏡の奥の瞳が、心配そうに曇った。「特に奥様は……」

夫が生きている――ヤングのように信頼できる相手に言われたのでなければ、ラーラはすぐに一笑に付しただろう。けれども彼は、かれこれ一〇年近くもホークスワース家のために働いている、真面目で信頼の置ける人物だ。ラーラが夫を亡くしてからというもの、大切な信託財産からの収益をきちんと管理してくれている。しかも、それがどんなに微々たる金額だろうと、不満などおくびにも出さない。

現在のホークスワース伯爵であるアーサーとその妻のジャネットも、気がふれたのかと言いたげな顔でヤングを凝視している。ふたりはまさに似合いの夫婦。共にブロンドで、背が高く、痩せぎすだ。息子がふたりいるが、イートンの寄宿学校に入れており、めったに会うこともなければ、話題にすることもない。アーサーとジャネットの頭の中にあることはただひとつ――ついに手に入れた富と名声を、思う存分に周囲に誇示してみせることだけだった。

「バカげたことを！」アーサーが大声を張り上げた。「そんなたわ言を聞かせるためにわざわざ来たのか！　いったいどういうことなのか、さっさと説明したまえ」

「かしこまりました、旦那様。じつは昨日、ある非常に意外な人物が、先ごろフリゲート艦でロンドンに到着したとの知らせがありまして。なんでもその人物は、亡き伯爵様に気味が悪いほどよく似ているそうで――」ヤングは敬意を込めたまなざしをラーラに向け、さらに続けた。「自ら、ホークスワース卿と名乗ったらしいのです」

アーサーは、そんなでたらめを信じられるものかとでもいうように、大声であざ笑った。絶えず冷笑を浮かべているために深いしわの刻まれた細面の顔を怒りで真っ赤にし、わし鼻をひくつかせている。「冗談も休み休み言え！　ハンターは一年も前に亡くなったのだぞ。あマドラスの沖合いで、乗っていた船が沈没したというのに、生きているはずがなかろう。あの船は、文字どおりまっぷたつになって海の藻くずと消えたのだ！　生存者はひとりもいなかった。それを、わが甥だけが無事に生き残っただと？　そんな話をわれわれが信じるとでも思っているのか？　まったく、その男は頭がおかしいに違いない！」

ジャネットは薄い唇をぎゅっと引き結んだ。今日の彼女は、派手なエメラルドグリーンのシルクのドレスを着ている。「フン、どうせすぐに詐欺師だとわかるに決まってますわ」とまるで断言するように言い、ドレスの身ごろとウエストを縁取る豪華なレースを撫でた。忌々《いまいま》しげな表情のアーサーとジャネットを無視して、ヤングはラーラに歩み寄った。ラーラは、窓辺に置かれた木の肘掛け椅子に腰かけ、絨毯《じゅうたん》を一心に見つめている。金色に塗られたその肘掛け椅子といい、ペルシャ絨毯といい、今のホークスワース邸は、どこもかしこも悪趣味なくらいけばけばしく飾りたてられている。絨毯の模様は、中国風の花瓶に生けられた花だった。ラーラは、着古したドレスの裾からのぞく擦り切れた黒い革靴の爪先で、どこか不気味なタッチで描かれたその緋色の花の縁を無意識になぞった。頭の中で思い出をなぞっていたようで、ヤングが歩み寄っても、まったく気づく気配がない。ヤングがすぐそばまで来て初めて、まるで叱られた女学生のようにふいに背筋をしゃんと伸ばし、顔を上げて彼の瞳をのぞき込んだ。

修道女のように襟の詰まったいっさい飾りのない地味な漆黒のドレスを着ていても、ラリーサ・クロスランドは柔らかで優雅な美しさを全身に漂わせている。ヘアピンからこぼれてしまいそうな豊かな黒髪に、情熱的なペールグリーンの瞳。じつに個性的で、人目を引かずにはいられない。それなのに、彼女は男性から熱烈に求愛されることはめったにない。憧れのまなざしで見られることはあっても、言い寄られたり、誘われたりすることはまずなかった。原因はたぶん、(そんなことが可能ならばの話だが) 男性に対しては愛想のよさをまるで武器のようにここぞというときにだけ使い、普段は距離を置いているからだろう。マーケットヒルの住人の多くは、ラーラをまるで聖人のように崇《あが》めている。あれほどの美貌に地位もあれば、新しい夫を見つけるくらいたやすいはず。ところが彼女は、夫亡きあとも領地にとどまり、慈善活動に携わる道を自ら選んだ。彼女はどんなときも優しく、思いやり深く、貴族にも物乞いにもまったく同じように接する。彼女が誰かの悪口を言うところなど、ヤングは聞いたことがない。たとえその誰かが、生前は彼女をほとんどないがしろにしていた亡夫であっても。あるいは、彼女の窮状をおもしろがって、わざと手を差し伸べようとしない親族たちであっても。

ヤングの目の前のラーラは冷静そのものだが、よく見れば、透きとおった緑色の瞳にかすかな動揺が浮かんでいる。あえて口にしたり顔に出したりはしないけれども、心が乱れ、気持ちが揺らいでいるような感じがある。どうして彼女は自分の人生を楽しもうとしないのだろう――ヤングは常々そんなふうに思っていた。周囲の人間も、レディ・ホークスワースはご自分にふさわしい男性を見つけるべきだとたびたび口にした。とはいえ、彼女に合う紳士など誰も思いつかなかった。

でも結局、それでよかったのだろう。亡き伯爵が、本当に生きているのなら。

「レディ・ホークスワース」ヤングはすまなそうな声で呼びかけた。「びっくりさせて申し訳ありませんでした。ですが、亡き伯爵様のことなら、たとえどんなことであっても、すぐにお知らせするべきだと思いまして」

「でも、それが事実だという可能性はあるの……？」ララは眉根を寄せた。

「まだ何とも言えません」ヤングは慎重に答えた。「しかし、伯爵様のご遺体は発見されませんでしたし、ひょっとすると――」

「嘘に決まっているだろうが！」アーサーが大声をあげた。「まったく、ふたりとも気でも違ったのか？」アーサーはヤングの脇をすり抜け、ララのほっそりとした肩にいかにも心配そうに手を置き、見せかけばかりの同情心を必死にかき集めた。「だいたいその男は、ラリーサをこんなに苦しめるとはどういうつもりなんだ！」

「私は大丈夫ですから」ララはアーサーの手の感触に身を硬くしながら、彼をさえぎるように言い、眉根を寄せて窓辺に逃げた。一分一秒でも早く、このゴテゴテと飾りたてられた客間を出たい。客間は、鮮やかなピンク色に金色の渦巻き模様が入ったシルクの壁布が掛けられ、四隅にシュロの鉢が置かれている。室内のそこかしこに、ジャネットご自慢のガラス細工が並べられている。ガラスでできた鳥や木のミニチュアを、ドーム型の透明な保護ケースに入れた飾り物だ。

「気をつけてちょうだい！」ジャネットが語気荒くたしなめた。ララのドレスのスカートが、マホガニーの三脚テーブルに置かれたガラスの鉢をかすめ、鉢がぐらりと揺れたからだ。

ララは鉢の中で寂しく泳ぐ二匹の金魚を見つめ、怒りにゆがんだジャネットの細面の顔に目をやった。「こんな窓辺に置いたりしたらかわいそう」彼女は思わずつぶやいていた。

「金魚は強い陽射しが苦手なのに」

ジャネットはラーラをバカにするように笑った。「フン、よくご存知だこと」冷ややかな口調からすると、どうやらジャネットはわざとそこに鉢を置いているらしい。

ため息をひとつ漏らし、ラーラはホークスワース邸の周囲に広がる草原を見渡した。かつてノルマン人の砦《とりで》があった場所を起点に広がるホークスワース家の領地には、トチノキやオークの木立が点在し、大きな川が一本流れている。川は流れが速く、近くにある活気あふれる港町、マーケットヒルまで伸びていて、そこでは水車が架けられ、船の水路としても利用されている。

屋敷の前に設けられた人工池にマガモの群れがやってきて、ゆったりと泳ぐ二羽の白鳥の行く手をさえぎった。人工池の向こうにはマーケットヒルへと続く道があり、地元住人から「地獄の橋」と呼び習わされる古い石橋が見える。言い伝えによればこの橋は、そこを最初に通った者の魂を奪うために悪魔が自ら架けたものだとか。そして、ただひとりの勇気ある者――クロスランド家の先祖――が、貴様ごときに魂を渡したりするものかと悪魔に挑み、その橋を渡ったのだという。そして悪魔は、この勇気ある者の子孫に未来永劫《みらいえいごう》の呪いをかけた――クロスランド家は男子に恵まれず、いずれ断絶するだろうと。

ラーラは、この言い伝えをほとんど信じていた。実際、クロスランド家は昔から子宝に恵まれなかった。そして、せっかく生まれた男子もだいたいが若くして死んでいった。ハンターも含めて。

ラーラは物思いからわれに返り、寂しげな笑みを浮かべながらヤングに向き直った。ヤングは痩せ型の小柄な男性で、こうして並んでみると、背丈が彼女とほとんど変わらない。彼女は穏やかにたずねた。「その人が本当に私の夫なら、どうしてもっと早く戻ってこなかったのでしょう?」

「何でも、船が転覆したあと二日間も海を漂流し、やっとのことでケープタウン行きの漁船に救助されたそうです。転覆の際に大怪我《おおけが》を負って、自分が誰なのかわからなかったそうですよ。名前すら覚えていなかったとか。そして数カ月後、ようやく記憶が戻り、英国に帰ってきたというわけです」

アーサーが嘲《あざけ》るように鼻を鳴らした。「自分が誰だかわからなかっただと? そんなことがあってたまるか」

「それが、実際にあるらしいのです」ヤングは反論した。「ホークスワース家のかかりつけのドクター・スレイドにお話を伺ったところ、珍しいけれども、確かにそういう事例が報告されているとのことでした」

「フン、何とも愉快な話だな。おまえ、まさかそのペテン師を信じているわけじゃないだろうな?」

「それはまだ何とも言えません。生前の伯爵様を知っている誰かが、この謎の人物と会って話をしてみないことには」

「ミスター・ヤング――」ラーラは内心の動揺を押し隠して言った。「あなたは、亡き夫とは長いつき合いでしたわね。だったら、あなたがロンドンに行ってその人と会ってきてくださらないかしら？　もしもその人がハンターではなかったとしても、きっと何か困っているのでしょう。誰かが手を差し伸べてあげないと」

「あなたなら、きっとそうおっしゃると思っていました」ヤングは感に堪えないように言った。

「普通の人なら、他人を騙《だま》そうという不埒《ふらち》な人間に、手を差し伸べようなどとは思いませんよ。本当にあなたという方は、なんて心優しい――」

「まったくだ」アーサーが冷やかに口を挟んだ。「ラリーサときたら、まるで物乞いや孤児や捨て犬の守護神だな。自分のものは、全部そいつらにあげないと気が済まないんだ」

「だから私が言いましたでしょう？　年金だけでは足りない分の援助なんて、ラリーサに必要ないって」ジャネットはうなずいた。「せっかく援助してあげたって、指の間から全部すり抜けていってしまうんですからね。本当に、そのうち小さな子どもにまで騙されるんじゃないかしら。あの汚い孤児院に、何でもかんでも寄付してしまうんだから」

アーサーとジャネットの悪意に満ちた嫌みに、ラーラは顔を真っ赤にした。「あの子たちには、私なんかよりもずっとお金が必要なんです。普通の人ならばすぐに買えるようなものでも、あの子たちにはなかなか手に入らないんですから」

「だが私には、子孫のためにホークスワース家の財産を守る義務がある」アーサーはぴしゃりと言い放った。「孤児なんかのために無駄使いするわけにはいかんのだ」

「まあ、ともかくですね」口論になりそうだったので、ヤングはすぐさま割って入った。

「みなさんがそれでよろしければ、私がドクター・スレイドと一緒にロンドンにまいりましょう。ドクターなら、伯爵様を生まれたときからご存知です。謎の人物の言っていることが本当かどうか、ふたりで確かめてまいりますよ」ヤングは安心させるようにラーラにほほ笑んでみせた。「心配いりませんよ、レディ・ホークスワース。何もかも、きっとうまくいきますとも」

アーサーたちとの話が終わってほっとしながら、ラーラは猟場管理人の小屋に向かった。この古ぼけたみすぼらしい小屋は、屋敷のずっと先、ヤナギが立ち並ぶ川岸に建っている。領地内にはもうひとつ、エリザベス様式の木造の立派な門番小屋があって、以前は客人や親族が訪れたときに宿泊する離れとして使っていた。ところが一年前、不注意な客がオイルランプを倒して火事を起こし、内装がめちゃくちゃになってしまった。

アーサーとジャネットは、わざわざ門番小屋を修繕する必要などない、ラリーサには誰も使っていない猟場管理人小屋で十分だと言い張った。あのときほかの親戚のお情けにすがれば、もっと快適な住居を与えてもらえたかもしれない。あるいは、ハンターの母の誘いを受け、旅行に同行することもできただろう。けれども、自分らしい生き方を探していた彼女には、そのどちらも考えられなかった。だったら、親しい人びとのいる住み慣れた土地に残るほうがいい。たとえ住まいはボロ小屋だったとしても。

石造りの小屋は暗くじめじめしていて、いくら掃除をしてもカビ臭い匂いが消えなかった。

窓は観音開きのものがひとつあるだけで、陽射しはほとんど入らない。それでもラーラは、少しでも快適に住めるよう、壁の一方にパッチワークの上掛けを飾り、屋敷で不要になった家具類を運び入れた。暖炉脇に置いた椅子には、孤児院の女の子たちが編んでくれた青と赤の膝掛け。そして炉辺には、木彫りの火トカゲの置き物を飾った。マーケットヒルの老人からの贈り物で、家の守り神になってくれるのだという。

部屋に入ると、ラーラは獣脂ロウソクに火を灯し、パチパチと爆《は》ぜながら煙を立ち昇らせる炎をじっと見つめた。ふいに激しい寒気が襲う。

ハンターが生きている……。そんなの、もちろん嘘に決まっている。でも、もしかしたらと思うだけで不安でいっぱいになる。ラーラは小さなベッドに歩み寄り、床にひざまずくと、ずれないように縄でくくりつけたマットレスの下に手を差し入れた。布に包まれたあるものを取り出し、その布をはがす。現れたのは、額に入れられた亡夫の肖像画だった。

肖像画をラーラに渡したときのアーサーとジャネットの顔――まるで、本当は渡したくないけれど仕方ないと言わんばかりだった。だが、もちろんふたりとも、憎い元伯爵の形見などいらなかったに決まっている。ラーラにしても、そんなものは欲しくなかった。でも彼女は受け取った。心の奥底では、彼も自分の過去の一部なのだとわかっていたからだ。彼のせいで彼女の人生は一変させられた。でもたぶんいつか、辛い思い出を懐かしく思えるようになったら、ちゃんと壁に飾ることができるだろう。

肖像画の中のハンターは、愛犬たちを引き連れ、大きな手に愛用の銃を握っている。ハンターは大柄で逞しく、整った顔立ちだった。豊かな髪は金色がかった茶色で、意志の強そうな瞳はこげ茶色。尊大そのものの表情を決して崩さない人だった。

半ば外交官のような立場でハンターがインドに渡ったのは、三年前のことだった。東インド会社の小株主で、政治的影響力も少なからず持っていた彼は、会社の役員たちに助言するという名目でかの地に向かった。

だが本当の目的は、大勢の同類たちとカルカッタで道楽三昧《ざんまい》、怠惰に暮らすことだった。インドでは、英国人はほとんど王様扱いで、毎日のようにパーティーや乱痴気騒ぎを繰り広げるらしい。なんでも、英国人の屋敷には少なくとも百人は使用人がいて、主人が快適に過ごせるよう、ありとあらゆる面で世話をしてくれるのだとか。しかもかの地は、狩猟好きにとってはまさに楽園のような場所で、珍しい動物もたくさんいる。ハンターのような男性がインドに惹《ひ》かれないわけはなかった。

彼がどんなにインド行きを楽しみにしていたか――ララは思い出して、寂しげに笑みを浮かべた。彼は、妻と離れて暮らすのが嬉しくて仕方ないようだった。英国にも、結婚生活にも、心底うんざりしていたのだろう。ふたりが水と油なのは明らかだった。ララはハンターにかつてこんなふうに言われたこともある――妻など必要悪にすぎない、子どもをつくるために仕方なく結婚するのだと。けれども、肝心の赤ん坊はなかなかできなかった。するとハンターは激怒した。自分の強さや男としての能力を、否定されたような気がしたのだろう。

　ラーラはベッドに視線を落とした。ハンターが夜な夜な寝室にやってきたことを思い出すだけで、胸が苦しくなる。柔らかな体の上に、硬く重たい体が乗ってきて……鈍い痛みを伴う行為は、永遠に終わらないように思えたものだった。けれどもやがて、彼はラーラの寝室を避けるようになり、よその女性で欲求を満たすようになった。正直言ってありがたかった。ラーラには、あんなに力が強く、精力的な人間がこの世にいるのが信じられないくらいだった。だから、あの転覆事故から彼が生きて戻ってくるのも、まんざらありえない話ではないような気がする。誰ひとりとして生存者はいなかったというのに……。

　周囲のあらゆる人間を威圧したハンター。ラーラは彼とともに暮らした二年間、彼の影にいつも怯《おび》えていた。だから彼がインドに発ったときには、心から嬉しく思った。これでやっと好きなことができると思うと、気持ちが晴れ晴れとした。やがて彼女は、地元の孤児院を援助するようになった。子どもたちの生活が少しでも改善するよう、何くれとなく世話をした。誰かに必要とされている――そう思うだけで嬉しくて、彼女はすぐに、いくつもの同じような慈善活動に参加するようになった。病人や老人を訪問したり、寄付金集めの催し物を主催したり、養子縁組を手伝ったり。そんな中でハンターの死を聞かされたとき、ラーラは悲しみこそすれ、彼を失ったことを嘆きはしなかった。

　それに、申し訳ないけれど本音を言えば……彼に戻ってきて欲しいとも思わなかった。

　あれから三日間、ヤングからもアーサーからも連絡はなかった。ラーラは努めていつもどおりの生活を送ろうとしたが、亡き伯爵が生きているかもしれないという噂は、ゴシップ好きな使用人たちのおかげですでにマーケットヒル中に広がっていた。

噂を聞きつけて最初にやって来たのは、結婚してレディ・ロンズデールとなっている妹のレイチェルだった。彼女は黒塗りの大きな馬車をホークスワース邸の屋敷の手前に停めると、おそばの者もつけず、姉の住むボロ小屋へと続く道をひとり歩き出した。ラーラよりも大人っぽく見えるのは、すらりと背が高いせいもあるが、慈愛と威厳に満ちた外見のせいかもしれない。

かつてふたりは、リンカーンシャー一の美人姉妹と言われたこともあった。けれどもラーラは、レイチェルと並んだら自分なんて大したことはないと思っている。レイチェルの美しさはまさに正統派だった。ほっそりとした卵形の顔に、ぱっちりとつぶらな瞳、薔薇色《ばらいろ》の小ぶりな口、そして先がやや尖った、すっと筋のとおった鼻。それに比べてラーラは丸顔だし、口はちょっと大きすぎるし、まっすぐな黒髪はいくらコテで巻いてもうまくカールがつかず、すぐにヘアピンからほつれてしまう。

玄関でレイチェルを出迎えたラーラは、すぐに中に入るよう促した。レイチェルは豪華なドレスに身を包み、富士額を際立たせるように茶色の髪を結い、髪からも全身からも甘いスミレの香りを漂わせていた。

「ねえ、お姉様――」レイチェルは呼びかけながら、室内を見渡した。「しつこいようだけど、テレルと私と一緒に住まない？　予備の部屋ならいくらでもあるし、そのほうがずっと快適——」

「ありがとう、レイチェル」ラーラは妹を抱きしめた。「でもね、あなたのご主人と同じ屋根の下で暮らすのはいやなの。私の妹をまともに扱ってくれない男性なんて、我慢できないわ。それに、ロンズデール卿も私のことはよく思っていないだろうし」

「いくら何でもそこまで——」

「いいえ、彼は最低の夫よ。あなたが何と言おうとね。ロンズデール卿は自分以外の人間のことなんてどうでもいいの。これからも一生、あの性格は変わらないと思うわ」

レイチェルは眉をひそめ、暖炉のそばに腰かけた。「ときどき思うわ。男女含めて、テレルが本気で好きな人はお義兄様だけだったんじゃないかって」

「あのふたりは、似た者同士だから」ラーラはうなずいた。「でも、少なくともハンターは、私に手をあげたりはしなかったわ」

「テレルがぶったのだって、あの一度きりよ」レイチェルは反論した。「やっぱりお姉様に言うんじゃなかったわ」

「別に言われなくてもわかったわ。顔にあんなアザがあったら一目瞭然でしょう?」

ふたりは二カ月前の事件のことを思い出し、ふいに黙り込んだ。ケンカの最中に、ロンズデールがレイチェルを殴ったのだ。目の周りと頬にできたアザは二週間経っても消えず、レイチェルはその間、町の人びとに噂を立てられるのを避けるため、家にこもるしかなかった。そんな目に遭わされたというのに、彼女ときたら今では必死に夫をかばっている。テレルもカッとなって悪かったって深く反省してるの。私ももう忘れることにしたわ。だからお姉様もあのことは忘れて。

けれどもラーラは、妹を傷つけた人間を許すことなどできなかったし、きっとまた同じようなことが起きるだろうと思っている。そんなときだけ、彼女はハンターが生きていればと思う。いろいろと欠点のある人だったが、女性を殴るなどというおぞましい行為、彼なら絶対に許さなかっただろう。きっと、そういうことはやめろとロンズデールをたしなめてくれたはずだ。そしてロンズデールも、ハンターの言うことならば聞いただろう。ロンズデールにとってハンターは、この世で信頼できる数少ない人間のひとりだった。

「そんなことよりも、ねえお姉様――」レイチェルは愛情を込めた表情で、そばの足台に腰かけた姉の顔をまじまじと見つめた。「お義兄様のこと、聞いたわよ。ねえ……本当に戻ってくるの？」

ラーラはかぶりを振った。「まさか、そんなことあるわけがないでしょう。ロンドンの頭のおかしな人が、自分はホークスワース卿だって言ってるだけよ。ミスター・ヤングとドクター・スレイドが確かめに行ってくれてるの。ふたりがその人を、精神病院なりニューゲートの牢屋なりに入れてくれるはずよ」

「じゃあ、お義兄様が生きてる可能性はゼロってこと？」ラーラの表情から答えを読み取ったレイチェルは、ため息をついた。「こんなこと言ったら悪いけど、安心したわ。お姉様の結婚生活は幸せとは言えなかったもの。私は、お姉様さえ幸せになってくれればいいの」

「私だってあなたの幸せを祈ってるわ」ラーラは心を込めて言った。「ねえレイチェル、今のあなたのほうが、以前の私よりずっと大変だと思うわよ。ハンターは理想的な夫とは言えなかったけど、でも、少なくとも私たちはケンカはしなかった。ただひとつ問題があったとしたら……」ラーラはふいに言葉を切り、顔を真っ赤にした。

夫婦の間のプライベートなことを、いくら妹でも軽々しく話すことはやはりできない。両親は穏やかな人たちだが、しつけに厳しく、子どもたちに深い愛情をそそぐという感じではなかった。だからラーラもレイチェルも、新婚初夜のことについては自分で学ぶしかなかった。そしてラーラは、それがどういう行為なのか知ったとき、激しい嫌悪を覚えたものだった。

レイチェルは、例のごとく姉の気持ちを表情から読み取ったようだ。「まあ、お姉様」彼女はつぶやくように言い、自らも顔を真っ赤にした。「きっとお義兄様には優しさが足りなかったのよ」彼女は声を潜めた。「愛の営みは、そんなにいやなものではないのよ。私だって、結婚したばかりの頃は、むしろ心地よいものだと思ったこともあったくらい。もちろん最近は、必ずしもそうとは限らないけど……。でもね、以前は確かに、すてきなものだって思ったこともあったわ」

「心地いいですって？」ラーラはびっくりして妹の顔を見つめた。「今度ばかりは、本当に驚いたわ。いったい全体、どうしてあんな恥ずかしくて痛いことを心地いいだなんて言うのよ。まったく、たちの悪い冗談としか思えない」

「でもお義兄様だって、キスしたり、ぎゅっと抱きしめたりしてくれたでしょう？　そういうふうにされると、体中が温かくなって……何ていうか、女らしい気持ちにならない？」

ラーラは困惑し、黙り込んでしまった。彼女にとって、愛の営みは苦痛でしかなかった。そもそも、あんな不快な行為を「愛の営み」なんて呼ぶのが意味不明だ。「わからないわ」

彼女はじっと考え込むような顔をした。「そんな気持ちになったことなんて、一度もないと思う。ハンターは、キスしたり、抱きしめたりするのが嫌いだったし。でも、そういう機会がなくなって、かえってせいせいしてるわ」

レイチェルは悲しげな表情を浮かべた。「お義兄様から、愛してるよって言われたことは？」

ラーラはうつろな笑い声をあげた。「まさか。ハンターがそんなこと言うわけないじゃない」彼女は唇をゆがめて続けた。「彼は私のことなんか愛してなかったもの。私なんかより、彼にふさわしい相手がいたの。だからきっと、私と結婚して後悔していたと思うわ」

「そんな話、今までしてくれなかったじゃない」レイチェルは姉に詰め寄った。「その相手って、いったいどなたなの？」

「レディ・カーライルよ」ラーラはつぶやくように言いながら、いまだにその名前を思い出すだけで胸が痛むのに驚いていた。

「どんな方？　会ったことはあるの？」

「ええ、何度かね。彼女もハンターも口に出しては言わなかったけど、一緒にいるだけで幸せなのは一目瞭然だった。ふたりとも趣味がそっくりで。馬車で出かけたり、猟をしたり、馬に乗ったりね。結婚したあとも、ハンターはこっそり彼女に会いに行っていたはずよ」

「だったらどうして、お義兄様はその方と結婚なさらなかったの？」

ラーラは無意識に、膝を抱くようにして体を丸めた。「私のほうがずっと若かったから。彼女は、もう子どもを生めるような年齢じゃなかったわ。ハンターには跡取りが必要だったし……きっと私のことも、自分好みの女性に育てられると思ったんじゃないかしら。私だって、彼を喜ばせようと努力したのよ。あいにく、彼が私に求めていた唯一のものを、彼にあげることはできなかったけど」

「赤ちゃんね……」レイチェルはつぶやいた。きっと、数カ月前の流産のことを思い出しているのだろう。「その点では、姉妹揃ってまるでダメね」

ラーラは顔を真っ赤にして続けた。「でも、少なくともあなたは妊娠できるってことがわかったじゃない。大丈夫、きっといつか赤ちゃんを授かるわ。でも私は、あらゆることを試したけどダメだった。強壮剤も飲んだし、月の満ち欠けを調べたこともあるし。ほかにも、ありとあらゆるバカげたことや、不愉快なことを試したの。でも、どれも効かなかった。ハンターがインドに発ったとき、正直言ってほっとしたわ。ひとりで寝られるなんて夢みたいだった。毎晩毎晩、彼の足音が寝室の扉に近づいてきやしないかと、不安でたまらなかったから」ラーラは当時のことを思い出し、ぶるっと身震いした。「男の人と寝るなんて、もう二度とごめんだわ」

「かわいそうなお姉様……もっと前に言ってくれればよかったのに。他人の悩みは一生懸命に解決してあげようとするくせに、自分の悩みとなると、まるでどうでもいいのね」

「あなたに話したところで、何も変わらなかったでしょ」ラーラは指摘し、必死に笑みを浮かべようとした。

「いいえ、お義兄様よりもずっとふさわしい人を探してあげられたわ。お母様もお父様も、彼の地位とお金に目がくらんで、ふたりの相性なんて考えなかったのよ」

「お母様たちのせいじゃないわ。いけないのは私……そもそも結婚に向いてないのよ。一生ひとりでいればよかったんだわ。ひとりのほうが、ずっと幸せなんだもの」

「どうやら私たちふたりとも、自分にふさわしい相手を見つけられなかったようね」レイチェルは寂しげに、皮肉めいた口調でつぶやいた。「テレルは気分屋だし、お義兄様は不器用な方だったし……おとぎ話とは大違い」

「せめてもの救いは、あなたがそばにいてくれることね」どんよりとした空気を追い払うように、ラーラは快活に言った。「レイチェルがそばにいれば、どんなことにでも耐えられそう。少なくとも、私はね」

「私だって」レイチェルは椅子から立ち上がり、姉をぎゅっと抱きしめた。「どうかこれからは、お姉様にとって嬉しいことだけが起こりますように。お義兄様は安らかに眠っていてくれますように。そしてお姉様は、お姉様にふさわしい、お姉様を愛してくれる男性と出会えますように」

「最後のお願いは余計よ」ララはふざけて怒ったような声音をつくったが、半分は本音だった。「夫も恋人もいらない。代わりに、孤児院の子どもたちと、失明寸前のかわいそうなミセス・ラムリーと、リウマチに苦しむミスター・ピーチャムと――」

「はいはい、みんなのために祈ってあげるわ」レイチェルは愛情を込めて姉を見つめた。「お姉様と、大勢の恵まれない人たちのためにね」


数日後、マーケットヒルに出かけたララは、町に着くなり質問攻めにあった。沈没船から生還した夫のことを、誰もが詳しく知りたがった。いくら彼女が、ロンドンに現れた自称ホークスワース卿は単なるペテン師だと言っても、町の人びとは本当に伯爵が帰ってくるのだと思いたがった。

「おやおや、マーケットヒル一の幸運な女性がいらっしゃった」チーズ屋の店主は、ララが店に入るなりそう言った。マーケットヒルの目抜き通りであるメインゲートには、このような食料品店がたくさん並んでいる。店内は、木のテーブルに積まれた四角形や円盤型のチーズから漂う、少し酸味のある乳臭い匂いでいっぱいだった。

ララは苦笑まじりにヤナギのバスケットを大きなテーブルに置き、店主が円盤型のチーズを出してくれるのを待った。毎週この店で買い求め、孤児院に持って行っているのだ。

「ウィルキンスさん、私はいろいろと運に恵まれたほうだけど、もし亡くなった夫のことを言っているのなら――」

「いやあ、本当に楽しみですなあ」店主はラーラをさえぎるようにして、心から嬉しそうに言った。大きな鼻の陽気な顔は、まさに満面の笑みだ。「またお屋敷の奥様に戻られるなんて」店主は、バスケットからはみ出すくらい大きなチーズを持ってきた。柔らかな凝乳に塩を加えて味をととのえ、モスリン地で包んで固めたのち、マイルドで新鮮な味わいを損なわないようにロウでコーティングしたものだ。

「ありがとう」ラーラは穏やかに言った。「でもね、ウィルキンスさん、残念ながらあれは作り話なの。ホークスワース卿は戻ってこないわ」

そのとき、ウィザース姉妹が店に入ってきて、ラーラの顔を見るなりくすくす笑い出した。オールドミスのウィザース姉妹は、花をぐるりにあしらったお揃いのボンネット帽を、白髪まじりの頭にちょこんとのせている。ふたりは何やらささやき交わすと、ボンネット帽を揺らしながら、揃ってうなずきあった。一方がラーラに歩み寄り、血管の浮いたかぼそい手で彼女のドレスの袖をつかんだ。「レディ・ホークスワース、今朝方、例の話を聞きましたよ。もう嬉しくて、本当に何と言ったらいいか――」

「ありがとう、でも、あれは嘘なの」ラーラは言い募った。「ホークスワース卿だと名乗っている人は、単なる詐欺師なの。だって、転覆した船から伯爵が帰ってきたら、それこそ奇跡でしょう？」

「本当のところがわかるまで、私は最良の結果を祈ってますよ」店主が言うと、妻のグレンダが店の奥から現れた。ぽっちゃりとした体を揺らしながら、いそいそとラーラに歩み寄り、バスケットの隅にデイジーの花束を押し込みながら朗らかに言う。「レディ・ホークスワースになら、奇跡が起きたって誰も驚きませんよ」

どうやら町の人たちはみな、ラーラが夫の生還を心待ちにしていると思っているらしい。ラーラは落ち着かない気分になり、顔を赤らめた。申し訳なく思いながら、みなが幸運を祈ってくれるのに礼を言い、そそくさと店をあとにした。

店を出ると、ラーラはうねうねと曲がりくねる川沿いの道を歩いた。小さいけれど手入れの行き届いた教会の庭、さらに、白壁のこぢんまりとした家々の脇を通りすぎる。行き先は孤児院だ。孤児院は、町の東端にある半分朽ちたような荘園屋敷を利用している。松やオークに囲まれた建物は、砂岩と青色のレンガ、そして青い釉《うわぐすり》をかけた瓦でできている。瓦に釉をかけて耐霜性を持たせる技法を知っているのは、発明者である村の瓦職人だけだ。あるとき偶然その技法を発見した職人は、死ぬまでその秘密を誰にも明かさないつもりらしい。

重たいバスケットを持って長いこと歩き続けたため、建物に入ったとき、ラーラはほとんど息が切れそうだった。かつてはたいそう立派な荘園屋敷だったその建物は、先代が亡くなってから誰も住んでいなかったため、半ば廃墟のようになっていた。それを町民から寄付を募って修繕し、ようやく二〇人ほどの孤児を収容できるようにしたのだ。数名いる教師たちへの給金も、やはり寄付で賄っているのが現状だ。

ハンターがいた頃なら、自由に使える財産がいくらでもあったのに。でも、今ではそのお金をどうすることもできない。ラーラの胸は痛んだ。孤児院はまだまだ改善すべきところがたくさんある。一度だけ、プライドを捨ててアーサーとジャネットの元に行き、子どもたちのために寄付を頼んだこともある。でも、冷たくつっぱねられてしまった。ハンターの死後、新たにホークスワース伯爵夫妻となったふたりは、孤児には世の中の厳しさを教え、自力で生きていくことを教えるべきだと言い張った。

ラーラはため息をつき、建物に入るなり、まずは扉のすぐ脇にバスケットを置いた。あまりの重さに腕の筋肉が震えるほどだ。そのとき、茶色い巻き毛の小さな頭が、玄関広間の隅に隠れているのがちらりと目に入った。またチャールズだろう。一一歳になるやんちゃ坊主のチャールズは、孤児院の問題児だった。

「誰かこのバスケットを台所まで運んでくれないかしら」ラーラが大声で言うと、チャールズはすぐに隅っこから出てきた。

「ちぇっ。ここまで自分で運んできたくせに」チャールズはぶすっとしている。

そばかすと青い瞳が印象的な、少年の小さな顔をのぞきこみながら、ラーラは笑みを浮かべた。「ひねくれたことを言わないの。お願いだから手伝ってちょうだい。それと、午前中の授業はどうしたの?」

「ソーントン先生に、教室から出て行きなさいって言われたんだ」チャールズは答えながら、大きなバスケットの端を持ち、今にもよだれを垂らしそうな顔でチーズを見つめた。ふたりはバスケットの両端を持って玄関広間から台所に向かった。擦り切れた絨毯が、足音を消してくれる。「ぼくがうるさくしたのと、先生の話を聞かないからだって」

「どうしてうるさくしたの？」

「だって、とっくに自分で勉強したところだったんだよ。ぼくがみんなより頭がいいからって、どうしてじっと座って待ってなくちゃいけないの？」

「そうねえ……」ラーラは口ごもり、チャールズの言うとおりかもしれないわね、と暗い気持ちで思った。チャールズは頭がいい。もっとちゃんとした教育を受けるべきだ。「ソーントン先生に話してみるわ。でもとにかく、授業中はおとなしくしなくちゃダメよ」

台所に入ると、料理番のミセス・デイヴィスが笑顔で迎えてくれた。丸顔をかまどの熱で薔薇色に輝かせている。かまどの上では、大鍋の中でスープがぐつぐつと煮えていた。ミセス・デイヴィスは茶色の瞳を好奇心にきらめかせながら訊《き》いた。「レディ・ホークスワース、町で聞きましたよ、例の――」

「あれはただの作り話よ」ラーラは陰気に返した。「頭のおかしな誰かが、自分は亡くなった伯爵だと勝手に思い込んでいるだけ。あるいは、私たちにそう思い込ませようとしているのかもしれないけど。とにかく、本当に夫が生きていたら、とっくに帰ってきていたはずよ」

「そうなんですか――」ミセス・デイヴィスはがっかりしたような顔で言った。「ロマンチックなお話だと思いましたのに。でも、こんなこと言ったら失礼かもしれませんけど、せっかくまだお若いんだし、そんなにお美しいんだから、未亡人でいるのはもったいないと思いますよ」

ラーラはかぶりを振って笑った。「今の暮らしに十分満足してるの」

「ぼくも、伯爵様は死んだままがいい！」チャールズがいきなり言ったので、ミセス・デイヴィスはぎょっとして息をのみ、「何ていうこと言うの、この子は！」と大声でたしなめた。ラーラはチャールズと向かい合うようにその場にしゃがみこみ、くしゃくしゃの髪を撫でてやった。「どうしてそんなこと言うの、チャールズ？」

「だって、その人がほんとに伯爵様なら、ラーラはもうここに来なくなっちゃうでしょ。きっと伯爵様はラーラを家に閉じ込めて、ラーラに命令するんだ」

「チャールズ、そんなことにはならないから安心なさい」ラーラは真顔で言った。「それにね、そんな心配する必要ないの。だって伯爵様は亡くなったんですもの。亡くなった人が帰ってくるわけないでしょ？」


ホークスワースの領地に戻ったときには、さんざん歩いたせいでスカートが埃まみれだった。編んだ小枝と泥で作った荒打ちの柵で区切られた畑の脇を通りすぎる。「地獄の橋」の下を勢いよく川が流れ、川面からの照り返しがまぶしい。ようやく石造りの小屋の手前までたどりついたとき、ラーラは誰かが呼んでいるのに気づいた。立ち止まって振り返ると、かつて侍女として仕えてくれていたナオミが、転ばないようにスカートの裾をつまみ、屋敷のほうから大慌てで駆けてくるところだった。

「ナオミ、そんなふうに走ったら危ないわ！　転んだらどうするの」

小太りのナオミは、走ったのと、内心の興奮とで、ぜえぜえと息を切らしながら言った。

「レディ・ホークスワース――ああ、奥様……ミスター・ヤングに、奥様をお呼びしてくるように言われたんです。お屋敷のほうに……あの方がいらしてるので……。みなさんお集まりで……奥様もすぐにあちらに」

ラーラはわけがわからず、目をしばたたかせた。「誰が来てるんですって? ミスター・ヤングが私を呼んでいるの?」

「そうです。ミスター・ヤングは、ロンドンからあの方をお連れして」

「あの方?」ラーラは声を潜めて訊いた。

「はい、奥様。伯爵様が、お戻りになったのです」

2

ナオミの言葉は、まるで虫の大群の羽音のように、ラーラの頭の中でウヮンウヮンと鳴り響いた。伯爵様がお戻りに、お戻りに、お戻りに……。「でも、そんなのありえない」ラーラはささやくように言った。

どうしてミスター・ヤングは、見ず知らずの人間をロンドンから連れてきたりしたのだろう。ラーラは乾いた唇を舌で舐めた。口の中がカラカラで、自分の声が他人の声のように聞こえた。「ナ、ナオミは、その人ともう会ったの？」

急に言葉を失ってしまったように、ナオミは無言でこくりとうなずいた。

ラーラはひたすら地面を凝視しながら、とぎれとぎれに言葉を吐き出した。「ナオミ、あ、あなたは、私の夫を知ってるわね。ねえ……ミスター・ヤングが、連れてきた人は……」彼女はそれ以上続けることができず、懇願するようなまなざしでナオミを見つめた。

「たぶん――いいえ、きっと間違いありません」

「でも、伯爵は亡くなった……」ラーラはぼんやりとつぶやいた。「溺れ死んだはずよ」

「お屋敷までご一緒します」ナオミはラーラの腕を取った。「お顔が真っ青ですし、ご気分もお悪いようですから――でも、当たり前ですよね。死んだはずの夫が帰ってくるなんて、めったにないことですから」

ラーラは、ナオミからサッと体を離した。「ごめんなさい……少しひとりにしてちょうだい。したくができたら、ひとりでお屋敷まで行きますから」

「かしこまりました、奥様。みなさんにもそうお伝えしておきます」ナオミは主人を心配する気持ちと好奇心とがないまぜになったような表情を浮かべてラーラを一瞥《いちべつ》すると、屋敷へと続く小道を急ぎ足に戻って行った。

ラーラはよろめきながら石造りの小屋に入った。洗面台に向かい、欠けた陶器の洗面器になまぬるい水を溜め、顔を洗って埃と汗を流した。いかにも整然とした動作だったが、内心は不安や恐れやいろいろな思いが渦巻いていた。こんな、まるでわけのわからない事態に陥るのは生まれて初めてのことだった。ラーラは現実的に物事を考えるほうだ。奇跡なんて信じないし、起こして欲しいと願ったことも一度もない。とりわけ、今回のような奇跡は。

ううん、これは奇跡でも何でもないのよ。ラーラは自分に言い聞かせながら、乱れた髪をいったんおろし、くるくるとひねって元どおりにピンで留めようとした。けれども両手が震えて、しまいにはピンもクシも、かすかな音をたてながら床に落ちてしまった。

ホークスワース邸で待っている人は、ハンターじゃないわ。赤の他人。ミスター・ヤングとドクター・スレイドに本物だと信じ込ませたのだとしたら、とんでもないペテン師よ。とにかく、冷静にならなくちゃ。自分で確かめに行けばいい。そして、この人はハンターじゃないとみんなに言えばいい。そうすれば、こんなことはすべて終わる。ラーラは深呼吸して気持ちを落ち着かせ、でたらめに髪をピンで留めていった。

タンスの上にしつらえたクイーンアン様式の鏡を見つめていると、ふいに、室内の空気が重たくなり、緊張に張りつめたような感じがした。小屋の中はひっそりとしていて、激しい胸の鼓動が聞こえるほどだ。そのとき、鏡の中に何かが映った。ゆったりと動くその何かを、ラーラは食い入るように見つめた。誰かが小屋に忍び込んだらしい。

全身に鳥肌をたてながら、彼女は凍りついたように無言のまま立ちつくし、鏡に映る自分の隣に、その誰かが映るのをじっと見つめた。日に焼けた顔……陽射しでところどころ色が抜けた短い茶色の髪……こげ茶色の瞳。背は高く……がっしりと逞しい胸板に広い肩。力強く自信に満ちあふれた風貌に、急に部屋が小さくなったように思えた。

ラーラは息をのんだ。その場から走って逃げるか、悲鳴をあげながら気絶してしまいたい。それなのに、まるで石像になったように身動きひとつできない。彼はラーラのすぐ後ろにまるでそびえるように立ち、鏡の中で視線を絡ませてきた。確かに瞳の色は同じだけど、でも……こんなふうに、全身がカッと熱くなるくらい情熱的に、ハンターから見つめられたことはない。かつてのハンターの目つきは、まるで冷酷な暴君だった。

彼の両手がそっと髪に触れてきて、ラーラはびくりと身を震わせた。彼はラーラの輝く漆黒の髪からピンを一本一本抜いていき、それを化粧台の上に置いた。ラーラは彼を凝視しながら、髪が軽く引っ張られるたびにおののいた。「こんなの嘘よ……」

すると彼は、ハンターの声で答えた。深みのある、少しかすれた声だ。「私はお化けじゃないよ、ラーラ」

ラーラは鏡から視線をはがし、くるりと振り返った。

彼は驚くほど痩せていた。骨が浮き出るくらい痩せて、そのせいで余計に、分厚い筋肉が際立って見える。肌は銅赤色で、英国人とは思えないくらい、よく日に焼けている。髪はまるで、伝説の聖獣グリフォンのたてがみのように、金色と茶色がまじった淡い色合いだった。「私は信じないわ……」ラーラはつぶやきながら、自分の声がひどく遠く聞こえるように思った。胸がきりきりと痛み、あまりにも激しい鼓動に、心臓がもう耐えられないと叫び出す。肺に空気を取り込もうとしていくら必死にもがいても、息ひとつできないようだった。そして次の瞬間には、濃い霧に包まれたように、目も見えず、耳も聞こえなくなり……ラーラは、足元にぽっかりと開いた暗い穴にまっ逆さまに落ちていった。

ハンターはぐらりと揺れたラーラの体をすんでのところで抱きとめた。彼女の体はとても軽くて柔らかく、力を込めた腕の中にしっくりとなじんだ。小さなベッドのところまで行き、腰をおろすと、膝の上に横抱きにした。ラーラはぐったりと頭をのけぞらせている。襟の詰まった窮屈そうな黒い喪服のせいで、象牙色の首筋は見えない。ハンターは優美な顔に釘づけになったように見入った。女性の肌が、こんなにも美しく瑞々《みずみず》しいものだということを、すっかり忘れていた。

眠っていると、柔らかそうな唇がどことなく寂しげに見える。それに、まるで子どものように無防備な表情だ。気絶した未亡人を膝に抱くなんて、何だか妙だな、とハンターは思った。ラーラは壊れやすい小さな宝物のようで、ひどく心惹かれるものを感じる。この小さな美しい生き物を自分のものにしたい。きゃしゃな手も、寂しげな唇も、何もかも。ハンターは例のごとく冷静に頭を働かせ、彼女も、彼女に付随するすべてのものも、絶対に手に入れてみせるとあらためて自分に誓った。

そのとき、ラーラが目を開け、彼を見上げた。見つめ返す彼の目はまったくの無表情だ。本心を見せるわけにはいかなかった。ハンターは、彼女を安心させるように口元をほころばせた。

けれどもラーラは、彼が笑ったのには気づかなかったらしく、まばたきひとつせずに彼を見つめるばかりだった。やがて透きとおった緑色の瞳に、不思議な柔らかさが宿り出し……続けて、好奇心と、哀れみのようなものが浮かんだ。まるで、救いを求めてさまよう哀れな魂を見守るようなまなざしだった。ラーラは彼の首に手を伸ばし、髪の生え際まで伸びる傷跡に軽く触れた。指先が触れるだけで、彼は全身が燃えるように感じた。思わず深呼吸し、無言で待った。どうして彼女は、こんなふうにじっと見つめてくるんだ？　赤の他人か、憎むべき夫か、判断しかねているのだろうか。

ラーラの顔に浮かぶ同情の色に、ハンターは狼狽する一方で、激しい興奮を覚えていた。今すぐに彼女の胸に顔をうずめたい……だが彼は、その愚かな衝動を必死に抑えつけた。ラーラを床に立たせてから、自分も立ちあがり、少し距離を置くようにして向かい合う。こんなふうに感情が高ぶるのは生まれて初めだ。ハンターは不安を覚えた。これまでずっと、鉄のように硬い理性の持ち主だと自負していたのに。

「あなたは誰？」ラーラが小さくたずねた。

「知ってるはずだ」ハンターはつぶやく。

ラーラはかぶりを振った。すっかり当惑した表情で彼から顔をそむけ、わずかばかりの皿やティーポットをしまった棚のほうに向かった。何でもない日常的行為に没頭することで、目の前の不思議から逃れようとしているらしい。ラーラは紅茶の包みと、小さな磁器のポットを棚から取り出した。「お、お茶を用意するわ」彼女は呆然と言った。「話を聞かせてちょうだい。きっと手を貸してあげられると思うわ」

けれども、手がひどく震えて、手にしたカップとソーサーが床に落ちて割れてしまった。なるほど、私のことを、哀れな物乞いか頭のおかしなやつだと思うことにしたわけか……。ハンターは苦笑いしながらラーラに歩み寄り、彼女の冷たい手を自分の温かな手で包み込んだ。するとまた、あの甘い、思いがけない喜びがあふれてきた。ラーラのほっそりとした骨格、柔らかな肌……。思わずハンターは、彼女に優しいところを見せてあげたくなった。どういうわけか、彼女を前にすると、わずかに残っていた人間らしい一面が心の内から自然と湧いてくる。彼女が望むような男になりたいと思ってしまう。

「私はきみの夫だよ。帰ってきたんだ」

ラーラは無言で彼を見つめた。手足が言うことを聞かず、膝がガクガクと震えた。

「私はハンターだ」彼は声をやわらげて言った。「怖がることはない」

ラーラは思わず息をのみ、彼の顔を凝視しながら、あまりのバカバカしさにぷっと吹き出した。目の前の男性は、よく知っている人のようにも、赤の他人のようにも見える。絶対にハンターじゃないとあっさり否定するには似すぎているけれど、どこか以前とは違うところがあるようで、ハンターだと認めることもできない。

「私の夫は亡くなりました」ラーラは硬い声で言った。

ハンターはやつれた頬を小さくゆがめた。「こうしたら信じてくれるはずだ」

彼はいきなり両手を伸ばし、彼女の頭を包み込むようにすると、顔を近づけた。ラーラは抵抗して小さく叫んだが、彼は構わずに唇を重ねた。それは、ラーラが今まで経験したことがないようなキスだった。両手で彼の筋肉質な手首をつかみ、何とかして逃れようとする。けれども、燃えるように熱い唇が与えてくれる甘やかな心地よさに、思わず頭の中が真っ白になってしまった。歯と唇と舌で巧みに愛撫されると、熱い快感が全身に走った。それでも必死にもがくと、ようやく頭を放してもらえたが、今度はぎゅっと抱きすくめられてしまった。まるで、すべて私のものだと言わんばかりに強く抱きしめられ、求められて……。ラーラの鼻孔を彼の香りが満たした。大地と風と、かすかに甘く匂うサンダルウッドの香りだ。

やがて彼の唇が下のほうに移動していき、首の脇の感じやすい部分を探しあてた。深呼吸した彼の、熱い息が首筋にかかる。押しつけられた頬はとても温かく、長いまつげはそっと顎を撫でた。こんなふうに抱かれるのは生まれて初めてだった。異国のスパイスを味わうように、そっと触れられ、丹念に愛撫されるのも。

「やめて……」ラーラは喘《あえ》ぎ、激しく脈打つ血管を舌でなぞられると思わずのけぞった。

「私の名前を言ってごらん」彼はささやいた。

「いやよ……」

「言うんだ」彼は大きな手で乳房を包み込んだ。温かなぬくもりに、乳首はいっそう刺激を求めるように硬くなった。ラーラは激しく身をよじって彼の手から逃れ、よろめきながら数歩下がってふたりの間の距離を広げた。

ラーラは激しく疼《うず》く胸に手をやりながら、驚いた顔で彼を見つめた。彼は無表情だが、激しい息づかいを聞けば、彼女同様、理性を取り戻そうと必死なのがわかる。

「なぜこんなことを……」ラーラは喘ぐようにつぶやいた。

「きみは私の妻だ」

「ハンターはあんなふうにキスしたことはないわ」

「私は変わったんだ」彼は抑揚のない声で言った。

「あなたはハンターじゃない！」ラーラは扉のほうに駆け寄りながら、肩越しに叫んだ。

「ラーラ――」彼女は無視した。「ラーラ、頼むからこっちを向いてくれ」

彼の口調にラーラはためらい、敷居のところで渋々立ち止まり、やがて彼に向き直った。

彼は手のひらに何かを乗せていた。

「それは……？」

「こっちに来て見てごらん」

ララはそろそろと彼に歩み寄った。手のひらに乗せられた何かに目が釘づけだった。彼の親指が、その何かの脇についた小さな留め金のようなものを外す。平たいエナメル塗りのケースが、パチリと音をたてながら開いた。中から現れたのは、彼女の小さな肖像画《ミニアチュール》だった。

「この数カ月間、毎日これを見つめてばかりいたよ……。転覆直後の数日間、きみのことを思い出せなかったときにも、この人は私のものだと思いながら見つめていた」彼はケースを閉じ、上着のポケットに戻した。

ララは信じられないという面持ちで彼を見つめた。夢でも見ているようだった。「どうやってそれを手に入れたの……？」

「きみがくれた。インドに出発する日にね。覚えてない？」

もちろん、彼女は覚えている。出発の日、ハンターは準備に忙しく、さようならを言っている暇などないという感じだった。でもララは、何とかして彼と話す時間を見つけ、やっとの思いでそれを渡したのだ。男性が外国に渡るときには、恋人や妻が思い出の品を贈るのが習わしだ。行き先がインドのように危険な場所であればなおさらのこと。インドのような国では、野生動物や血に飢えた謀反人に殺されたり、熱病で命を落としたりする危険性はいくらでもある。でも、そうしたリスクがあるからこそ、ハンターはかの地に惹かれたのだ。彼は、自分は無敵だと思っていたから。

あのときハンターは、妻からの贈り物に心から感動したようで、額に軽くキスまでしてくれた。そして、「きれいだな。ありがとう、ラリーサ」とつぶやくように礼を言った。あまり幸せとは言えない二年間の結婚生活が思い出される。共通点がひとつもないふたりは、互いに冷たくあたり、失望し、友情を築くことさえできなかった。それでもラーラは、夫の身を案じずにはいられなかった。

「無事を祈ってるわ」ラーラの言葉に、ハンターは不安げな彼女の顔をのぞきこんで笑い、こう言ったのだった。「私のために祈るなんて、もったいないことはしなくていい」

そのとき、目の前に立つ男性が、まるで彼女の思いを読み取ったようにふいにつぶやいた。

「どうやら、あれだけ言ったのに私のために祈ってくれたみたいだね。でもそのおかげで、私はこうして帰ってくることができた」

ラーラは頭から血の気が引いていくのを覚えた。あることに気づいて、その場にくずおれそうになる。別れのときに交わした言葉を知っているのは、夫だけのはず。「本当にあなたなの？」彼女はささやくように訊いた。

彼はラーラの肘を取って体を支えてやりながら、身をかがめ、からかうような色をたたえた瞳でじっと見つめた。「また気絶するつもりかい？」

彼女はすっかり圧倒されて、返事すらできない。そのまま彼に導かれるように近くの椅子のところまで行き、ほとんど倒れるようにして腰をおろした。すると彼のほうは、視線が同じ高さになるように目の前にしゃがみこんだ。ほつれ髪を耳にかけるとき、彼のざらざらし

「信じる気になった?」

た指がなめらかな頰にかすかに触れた。「信じる気になった?」

「ま、まずは、夫しか知らないようなことを何か言ってみて欲しいわ」

「やれやれ、ヤングとスレイドにもさんざん同じようなことを言わされたのに――」彼はいったん言葉を切り、ラーラの体を包む喪服をじっと見つめた。その情熱的なまなざしに、ラーラは思わずたじろいだ。「きみの左脚の内側には、小さな茶色いホクロがひとつある。それから、右の胸には黒いホクロがひとつ。かかとには、小さい頃、夏に岩場で切ったときの傷跡が残っている」彼は甘い声で言い、彼女のあぜんとした顔を見てほほ笑んだ。「まだ続けるかい?　なんだったらきみの――」

「も、もういいわ」ラーラは慌てて彼をさえぎり、顔を真っ赤にした。そのとき初めて、彼女は彼の顔を真正面からまじまじと見た。ひげの剃り跡、頑丈そうな顎、げっそりとやつれた頰――以前はもっと丸顔だったのに。「顔の形が変わったみたい」ラーラは言いながら、秀でた頰骨におずおずと手を伸ばした。「こんなに痩せたら、あなただとわからないわ」

驚いたことに、彼は手のひらに唇を寄せてきた。ラーラは柔らかな肌に触れた熱い唇の感触に、反射的に手をどけた。

「それに、服装も以前とは違うわ」彼女は言いながら、太腿にぴったりと張りついた灰色のズボンや、擦り切れた白いシャツや、襟元に巻かれた流行遅れの細いクラヴァットを眺めた。以前のハンターはいつも上等な服を着ていた。昼間はブロード地の上着に、刺繍《ししゅう》をほどこした紋織りのベスト、革か上質なウールの膝丈ズボン。夕刻になると、また同じようにぜいたくな服に着替える。パリッとした黒の上着、ゆったりとしたズボンかパンタロン、輝くように白いリネンのシャツ、糊《のり》を効かせたカラーとクラヴァット、そして足元にはシャンパンで磨きあげた革靴。

ラーラの視線に気づいて、ハンターは自嘲するような笑みを浮かべた。「屋敷で、前に着ていた服に着替えようと思ったんだけどね。あいにく、どれも全部どこかにいってしまったようだったから」

「アーサーとジャネットがどこかに放ってしまったの」

「私の妻までね」彼は室内を見渡した。茶色の瞳が冷たく光った。「おじには、きみをこんなボロ小屋に追いやった償いをしてもらうつもりだ。それにしても、まさか彼がここまでひどい人間だとは思わなかったよ」

「私はここで十分快適――」

「まったく、洗濯婦だって、こんなところに住めやしない」まるでムチのように鋭い声音に、ラーラは思わず跳び上がった。それを見て彼は、再び表情をやわらげた。「まあいい。これからは、私がちゃんときみの面倒を見るよ」

「その必要はないわ……」あっと思ったときには本音が出てしまっていた。ラーラは怯え、ぎゅっと口を閉じ、無言で膝に視線を落とした。信じられないというより、まさに悪夢、いいえそれ以上だわ。ハンターが帰ってきた――そして、またあの頃のように私の人生を支配し、まるで靴で花を踏み潰すように私の自立心も粉々にする……。

「どうかした、スイートハート？」彼は静かに訊いた。

ラーラはぎょっとして、彼の真剣そうな顔をまじまじと見つめた。「今までそんなふうに呼んだことなかったのに」

彼は手を伸ばし、ほっそりとしたラーラの首筋に触れ、親指で顎をそっと撫でた。触れるたびに彼女が身を縮めるのは、とりあえず無視することにした。「何しろ、考える時間がたっぷりあったからね。怪我《けが》がよくなるまでケープタウンで数カ月過ごし、そのあと長く退屈な船旅を続けて、ようやく英国にたどり着いた。きみのことや、きみとの結婚生活のことを思い出せば思い出すほど、自分がどれだけ身勝手な夫だったか思い知らされたよ。だから、きみのところに戻ったら、すぐにやり直そうと自分に誓ったんだ」

「や、やり直すなんて無理よ」

「どうして？」

「いろんなことがありすぎたわ。それに私は……」それ以上は言葉にならず、ラーラは深く息をついた。涙があふれてきた。彼の前で泣いたりすまいと思ったけれど、罪悪感と、やり切れなさがこみ上げてくる。どうしてハンターは戻ってきたの？　運命のいたずらで、またあの苦しいばかりの日々を送ることになるというの？　これじゃまるで、いったん釈放されたのに、また牢獄に入れられた囚人みたい。

「わかったよ」ハンターは彼女から手を離した。信じられないことに、彼はラーラの気持ちを本当に理解したようだった。以前は、他人の気持ちなどこれっぽっちも汲《く》もうとはしなかったのに。

「でも、私は生まれ変わったんだ」ハンターは言った。

「いいえ、あなたが変わるわけがないわ」ラーラは反論した。涙が頬を伝ってこぼれた。ハンターが息をのむのが聞こえたと思うと、その指がラーラの頬から涙をぬぐった。ラーラは顔をそむけたが、ハンターはふたりの間の距離を縮めるように身をかがめた。彼女はのけぞるように、椅子の背に頭と首を押しつけて逃れようとした。

「ラーラ……傷つけたりしないから怖がらないで」

「あなたが怖いわけじゃない」彼女は言い、抵抗するようにつけ加えた。「またあなたの妻として生きるのがいやなだけ」

かつてのハンターなら、そこまで言われたら激怒しただろう。そして、ひどい言葉を浴びせ、彼女を服従させたはずだ。ところが目の前の彼は、穏やかに探るようなまなざしでじっと見つめてくるだけだった。ラーラはどうにも落ち着かない気分になった。「きみの気が変わるよう、精いっぱい努力するよ。だから、せめてチャンスをくれないか？」

ラーラは椅子の肘をぎゅっと握りしめた。「いいえ、私たちは別々に暮らしたほうがいいわ。あなたがインドに発つ前だってそうだったじゃない」

「もちろん、無理強いはしないよ」彼の口調は穏やかだったが、断固とした意志が感じられた。「でも、きみは私の妻だ。いずれきみの夫として認めてもらったら……ベッドにもお邪魔するよ」

ラーラは真っ青になり、打ちひしがれたように言った。「レディ・カーライルのところに行けばいいじゃない。きっとあなたが戻って大喜びするわ。そもそも、あなたが求めていたのは私じゃなくて彼女だったはずよ」

ハンターは用心深い表情になった。「今はもう何とも思っていない」

「以前は愛し合っていたじゃないの」ラーラは言いながら、彼が目の前からいなくなってくれればと必死に願った。

「愛しているフリをしていただけだ」

「ずいぶんと演技がお上手だこと！」

「女性を抱きたいと思うのと、その人を愛するのとはまったく別の話だ」

「わかってるわ」ラーラは彼の顔をまっすぐに見返した。「あなたに散々思い知らされたもの」

ハンターは無言で彼女の言葉をのみこみ、やがてすっと立ち上がった。ラーラもすぐさま立ち上がり、できるだけ彼から離れようとするように、狭い部屋の反対の隅に逃げた。

何があっても、絶対に彼を再びベッドに迎えるつもりはない。「できるだけあなたの意に沿うよう努力するわ——でも、それだけは絶対にいやよ。私たちが仲よくする理由なんて、ひとつもないもの。だって、私はあなたを喜ばせてあげることができなかった。それに私は、子どもができないのよ。ほかの女性で欲求を満たしてくれたほうが、お互いのためだわ」

「ほかの女性なんていらない」

「だったら、無理やり私をベッドに連れ込むのね」ハンターが近づいてきて、ラーラは真っ青になった。表情からは、何を考えているのかまるでわからない。怒っているのかしら？ 私を見下しているの？ それとも、おもしろがっているだけ？ 彼の手が伸びてきて、上腕を優しく、けれどもしっかりとつかんだ。ラーラは感情のうかがい知れない彼の顔を見据えた。あの頃よく感じた、あの息苦しいほどの屈辱感が再びふつふつと湧いてくる。

「そんなことはしない」ハンターの声は極めて穏やかだった。「きみの心の準備ができるまで、きみのベッドには行かないよ」

「いつまでも待つことになるわよ。永遠にね」

「かもしれないね」ハンターはいったん言葉を切り、考え込むように彼女を見つめた。「ひょっとして、私がいない間に誰かほかの男と――？」

「まさか！」ラーラは苛立たしげに笑った。自分がハンターを拒む理由を、まさかそんなふうに思われるとは。「男の人なんて、もうこりごりと思ってたわ！」

ハンターはあまりに正直な答えに苦笑を浮かべた。「だったらいい。もしも私以外の男と何かあったとしても、それできみを責めるつもりはなかった。ただ、ほかの誰かがきみに触れたかもしれないと思っただけで――」ハンターはもどかしげに自分の首の後ろをさすった。

ラーラの目は、癒えたばかりでまだ生々しく残っている頭部の傷跡に再び吸い寄せられた。

「その傷……」

「ああ、転覆したときにね」ハンターは用心深い声で言った。「大嵐が起きてね。船がひどく揺れて、乗っている人間は床を転げまわり……しまいには船は座礁してしまった。そのとき何かに頭をぶつけたみたいなんだが、それが何だったかなんて覚えてるわけがない。何しろ、その後何週間も自分の名前すら思い出せなかったんだからね」彼は言いながら、ラーラが歩み寄ってくるのをじっと待った。

思いがけないことに、ラーラは彼に深い同情を覚えた。夫がそんなひどい目に遭って、心が痛まないわけがなかった。「かわいそうに……」

ハンターはにやりと笑った。「かわいそうなのは、きみのほうかもしれないよ。致命傷にならなかったんだからね」

ラーラは彼の皮肉は無視した。無意識のうちに、赤く盛り上がったうなじの傷跡に触れていた。豊かな髪の間に指を差し入れ、地肌をなぞる。傷跡は思った以上に長かった。頭がぱっくりと割れるくらいの、ひどい怪我だったに違いない。一瞬、彼が息をのむのがわかった。「ごめんなさい、まだ痛むの?」ラーラはすぐに手をどけた。

ハンターはかぶりを振って短く笑った。「いや、痛いのはそこじゃない」

ラーラは何のことかわからず、彼の瞳をじっと見つめ、やがて視線を下のほうにやった。傷跡に軽く触れただけなのに、何と、彼は勃起していた。ズボンの前がぴんと張っているから見間違えようもない。ラーラは真っ赤になって、すぐさま彼から離れた。

ハンターはまだ苦笑を浮かべている。「ごめんよ、スイートハート。一年間も禁欲生活を送ったせいで、すっかり理性を失ってしまったみたいでね」彼のまなざしに、ラーラは不安でいっぱいになった。やがて彼は手を伸ばしてきて言った。「さあ、おいで、ラーラ。一緒に私たちの屋敷に戻ろう」

3

ドレスを着替えたかったが、夫のいる前では気が進まない。そう、ラーラはすでに、目の前にいる男性は本当に夫なのかもしれないと思い始めていた。仕方なく、彼女は髪だけでもきちんとまとめることにした。ヘアピンを髪に挿す間も、ハンターがじっと見つめてくるのがわかる。まとめ終えたところで、ハンターが歩み寄ってきて片腕を差し出した。「さあ」ハンターは太い眉を片方だけ吊り上げながら言った。「果たしてきみが私と一緒に戻ってくるかどうか、みんな固唾《かたず》をのんで待ってるよ」

「私に選択肢はあるのかしら……」

「金切り声をあげていやがるきみを、引きずってまで連れて行くつもりはないけどね」ハンターはいたずらっぽく笑った。

ラーラはためらった。いったん彼の腕を取り、一緒に屋敷に戻ってしまったら、もうあとには引けなくなる。

「おいで」ハンターは腕を下ろし、自らラーラの手を取ると長い指を絡ませ、そのままホークスワース邸に向かった。

「伯爵夫妻に、荷物を片づける時間くらいあげないと」ララは言い募った。

「あのふたりはもう伯爵夫妻じゃない」ハンターは短く言った。「伯爵夫妻はきみと私だ。今夜中にはふたりに出て行ってもらう」

「今夜中⁉　そんなに急に出て行けだなんて、ひどいわ」

「そうかな？」ハンターの表情が急にこわばり、ララはふいにかつての彼を思い出した。

「アーサーとジャネットに、あと一晩たりともわが家で過ごさせてたまるか。今夜から、屋敷の私室は全部きみと私のものだ」

「じゃあ、ふたりには客間に移ってもらうのね？」

「冗談じゃない」ハンターは頑として言い放った。「ふたりには、この小屋に移るか、それがいやならどこかに宿を探せと言うよ」

ララは仰天し、ヒステリックに笑い出した。「それじゃあんまりだわ。客間を使っていただけばいいでしょう？」

「きみはこのボロ小屋で十分だったんだろう？　だったらあのふたりには、それこそうってつけの住まいじゃないのか？」

「とにかく、今すぐ追い出すなんて無茶よ。そんなことしたら、あなたにペテン師のレッテルを貼ろうと、あらゆる手段に打って出るに違いないもの」

「出てってもらうと言ったら、出てってもらうんだ」ハンターはぴしゃりと言い、ララを自分のほうに向かせた。「ところで、屋敷に行く前に確認しておきたいことがある。まだ私を疑ってるのか？」

「少しだけ」かすみがかかったようなこげ茶色の瞳にとらわれたようになりながら、ラーラは正直に答えた。

「みんなの前でそう言うつもりか？」ハンターは無表情に訊いた。

「……いいえ」

「どうして？」

「それは――」ラーラは唇を嚙んだ。理由はわからないが、本物のハンターじゃないと即断するのは間違っているような気がする。しばらく様子を見たほうがいい、そんな直感がある。赤の他人なら、いずれどこかで、ほころびが出てくるはず。「それは、あなたが本当は私の夫じゃないのなら、じきにわかるはずだから」

「そうだな」彼はそっけなく言い、冷たい笑みを浮かべた。

ふたりはそれきり無言のまま、屋敷へと向かった。


「それにしても、屋敷の変わりようには驚いたよ」ハンターは無愛想に言いながら、ホークスワース邸の玄関広間に足を踏み入れた。かつては、フランドル様式のアンティークなタペストリーが壁に掛けられ、サイドテーブルの上にはフランス製の磁器の花瓶が飾ってあった。それが今では、大理石の裸像に、ピンク色と紫色のけばけばしい絹の壁布が飾られている。中に数人の人間が並べるくらい巨大な古めかしい暖炉は、やはりフランドル様式の美しい炉棚が自慢だった。それが今ではすっかり取り去られてしまい、代わりに、炉床からそびえるように大きな鏡が置かれている。鏡の縁を飾るのは、トランペットを吹く黄金色の天使たちだ。

ハンターはしかめっ面で広間をじろじろと見渡した。「さすがはあのふたりだ。わずか一年で、見事に洗練された屋敷をまるで売春宿のように飾りたてるとはね」

「わ、私には何とも言えないわ。売春宿なんて、どんなところか知らないもの」

ハンターはラーラの反応ににやりとした。「だったら、この私がきみのベッドにいるより、売春宿にいてくれるほうがありがたいなんて言葉、どこから出てきたんだい？」

ラーラは落ち着かなげに視線をそらし、悪趣味な置き物に目をやった。「残念だけど、元どおりの上品な内装に戻すのは無理だと思うわ」

「どうして？」

「だって、お金がかかりすぎるもの」

「費用のことならまったく問題ないと思うけど？」

「想像で物事を言う前に、まずはわが家の財政状況を確認したほうがいいわ」ラーラは暗い声で言った。「あなたがいない間に、大変なことになっているはずよ。何しろあなたのおじ様は、ひどい浪費家みたいだから」

ハンターは怖い顔でうなずくと、ラーラの肘を取り、玄関広間を抜けた。見ると彼は、すっかり落ち着きと威厳に満ちた様子で、まるで本当に自分の家にいるようにリラックスしている。ペテン師なら、ここで多少なりとも落ち着かない態度を見せるはずなのに、彼にはまったくそういうところがない。

この屋敷をふたりで並んで歩く日が再び訪れるとは、ラーラは思ってもみなかった。結婚生活の思い出も、すでに記憶の片隅に追いやってしまっていた。それなのに、彼はいきなり帰ってきた。ラーラはすっかり動揺し、彼がここにいることが信じられずにいる。確かに、腕は彼の大きな手につかまれているし、唇には熱いキスの感触が残っているけれど……。

ふたりはやがて、彫刻をほどこした大きな階段がふたつ並ぶ大広間にたどり着いた。大広間には、五〇人を超える使用人が勢ぞろいしていた。メイドに、執事見習いに、従者に、料理人に、下男に、雑用係。彼らは感嘆の声をあげた。ふたりが並んで姿を現したということは、彼が本物のホークスワース伯爵だという証《あかし》。これであの、口うるさくて厳しいアーサーとジャネットはいなくなる。使用人たちが内心、大喜びしているのは一目瞭然だった。

「ホークスワース伯爵――」中年のメイド長は一歩前に出ると、丸顔を輝かせながら満面の笑みで言った。「ここにいる誰もが、本当に伯爵様なのかと必死に目を凝らしておりますよ。私も思わずわが目を疑ってしまいそうなくらい。ともあれ、お帰りなさいませ、旦那様」

使用人が口々にお帰りなさいませとつぶやき、ハンターはほほ笑みで応えた。「ありがとう、ミセス・ゴースト。ずいぶん長いこと留守にしたから、もう二度と英国を離れたくない――」ハンターは途中で言葉を切り、いぶかしむような顔をした。「ミスター・タウンリーはどうした?」一〇年以上も執事として仕えてくれていたタウンリーの姿が、なぜか見当たらない。

「じつは、別のお屋敷で働いております」メイド長は用心深く答えた。「現在の伯爵様に仕えるのがいやだったのではないかと」

ハンターはしかめ面で何も言わない。メイド長は慌ててつけ加えた。「タウンリーのことをあまり責められませんようお願いします。旦那様が亡くなられたと聞いたとき、タウンリーはそれはもう嘆いて……それで彼は――」

「もちろん、彼を責めるつもりはないよ」ハンターは安心させるように言い、ラーラを家族の待ち合いの間へと誘《いざな》った。「おいで、ラーラ。そろそろアーサーたちからわが家を取り返さないと」

「おお、やっと来たぞ!」ふたりが二階の待ち合いの間に足を踏み入れると、誰かがそう言うのが聞こえ、続けて歓声が湧き起こった。アーサーとジャネットはもちろんのこと、ミスター・ヤングにドクター・スレイドもいる。それから、謎の人物が本当にハンターなのかとわざわざ見にきた、クロスランド家の親類が数名。

「フン、どうやらまんまとラリーサを味方につけたようだな」真っ先に前に進み出たアーサーは、侮蔑を込めた目でまずはハンターを睨《にら》みつけ、続けてラーラのほうを見ると冷笑を浮かべた。「後悔してないだろうね、ラリーサ。まったく、こうもやすやすと、このならず者の作り話に乗るとはな。まさかおまえがそこまで愚かだとは、さすがの私も今の今まで気づかなかった」

「作り話ではありません」ラーラはまばたきひとつせず、アーサーを見返した。

「アーサー卿、私も、こちらは正真正銘のホークスワース伯爵、ハンター・キャメロン・クロスランド様であると保証しますよ」ミスター・ヤングが穏やかな声で口を挟んだ。

「フン、おまえなぞ、大方この男にうまいこと丸め込まれたんだろう」アーサーはぴしゃりと言い放った。「とにかく、私は裁判所に訴えるつもりだからな。ペテン師にホークスワース伯爵などと名乗られてはかなわん。第一、こいつはちっともハンターに似ていない。本物のハンターはあと二〇キロは太っていたぞ！」

「痩せるのは別に犯罪でも何でもありませんよ、アーサー」ラーラの隣にたたずむ男は、ほほ笑みを浮かべた。

「自分は裕福な伯爵家の跡取りだと急に思い出すとは、まったくもって幸運な男だな」アーサーは嘲るように男を睨みつけた。

「あいにくですが、彼が本物のホークスワース伯爵だという数々の証拠があるのですよ、アーサー卿」ミスター・ヤングが穏やかにたしなめた。「記憶も確かでしたし。肉体的特徴もホークスワース伯爵とぴったり一致します。小さい頃に狩りの最中に負った肩の傷もちゃんとありました。筆跡も確認しましたが、以前に伯爵がお書きになったものとそっくりでした。それに外見も、まあ多少は前と違うところもありますが、以前の伯爵とよく似ています。伯爵を知っている人たちの意見を併せて考えますと、間違いなくご本人ではないかと」

「私には、この男はハンターに見えん！」アーサーは激高した。「妻のジャネットも同じ意見だ」

「まあ、彼が本物の伯爵だとすると、一番迷惑を被るのはアーサー卿ですからなあ」ドクター・スレイドは、なめし革のようにしなびた顔に皮肉めいた笑みを浮かべた。「それに、奥様も彼を受け入れてらっしゃるようだし。伯爵夫人のように高潔な方が、見ず知らずの男を自分の夫と認めるわけがございませんよ」

「そのほうが自分に都合がいいからに決まってるじゃない!」ジャネットが冷笑を浮かべながら、骨ばった指をラーラに突きつける。「ホークスワース家の財産を再び手に入れるためなら、この女は誰とでも寝るんだわ!」

ラーラは息をのんだ。「いくら何でも、そんなふうに言われる筋合いは――」

「男に飢えた、若く美しい未亡人」ジャネットは陰険に続けた。「孤児を救うのが私の使命ですの、なんて、いかにも高潔そうなフリをして、いったいどれだけの男性を騙してきたことやら。本性は――」

「もういい」ハンターがさえぎった。恐ろしいくらいぎらついた目に、一同が凍りついたようになる。ものすごい目つきで睨まれたアーサーが汗をかいているのがわかる。「今すぐにここから出て行け。荷物はこっちから送ってやる。どうせ、わが領地に二度と足を踏み入れる勇気はないだろうがな。もちろん、もしも再び現れたら、荷物は焼却してやるから覚悟しておけ。さあ、出てってくれ。貴様らがわが妻にどんな仕打ちをしたか――その償いをすべてさせられないだけでも、ありがたいと思うんだな」

「ラリーサにはあんなによくしてやったのに！」ジャネットがわめいた。「いったい彼女にどんな嘘を吹き込まれたのよ！」

「出て行け！」ハンターはジャネットに一歩歩み寄り、まるで絞め殺そうとするように両手を伸ばした。

「こ、このけだもの！」ジャネットは扉のほうに急いで逃げた。恐怖に目を見開いている。「誰がおまえの話など信じるものですか。おまえなんかよりも、犬小屋の犬のほうがよっぽどホークスワース伯爵の名にふさわしいくらいだわ！」

アーサーも扉のほうに向かった。ふたりが出て行くと、室内は集まった人びとのざわめきに包まれた。

ハンターはラーラの耳元でささやいた。「よく今まであのふたりとやってこれたね。本当にすまなかった」

ラーラは驚いてハンターを見返した。夫は今まで、何があっても絶対に謝ったりしなかった。人に謝ることができない人だった。「でも、ジャネットの言うことも少しは当たってるわ……。あなたは、私の結婚したハンターとはまるで違う」

「以前の私に戻って欲しいのかい？」ハンターは周囲の人間には聞こえないくらい小さな声で訊いた。

「わからないわ」ラーラは困惑したように目をしばたたいた。やがて人びとが、伯爵が戻ってくるなんてまるで奇跡のようだと口々に言いながら、たじたじとなっているラーラの周りに群がってきた。

それから数時間後、使用人たちはせわしなく立ち働いていた。アーサーとジャネットに命じられて、ふたりの荷物の一部をまとめているのだ。ハンターの意志は固く、ふたりとも即刻屋敷を出て行けと言って聞かなかった。きっとふたりとも、これから一生ハンターを恨むだろう。邸内にジャネットのわめき声が響いた。部屋を移動しながら、使用人一人ひとりに命令し、八つ当たりしているようだ。

ラーラはとまどい、落ち着かない気分で、邸内をぼんやりと歩いていた。二階の私室のうち、幸い何部屋かは、ハンターがいた頃の状態がそのまま保たれている。それらの部屋の内装は上品で洗練されていた。窓辺には薄い波紋絹布とベルベットのカーテンが掛けられ、フランス製の簡素なデザインの家具はきれいに磨き上げられている。

「さっそく模様替えの下調べってわけ？」書斎の扉のほうから猫撫で声が聞こえてきて、ラーラは振り返った。ジャネットだった。痩せぎすな体をこわばらせ、まるでナイフの切っ先のような鋭さを全身に漂わせている。

ラーラはジャネットが少しばかりかわいそうになった。爵位も屋敷も失って、さぞかしショックだろう。彼女のように野心あふれる女性にとって、質素な暮らしに戻るのは屈辱以外の何ものでもないはずだ。「ごめんなさい、ジャネット」ラーラは心から詫びた。「不公平だと思うでしょうけど――」

「同情は結構よ！　これで勝ったと思ったら大間違いですからね。何としても、絶対に爵位を取り戻してみせるわ。アーサーはまだ推定相続人なんだし、私たちには息子がふたりもいるんですから。それに、あなたが石女《うまずめ》なのは周知の事実だわ。あなたの夫だとかいうあのペテン師に、そのことはもう話したのかしら？」

「ひどいわ……」ラーラは真っ青になった。

「ひどいのはどっちよ。どうせあなたなんか、赤の他人のベッドに大喜びでいそいそと潜り込むんでしょ！」ジャネットは顔を醜くゆがめて冷笑を浮かべた。「さんざん殉教者みたいなフリをしてきたくせにね。まるで天使みたいな顔で、レディぶっちゃって。でも本性は、まるでさかりのついたメス猫——」

激しい怒声が響き、ジャネットとラーラは凍りついた。すらりとした体格の男性が、まるで獲物を襲う巨大なコブラのような勢いで部屋に入ってくるところだった。ハンターだ。彼は顔を真っ赤にして憤怒の表情を浮かべ、ジャネットの肩をつかんで揺さぶった。「女でよかったと思え！　男なら、今すぐこの場で殺しているぞ」

「は、放してちょうだい！」ジャネットは金切り声をあげた。

「やめて」ラーラはすぐさまふたりの脇に駆け寄った。「ハンター、お願いよ」

ハンターは名前で呼ばれたことに驚いて身を硬くした。

「事を荒立てないで」ラーラは言いながら彼に歩み寄った。「私なら大丈夫。お願いだから、ジャネットを放してあげて」

ハンターは鼻を鳴らしながら、いきなりジャネットの肩を放した。ジャネットはすぐさま部屋を飛び出した。

振り返ったハンターの表情に、ラーラは驚き、目をしばたたかせた。まるで血に飢えたような顔……。夫がこんな恐ろしい顔をしているところ、今まで見たことがない。どんなに怒っているときでも、決して顔には出さない人だった。どうやら、インドに発って今に至るまでの間に、あの上品ぶった仮面がはがれ……本当の彼が姿を現したようだ。

「まったく、性悪な魔女みたいな女だ」ハンターがつぶやくように言った。

「怒りと悲嘆でわれを忘れただけよ」ラーラはジャネットをかばった。「私は気にしてない――」ハンターがいきなりずかずかと歩み寄ってきて、驚いたラーラは言葉を失った。ハンターは大きな手を彼女のウエストに置き、もう一方の手で顎をつかむと、顔をぐいと上げさせた。それから、探るように彼女の顔をじろじろと見た。

ラーラは乾いた唇を舌の先で舐めた。下腹部に甘いしびれが広がっていく。動揺し、不規則に胸を高鳴らせながら、彼女は目の前の広い胸板をじっと見つめた。がっしりとした胸板の感触と、激しくキスされたときの快感がよみがえってくる。

ジャネットの言うとおりだわ……。私は確かに、この人に惹かれている。夫のことは、一度としてこんなふうに思ったことはなかったのに。こんな気持ちになるのは、私たちがお互いに変わったからなのかしら？　……それとも、彼が本物のハンターではないからなの？　いろいろなことがいっぺんに起きて、ラーラはわけがわからなくなっていた。ひとりになって、ゆっくり頭の中を整理する必要がある。「手を放してちょうだい……イヤなの」

ハンターは手を放し、ラーラは後ずさった。それにしても、彼の瞳の色はなんて個性的なんだろう。きらめく茶色の瞳は、光の加減でときどき真っ黒にも見える。そう、夫とまったく同じ色。でも……以前はこんなに情熱的に輝いてはいなかった。

「あなたが私の夫のはずがないわ」ラーラは震える声で言い放った。「でも、夫でないのならいったい誰なの。私には、どうすればいいのか、何を信じればいいのか、まるでわからない」

「私を夫として認めたくないのなら、みんなにそう言えばいい」いぶかしむように見つめてくるラーラを、ハンターはまっすぐに見返した。「すべてきみ次第だ。きみが違うと言えば、誰も私がハンターだとは信じないだろう」

ラーラは汗ばんだ額に手をやった。そんなこと、自分ひとりで決めたくない。だって、もしも間違った判断を下してしまったらいったいどうすれば……？「そうだわ、お義母様が旅行から戻ってらっしゃるのを待ちましょう。あなたが帰ってきたという知らせを受けたら、すぐにお戻りになるはずよ。お義母様の判断にお任せするわ。母親なら、自分の息子かどうかくらい――」

「ダメだ」ハンターの顔は石のようにこわばっている。「きみが決めるんだ。ラーラ、私はきみの夫かい？」

「ミスター・ヤングが言っていたとおり、さまざまな証拠から考える限り――」

「証拠なんかどうでもいい。私はきみの夫なのか?」

「わからないと言ってるでしょう」ララは、はっきりした答えを出すのを頑として拒んだ。「そもそも、夫のことをよく知らないんだから。肉体的には夫婦として結ばれていたかもしれないけど、それだって……」それ以上言うのをためらい、頰を真っ赤に染めた。

「確かに、私は愛情に欠けていたからな」ハンターはぶっきらぼうに言った。「以前の私は、ベッドで妻をどう扱えばいいのかわからなかった。恋人みたいに、誘惑してあげればよかったのに。要するに私は、自分勝手なバカ男だったというわけだ」

「あなたが求めていたのは、私じゃなかったんだものね」ララはうつむいた。

「でも、それはきみのせいじゃない」

「あなたは子どもが欲しくて私と結婚したんでしょう。それなのに私は――」

「それとこれとは別の問題だ」ハンターはララをさえぎるように言った。「こっちを向いてごらん」ララがうつむいたままでいると、ハンターは彼女のうなじに手をやり、ゆるく編んだ髪をほどいた。「きみに子どもができようができまいが、私は気にしない。もう、そんなことはどうでもいいんだ」

「いいえ、どうでもよくないわ――」

「私は変わったんだよ、ララ。お願いだからチャンスをくれ。きみを幸せにしてみせると、証明するチャンスを」長い沈黙が訪れた。ぎゅっと引き結ばれたハンターの大きな口をじっと見つめながら、ララは、またキスされるのではないかと焦った。

ハンターは急に決心したように、うなじに添えていた手を胸元へと移動させた。ふいに軽くかすめるように触れられて、抵抗しようと思う間もなかった。ラーラの胸はつかの間の愛撫に激しく疼いた。やがてハンターは彼女の首筋に唇を寄せた。熱い息を感じて、ラーラは息をのんだ。彼の舌が首筋を舐めてくる。「赤ん坊みたいな肌だ……。今すぐこの場でドレスを脱がしてしまいたいよ。裸のきみを腕に抱きしめて、ちゃんと心を込めて愛してあげたい。本当なら、ずっと以前にそうするべきだったんだ」

ラーラは頬を燃えるように真っ赤に染めながら、ハンターを押しのけようとした。けれども、ぎゅっと抱きしめられていてどうにもならない。やがてハンターの唇は首から肩のほうへと移動していった。ドレスの上から軽く歯を立てられて、ラーラは甘い驚きにおののき、背をそらせた。「やめて、ハンター――」

「インド人はね、夫を亡くした女性には生きる価値も意味もないと信じているんだ」ハンターはささやきながら、ラーラの首筋から、耳の裏の柔らかなくぼみへと唇を這わせていった。口調がからかうようなものになっている。「だからきっときみのことは、夫が生き返るなんて世界一運のいい女性だと言うに違いないよ」

「わ、私は、あなたがいなくてもちゃんとやってきたわ」ラーラは反論し、岩のように硬い肩をぎゅっと握った。膝がガクガクと震えて立っていることができないくらいだ。耳元で、ハンターがくすりと笑うのが聞こえる。

「インドに住んでいたら、きみは私と一緒に火葬されていたんだよ。サティと言ってね、夫を失った哀れな妻は、夫と一緒に茶毘《だび》に付される習わしがあるんだ」

「どうしてそんな野蛮なことを！」ラーラは目を閉じた。ふわりとしたスカートの上から、柔らかなお尻の曲線をハンターの手が撫でてくる。「お願い、もうやめて――」

「触るくらいいいだろう？　女性を抱くなんて本当に久しぶりなんだから」

「久しぶりってどのくらい？」ラーラは思わずたずねた。

「一年ぶりくらいかな」

ラーラはハンターの手のひらがゆっくりと背骨をなぞるのを感じながら訊いた。「夫を失った妻が、一緒に火葬されるのはいやだと言ったらどうなるの？」

「妻に選択肢はないんだ」

「あ、あなたが亡くなったと聞いたとき、確かに悲しみはしたけど――でも、まさか自殺をしようとまでは思わなかったわ」

「船が転覆したと聞いて、内心ほっとしたんだろう？」ハンターは声をあげて笑った。

「いいえ」ラーラは反射的に答えたが、図星を指されて、罪の意識で思わず顔が真っ赤になってしまった。

ハンターは顔を上げ、ラーラの表情を見てかすかに苦笑し、「嘘つきめ」とつぶやくなり唇をさっと奪った。

「ほ、本当よ――」ラーラは慌てて言い訳しようとした。ところがふいに話題を変えられてしまい、ますます困惑した。

「新しいドレスを作ったほうがいいな。かわいい奥さんに、こんなボロボロのドレスを着ていて欲しくない」

ララは視線を落とし、黒い地味なドレスを軽く握りしめた。「でも、お金が……」と言いながら、内心、新しいドレスが買えたらどんなにいいかと思った。黒や灰色のドレスには、もう本当にうんざりだった。

「お金の心配はいい。喪服は全部捨てなさい。何だったら、燃やしてもいいよ」ハンターは窮屈そうなハイネックの襟元に手を伸ばした。「それと、ついでにネグリジェも注文するといい」

「ネグリジェなんて必要ないわ！」小さいときからずっと、寝るときは木綿のナイトドレスだもの。

「きみが注文しないのなら、私が買っておいてあげるよ」

ララはハンターから体を離し、もじもじと落ち着かなげに、ドレスの袖やウエストやスカートを引っ張った。「そんな、男性を誘惑するためのものなんて私は着ません。申し訳ないけど、でも……私のほうからあなたの寝室に行くなんてこともありませんから。男の人はそれじゃ我慢できないだろうし……あなたにも男性としての欲求が――」ララは耳まで真っ赤になった。「でも、だったら……つまりその――」彼女は、わずかばかり残っているプライドを必死にかき集めようとした。「遠慮せず、よその女性のところに行ってくれて構わないわ。インドに発つ前もそうだったけど、私はあなたに、そのことではいっさい文句を言わないから」

ハンターは傷ついたような、おもしろがっているような、怒っているような——そんな奇妙な表情を浮かべた。「あいにくだけど、これからはそうはいかないよ。私の男としての欲求は、あるひとりの女性にしか満たせないんだ。きみが私を受け入れてくれるまで、代わりの女性で我慢するつもりはないよ」

「悪いけど、私の気は変わりませんから」ラーラは決心するようにキッと顎を上げた。

「私の気も変わらないよ」

ラーラは、空気が張りつめたように思った。心臓が激しく高鳴り、鼓動が体中にこだまするように感じる。やがてハンターの顔に人懐こい苦笑が浮かび、ラーラはますます動揺した。

今まで一度も、ハンターを魅力的だと思ったことはなかった。彼がハンサムだろうとなかろうと、どうでもよかった。彼は両親が選んだ結婚相手。ラーラは親が決めたことに従っただけ。それに結婚後は、夫婦生活があまりにも辛くて、彼の外見について考える心の余裕もなかった。いま初めて、ラーラはハンターがハンサムなのに気づいた。よく見ると、彼はびっくりするくらいハンサムだった。かすかに漂う色気に、思わず目まいがするくらいに——。

「お互い、いつまで気が変わらずにいられるか試してみるとしよう」ハンターは言うと、ラーラの表情に気づいたのか、ふいに声をあげて笑い出した。それから、挑発するようにラーラを一瞥し、部屋を出て行った。

4

その晩もふけた頃、ハンターはあるもの——数冊の日記——を必死に探していた。探しながら、頭の中ではさまざまなことを考えていた。物置に放ったらかしにされていたトランクは、すでに自室に運ばせてある。それらをひとつずつ開けて、順番に中身を見ていく。今のところ、トランクの中身はどれも身の回りの品々や服ばかり。服は、痩せた彼の体にはいかにも大きすぎた。

ハンターは短くため息をつき、壁に掛けられた赤い金襴の布を見やった。この一年余り、彼は極めて簡素な、何の飾りつけもない部屋で暮らしてきた。インドからの長旅の間は、家具さえない狭苦しいキャビンで過ごした。そのせいで余計に、ごてごてと飾りたてられた部屋が神経に障る。

ハンターは服を脱ぎ、トランクに入っていたフランス製のシルクのローブをはおった。大きすぎたので、前あわせを重ねるようにして、ウエストのところできゅっと紐を結んだ。茶色とクリーム色の絹糸で織られ、さらに金糸でしま模様をあしらった上等なローブは、長いことトランクにしまわれたままだったのでカビ臭い匂いがしたが、着心地は満点だった。

ローブに着替えると、ぐちゃぐちゃになったトランクの中身に再び目をやった。眉根を寄せて、いったい日記はどこにいったのかと考える。彼の「死後」に発見され、すでに捨てられたか。あるいは、どこかにしまわれている可能性もある。ハンターはじっと考え込むような顔で顎を撫でた。朝からひげを剃っていないので、硬い毛のざらざらとした感触がある。ひょっとして、ラーラが日記のありかを知っているかもしれない……。

夕食以来、ラーラの姿を見ていない。彼女は料理にろくに手をつけず、まるで怯えたウサギが逃げるように、そそくさと席を立つとどこかに行ってしまった。夕食の間、使用人たちはいっさい私語を慎んで、それはそれは静かだった。おそらく、メイド長のミセス・ゴーストから厳重に注意されていたのだろう。伯爵様は念願の帰郷が叶って喜びを噛みしめてらっしゃるのだから、そっとしておこう——みんな、そんなふうに思っているようだ。

けれども当のハンターは、内心穏やかではなかった。これから幾晩も、ひとりの夜を過ごさなければならないだろう。どんなにラーラを求めていようと、いやがるものを無理やり自分のものにするつもりはない。ラーラのベッドに受け入れてもらえるまで、時間をかけて、忍耐強く辛抱するしかない。でも、彼女にはそれだけの価値がある。昼間のキスを思い出すだけでも、絶対にその価値があると断言できる。確かにためらいは見せたが、冷たくはなかった。それに、ほんの一瞬ではあったけれど、うっとりするくらい情熱的に応えてくれたのだ。思い出すだけでも、下半身が疼いて硬くなってくる。

口元をゆがめながら、ハンターは理性を取り戻そうとがんばった。ひとつだけ、はっきり言えることがある――禁欲生活が長すぎたのだ。今なら、相手が誰でも欲求を満たせる気がする。でも彼は、修道士よろしく耐え抜くつもりだ。美貌の妻は、わずか数枚の扉を隔てたところに眠っているけれど――。

ハンターはラーラの小さな肖像画《ミニアチュール》を壁際の半円形のテーブルに置いた。エナメルがはげた縁の部分をそっと指でなぞり、慣れた手つきで留め金を外し、精密に描かれた肖像画にじっと見入る。いったい何度見たことだろう。でも見るたびに、気持ちがやわらぎ、気力がよみがえってくる。

あいにく肖像画は、ラーラの瑞々しい唇や人一倍優しげな表情、緑の牧草地に漂うかすみのような透きとおった緑色の瞳を、そのままに描き出してはいなかった。もちろん、絵筆とカンバスくらいでは、彼女の美しさを伝えることなどできやしないのだ。

それにしても、ラーラほど心優しい女性はこの世にいないだろう。寛容で、誰からの頼みも絶対に断ったりしない。どんな欠点がある人間でも、きっと彼女ならすんなりと受け入れてしまうだろう。でもそのせいで、他人に利用されやすいところもあるはず――だからこそ、誰かが彼女を守り、支えてやる必要がある。ハンターは、ありとあらゆる面から、喜んで彼女に手を貸してやるつもりだ。

ふいにラーラの顔が見たくなった。彼女とひとつ屋根の下にいるのだと、今一度確認しておきたい。ハンターは自室をあとにした。ラーラの寝室とは、三部屋続きになっている。

「ラーラ」ハンターは小さく呼びかけながら、扉をそっとノックした。室内の物音や人の気配にじっと意識を集中させる——しんと静まりかえったままだ。ハンターはもう一度ラーラの名前を呼び、今度はドアノブを回してみた。鍵が掛かっている……。

何らかのかたちでハンターとの間に壁のようなものを作りたい——ラーラのその気持ちは十分に理解できる。でも、怒りを感じずにはいられなかった。ラーラは私のものだ。顔を見ることまで拒まれてはかなわない。「鍵を開けろ」ハンターは言いながら、警告するようにノブをガチャガチャと回した。「ラーラ、早く開けるんだ」

やがて、普段より上ずった調子のラーラの声が聞こえてきた。「こ、今夜はイヤ」

「部屋に入れろ」

「約束したじゃない！」ラーラはキッとなって言った。「無理やり襲ったりしないって！」

ハンターは扉に体当たりした。真鍮《しんちゅう》の小さな鍵は、単なる飾り程度の役割しか果たしていなかったようだ。「二度と鍵なんか掛けるんじゃない」ハンターはぶっきらぼうに言った。

ベッドの脇に立ったラーラは、顔を真っ青にし、ほっそりとした腕でぎゅっと体を抱きしめるようにしている。こわばった表情を見れば、逃げ出したりすまいと必死で耐えているのは明らかだ。純白のモスリンのナイトドレスに身を包み、茶色の髪を流れるように肩に垂らした姿は、まるで天使のようだった。ハンターは、柔らかく引き締まった胸とお尻、甘く香る唇の感触を思い出し、下半身がくすぶるように熱っぽくなってくるのを覚えた。それにしても、こんなふうに激しく女性を求めるのは初めてのことだ。体中の細胞という細胞が、彼女の感触と、匂いと、味を求めているように感じる。

「で、出てってちょうだい」ラーラは震える声で言った。

「別に襲うつもりはない」ハンターは無愛想につぶやいた。「もしそのつもりなら、とっくにきみを押し倒している」

ぞんざいな口調に、ラーラは尻ごみした。「だ、だったら、いったい何の用なの？」

「私の荷物はほかにもあるはずだ。きみならそれがどこにあるか、知ってるんじゃないかと思ってね」

ラーラはしばし考え込むような顔をした。「アーサーは屋敷に移ってきたとき、あなたの持ち物をたくさん売ったり捨てたりしたの。私は、反論できる立場じゃなかったから」

ハンターは眉根をひそめ、内心でアーサーを罵《ののし》った。日記が見つかっていなければいいのだが……あるいは、日記に書かれた秘密を読まれていなければ……。そんなことになるくらいなら、むしろ、捨てられているほうが助かる。

「あなたの持ち物はすべてお部屋に運び込むよう、従者に言っておいたわ……でも、いったい何を探しているの？」

ハンターは肩をすくめただけで答えなかった。まだ屋敷のどこかにあるかもしれない。もしもそうなら、日記を書いていたことをラーラに知られるのはまずい。

さらに部屋の奥へと足を踏み入れると、ラーラはふたりの間の距離を保とうとするように後ずさった。愛らしい顔を用心深く曇らせて、小さな顎を反抗的にキッと上げている。やがて彼女は、ハンターのローブに視線をやり、不快げな表情を浮かべた。何か思い出したくないことを思い出してしまったらしい。

「どうかしたのか？」

「覚えてないの？」ラーラはこげ茶色の眉をぎゅっとひそめた。

「ああ」ハンターはかぶりを振った。

「最後のとき……インドに発つ前の最後のときに、あなたはそのローブを着ていたわ」ラーラの顔に浮かぶ表情から、その晩のことがとりわけ不愉快なできごとだったのがわかる。

ハンターは無意識に、すまなかったというような言葉をつぶやいていた。気づまりな沈黙が流れた。怒りと後悔がないまぜになったような気持ちでラーラをじっと見つめながら、彼女の瞳に浮かぶ不安をどうやったら消してやれるのだろうと考える。

「もうあんなふうにはしないと言ったはずだよ」

「ええ、そうだったわね」ラーラはうなずいたが、信じていないのは一目瞭然だ。

内心毒づきながら、ハンターは東洋風の絨毯の上を歩いた。今すぐに部屋を出て行ったほうがラーラが安心するのはわかっている。でも、まだひとりになりたくなかった。こんなふうに人と触れ合うのは、本当に久しぶりだ。彼は孤独だった。たとえラーラに嫌われていても、彼女といるときだけが、心安らぐひとときだ。

ラーラの寝室は、彼の部屋と同じくらい、いや、それ以上にごてごてと飾りたてられている。ベッドはまるでそびえたつようで、木の幹のように太い支柱は、凝った彫刻と金めっきがほどこされている。天蓋に掛けられた垂れ布《バランス》には、金色と赤のビーズ飾り。天井には金色の貝殻とイルカが描かれていて……さらに、胸もあらわな人魚に縁取られた巨大な楕円形の鏡が掛かっている。

ハンターが何をそんなに熱心に見ているのか気づいたラーラは、軽いおしゃべりで緊張感をほぐそうとした。「ジャネットは、よほど自分の顔を見るのが好きなのね。でも、寝顔まで見たかったのかしら？」

ラーラの無邪気な疑問に、ハンターは愉快になった。「鏡に映したかったのは、寝顔じゃなかったんだろうね」彼はさらりと言った。

「それはつまり、もしかして……」よほど面食らったのだろう、ラーラは顔を真っ赤にした。

「でも、いったい何のためにそんな……？」

「ことの最中に自分たちの姿を見て喜ぶ人も、世の中にはいるからね」

「でもジャネットは、そんな人には見えないわ……」

「人が寝室で何をしているかなんて、他人にはわからないもんさ」ハンターは言いながら、ラーラの横に立った。

すぐに逃げるだろうと思ったら、ラーラは身じろぎひとつせず、透きとおった緑色の瞳でじっと見つめてきた。好奇心と疑念が彼女の中に渦巻いているのが手に取るようにわかる。

「もしかしてあなたも――」ラーラはそこまで言って口をつぐんでしまった。

「いや、私にはそういう趣味はないよ」ハンターは当然のように否定したが、実際には、想像しただけで激しく興奮した。ラーラをベッドに押し倒し、ナイトドレスをめくり上げ、ほっそりとした太腿の間に顔をうずめながら、ふたりの体が絡み合うところを鏡に映す……。

「そもそも、そんなのバカげているものね」

「何かを否定する前に、一度は試してみる――私のモットーだよ」

ラーラはふっと笑い声を漏らした。「そのモットーのせいで、とんでもないトラブルに巻き込まれるかもしれないのに」

「確かにね」ハンターは陰気に答えた。

その表情に、ラーラは、きっとインドで何かとても大変な目に遭ったのねと思った。「インドでは、探しものは見つかったの？」彼女は思いきって訊いてみた。「刺激と冒険を求めてインドに向かったんだったわよね」

「ああ、刺激も冒険も、期待していたほど素晴らしいものじゃなかったよ。でもあの旅のおかげで、家庭というものを見直すことができた。自分の居場所をもっと大切にしようと痛感したよ――」ハンターはいったん言葉を切り、ラーラの瞳をじっとのぞきこんだ。「きみとの暮らしをね」

「でも、ずっとそういう気持ちでいられるの？」ラーラは静かにたずねた。「あなたはきっと、この土地にも、ここの人たちにも、そして私にも飽きてしまうはずよ。以前もそうだったように」

いつもしつこくつきまとって離れない言葉――私は死ぬまできみを求め続ける――がまたも耳の中に響き、ハンターはぎくりとした。今のような暮らし、ラーラとの人生を、ハンターはずっと望んでいた。だから彼は、ここでの暮らしを手に入れるため、そしてそれを守るため、命ある限り戦うつもりだ。

「信じて欲しい」ハンターはぶっきらぼうに言った。「きみの腕の中で何千回という夜を過ごそうと、私は絶対にきみに飽きたりしない」

ララは落ち着かなげな、いぶかしむような表情を浮かべ、薄くほほ笑んだ。「一年間も禁欲生活を送ったあとだもの、どんな女性にも夢中になって当然ね」

彼女は化粧台のほうに行き、ほっそりとした指でつややかな長い髪をとかしながら、三つ編みにしていった。早く出て行って――無言で訴えているのはわかったが、ハンターは気づかないフリをした。彼女のあとについて化粧台に歩み寄り、脇の壁に寄り掛かって、髪を整える様子をじっと眺める。「インド人にとって、禁欲生活は素晴らしい美徳でね」

「そうなの」ララはわざとそっけなく返事をした。

「禁欲生活は、自分自身にも自分の置かれた状況にも厳しい男だという証になる。それに、その結果、精神的な高みに到達できると考えられているんだ。だからインド人は、寺院にエロチックな絵画なんかを並べて、修行したりもする。そういう寺院を訪れて、己の信仰心の篤《あつ》さや自制心の強さを試すんだ。本当に信心深い人間なら、そういう絵を見ても興奮しないだろうというわけさ」

ララはていねいに三つ編みをする作業に集中しようとした。「あなたも試したことがあるの？」

「もちろん。あいにく、私は信心深い人間じゃなかったようだけど」

「それは残念だったこと」ラーラが嫌みっぽく言うと、ハンターはにやりと笑った。

「一緒に行った連中に、英国人はだいたいそういう反応をするものですと言われたよ。インド人は、快楽と苦痛の限界を知っている――だから、肉体と精神をうまくコントロールできるんだ」

「外国人の考えることは、よくわからないわ……」ラーラはようやく三つ編みを終えた。

「まったくだ。インドには神様も大勢いる。たとえば、獣の王、豊穣の神と呼ばれるシバ神とかね。なんでもこのシバ神っていうのは、数百万という体位を発明したそうだよ。残念ながら、弟子に伝授したのはそのうちの数千種類だけだったらしいけど」

「す、数百万ですって……？」あまりの驚きに、ラーラはハンターのほうにくるりと振り返り、見るからに当惑した表情を浮かべた。「でも、私はひとつしか……」

ハンターはふいに真顔になった。言葉を失い、ラーラと同じような当惑の表情で彼女をじっと見返す。そういうことだったのか……ラーラにとって愛の営みは、みじんも喜びを感じられない、おざなりな行為だったに違いない。それなら、夫の生還に逃げ腰になるのも当然だ。

「ねえ、ラーラ」ハンターは穏やかに言った。「確かに今までは、きみに教えてあげなかったことがたくさんあった……最初っからちゃんときみに――」

「気にしないで」ラーラはバツが悪そうに言った。「昔のことは話したくないの。特に、あのことについては。今夜はもう寝るわ。とっても疲れたから」彼女はベッドカバーとシーツを半分だけ折り、刺繍がほどこされた生地を小さな手でそっと撫でた。

いい加減に自分の部屋に戻ったほうがいい——わかってはいたが、ハンターは何かに衝き動かされたようにラーラに歩み寄り、小さな手を取った。その手を口元に持っていき、唇と顎に沿って指を這わせ、手のひらに情熱的に口づけた。ラーラは身を震わせ——その震えは、握りしめた手を通してハンターにも伝わった。けれどもラーラは、手を引き抜こうとはしなかった。

「いつか必ず、きみに受け入れてもらえると信じてるよ」ハンターはつぶやき、ラーラの大きな緑色の瞳から、空っぽのベッドへと視線を移した。ゆっくりと彼女の手を放すと、ラーラはまるで怪我でもしたように、その手をさすった。「どこか痛いの？」ハンターは心配そうな顔で訊いた。

「いいえ。ただちょっと……ううん、何でもないわ」ラーラは両手を脇に垂らしたまま、当惑したような顔でじっとハンターを見つめている。

　ハンターはラーラの気持ちを察して、下半身が疼くのを覚え、苦笑を浮かべてかぶりを振った。もう退散したほうがいい。これ以上ここにいたら、無理やり彼女を襲ってしまいそうだ。後ろ手に扉を閉めながら、ハンターはそっと振り返った。ラーラは愛らしい顔に不安の色をたたえて、じっとその場に立ちつくしていた。

5

驚いたことに、翌日ホークスワース邸を訪れた人びとの数は、昨日とは比べものにならないほどだった。屋敷には全七四室あるが、それらの部屋という部屋がすべて訪問者であふれかえるくらい。地元の政治家や名士、町民などが、ホークスワース伯爵の生還に興味津々で、あるいは興奮して、次から次へとやって来た。屋敷の前には四頭立てや六頭立ての馬車がずらりと列をなし、使用人用の広間は、さまざまなお仕着せを着た従者や御者ですし詰め状態となった。

「帰っていただいたほうがいいかしら?」朝、訪問客が続々と現れるのにびっくりしたラーラは、ハンターに訊いてみた。「伯爵は気分がすぐれないからと、ミセス・ゴーストに断ってもらって――」

「私は別に構わないよ」意外にもハンターは、わくわくしたような顔つきで書斎の肘掛け椅子にゆったりと背をもたせた。「むしろ、なつかしい顔ぶれに会うのが楽しみだ」

「でも、ドクター・スレイドも、慣れるまでしばらく人に会わず、ゆっくり体を休めたほうがいいって――」

「この数カ月で、もう十分に休んだよ」

ラーラは当惑気味に夫を見つめた。常に体面を重んじていたハンター――以前の彼なら、こういうときは数日間は誰にも会わず、用心深く元どおりの生活に戻っていっただろう……。ラーラはやっとの思いで口を開いた。「でも、これじゃまるで見世物だわ。あんなに大勢の人にいっぺんに会うなんて」

「いいから、お通ししなさい」顔はにこやかだが、口調は有無を言わせなかった。

そのあとハンターは、訪問客一人ひとりを自ら歓迎してまわった。リラックスした表情で、いかにも楽しそうに人びとと話す様子に、ラーラは困惑した。もちろん、以前からもてなし役はお手のものだった。とはいえ、決して好きでその役をやっていたわけではない。とりわけ相手が、貴族でも自分よりも身分が低い場合や、ただの町民の場合には……。あのクズ共――嘲るような声で、そんなふうに言ったことさえある。それなのに今日のハンターは、相手が誰でも、同じように丁寧に歓迎の言葉をかけてまわっている。

屈託なく笑い、インド旅行のエピソードを披露したり、同時に複数の客の相手をしたり、庭や絵画室を二、三の親しい友人と歩いたり。やがて正午になると、自ら上等なブランデーのボトルを開け、ツンとした刺激臭が漂う葉巻を取り出し、群がる紳士たちに振る舞った。屋敷の奥にある台所では、使用人たちがせわしなく働き、大勢の訪問客のためにせっせと軽食や飲み物を用意した。上品にトレーに盛られたサンドイッチ、大皿に並べられたアルコール漬けのライムとイチジク、ケーキなどが供されるたび、訪問客たちはわれ先にと手を伸ばした。

もちろんラーラも、しっかりもてなし役を果たしていた。何十杯と紅茶をいれ、興奮気味にぺちゃくちゃしゃべる女性客を相手に、質問にてきぱきと答え――。

「伯爵がお帰りになったときは、いったいどんな気持ちでしたの？」女性客のひとりが興味津々といった面持ちで訊いてきた。さらに別の婦人が、「再会のとき、伯爵が一番最初におっしゃった言葉は？」とせっついてくる。

「ええと――」ラーラはうろたえた。「もちろん、心の底からびっくりして――」

「もしかして泣いたのかしら？」

「気絶でもしたの？」

「きっと伯爵に抱きしめられて――」

矢継ぎ早に浴びせられる質問に、ラーラはおろおろするばかりで、無言で紅茶のカップに視線を落としていた。とそのとき、レイチェルのどこかそっけない、笑いを含んだ声が部屋の入口のほうから聞こえてきた。「そんなこと、他人の私たちが聞いたところで何になるんですの、みなさん？」

妹の思いやりあふれる顔を見上げるなり、ラーラは不覚にも涙がこぼれそうになった。ハンターの生還――それがラーラにとって何を意味するか、心から理解してくれるのはレイチェルだけだ。ほっとしたような表情を表に出さないように注意しながら、ラーラは噂好きな婦人たちの輪を離れ、妹の手を引いて部屋をあとにした。大階段の下でふたりきりになるなり、レイチェルが安心させるように両手をぎゅっと握りしめてくれた。

「思ったとおり、ものすごい数のお客様ね。騒ぎが収まってから来ようと思っていたんだけど、やっぱり我慢できなくて来ちゃった」

「まだ現実とは思えなくって」誰かに聞かれてはまずいので、ラーラは声を潜めた。「いろんなことが次から次へと起こるものだから、息もつけないくらいよ。ハンターったら、アーサーとジャネットをさっさと追い出したあとは、すぐに私と一緒に屋敷に移って……でも彼、何だか違う人みたい」

「違う人って——比喩で言ってるの、それとも文字どおりの意味？」レイチェルは真顔でたずねた。

ラーラはぎょっとした表情になった。「自分の夫だと認めたからこそ、こうして一緒にいるのに決まっているでしょう？」

「もちろんそうだけど、でも……何だか別人みたいじゃない？」レイチェルは、質問というより、むしろ断言するような口調になっている。

「じゃあ、もう彼に会ったのね……」

「ええ、たまたますれ違ったの。ミスター・コービットと、グリムストン卿と並んで喫煙室に行くところだったわ。お義兄様は一目で私に気づいて、立ち止まって自分から声をかけてきたの。いかにも、義理の妹に再会できて嬉しいって表情だった。廊下の脇でしばらくお話したんだけど、自分がインドに赴任したあとラーラはどんなに苦労しただろうって、それはもう心配して……。それから、テレルのことも訊いてきて――明日伺うと思いますって答えたら、とても嬉しそうにしてらした」レイチェルは当惑したように眉間をぎゅっと寄せた。「物腰も、話していることも、ホークスワース伯爵としか思えないんだけど、でも何だか……」

「わかってる」ララは硬い声でつぶやいた。「以前の彼とは何となく違うでしょう？　あちらでいろいろあって、それで変わったんだろうとは思うんだけど。でも、どう言ったらいいかわからないけど、何か妙な感じがするのよ」

「お姉様への態度はどう？　相変わらずなの？」

ララは肩をすくめた。「それが、じつはとても優しいの。愛想よく振る舞おうと努力しているのかしら。でも、何だか以前の彼とは違う、とても優しい……深い思いやりを感じるのよ」

「それは妙ね――」レイチェルは考え込むような表情になった。「でも、私もそんな雰囲気を感じたわ。それに何だか、すごく颯爽《さっそう》とした印象も受けたの。女性なら、みんなうっとりしてしまうような感じ。以前のお義兄様は、決してそんなふうじゃなかったのに」

「そうなの」ララはうなずいた。「私の知っているハンターとは違うみたい」

「テレルだったら、何て言うかしら。あんなに親しかったんだもの。もしもあれが、ただのペテン師なら――」

「そんなはずはないわ」ララはすぐさま否定した。そんな恐ろしい可能性を受け入れるわけにはいかない。会ったこともない、大嘘つきのペテン師とひとつ屋根の下で暮らしているなんて。

「ねえ、もしも彼がペテン師だったら、お姉様が危ないのよ。彼の過去も知らない、彼が何を企んでいるのかも――」

「彼は私の夫よ」ラーラは頑とした口調で言いながら、顔が青ざめていくのを感じた。「絶対に間違いないわ」

「もしかして、ゆうべは――」

「いいえ」

「じゃあ、そのときには、本当の夫かどうかきっとはっきりするわね」

何か返事を――と思った瞬間、ハンターの熱い息に肌を撫でられたときのことが思い出された。指に触れた髪の感触や、鼻孔をくすぐるサンダルウッドの香りも。あの瞬間、ラーラは、どこか不思議な、深い結びつきのようなものを彼に感じたのだった。「いったい何者なのかしらね……」ラーラはぎこちなくつぶやいた。「でも、夫だと信じるしかないわ。そのほうがずっと納得がいくもの。だって、赤の他人が、あんなに何でも知っているはずがないのよ」

ドクター・スレイドの心配をよそに、夜になっても訪問客たちの帰る気配はない。「一日でこんなに大勢の人と会うなんて無茶ですぞ」初老の医師はラーラを諭した。当のハンターは、応接間の隅のサイドボードの脇で客人と談笑中だ。「そろそろ伯爵にお休みいただいたほうがいいのではありませんか、レディ・ホークスワース?」

見るとハンターは、グラスにブランデーを注ぎながら、誰かの言った気の利いたせりふに笑い声をあげ、すっかりくつろいだ様子で……と思ったら、ほんの一瞬、目の周りに緊張が走り、口の両脇のしわが深くなったように見えた。

ララはその瞬間に悟った——ああ、何もかも演技なんだわ。あれは全部、町の人びとの信頼を勝ち取るための、入念に考え抜かれた演技。そして彼の目論見は、まんまと功を奏している。今日のハンターは、どこからどう見ても、荘園屋敷の主《あるじ》といったところ。洗練された物腰で、自信に満ちあふれ、手際よく客をもてなしている。あれならきっと、訪問客の中に彼の正体を疑っていた人がいたとしても、そんなことはもうすっかり忘れているはずだ。

ララはハンターがかわいそうになってきた。大勢の人に囲まれているのに、なぜかひどく孤独に見える。「確かに、ちょっと疲れているみたいですものね」医師に向かってつぶやいた。「先生のほうから、適当になだめて、休むように言ってくださいませんか?」

「それならもうやってみましたよ」ドクター・スレイドはあきれたように鼻を鳴らし、白髪まじりの長いもみあげを指で撫でた。「まったく、相変わらず頑固ですなあ。へとへとになるまで、もてなし役をやりとおすつもりらしい」

ララは夫をじっと見つめた。「昔から、誰の意見も聞かない人でしたものね」うなずきながら、少なくともその点は前と変わらないようだと思い、どこか安堵を覚える。「でも、妻として何とかしないといけませんね」

にこやかな笑みを浮かべながら、ラーラは夫に歩み寄った。隣には三人の男性がいる。手始めに、一番手近にいたサー・ラルフ・ウッドフィールドに声をかける。サー・ウッドフィールドはたいそう裕福で、確か狩猟が趣味だったはず。「まあ、サー・ウッドフィールド！ああ、ちょうどよかったわ！」ラーラはいかにも嬉しそうに大声をあげた。

「ああ、これはこれは、レディ・ホークスワース」ウッドフィールドは心を込めて返した。「このたびは誠におめでとうございます。われわれも、伯爵がいなくてとても寂しい思いをしていたのですよ。でも、伯爵の帰還を一番喜んでいるのは、ほかでもないあなたでしょうね」言いながら、いたずらっぽくウインクをしてみせた。

そのぶしつけな物言いに、ラーラは顔を赤らめた。とはいえ、そんなふうに言われるのはこれが初めてというわけではない。どうしてみんな、まるで愛に飢えた未亡人のように人のことを言うのだろう。けれどもラーラは、そんな内心の苛立ちを押し隠し、笑みを浮かべた。

「本当に、われながら何て運がいいのかしらと感心しますわ。ところで、先日ちょっと名案が浮かびましたの。みなさんにも幸運のおすそわけ。サー・ウッドフィールドにも、きっといい考えだと思っていただけるはずだわ」

「ほう、名案――？」ウッドフィールドは首をかしげた。ブランデーでかすかに朦朧《もうろう》とした頭で、いったい何だろうとじっと考えているようだ。

「確か、サラブレッドをたくさん飼ってらしたでしょう？　それに、馬たちをとっても大切にしてらっしゃるとか。それで考えたんですけれど……マーケットヒルに、年老いた馬や怪我《けが》をした馬のための施設を造ったらいかがかしらと思って」

「と、年老いた馬のため――」ウッドフィールドは口をあんぐりと開けた。

「足が不自由になったり、病気になったりして、仕事ができない馬たちのための施設ですわ。たくさんの忠実な馬たちが、もう役に立たないからといって無闇に殺されるのを見ているのは、あなたも心が痛むんじゃありません？」

「ええ、まあ……しかしですね――」

「やっぱり！　あなたなら、かわいそうなたくさんの馬たちを救ってくれると思ってましたわ！　本当になんて素晴らしい方。詳しい話をしたら、早速、具体的な活動に移りましょうよ」

ウッドフィールドは明らかに狼狽した様子だ。そろそろおいとましようと妻につぶやくなり、挨拶もそこそこに、そそくさと部屋を出て行った。

ラーラはすぐさま次の標的に移った。四五歳にしていまだに独身のミスター・パーカーだ。

「ねえミスター・パーカー、私、あなたの現状についてじっくり考えてみましたの」

「私の現状……？」パーカーはオウム返ししながら、眉と眉がくっつきそうになるくらい、思いっきり顔をしかめている。

「ええ、ずっとおひとりでいらっしゃるでしょう？　妻に世話を焼いてもらうこともないなんて……それでね、私、あなたにぴったりのお相手をついに見つけましたの」

「いや、レディ・ホークスワース、本当に、私は別に妻など――」

「あの方なら完璧よ」ラーラはひるまなかった。「ミス・メアリー・ファルコナー。あなたなら、性格も本当によく似てらっしゃるから大丈夫。おふたりとも独立精神が旺盛で、現実的で、ご自分の意見をちゃんと持ってらっしゃる。まさに理想的なカップルだわ。すぐにご紹介しますわね」

「いや、ミス・ファルコナーなら、とっくに存じ上げてますよ」パーカーは言いながら、ぎりぎりと歯ぎしりした。「もう若くない、怒りっぽいオールドミスでしょう。いったい彼女のどこが私にぴったりなのやら」

「若くない？　怒りっぽい？　まあ、ミス・ファルコナーは、本当に天使のような女性ですのに。あらためてもう一度会ってみたほうがいいわ。そうすれば、誤解だってことがわかりますから」

口の中で何事が罵りながら、パーカーはさっさとその場を離れた。部屋をあとにしつつ、ムッとした顔で肩越しにハンターを振り返る。まるで、自分の女房の口くらいちゃんとふさいでおけとでも言いたげな顔だった。当のハンターはといえば、小さくほほ笑んで、肩をすくめただけだった。

そのあとも、ラーラは次から次へと訪問客を狙い撃ち。客はひとり、またひとりと、急に用事を思い出したようにいとまを告げ、いそいそと帽子や手袋をまとめると、それぞれの馬車へと急いだ。

最後のひとりが帰ってしまうと、ハンターは玄関広間にたたずむラーラの隣にやって来た。

「見事なお手並みだったな」

褒められているのか、文句を言われているのかわからず、ラーラは用心深く答えた。「だって、いい加減、誰かしらがやらなくちゃいけなかったのよ。そうじゃないとみなさん、一晩中だっていたかもしれないわ」

「まあいい。きみがみんなを追い返してくれたおかげで、こうしてまたふたりっきりになれた。さてと、今夜はこれからどうしようか？」

ハンターの瞳がからかうようにきらめき、ラーラは狼狽して両手を握り合わせた。「お、お部屋に戻るんなら、夕食のトレーを持って行くようメイドに――」

「こんな早い時間から、ひとりで休めっていうのかい？」ハンターは茶目っ気たっぷりに、にやりとしてみせた。「もっと楽しいことを期待していたのにな。まあ仕方ない、だったら私は、書斎で手紙でも書いてるよ」

「じゃあ、そちらに夕食を運ばせましょうか？」

「いや、腹は減ってないから」短くかぶりを振った。

「でも、何か食べなくちゃ体に毒よ」ラーラは食い下がった。

ハンターがかすかに笑みを浮かべ、ラーラはなぜか、甘い疼きのようなものを覚えた。

「何としても食べさせるつもりみたいだね。よしわかった。ふたりで一緒に、上の談話室で食べよう」

二階の家族用の談話室は、ハンターの寝室のすぐ隣にある。ラーラはためらい、首を横に振った。「だったら、下の大食堂で食べましょう」

大食堂の内装を思い出してハンターは顔をしかめた。「あそこじゃ食欲が失せる。ジャネットの仕業だろう、あれは」

「ええ、エジプト風が最近の流行なんですって」ラーラも苦笑した。

「スフィンクスにクロコダイル。テーブルの脚には蛇まで絡みついてるし。ここなんか本当に最悪だな。こうなったら、何もかも全部、インドに発つ前の状態に戻さないといけないね。まったく、わが家に帰ってくるなり、自分がどこにいるのかわからなくなるなんて。トルコ風の天幕に、中国の龍、スフィンクス……まるで悪夢だよ」

じれったそうに言い募る様子に、ラーラは思わず笑っていた。「本当ね。私も、ふたりが屋敷の内装をどんなふうに変えたか知ったときには、笑うべきなのか、泣くべきなのかわからなかったくらい。それに、あのときのお義母様のヒステリーときたら！　二度とこの屋敷に足を踏み入れるものですかとまでおっしゃったのよ」

「だったら、内装はこのままにしておいてもいいな」ハンターはさらりと言った。

ラーラは口を押さえたが、忍び笑いが漏れ、大理石の壁に反響した。

ハンターはにやりと笑い、あっと思う間もなく、ラーラの手を取っていた。そっと握りしめ、手のひらを親指で撫でる。「さあ、二階で一緒に夕食だ」

「でも私、おなかが空いてないの」

「きみのほうこそ、何か食べないとダメだよ。まったく、きみってこんなに小さかったっけ？」言いながら、握った手に力を込める。

「小さくないわ」ラーラは反論しながら手を引き抜こうとしたが、無駄だった。

「だって、ポケットに入っちゃいそうだよ」当惑したような表情のラーラにほほ笑みかけながら、ハンターはさらに手を引いた。「さあ、おいで。まさか、私とふたりきりになるのが怖いわけじゃないだろう、うん？」

「怖くなんかないわ」

「もしかして、またキスされるとでも思ってるのかな？　あれ、図星だった？」

ラーラは慌てて玄関広間にきょろきょろと視線をやった。通りがかった使用人に聞かれたら困る。「ここでそんな話を――」

「キスはしないよ」ハンターは真顔で言った。「それに、触ったりもしない。だったらいいだろう？」

「ハンター――」

「ね？」

ラーラは思わず吹き出した。「わかったわ。どうしてもって言うんなら、仕方ないわ」

「どうしてもだよ」勝ち誇ったようにほほ笑む口元に白い歯を光らせながら、ハンターは優しくささやいた。

爵位を継いでからというもの、アーサーとジャネットはホークスワース邸にありとあらゆる手を加えてきたが、ありがたいことに、料理人のミセス・ルイユのことはクビにしなかった。ミセス・ルイユは、すでに一〇年以上も屋敷で働いている。フランス料理とイタリア料理に精通しており、ロンドンの一流シェフにも劣らない腕前の持ち主だ。

ラーラはこの数カ月で、メイドが用意してくれる肉と野菜のスープなど、質素な食事にすっかり慣れてしまっていた。だから、こうして久しぶりに屋敷でちゃんとした料理を堪能できるのは、本当に嬉しかった。ハンターの帰宅を祝って、ミセス・ルイユは彼の好物ばかり用意してくれた。キジ肉の串焼きレモン添え、ナスのクリームソースがけ、茹でたアーティチョーク、そして、バターと粉チーズをたっぷりかけたマカロニ・プディング。

「ああ、本当に夢みたい！」一皿目が談話室に運び込まれるなり、ラーラは歓声をあげた。うっとりするような匂いを鼻孔いっぱいに吸い込んで、ため息を漏らす。「正直に打ち明けると、彼女の料理を食べられないのが一番辛かったの」

ほほ笑んだハンターの顔が、金色にきらめくロウソクの炎に照らし出されている。柔らかな光のおかげで、本当ならば少しくらい表情がやわらいで見えてもいいのに。でも、わずかな明かりや陰くらいでは、くっきりと張った頬骨や、逞しい顎のラインは隠せないようだ。ラーラは落ち着かない気分になった。彼になつかしさを感じる一方で、以前とはまったく違う人のようにも見える。

思えば、結婚以来、こんなに間近に、しかもこんなに長い時間、夫の顔を見たことはなかったような気がする。ラーラは夫の視線から逃れることができないようだった。強い意志の感じられる、探るようなまなざし——彼女の秘めた心の動きを、すべて読み取ろうとするような……。

「英国に渡る船の中で出された食事を、お土産に持って帰ってきてあげればよかったね」ハンターがふいに言った。「塩漬けの乾燥肉や、乾燥豆や、ラム酒の水割り。そうそう、カチカチのチーズとか、猛烈に苦いビールも出たな。それと、ゾウムシも」

「ゾウムシですって！」ラーラはゾッとした顔で大声をあげた。

「ああ、乾パンにくっついてるんだよ」ハンターは笑った。「でも、ゾウムシにはじきに感謝するようになった。堅いパンに穴を開けてくれるものだから、かえって割りやすくなるんだ」

「もうやめて。食欲がなくなっちゃう」

ラーラがしかめ面をすると、ハンターは「ああ、ごめんよ」と謝りながら、いかにもすまなそうな顔をしてみせた。茶目っ気たっぷりの表情に、ふと、孤児院のいたずらっ子たちを思い出す。パンのかたまりを手にし、ちぎり取ると、左手にハンターの視線を感じた。「じゃあ、話題を変えようか。私が贈った指輪をしていないけど、どうしたの？」

無表情にハンターを見返したラーラは、何のことを言われたのか気づいて、ぎょっとした声を出した。「あ、あの、これは……」時間稼ぎをするように黙り込んだが、頬が真っ赤になるのが自分でもわかった。

「どこにあるの？」ハンターは穏やかに促した。

「よく覚えてないの……」

「そんなはずはないだろう？」

罪悪感で、息が詰まりそうになる。美しい彫刻がほどこされた金の結婚指輪――あれは、ハンターが贈ってくれた、たったひとつのプレゼントだった。「ごめんなさい。じつは、売ってしまったの」ラーラは早口に言った。「ほかにお金に換えられるようなものを持っていなかったから。あなたにばれる日が来るなんて、まさか思わなかったし、それに……」

「何のためにお金が必要だったの？　食べ物かい？　それともドレス？」

「自分のためじゃないの、じつは……」深呼吸し、静かに息を吐いた。「子どもたちのためなの。孤児院の。二〇人くらいいるのよ。年齢はまちまちなんだけど、とにかく、あの子たちのためにいろいろなものが必要なの。毛布だってろくにないのよ。かわいそうなあの子たちが、夜、ベッドで凍えそうになっているんじゃないかと思うと、私……耐えられなかったの。アーサーとジャネットにも頼んだんだけど、ふたりとも……いいえ、あのふたりには関係ないことね。要は、私があの子たちのために何かをしてやりたかっただけ。それに、もう指輪を持っていても何にもならないと思ったのよ」ラーラは申し訳なさそうに夫を見つめた。

「あなたが帰ってくるなんて、思わなかったから」

「孤児院の手伝いは、いつから始めたの？」

「ほんの二カ月前よ。アーサーとジャネットがホークスワース邸に移ってきてから。ふたりから小屋に移りなさいと言われて、それで私――」

「すると、ふたりが爵位を継いでからまだたったの二カ月か」

ラーラは肩をすくめた。「あのとき屋敷を出るのを拒んだところで、いずれは追い出されたと思うの。でも、小屋に移ってかえってよかったわ。子どものときからずっと、何不自由のない優雅な暮らしをしてきたけど、ホークスワース邸から追い出されて、みじめな暮らしを強いられて、世間の人たちがどんな生活をしているのか初めてわかったの。孤児、老人、病人、それに、ひとりで寂しく暮らしている人たち――」

「みんな言ってたよ、今きみは、里親紹介人みたいなことまでしているんだって？」

ラーラはかすかに頬を染めた。「二組ほどまとめただけよ。紹介人なんて呼ばれると恥ずかしいわ」

「それに、とんでもないお節介焼だって、みんな言ってたぞ」

「お節介焼ですって！」ムッとして大声を出した。「言っておきますけど、頼まれてもいないのに人のことに首を突っ込んだ覚えはないわ」

「きみは本当に優しいね」ハンターは、どこか愉快そうだ。「レイチェルですら、お姉様は他人の世話を焼きすぎるって言ってたよ。一週間に一回は、昼から夕方まで目の不自由な老婦人に本を読んでやるんだってね。ミセス・ラムリーと言ったかな。それと、丸二日間は孤児院で働いている。それ以外の日は、老夫婦のために使い走りをしたり、催し物の計画を練ったり、里親探しに奔走したり、慈善事業にぜひ手を貸すよう周囲の人を説得してまわったり」

ラーラはびっくりした。妹がハンターにそんなことを話しただなんて……。「助けを必要としている人たちに手を差し伸べるのは、別に犯罪でも何でもないでしょう」ラーラはわざと大げさな口調で言った。

「そういうきみは、いったい何を必要としているの？」

ラーラは目を真ん丸にして、当惑したようにハンターを見つめることしかできなかった。そんな質問、あまりにも個人的すぎるし、そもそもそんなことを聞かれるとは思っていなかったし、第一、何と答えればいいのかわからない。「申し訳ないけど、質問の意味がよくわからないわ。私は毎日、満ち足りた日々を送っているもの。毎日、大勢のお友だちと会って、いろんなことをして――」

「それ以上の幸せは欲しくないの？」

「結婚のことを言っているのなら、答えはノーよ。誰かの妻にならなくても、幸福で実りある人生を送れるって気づいたの。私――夫なんていらない」ラーラは衝動的に口走っていた。

ハンターの顔から笑みが消えた。怒っているんだわ……と思ったら、意外にも自分を責めるようにつぶやいた。「私のせいだね」

夫の言葉に深い後悔が込められているのに気づいて、ラーラはとまどった。「だ、誰のせいでもないわ。要は、私たちは合わなかったってことなのよ。趣味だってまるっきり正反対だし。私は、レディ・カーライルなんかとは違うのよ。だからお願い、どうか彼女の元に

「レディ・カーライルのことはもう忘れた」ハンターはそっけなかった。

ラーラはフォークを手に取り、キジ肉をのかけらをつついた。けれども、あれほど旺盛だった食欲は、もうどこかへ行ってしまっていた。「とにかく、指輪のことはごめんなさい」

「新しく作らせるからいい」ハンターはラーラの言葉を追い払うように、じれったそうに手を振った。

「その必要はないわ。指輪なんて欲しくないから」ラーラは用心深く、けれども断固としてハンターを見返しながら、内心ではびくびくしていた。今度こそ、黙って私の言うことを聞けといって怒鳴りつけるに違いない。ところが彼は、ラーラをじっと見つめたまま椅子の背にゆったりともたれ、まるで難解なパズルを前にしたときのような表情を浮かべている。

「何とかして、欲しいと言わせてみせるよ」

「本当に、貴金属に興味はないのよ」

「まあ、どういうことになるか見てみようじゃないか」

「そんなにお金を使いたいのなら――そもそも、そんなに自由になるお金はないはずだけど――孤児院の修繕に使ってくれたほうが、よっぽど嬉しいわ」

まるで武器のように銀のフォークをぎゅっと握りしめたラーラの左手を、ハンターはじっと見つめた。「ここまで熱心なパトロンがいるとは、その孤児院は本当に運がいいな。いいだろう。孤児院の修繕に必要なものを、一覧にしておくといい。あとでゆっくり話し合おう」

ラーラはうなずき、膝の上のリンネルのナプキンを取った。「ありがとう。あの、私はそろそろ部屋に戻るわ」

「デザートがまだなのに？」からかうようにラーラを見つめ、にやりと笑った。「まさか、甘いものが嫌いになったわけじゃないだろうね」

ラーラも思わずほほ笑み返さずにはいられなかった。「もちろん、今でも大好きよ」

「ミセス・ルイユに、洋ナシのタルトを頼んでおいたんだ」立ち上がってラーラの元まで行き、肩に置いた手に力を込める。耳元に顔を近づけ、声を潜めてささやきかけた。「一口だけでも、食べたらどう？」

ベルベットのように耳元をかすめる声に、ラーラは思わず身を震わせた。ハンターもきっと彼女の反応に気づいたに違いない。その証拠に、肩に置かれた手にいっそう力が込められた。ラーラはなぜか落ち着かない気分になった。優しく、それでいて力強いハンターの手中に収められてしまったような気がして、尻ごみせずにはいられなかった。それなのに、反射的に払うようにしたときに触れた温かな手の感触に、身動きすらできなくなってしまった。無意識に、長い指と逞しい手首に指を這わせる。するとハンターの指先にいっそう力が込められ、肩にぎゅっと食い込んだ。ラーラはそっと彼の指をなぞった。ふたりは無言のまま、そうしてしばらく指と指を絡ませあっていたが、やがてロウソクの炎がぱちぱちと爆ぜる音にふとわれに返った。

頭上から、ハンターのかすれた笑い声が聞こえてくる。彼は何か熱いものにでも触れたように、いきなりさっと手を引き抜いた。

「ごめんなさい」ラーラは小さくつぶやいた。たったいま自分がしたことに驚いて、顔が真っ赤になる。「私ったら、どうしてこんな……」

「謝ることはない。むしろ……」ハンターは椅子の脇にひざまずいて、ラーラを見上げた。低く潜められた声は、かすかに震えているようだった。「もう一度やって欲しいくらいだよ」

業火のあとの闇を思わせるハンターの瞳に、ラーラは陶然となった。まるで触れられるのを待っているように、ハンターは微動だにしない。ラーラはこぶしをぎゅっと握りしめて、手を伸ばしたくなるのを必死にこらえ、ささやくように呼びかけた。「ハンター？」

それまで完璧な無表情だったハンターの顔に、ふいにからかうような笑みが広がった。

「きみはまるで、私が本当は誰なのか疑っているような呼び方をするんだね」

「本当に疑っているのかもしれないわ」

「じゃあ、いったいぜんたい誰だと思ってるの？」

「わからない」からかうような顔のハンターに向かって、ラーラは静かに答えた。「昔は、よく夢見たものだわ……」思わず口がすべったのに気づいて、急に黙り込む。彼を前にすると、なぜか秘密を打ち明け、心の中に秘めたものをすべてさらけだしたくなってしまうようだった。

「何を夢見ていたの、ラーラ？」

ちょうど今のあなたのような男性が、いつか現れることを夢見ていたの……あなたのような人に、求愛され、誘惑され、愛されたいとずっと思っていたの。妹にも打ち明けたことがない、ラーラだけの秘密だ。でも、両親にハンターと引き合わされたとき、その夢は無残に砕け散り、結婚とはどういうものなのかを悟った。ラーラにとって結婚は、義務、失望、痛み……そして、喪失でしかなかった。

そんな思いが、うっかり表情に出てしまったらしい。ハンターは苦笑を浮かべて言った。

「そうか――きみの夢は、すべて砕け散ってしまったんだね」

「わ、私は、もう何も知らない乙女じゃないもの」

ハンターは短く笑った。「確かに。今のきみは、二四歳の立派な貴婦人だ。でも、他人の人生をよりよいものにする方法は知っていても、自分の人生については何もわかっていないようだね」

ガタンと音をたてながら、ラーラは椅子から立ちあがり、目の前に立つハンターと向き合った。「自分の人生くらい、自分の力で何とかするわ！」

「今まではね」とつぶやいたハンターの顔からは、からかうような色はすでに消えている。「でもこれからは、私がもっと素晴らしい人生にしてあげる。まずは、きみに財産を譲渡しよう。そうすれば、万が一また私の身に何かあったとしても、まともな暮らしができるからね。もうあんなあばら家に住んだり、似合わないドレスや穴だらけの靴で我慢したりする必要もない」

ショックだった。ハンターは靴の穴にまで気づいていた！　何もかもお見とおしなんだわ！　ラーラは急いで扉に駆け寄ると、一瞬立ち止まって振り返った。「や、やっぱりデザートは遠慮するわ。もう、おなかがいっぱいだから。おやすみなさい」

ありがたいことに、ハンターはついて来る様子はなく、「よい夢を」と一言つぶやいただけだった。

「あなたも」ラーラは笑顔をつくった。

彼女は無言で部屋をあとにし、後ろ手に扉を閉めた。

ラーラが出て行ってしまうと、ハンターはゆっくりと扉に歩み寄り、大きな手で丸い真鍮のノブをつかんだ。彼女の手のぬくもりが、そこに残っているような気がした。ノブを握りしめたまま、艶やかに磨きあげられた冷たい扉に頬を寄せ、ぎゅっと目を閉じて想像する。ラーラの甘い吐息に酔いしれながら、体をまさぐる。やがて彼女が手を伸ばしてきて、彼のために脚を開き、歓喜にひそやかな喘ぎ声を漏らし……。そこまで考えて、慌てて妄想を頭から振り払った。けれども、痛いほど怒張した股間は、おとなしくなりそうもなかった。

彼女に受け入れてもらえるまで、いったいどれだけ待てばいいのだろう。そもそも、どうすれば受け入れてもらえるのだろう。せめて、何を求めているのか彼女が言ってくれれば。そうしたら、何が何でもそれをやり遂げて、彼女への想いを証明してみせることができるのに。ラーラ、どうすればいいのか教えてくれ……。ハンターは小さく呻いた。神に誓って絶対に、それを何度だってやり遂げてみせるから。

あまりの女々しさに、われながらうんざりしつつ扉から体を離すと、チッペンデール様式のマホガニーのサイドボードに歩み寄った。美しく弧を描く正面には、葉の模様が彫刻され、金色の取っ手が付いている。天板の上に銀のトレーが乗っていて、切り子のデカンタとブランデーグラスが並んでいた。グラスにたっぷりとブランデーを注ぎ、一気にそれを飲み干す。うつむいて、アルコールが喉から胸へと落ちていく、焼けつくような感覚を味わう。サイドボードの天板の両端を両手でぎゅっとつかみ……そのとき、妙な感触に気づいた。指先に、それとわからぬほど小さな蝶番《ちようつがい》のようなものの感触がある。好奇心がむくむくと湧いてきた。銀のトレーをどかして床に置き、天板の下の部分を指でなぞり、蝶番と掛け金を探りあてる。内側にぐっと押してみると、掛け金はカチリと音をたてながら外れた。ゆっくりと、天板を持ち上げる。

そこに隠されたものを見て――ハンターは安堵のため息を漏らした。

ちょうどそのとき、扉がふいに開けられた。従者が皿を下げ、デザートを給仕しに来たのだ。「あとにしてくれ」ハンターはとっさに大声で命じた。「ひとりになりたいんだ」

申し訳ありませんとつぶやきながら、従者はすぐに扉を閉めた。深いため息をひとつ漏らし、秘密の仕切りの中から、数冊の革張りの薄い日記を取り出す。暖炉脇の椅子まで運ぶと、まずは年代順に並べ直した。

すばやくページを繰りながら、ハンターはむさぼるように読んでいった。細かな文字で丁寧に書かれた文章を丹念に追い、読み終えるたびに、数ページずつまとめて暖炉に放り込む。

そのたびに、炎は嬉しそうにめらめらと燃え上がった。ハンターはときおり考え込むような顔で手を止め、炎をじっと睨み……日記に書かれた文字がすべて燃え尽き、灰となって消える様を見つめた。

6

翌朝、朝食の間《ま》に向かったラーラは、そこにハンターがいるのを見て胸をどきりとさせた。ハンターは以前と同じようにブラックコーヒーを飲んでいる。妻が起きてきたのに気づくと、読んでいた『タイムズ』紙を脇にやり、席を立って、椅子を引いてくれた。やがて給仕係の従者が現れ、ラーラの前にホットチョコレートと皿に盛られた苺を置いていった。

「おはよう」ハンターはつぶやくように言いながら、ラーラの顔をまじまじと見つめた。すぐに目の下のくまに気づいたらしい。「よく眠れなかったようだね」

「ええ、なかなか寝つけなくって」ラーラはうなずいた。

「だったら、私のところに来ればよかったのに」真顔だが、茶色の瞳はからかうように光っている。「そのほうがリラックスできたかもしれないよ」

「ありがとう、でも、結構よ」ラーラは即座に断り、口元に苺を運んで――口に入れる前に、ふいに吹き出してフォークを皿に戻し、肩を揺らし始めた。

「どうしたんだい？」

唇をぎゅっと引き結んで笑いをこらえたが、肩の揺れはますますひどくなるばかりだった。

「だって、あなたったら……すぐに仕立屋に行かなくちゃダメだわ」

今朝、ハンターは昔着ていた服をタンスから適当に引っ張り出した。ところがいざ着てみると、上着もベストもまるで肩からぶら下がっているようだし、ズボンは脱げないのが不思議なくらいぶかぶかだった。苦笑しながら、ハンターは陰気な声で返した。「ああ、そうやって笑ってくれたほうがずっといいよ。たとえ笑われているのが、この私だとしてもね」

「ごめんなさい、でも……」ラーラは再びぷっと吹き出した。椅子から立ち上がって夫に歩み寄る。近くでよく見てみずにはいられなかった。なるほど、ズボンがずり落ちないように、ウエストの周りに布を巻いてあるらしい。「こんな格好であなたを人前に出すわけにはいかないわ。そうね、ここところを少し縫い合わせればきっと——」

「きみがいいと思うようにやってくれ」椅子の背にもたれ、ラーラがあれこれと提案するのを見つめながら笑う。

「ねえ、何だかほんとに、どこかの流れ者みたい！」

「実際そうだったんだから仕方ないだろう？　きみのところに帰ってくるまではね」

ふたりの視線が絡みあった。ハンターの瞳は、愉快そうにきらめいている。うっかり彼のみぞおちのあたりに指が触れてしまい、薄いリネンのシャツを通して熱を感じ、ラーラは息をのんだ。すぐさま手を引っ込める。「ごめんなさい、私ったら——」

「別に構わないよ」ハンターはすかさず彼女の手首を取り、そっと握りしめた。

ふたりは無言で見つめあった。ハンターの手はラーラの手首を軽く握っているだけだ。それでも、ほんの少し引っ張られるだけで、ラーラはいとも簡単に膝の上に座り込んでしまうだろう。でも彼は、そうやってただ手首を取るだけで、それ以上は何もしようとしない――まるで何かを待っているように、ただ無言でじっとラーラを見つめるだけ。ハンターの顔は無表情だけれど、胸元は、いつもよりずいぶん速く上下しているように見える。もしも一歩でも彼に近づいたら、あの腕の中に抱きしめられてしまう……そのことに気づいたとたん、ラーラの胸は激しく高鳴った。唇をじっと見つめると、キスしたときの温かなぬくもりが思い出された。もう一度キスして欲しい……。でも、ついに覚悟を決めて重たい足を動かそうとした瞬間、ハンターが苦笑まじりに手首を放した。

安堵するべきなのに、失望で胸がいっぱいになる。そんな自分の反応にまごつきながら、ラーラは自分の席に戻り、苺が盛られた皿にじっと目を凝らした。

「明朝、ロンドンに行くことになったよ」さらりと言うのが聞こえた。

ラーラは驚いて顔を上げた。「ずいぶん急なのね。帰ってきたばっかりなのに」

「いろいろと片づけなくちゃいけないことがあるからね。ミスター・ヤングに会って、それから、銀行家や弁護士とも話をしないと」ラーラのいぶかしむような表情に、彼はつけ加えた。「融資を頼もうと思ってるんだ」

「じゃあ、わが家は借金を抱えているのね」ラーラは暗い声で言った。でも、別に意外な話ではなかった。

「そう、アーサーの無駄使いのおかげでね」ハンターはうなずき、口元をゆがめた。

「でも、融資ということは、借金がさらに増えるんでしょう？」ララはおずおずとたずねた。「そんなことまでして、本当に大丈夫なの？」

ハンターは安心させるように笑みを浮かべた。「それ以外に方法がないからね。大丈夫だよ、ララ——絶対に、きみをがっかりさせたりしないから」

ララは相変わらず額にしわを寄せている。けれども再び口を開いたとき、出てきたのは借金の話題ではなかった。「ロンドンに行く理由はそれだけ？　ひょっとして、昔のお友だちに会うんじゃないの？」いったん言葉を切り、いかにもさり気ない様子でホットチョコレートをすする。「たとえば、レディ・カーライルとか」

「ずいぶん彼女にこだわるんだね。でも、そうやってよその女性に押しつけられるのは、あんまり愉快じゃないな」

「ただ聞いてみただけよ」自分でも、何のためにそんなことを聞いたのかよくわからなかった。ララは苺を無理やり口に運んだ。

「彼女にはもう興味がないと言っただろう」ハンターはきっぱりと言い放った。

それを聞いて、なぜだか嬉しさがこみ上げてくる。でもララの理性は、レディ・カーライルとの関係を続けてくれたほうが、彼にちょっかいを出されなくなるから都合がいいじゃないの、と告げてくる。「久しぶりなんだから、会ってくるのが当然なんじゃない？　以前はあんなに親しくしていたんだもの」

ハンターはしかめ面で椅子を後ろに引いた。「朝食の間中ずっとその話をするつもりなら、悪いけど私は書斎に行くよ」

立ち上がったとき、扉を静かに叩く音が聞こえ、従者頭が落ち着きはらった様子で食堂に現れた。「お客様がお見えです、旦那様」うなずくハンターに、従者頭が銀のトレーに乗せたカードを差し出す。

カードを読むハンターの表情は冷やかだった。「こちらにお通ししなさい」

「かしこまりました」

「どなたなの？」従者頭が出て行くと、ララは訊いた。

「ロンズデールだ」

ロンズデール……？　ララはいぶかしむように夫の表情を見た。だったらなぜ、あんな事務的な口調で、その上、気乗りしない表情まで浮かべているのだろう。ロンズデールとは昔からの親友だ。それなのにハンターは、仕方ないから会うか、とでも言いたげな顔で、床をじっと睨んでいる。足音が聞こえてくると、さすがに口元に笑みが浮かんだが……それはいかにも不自然なものだった。まるで、舞台に向かう直前の役者のような——。

部屋に現れたロンズデールは、期待と喜びに顔を輝かせていた——いつも不機嫌な彼にしては、珍しいことだ。親友との再会がよほど嬉しいに違いない。「ホークスワース！」歓声をあげながら、大股にハンターに歩み寄り、きつく抱きしめた。

揃って笑い声をあげ、体を離すと、まじまじとお互いを見つめる。そびえるようなハンターを前にすると、平均よりは背の高いロンズデールですら小さく見える。とはいえロンズデールは、筋肉質でがっしりとしているので貧相な印象はない。彼には、ハンターに勝るとも劣らない狩猟好きな一面もある。髪は黒。色白で、アイルランド系の祖母から受け継いだ深い青色の瞳をしている。ハンサムで、魅力的な男性と言っていいだろう――当人の機嫌がいいときには。不機嫌なときのロンズデールは、それこそ手もつけられない状態になり、とんでもないトラブルを引き起こしてしまうこともしょっちゅうだ。ただ、あとから必ず、心底申し訳なさそうに謝るので、周囲の人間もつい彼を許してしまう。ラーラも、妹の夫でさえなければもう少し好きになれるのに、と思っていた。

「おいおい、ずいぶん痩せたな！」ロンズデールは大声をあげ、快活に笑った。「それに、まるで未開人みたいに真っ黒に焼けてるじゃないか」

「そういうきみは変わらないな」ハンターはにやりとしながら返した。「ちっとも変わってない」

「そうか、きみの場合は、九死に一生を得たんだものなあ――」ロンズデールは感心しきったようにつぶやいた。「それにしても、まるで別人だよ。レイチェルから聞いてはいたが、まだちょっと、本物のきみとは信じられないくらいだ」

「とにかく、親友に再会できて嬉しいよ」

ロンズデールはほほ笑みで返したが、突き刺すような視線をハンターの顔からそらそうとはしない。ロンズデールがどうしてふいに黙り込んだのか、ラーラにはわかるような気がした。彼はバカではない。きっと、ほかの誰もが感じた矛盾を、彼もまた覚えているのだろう。

目の前にいる男が本物のハンターなら、ひとりの人間がここまで変われるというのがにわかには信じられない。でも、これが赤の他人なら、これほど似ている人間が果たしてこの世にいるものなのか……。

「本当に、久しぶりだな」ロンズデールは用心深く言った。

ハンターが大声で笑い出し、ラーラはぎくりとした。まるで本物のハンターであることを証明するように、自ら切り出すのが聞こえる。「さあ、酒でも飲もうじゃないか。昼間だからって遠慮することはないぞ。確かマーテルの九七年ものがあるはずだから、そいつをやろう。ま、泥棒猫のおじ貴が、全部飲み干してしまっていなければの話だがな」

ロンズデールはすぐさま安堵した表情になった。「ほう、マーテルか。私の好みをちゃんと覚えていてくれたんだな」本物のハンターだとわかったので、いかにも嬉しそうだ。

「ほら、例の店でマーテルを飲みすぎて、危うく気を失いそうになったことがあったろう？」

ハンターの問いかけに、ロンズデールは吹き出した。「ああ、あんなに酔っ払ったのは生まれて初めてだったよ！　しかもあの店にいた、赤いドレスの娼婦ときたら――」

ハンターが警告するように咳払いをした。「おいおい、その続きは、妻がいないところでお願いするよ」

ラーラがそこにいることを急に思い出したように、ロンズデールは慌てて謝罪の言葉を口にした。「ああ、すみませんでした、ラリーサ。彼の変わりようにあんまりびっくりして……周りがまったく目に入らなくなってしまいまして」

「ええ、そうでしょうね」笑みを浮かべようとしたが、頬が引きつれただけだった。男たちの思い出話に不快感が募った。ロンズデールはともかく、ハンターまであんな態度を――まるで、自己中心的で、男のほうが女よりも数段偉いんだとでも言いたげな……。ラーラは不安な面持ちで夫を見やった。これが本物のハンターでないとしたら……この人は、相手次第で自由自在に自分を変えられる、カメレオンのような人間なのかもしれない。

ロンズデールが、いかにも心配そうな目を向けてくる。「ところで、死んだと思っていた大切な夫が帰ってくるって、どんな気持ちなんですか？」そのくせ彼の青い瞳は、からかうように光っている。もちろん彼は、ふたりの結婚生活がまやかしだったことを知っている。知っているどころか、ハンターの不貞を応援していたのだ。

「ええ、もちろん、心から嬉しく思ってるわ」ラーラは男たちの顔を見ずに答えた。

「もちろん、ですか」ロンズデールの声は嘲笑するようだった。ハンターも一緒になって笑っている。心から楽しげに笑う声に、ラーラは思わずカッとなった。

　ところが、一瞬気が抜けたのだろうか――あらためてハンターに目をやると、ロンズデールを見つめる瞳には、親友に対する好意はこれっぽっちも感じられなかった。どうして？いったいこれは、どういうことなの……ラーラは不安を覚えた。

　内心うろたえながらも、ラーラはテーブルにじっとついたまま、男たちがいなくなるまで朝食の残りをいたずらにつつきまわしていた。わけがわからなかった。この目で見たものを信じるべきなのか、それとも、激しく揺れ動く自分の感情を信じるべきなのか？　何ひとつとして、心の底から信じられるものなどなかった。ラーラはハンターの席のほうに手を伸ばし、そこに残されたカップを手に取ってみた。繊細な磁器に指を這わせるようにして、夫のぬくもりを確かめてみる。

彼はいったい何者なの？　ラーラは、答えの見つからない質問を繰り返した。

その翌日、ハンターは予定どおり朝早くから出かけて行った。とはいえ、出かける前に、ラーラの寝室を訪れるのは忘れなかった。ラーラは目覚めたばかりで――まぶたを開けると、閉じたカーテンの隙間から朝の陽射しが漏れ入り、枕の上まで伸びていた。その瞬間、夫が寝室にいるのに気づいて仰天し、すぐさま毛布を顎の下まで引っ張った。

「な、何の用？」寝起きで声がかすれた。ハンターがベッドの端に腰を下ろすと、いっそう深く毛布の中に身を隠した。

「出発する前に、きみの顔を一目見ておきたくてね」日に焼けた顔にかすかな笑みが浮かんだ。

「どのくらい行ってるの？」せわしなく瞬きをしながらラーラは訊いた。編んだ黒髪に夫の手が伸びてきたが、よけようと思う暇もなかった。

「たぶん、一週間くらいだろう」言いながら彼は、柔らかな感触を楽しむように、編んだ髪を手のひらでしばらくもてあそび、やがて枕の上にそっと戻した。「ずいぶんと、温かくて気持ちよさそうじゃないか……私も一緒に横になりたいくらいだな」

彼が毛布の中に――考えただけで心臓が早鐘を打ち始め、ラーラは喘ぐように言った。

「じゃあ、気をつけて……行ってらっしゃい」

まるで邪魔者扱いされて、ハンターは苦笑いした。「さよならのキスはしてくれないの？」身をかがめ、ぎょっとした表情のラーラに向かってほほ笑み、返事を待つ。答えられずにいると、ハンターがくすりと笑い、コーヒーの香りがまじった息が顎を撫でた。「わかったよ。キスはまた今度にしよう。じゃあね、行ってくるよ」

ハンターが立ち上がり、ベッドがかすかに揺れた。ラーラは顎のところで毛布をぎゅっと手に握りしめたまま、夫が出て行き、扉が閉じられるのを待った。しばらくしてベッドから跳ね起き、窓辺に駆け寄った。緑色と金色の塗装が美しい四頭立ての馬車と、お付きの者たちが、木々に囲まれた馬車道を行くところが見えた。

ラーラは自分の中に湧き起こる気持ちにとまどった。ハンターがロンドンに発って安堵する気持ちと、彼がいなくなって寂しい気持ちが入り交じっている。ハンターがインドに発ったあの日、なぜかラーラには、二度と再び夫には会えないだろうという確かな予感があった。夫が戻ってくるなんて、ありえないはずだった――。

7

ロンドン中西部の活気あふれるストランド街――そのすぐ裏には、暗黒街へと続く路地や裏通りが広がっている。そこに住むのは、家も定職もない貧しい人びとばかり。結婚も家庭も、どんな倫理観念もいっさい通じない世界だ。通りには、動物の糞やいたるところで見かけるネズミのせいで、ひどい悪臭がぷんと漂っている。ネズミたちの黒い影は、建物と建物の間をいとも簡単にくぐり抜け、どこかへと消えていく。

この街では、あっという間に夜が訪れる。今も、弱々しい太陽の陽射しは、朽ち果てそうな建物の背後にすでに消えてしまっていた。ハンターは陰鬱な面持ちで、売春婦や盗人や物乞いを巧みに肩でかわしつつ路地を進んだ。曲がりくねった道の先にあるのは、人びとでざわめきかえる市場だ。どこかでくすねてきた食肉や、その他の雑多な盗品が売られている。手押し車やちっぽけな屋台で、しなびた野菜や果物を売り歩く行商人もいる。

ハンターの脳裏にインドの市場の風景がよぎる――ここと同じくらい汚い市場だったが、あたりに漂う匂いはまるっきり違う。インドの市場に漂っていたのは、穀類や香辛料のツンとするような香りに、熟しきったマンゴーの甘い匂い、ケシやアヘンの香り。それらが、東洋ならではの独特の刺激的な匂いと渾然一体となっていた。港町カルカッタはこれっぽっちもなつかしいと思わないが、田舎の村々なら、また行ってみたいような気もする。未舗装の広い道の両脇に延々と続く、刈り取られたガマの穂。うっそうとした森、ひっそりと静まりかえる寺院。そして、人びとを包む、気だるく物憂い空気。

インド人にとって、英国人は不浄なる民だ。牛の肉を食べ、ビールを飲む、肉欲と物欲にまみれた英国人――周囲に目をやってみて、ハンターは思わず嘲笑を浮かべた。まったく、インド人の言うとおりだな。

ふと気づくと、酔っ払いの老女が袖を引っ張り、金貨を恵んでくれと言っている。ハンターは苛立たしげに肩をすくめた。ほんのちょっとでも情けをかければ、街中の物乞いが集まってくるに決まっている。物乞いだけではなく、まるでジャッカルのように群れなして獲物を取り囲む、スリの集団も。

この市場は、わけあって夜闇にまぎれて営まれている。とはいえ、たとえ昼間に営業したところで、まさか警官も見回りに来るほど愚かではないだろう。闇を照らすのはガス灯とオイルランプなので、あたりは煙でかすみ、ツンとするような刺激臭が鼻をつく。ハンターは不快げに目を細め……壊れそうなスツールに腰かけた、奇妙な服装の男の前でつと立ち止まった。色黒のひょろりと痩せた男は、恐らく仏領ポリネシアの出身だろう。真っ青な綿ビロードの上着をはおっている。ボタンは何かの骨を削り出したものらしい。その頬には、見慣れない文様――珍しい鳥がはばたく絵柄――が黒いインクで刻み込まれていた。

目が合うと、ハンターは男の頰を指差して訊いた。「おまえがやったのか？」男はうなずいた。

「タトゥーっていうんだよ」男の口調には、なめらかなフランス語訛りがあった。

ハンターは上着のポケットから一枚の紙切れを取り出した。日記から破りとったものだ――あとはすべて焼き尽くした。「これはできるか？」とぶっきらぼうにたずねた。

男は、ハンターが差し出した紙をしげしげと見つめた。「ビアン・シュール《もちろん》……簡単だよ。あっという間にできる」

男は立ち上がってスツールを抱えると、ついて来い、というような仕草《しぐさ》をして先を歩いた。市場を離れ、たどり着いたのは路地裏の地下室だった。入口のあたりで、さまざまな年齢の娼婦が数人、道行く人を手招きしている。中に足を踏み入れると、溶けかかったロウソクの明かりが内部を不気味なオレンジ色に染めていた。ガタガタいう簡易ベッドの上で、二組の男女が絡み合っている。

「おい、客人だ。外に出てくれ」男はにべもなく言い放った。娼婦たちはぺちゃくちゃとしゃべりながら、戸口のほうへと移動した。男はハンターに向かってかすかに申し訳なさそうな表情を浮かべた。ベッドの上の男女が、ようやくことを済ませる。「俺の部屋なんだが、連中に貸してやる代わりに、儲けの一部を分け前としてもらっててね」

「職人兼ポン引きか。ずいぶんと、いろんな才能に恵まれたものだな」

男は一瞬、笑うべきか怒るべきか決めかねるような表情を浮かべてから、声をあげて笑い出した。地下室の奥のほうへとハンターを誘《いざな》い、隅のテーブルにつくと、さまざまな器具を並べ、皿にインクを満たした。「で、どこに彫る?」

「ここに」ハンターは左の上腕の内側の部分を指差した。

男は一瞬、眉根を寄せたものの、事務的にうなずいた。「では、シャツを脱いで、ムッシュー」

戸口には、まだ四、五人の売春婦がたむろしており、男が出て行けとぶっきらぼうに命令しても聞く耳を持たない。「ねえ、お兄さん、カッコイイじゃない」赤毛の女が言い、みそっ歯をむき出しにしてにっこりと笑いかけてきた。「そいつが済んだら、あたしと遊んでかない?」

「いや、遠慮しておこう」さり気なく返しつつも、内心、不愉快でたまらなかった。「結婚してるんでね」ハンターの答えに、女たちは嬉しそうに歓声をあげた。

「やだ、かわいい奥さんがいるんだってさ!」

「だったら、あたしがタダでお相手してあげてもいいよ!」胸の大きな金髪の女が言い、肩を揺すって笑った。

腹立たしいことに、女たちはハンターが服を脱ぐ間もその場から離れようとしない。仕方なく彼は、女たちの視線を無視して、上着とベストとシャツを脱いだ。だぶだぶのリネンのシャツを脱ぎ終えると、女たちは大声ではやしたてた。

「見て、見て、あの立派な力こぶ!」ひとりの女が叫び、ふらふらとやって来て、腕に触ろうとする。「すごいよ、みんなも見てごらんよ！　まるで雄牛の足みたいだよ！」「それにさ、腹筋もばっちりだよ」別の女が言い、まっ平らな腹部を指差す。「おや、こいつは何だい？」赤毛の女が肩の傷を指差した。傷は反対側の肩にもうひとつ。さらに、腰のあたりには星のような形の傷もある。女は不思議そうに鼻を鳴らし、傷跡をしげしげと眺めた。「ふうん、ずいぶん危ない目に遭ったようじゃないの？」女は言いながら、感じ入ったようにハンターを見上げた。

それまで無表情を装っていたハンターも、さすがに顔を赤くした。女たちはますますはしゃぎ、くすくす笑ったり、冗談を言ったり。男が作業の準備を整え、いい加減に出て行ってくれと命じるまで延々としゃべっていた。

「こんなにうるさくちゃ、仕事にならん」男はぼやいた。「みんな外に行っててくれ。仕事が終わるまで、戻ってくるなよ」

「だけど、そうしたらあたしたち、いったいどこでヤレばいいのさ？」ひとりの女が、哀れっぽい声を出した。

「路地の壁に寄り掛かればできるだろう」男が厳しい声音をつくると、女たちはようやく諦めてぞろぞろと出て行った。

男は値踏みするようにハンターを見やった。「ムッシュー、作業の間は、そこの簡易ベッドに横になってたほうが楽だと思うよ」

染みだらけのマットレスを一瞥したハンターは、不快げにかぶりを振ると、スツールに腰を下ろし、壁にもたれながら片腕を差し出した。

「ダゴー《了解》」男はうなずいた。「でも先に言っておくけど、少しでも動いたら、この絵のとお

りに彫れないからね」

「じっとしてるよ」ハンターが答えると、男は象牙でできた器具をふたつ手に歩み寄った。

ひとつは、先端に短い針のようなものがついている。ハンターが渡した紙にじっと見入った

のち、男は皿に入った黒インクに針の先を浸した。その針をハンターの肌に押し当て、もう

ひとつの器具で柄の上部をトントンと叩いて肌に穴をあけ、インクを染み込ませていく。

焼けつくような痛みに、ハンターは身を硬くした。男は再度、黒インクに針を浸し、肌に

押し当てると、今度は鎖のように連なる穴をいくつも開けていった。焼けるような痛みはや

がて、激痛へと変わっていった。針で開けられた穴のひとつひとつは、それほど痛くはない。

だが、それがいくつも連なり、さらに象牙の器具が一刺し一刺し肌を突く不快な感覚があい

まって、思わず悲鳴をあげそうになってしまう。ハンターは、額から腹、足首にまでじっと

りと汗をかいていた。自分の腕が、まるで炎に包まれているように感じる。呼吸が乱れない

よう精神を集中させ、焼けるような痛みに抗《あらが》うのではなく、その痛みを受け入れようとした。

客に一休みさせようと、男が手をいったん止める。「大抵の男は、どんなにがんばっても、

結局は痛みに耐えられなくて泣き出すんだけどね。あんたみたいな人は初めてだ」

「いいから続けろ……」

男は肩をすくめ、器具を手に取った。「それにしてもスコルピオン《サソリ》とは、ずいぶんと珍し

い模様を選んだもんだね」男は言いながら、トントンと針で突く作業を再開した。「何かいわれがあるのかい？」

「最後の切り札だ」ハンターは答え、ぐっと歯を食いしばった。

激しい痛みにハンターの腕がぴくりと動き、男は一瞬、手を止めた。「おっと、動かないでくださいよ、ムッシュー」

ハンターは身動きひとつせず、痛みをぐっとこらえながら、自分の未来を――ララのことを――思った。すると、針が刺す痛みは、むしろ心地よいものへと変わっていった。そうとも、彼女との未来を手に入れるためなら、この程度の痛みは何でもない。

8

ハンターの指示に従って、ラーラは建築家のミスター・スミスにホークスワース邸の内装替えを依頼した。今日はスミスが初めて屋敷を訪れる日。不動産管理人のミスター・ヤングと一緒に、スミスに邸内を案内してまわることになっている。

「ご覧のとおり――」ラーラは半分諦めたような口調で、苦笑まじりに切り出した。「建築家になられて以来の大仕事になるだろうと申し上げたのは、まんざら誇張でもありませんでしょう？」

ぼさぼさの豊かな銀髪にがっしりとした体格のスミスは、口の中で当たり障りのない感想をつぶやき、金縁の小さな手帳に何やら書きつけた。本名はヒュー・スミス。でも普段は、ポッシビリティ《可能性》・スミスと呼ばれている。依頼主の屋敷を見たときの口癖――「こいつは可能性の宝庫だ！」――から来たものらしい。今までのところラーラは、スミスがその口癖を早く聞かせてくれないかと、はかない望みを抱いてひたすら待っている。

ラーラはポッシビリティ・スミスを案内して、各室を順番にめぐった――バロック様式の玄関広間、石棺をかたどった飾り棚のあるエジプト風の食堂、作り物の竹がいたるところに生えている中国風の談話室、そして、大理石でできた黒人の彫像が何体も並ぶモロッコ風の舞踏室——彫像がまとっているのは古代ローマ人が着ていたようなトーガだけで、しかも色はなぜかピンク。新しい部屋に案内するたびに、スミスはいっそう表情を暗くし、ますます無口になっていった。

「このままにしておいたほうがいいかしら？」無駄と知りつつ、ラーラはつまらない冗談で場をなごませようとした。「それとも、いっそ屋敷に火をつけて、最初から建て直すべきだとお思いになります？」

スミスはくるりとラーラに向き直った。「まったく、すごいご趣味ですな。ここまでひどいのは、さすがの私も見たことがない！」

すかさずミスター・ヤングがとりなす。「ですからミスター・スミス、レディ・ホークスワースご自身の趣味は確かなものなんですよ。ここの内装にはいっさい関わっていないんです」

「そりゃ幸いだ」スミスはつぶやき、ため息を漏らした。「舞踏室をもう一回見てきます。二階はそのあとにしましょう」いかにも不快そうにかぶりを振りながら、部屋をあとにした。

ラーラは思わず口を押さえ、笑いを嚙み殺した。二階で、鏡だらけのラーラの寝室を見たら、スミスはいったいどんな顔をするだろう。せめて、天井の鏡だけでも使用人に言って外させておけばよかった。

彼女が顔を赤らめているのに気づいたヤングは、気の毒そうに苦笑を浮かべた。「それに

して も、アーサー卿もレディ・ジャネットも、ここまでやるとは徹底していますね」

ラーラはうなずき、軽口を叩いた。「でも、お金もないのに、どうやって元どおりにするつもりなんでしょうね……もちろん、こんなところに住み続けるなんて、想像しただけでゾッとするけど」

「費用のことなら、気にしなくて大丈夫ですよ」ヤングは励ますように言った。「伯爵様から今後のことを少し伺いましたが、いやあ、驚きました。何でも、領地をざっと整理してから融資を受け、計画的に投資を行うつもりだそうですよ。大丈夫、お屋敷は以前よりもずっと立派なものになりますよ」

ふいに真顔になったラーラは、ヤングをまじまじと見つめてたずねた。「伯爵のことだけど、以前と違ったように思わない？」

「何とも言えませんね。でも、ぶしつけを承知で言わせていただけば、以前より大人になられたという印象があります。責任感が強くなられたし、金銭面でも以前より的確な判断が下せるようになられた。ほら、これまでは、実務的なことにはほとんど興味を示されなかったでしょう？　少なくとも、領地管理について頭を悩ますよりは、キツネ狩りやライチョウ狩りのことを考えているほうがマシだと思っているフシがありましたからね」

「ほんとにそうね」ラーラは思い出して、あきれ顔をした。「でも、どうしてあそこまで変わったのかしら？　それに、ずっとこのままなのかどうかも疑問だわ」

「いや、これだけいろいろあれば、変わって当然だと思いますよ」ヤングは淡々と言った。

「人はみないずれ死ぬと思い知らされた上に、帰ってきてみれば、家族も屋敷もとんでもないことになっているし――でも、実際問題として、変わってよかったと思いませんか？　それに、きっと伯爵様はこれからも今のまま、思慮深いお人柄のままですよ。自分は周囲の人間から必要とされている――そのことを、ちゃんと理解されていますからね」

でも、私は彼を必要としていない――ラーラは思ったが、議論するのは面倒なので、短くうなずいてみせた。「ねえ、ミスター・ヤング……彼が本物の伯爵なのか、疑ったことはない？」

「まさか、そんな」ヤングはぎょっとした顔になった。「ひょっとして、疑ってらっしゃるんですか？」

ラーラが答えようとする前に、ポッシビリティ・スミスが大広間に戻ってきて大きくため息をついた。「では、残りの部屋も見せていただくとしましょうか」

「すっかり呆気に取られた顔ですわね、ミスター・スミス？」ラーラは皮肉めかした。

「そんなのは一時間も前からですよ。今じゃもう、言葉も出ません」スミスはそう言って片腕を差し出してきた。「さあ、まいりましょうか？」

＊＊＊

それから一週間、スミスはふたりの助手とともに屋敷に泊まり込み、何冊もの文献や、山のような生地見本を床に並べて、設計図を起こしたり、あれこれと議論したりしていた。三人の騒ぎをよそに、ラーラは時間を見つけて、マーケットヒルの友人のもとを訪ね、孤児院にも顔を出した――もちろん、外出の本来の目的は孤児院のほうだ。そして孤児院に着くなり、ここ数日間、胸のうちにたまっていた不安や心配などすべて吹き飛んでしまった。庭では、子どもたちが六人、ミス・チャップマンから植物学に関する指導を受けている最中で、一生懸命に草花を写生していた。そちらに歩み寄りながら、自然と笑みがこぼれるのが自分でもわかる。灰色のドレスの裾に枯れ草や泥がつくのも、まったく気にならなかった。

子どもたちは、ラーラの姿を見つけるなり色鉛筆やスケッチブックを放り出し、口々に彼女の名前を叫びながら駆け寄ってきた。ラーラも笑い声をあげながら、その場にしゃがみこんで彼らを抱きしめた。「トム、メギー、メイジー、パディ、ロブ……」そこでいったん言葉を切り、最後のひとりには、頭に手をやって髪をくしゃくしゃにする。「それにチャーリーも。いい子にしてた？」

「うん、あたりまえじゃん」チャーリーは頭をひょいっとどけ、いたずらっぽく笑った。

「それはもう、いい子にしてたんですよ」ミス・チャップマンがほほ笑んだ。「天使のようにとはいきませんでしたけどね、まあ、でも、ほんとにお利口さんで」

ラーラはほほ笑んで、いやがるチャーリーをぎゅっと抱きしめた。子どもたちの描きかけの絵を見てまわってから、庭の隅に行ってミス・チャップマンと話をした。ミス・チャップマンは小柄な女性で、年も年なので髪はやや薄くなっているが、青い瞳は常に思いやりにあふれている。「画材を寄付していただいて、本当にありがとうございました、レディ・ホークスワース。ご覧のとおり、大切に使わせていただいてます」

「安心したわ」言いながら、ラーラは暗い顔でかぶりを振った。「本当はね、絵の具や紙や本よりも、服や食べ物を買ってあげたほうがずっといいんじゃないかと悩んだの」

「本だって、食べ物と同じくらい大切だと思いますよ」首をかしげながらミス・チャップマンは言い、ふと好奇心に駆られたようにたずねた。「ところで、新しくやって来た男の子とはもうお会いになりました？」

「新しく来た男の子――」驚いてオウム返しに言った。「いいえ、初耳よ……いつ、どこから来たの？」

「ゆうべなんですけどね」

「誰の紹介で？」

「確か、ホルビーチ刑務所のお医者様の紹介だったと思いますけど。父親が絞首刑になったので、すぐにここに送る手はずを整えたとかで。でも、あのオチビさん、いったいどうすればいいものやら……。予備のベッドはもうありませんしね」

「父親が絞首刑になったですって!?」ラーラは眉根をぎゅっと寄せた。「いったいどんな罪で？」

「詳しいことは聞いてないんですよ」ミス・チャップマンは声を潜めた。「でも、あのオチビさんは、どうやらずっと父親と一緒に刑務所に住んでいたらしくて。きっと、そうするしかなかったんでしょうね。地元の施設も受け入れてくれなかったらしいんです」

ミス・チャップマンの話をじっくり考え――ラーラは気が滅入った。何の罪もない子どもを、恐ろしい犯罪者たちと一緒に刑務所に住まわせるだなんて。いったいどうして、そんなひどいことができるんだろう。「それで、その男の子はいくつなの？」

「見た目は四歳か五歳くらいなんですけど、ああいう境遇の子は、実際の年齢よりも小さく見えるものですからね」

「とにかく、一度会ってみないといけないわね」

ミス・チャップマンは、励ますような笑みを浮かべた。「ああ、よかったこと！　あとはレディ・ホークスワースにお任せしちゃいましょ。何しろあのオチビさんときたら、これまで私どもの誰とも、一言も口をきいていないんですよ。お風呂に入れようとしたときだって、それはもうひどく暴れて」

「かわいそうな子なのね……」

ラーラは庭をあとにすると、かつては立派な荘園屋敷だった古びた建物へと向かった。子どもたちは授業中らしく、中はひっそりと静まりかえっている。料理番のミセス・デイヴィスが、台所で根菜を切り、大鍋で羊のシチューを作っていた。たずねてまわったが、例の男の子がどこに行ったのか、誰も知らないようだ。

やがて校長のミス・ソーントンが、ラーラの来訪を聞きつけて校長室から姿を現し、早速例の男の子について不満を漏らし始めた。「本当におかしな子なんですよ。居場所を探すのも一苦労で。どうやら室内にいるほうが好きらしくて、外に出るのも怖がる始末。ほんとに、あれじゃ小さい子どもとは思えませんよ」

「空いてる部屋はあるの？」ラーラは心配顔で訊いた。

ミス・ソーントンはきっぱりと首を横に振った。「ゆうべは、教室に簡易ベッドを用意して、そこで寝るように言ったんですが……一睡もできなかったんじゃないでしょうかね。まあ、今まで刑務所に住んでいたんだから、仕方ありませんけど」大きくため息をつく。「いずれにしても、ずっとここに置くわけにはいきません。ただ問題は、どこにやるかなんですよねえ」

「本当に困ったわね」ラーラは弱り果てた。「私もちょっと考えてみるわ。とにかく、その子に会ってみたいんだけど構わないかしら？」

「じゃあ、私も一緒に探しましょう」ミス・ソーントンは、まず見つからないだろうと言いたげだ。

「いいえ、大丈夫。あなたはお仕事に戻ってちょうだい。ひとりで見つけられると思うわ」

「では、あとはよろしくお願いします」

ミス・ソーントンが明らかに安堵した様子で校長室に戻ると、ラーラは部屋を順番に探してまわった。きっとその子は、どこか静かなところに隠れているはずだわ。元気のいい仲間たちが苦手なのよ……。

そしてようやく、談話室を教室に改造した部屋の、隅のほうに隠れているのを見つけた。

男の子は、書き物机の下で窮屈そうに丸くなっていた。まるで、そこに隠れればもう安全だとでもいうように。人が来たのに気づいた男の子は、すぐさま手足をいっそう縮こまらせて小さくなった。骨ばった膝を無言で抱え、じっとこちらを見つめてくる。その姿は何だか、ぼろ布の小山の上に、薄汚れた黒髪のかたまりを乗っけただけのようにさえ見えた。

「そこにいたのね」ラーラは優しく話しかけ、男の子の目の前にひざまずいた。「びっくりさせちゃったかしら？　ねえ、こっちに来て、私と一緒に座らない？」

男の子は尻ごみして、じっとラーラを見つめるばかりだ。ひたむきそうな青い瞳の周りは、極度の疲れで黒いくまができている。

「ねえ、お名前は何ていうの？」床に座り込み、ほほ笑みかけてみたが、相変わらず石のように固まったままだ。まだ小さいのに、あんなに怯えた、人を疑うような目をして……。ふと見ると、男の子はボロボロのポケットに片手をつっこんで、何かを大切そうに握っている。ラーラは問いかけるように笑ってみせた。「何を持ってるの？」きっと、小さなおもちゃか、毛糸玉か――この年頃の男の子が好きそうな何かを隠しているんだわ。

すると男の子は、小さな灰色の毛のかたまりをポケットからゆっくりと取り出した――それは何と、生きたネズミだった。男の子の指の間から顔をのぞかせ、きらきら輝く小さな瞳で見つめてくる。

驚いて叫び声をあげそうになるのを必死にこらえ、ラーラは「まあ……」と小さくつぶやいた。「とっても……かわいいわね。ここで見つけたの？」

男の子はかぶりを振った。「ぼくといっしょにきたの」ネズミの耳の間を、垢じみた指でそっと撫でる。「こうやってなでてあげると、よろこぶんだよ」ラーラの温かなまなざしに徐々に心を開き始め、甘えるように話し出した。「あのね、ネズくんとぼくは、いつもいっしょなの。いっつもだよ」

「ふうん、ネズ君って呼んでるのね？」なるほど、この男の子は、ネズミを大切なペットか何かのように思っているらしい。あるいは……友だちのように。ラーラは喉の奥がツンとして、笑いたいような、泣きたいような気持ちになった。

「なでてみる？」男の子がたずね、もぞもぞとうごめくネズミを差し出してくる。

「ありがとう、でも、私はいいわ」やはり、触る気にはなれない。

「ふうん」男の子はネズミをポケットに戻し、上から優しくポンポンと叩いた。

見ているだけで、胸がきゅっと締めつけられるようだった。この子には何もない――家族も、友だちも、もちろん未来も。それなのに、幼いながらに誰かを守ろうとしている。相手は人ではなくて、刑務所から連れてきたネズミだけれど。

「どうしてそんなにきれいなの？」男の子は言いながら、驚いたことに、ラーラの膝の上に乗ってきた。一瞬まごついたが、ラーラは両腕で男の子を抱いてやった。男の子の体は、骨ばって、軽くて、まるで猫のように小さかった。洋服からも体からも、饐《す》えたような匂いが漂ってくる。仕方ないじゃない。この子は、小さなネズミだけじゃなくて、シラミやら何やらがうじゃうじゃいるところに住んでいたんだから――そう思うとゾッとしたが、腕の中にすっかり体をあずけ、小首をかしげて見上げてくる姿を見ると、思わず手を伸ばして、艶を失った黒髪を撫でてやらずにはいられなかった。この子、最後に母親からこうして抱かれたのはいつだったのかしら。こんなに小さいのに……ずっとひとりぼっちだったんだわ。「ねえ、お名前は何ていうの？」たずねたが、男の子は答えない。半分まぶたを閉じて、すっかり緊張がゆるんだ様子だが、垢じみた指はラーラのドレスの袖をぎゅっと握りしめたまだ。「坊やは、まずお風呂に入らなくちゃダメね」髪を撫でながら言った。「お風呂で汚れを落としたら、きっとハンサムになるわ」

膝に抱いたまま優しくささやき続けているうちに、男の子は肩のあたりでこっくり、こっくりし始めた。よほど疲れているのだろう。この様子だと、じきに本格的に寝入ってしまうに違いない。かわいそうだが、そっと腕を離して立ち上がると、こっちにいらっしゃいと手招きした。

「ソーントン先生のところに行きましょう。先生はとっても優しいのよ。だからあなたも、先生の前ではいい子にね。あなたには、私がじきに新しいおうちを見つけてあげるから。ね、約束するわ」

男の子はドレスをぎゅっとつかんだまま、ラーラの脇を小走りになりながら素直についてくる。校長室にたどりつくと、ミス・ソーントンは机の前に座っていた。

ミス・ソーントンはにっこりとした。「本当に、子どもと仲よくなるのがお上手なんですねえ。まさか、こんなにすぐに見つけられるとは思いませんでしたよ」男の子に歩み寄り、手首を取る。「さ、こっちにいらっしゃい。レディ・ホークスワースにご迷惑よ」

「ヤダーッ!」男の子はラーラにしがみつき、ミス・ソーントンに向かって野生動物のようにイーッと歯をむいた。

ミス・ソーントンは、男の子の声を初めて耳にして仰天した表情だ。「おやまあ。ちゃんと話せるんじゃないの」言いながら、あらためて手首を引っ張る。「あんまりわがまま言わないでね。誰もいじわるなんかしないから、安心なさい」

「ヤダったら、ヤダーッ!」男の子はワッと泣き出し、ラーラの脚とお尻にしがみついた。ラーラは困り果て、その場にしゃがみこむと、小さな背中を撫でてやった。「いい子だから泣かないで。ここでおとなしくしてらっしゃい。私は明日また来るから」

しがみついてくる男の子をラーラがなだめている間に、ミス・ソーントンはいったん校長室を離れ、数人の教師を伴って戻ってきた。「レディ・ホークスワースには、本当に驚かされますわ」言いながら、同僚たちと一緒になって男の子を引き離そうとする。「よくそんなふうに、『いい子ね』なんて言えると思いますよ。それも、心からそう思っているみたいに」

「だって、この子は本当にいい子だもの」答えながら、一向に泣きやまない男の子を必死になだめた。

ようやくのことで教師たちが男の子をラーラから引き離した。男の子は、怒りと悲しみに、わあわあと激しく叫んでいる。しきりにしゃくりあげながら、一方で教師たちに向かってまるで動物の子どもみたいに歯をむいたり、逃げようともがいたりする様子を、ラーラは釘づけになったようにじっと見つめた。

「気になさらないでください」ミス・ソーントンが言う。「ちょっと変わった子なんですよ。本当に、今日はこんなお見苦しいところまでお見せしてしまって、申し訳ありません」

「大丈夫よ。私はただ……」ラーラは言葉を失った。教師たちが幼い少年を部屋から引きずり出す様子に、何だかいても立ってもいられない気持ちになる。ひとりが男の子を小声で叱りつけ、逃げ出さないように腕をぎゅっとつかんだ。

「あとは私どもで何とかしますから――」ミス・ソーントンが言った。「任せておいてください」

「イヤだーっ！」またもや男の子が泣き叫ぶ。

そして激しくもがいた拍子に、ポケットからネズミがちょこちょこと這い出し、磨きあげられた床にぴょんと飛び下りた。いきなりネズミが姿を現したのに仰天した教師たちは、揃って金切り声をあげ、男の子の腕を放した。

「ネズくん！」男の子は泣き叫び、その場にひざまずいて、逃げるネズミを追うように床を這いつくばった。「ネズくん、もどってきて！」

けれどもネズミは、壁の隙間を見つけ、まんまとその中にちょこまかと逃げ込み、それきり姿を消してしまった。男の子は、壁に開いた小さな穴を呆然とした面持ちでじっと見つめ、うわーんと泣き出した。

泣き叫ぶ男の子、慌てふためく教師たち、そして張りつめた表情のミス・ソーントン――

ラーラは彼らを見ながら、無意識に口にしていた。「連れて帰るわ」ほとんど衝動的に出た言葉だった。「そ、その子はわが家に連れて帰ります」

「あの……今、いったい何ておっしゃいました？」ミス・ソーントンの口調は、ラーラが気が触れたとでも思ったのか、いやに用心深い。

ラーラは早口に続けた。「とりあえず、わが家に連れて行くわ。引き取り先は、あとで私がちゃんと探しますから」

「でも、そんな、まさか――」

「本気よ」

男の子は安全な場所に逃げるように、ラーラの脇にさっと駆け寄った。興奮して、胸を激しく上下させている。「ネズくんもつれていこうよ」と言って、鼻をすすった。

ラーラは小さな背中に手を置き、穏やかに諭した。「ネズ君は、ここにいたほうがいいのよ。ここで元気に暮らしていけるから、大丈夫。あなたもネズ君と一緒にここにいたい？それとも、私と一緒に来る？」

男の子は答える代わりにラーラの手を握りしめ、しっかりと寄り添った。

ラーラは苦笑まじりに校長を見やった。「ちゃんと面倒見ますから、心配しないで」

「ええ、それはもちろんわかってますとも。でも、その子がご迷惑にならなければいいんですけど」ミス・ソーントンはひざまずいて、男の子の泣きはらした顔を厳しい表情でのぞきこんだ。「いいですか、ミスター・キャノン、ご自分の運のよさを決して忘れちゃいけませんよ。もし私があなたなら、レディ・ホークスワースに嫌われないよう、絶対にいい子にしてますからね」

「ミスター・キャノン？」ラーラはオウム返しにした。「それがこの子の名前なの？」

「ええ、名字だけは何とか聞き出しましてね。でも、名前はいくら訊いても言わなくって」

　小さな手がラーラの手をぐいと引っ張り、潤んだような、鮮やかな青色の瞳が見上げてくる。「ジョニーっていうの」男の子ははっきりとそう告げた。

「ジョニー」ラーラはつぶやくように言い、ジョニーの手をそっと握りかえした。

「奥様――」ミス・ソーントンは警告するような口調になった。「経験から申し上げますけど、こういう境遇の子は、あまり甘やかしてはダメですよ。でないと、どんどんわがままになっていきますからね。冷たい言い方だとは思いますけど、でも、この世の中は、一文無しの孤児にとって決して優しいところじゃありません。だからこの子たちは、最初っから自分の立場をわきまえていたほうがいいんです」

「ええ、わかったわ」ラーラの顔からは、笑みが消えていた。「ご忠告をどうもありがとう、ミス・ソーントン」

＊＊＊

　ラーラがまるでぼろ布のかたまりのような男の子を連れて帰ると、ホークスワース邸の使用人はあからさまに仰天した顔を見せた。男の子は、依然としてラーラのスカートをぎゅっと握りしめて決して放そうとしない。華美に飾りたてられた邸内には目もくれず、一心にラーラのことだけを見つめている。

「ジョニーは、ちょっと恥ずかしがり屋なの」侍女のナオミに向かって、ラーラはささやいた。ナオミは、ジョニーの手を取ろうとして、あっさり拒絶されてしまったのだ。「だから、みんなと仲よくなれるまで少し時間がかかると思うの」

ナオミは丸々とした顔にいぶかしむような色を浮かべて、ジョニーをじっと見ている。

「それにしても、まるで森の中で育った野生児みたいな子ですね」

この子がこれまで暮らしていた不潔で危険な場所よりも、森の中ほうがずっとマシだわ――ラーラは内心思い、ジョニーの艶のない髪にそっと指を置いた。「ナオミ、この子をお風呂に入れるから手伝ってくれるかしら？」

「ああ、はい、奥様」ナオミは小声で応じながら、主人が自ら風呂に入れると聞いて驚いていた。

メイドが数人がかりで、ラーラの専用のバスタブを部屋に用意し、湯の入ったバケツを持って階段を上り下りする。その間にラーラは、ジンジャーブレッドとミルクを持ってこさせた。ジョニーはむさぼるようにジンジャーブレッドの最後のひとかけらまで食べ、ミルクの最後の一滴まで飲み干した。まるで、もう何日も何も食べていないように見えた。ようやくおなかが落ち着いたと思われたところで、ラーラはナオミの手を借り、ジョニーを化粧室に連れて行き、ぼろぼろの服をふたりがかりで何とか脱がせた。

だが本当に大変なのはそれからだった。ジョニーは、怖がって絶対に風呂に入ろうとしなかった。裸のまま、バスタブの脇にじっと立ちすくんでいるだけ。その体は、ガリガリと言ってもいいくらい痩せていた。「はいりたくないもん」ジョニーは頑固に言い募った。「いいえ、入らなくちゃダメよ」ラーラは言いながら、笑いを噛み殺した。「だって、手も顔も真っ黒よ」

「おふろにはいると、たかいねつがでて、しんじゃうんだ。パパがいってた」

「それはお父様が間違ってるのよ。私なんて、しょっちゅうお風呂に入るわ。体がきれいになると、とっても気持ちがいいのよ。さ、お湯が温かいうちに入りなさい」

「ヤダ！」

「わがまま言わないで。ホークスワース邸に住む人はみんな、ちゃんとお風呂に入らなくちゃいけないのよ。ねえ、そうよね、ナオミ？」

ナオミは大きくうなずいてみせた。

そうやってさんざんなだめすかした結果、ようやくジョニーを抱き上げてバスタブに入れることができた。石のように固まって座るジョニーの背中に、ゴツゴツとした背骨が浮き出て見える。ラーラは、歌を歌って緊張を解きほぐしてやりながら、ナオミと一緒になって頭のてっぺんから足の爪先まで丹念に洗ってやった。お湯は、みるみるうちに灰色になっていった。

「あーあ、髪の毛がこんなに固まっちゃって」ナオミが驚いたような声をあげながら、ジョニーの濡れた髪の、特にひどく絡まった部分を諦め顔で引っ張った。「これじゃ、切らないとダメですね」

「でも、驚いたわ」ラーラはジョニーの肌の色をまじまじと見つめた。「この子ったら、まるでユキノハナみたいに真っ白なのね！」

ジョニーは、ひょろりとした自分の腕や胸を、興味津々といったふうに眺めている。「きっと、ひふがいっぱいはがれちゃったんだ」

「皮膚がはがれたわけじゃないわ」ラーラは朗らかに笑った。「汚れが落ちただけよ」

さあ、これでおしまいよというラーラの言葉に、ジョニーはおとなしくバスタブの中で立ち上がった。ラーラが抱き上げて、バスタブから出してやる。分厚いタオルで濡れた体を包み、手足からしたたる湯をぬぐう。丹念に体をふいてやる間、ジョニーが寄り掛かり、肩に頭を乗せてくる。ドレスにまで湯が染みた。

ラーラは思わず、ジョニーをぎゅっと抱きしめた。「よくがんばったわね。お風呂に入っている間、とってもいい子だったわ」

「奥様、これはどうしましょうか？」訊きながら、ナオミは床に広がった汚れた洋服をツンツンと指でつついた。「洗ったら、きっとボロボロに千切れてしまうと思うんですけど」

「燃やしましょう」ラーラはナオミと目を合わせ、互いにうなずきあった。代わりに、若い馬屋番から借りてきたきれいなシャツと、綾織りの綿布のズボンを着せることにした。すぐに用意できる服といえばそれが精一杯だったが、ジョニーにはやはり大きすぎるようだった。「とりあえずは、これで我慢しましょう」ララは言いながら、ズボンがずり落ちないよう、ちょっと拝借してきた犬の首輪をジョニーの腰に巻いた。ふとからかってみたくなり、こっそり手を伸ばして何も履いていない足をくすぐると、ジョニーは身をよじらせながら笑い出した。「靴も用意しないとね。それから、ちゃんとサイズの合う服も。じゃないと――」ふいに、今週中に仕立屋と会う約束があったのを思い出す。いけない、約束は今日じゃなかったかしら？

ちょうどそのとき、妹の声が扉のほうから聞こえてきて、ララはわれに返った。「本当に、お姉様には驚かされてばかりだわ」

笑みを浮かべて、レイチェルの顔を見上げる。「ああ、いらっしゃい、レイチェル。一緒にドレスを選んでって私から頼んだのに、うっかり忘れてたの。もしかして、待たせてしまったかしら？」

レイチェルはかぶりを振った。「ううん、全然。少し早く着きすぎただけだから、気にしないで。仕立屋もまだ来ていないわ」

「ああ、よかった」ララは汗ばんだ額に貼りついた髪をかきあげた。「いつもなら約束を忘れたりしないんだけど、ちょっと忙しかったものだから」

「みたいね」バスタブの脇まで来たレイチェルが、もじゃもじゃ頭のジョニーに向かってほほ笑みかける。ジョニーは、呆然とした面持ちでレイチェルをじーっと見つめた。

きっと、レイチェルみたいにきれいな女性を見たのは初めてなんでしょうね、少なくともこんなに近くで見るのは――ララは思った。今日のレイチェルはひときわ美しい。艶やかな黒髪をきれいに巻いてヘアピンでまとめているので、白鳥のように優美な首筋が際立っている。ドレスはクリーム色のモスリンで、全体に小さなピンク色の薔薇と鮮やかな緑の葉の刺繍がほどこされている。頭には、ピンク色のリボンと薔薇をあしらった麦わらのボンネット帽。ララは誇らしげにほほ笑みながら、わが妹ほどたおやかで美しい女性はいないわと思った。

「それにしても、お姉様の格好ったら！」レイチェルは明るく笑った。「ついさっきまで、孤児院で子どもたちの世話でもしていたんでしょう？　以前はあんなに自分の外見を気にしたのに、同じ人とは思えないわ」

ララは苦笑した。湿って点々と汚れがついたドレスに視線をやり、無駄な努力と知りながら、すっかり乱れて顔の周りに垂れたまっすぐな黒髪を必死にヘアピンで留めようとした。

「だって、子どもたちは私の外見なんて気にしないでしょ」ニッと笑いながらやり返した。

「子どもたちさえよければ、あとはどうでもいいの」ジョニーを足乗せ台に座らせ、肩にタオルを掛ける。「さあジョニー、このままじっとしててね。髪を切っちゃうから」

「ヤダ！」

「ヤダじゃないの」ララは厳しい声音をつくった。「いい子にしてたら、兵隊さんみたいな帽子を作ってあげる。前のところに、真鍮のボタンがついているやつよ。どう、かぶって

ねと言い聞かせなければならないからだ。
ミがちょきんと音をたてるたび、ジョニーがびくりと身を硬くし、その都度、大丈夫だから
固く絡まった髪を、慎重にハサミで切っていく。だが作業はなかなか進まなかった。ハサ
「わかった」ジョニーは観念したようにおとなしくなった。
みたいと思わない？」

「ねえ、代わりにやってあげるわ」しばらくして、レイチェルがたまりかねたように言った。
「私のほうがそういうのは得意だから。覚えてるでしょう、お父様が以前はいつも私に髪を
切らせていたの？　今ではすっかり髪がなくなってしまったけど」
ラーラは吹き出しながら、ハサミを妹に渡した。もつれた髪束を、慣れた手つきで切って
いくさまを、背後から感心したように眺める。
「きれいな髪ねえ……」レイチェルはつぶやきながら、ジョニーの髪を頭の形に沿って丁寧
に刈り込んでいく。「まるでインクみたいに真っ黒。それに、ほんの少し、ウエーブがかか
ってるの。ねえお姉様、この子、とってもハンサムなのね。あ、ほら、じっとしてて。あと
もうちょっとで終わるわ」
レイチェルの言うとおりだった——ラーラは正直、驚いていた。ジョニーはびっくりする
くらいハンサムだった。目鼻立ちがはっきりしていて、鼻は高く、黒髪は艶やかで、瞳は鮮
やかな青。ほほ笑むラーラに向かって、ジョニーは背筋を伸ばして笑いかえそうとした。け
れども、我慢しきれずに大きくあくびをすると、退屈そうに体を揺らし始めた。

「こら！」レイチェルが優しく叱りつけた。「動いちゃダメよ。耳をちょん切るところだったじゃないの」

「疲れてるのよ」ラーラは言いながらジョニーに歩み寄り、肩に掛けたタオルを取ると、スツールから下ろしてやった。「そのくらいでいいわ、レイチェル」ベルベット張りの曲線が美しいマホガニーのソファに、ジョニーを連れて行く。「ナオミも、どうもありがとう。もう下がっていいわ」

「はい、奥様」ナオミは膝を曲げてさっとおじぎをすると、部屋をあとにした。

ジョニーはラーラの脇に寄り添うように座っている。こっくりこっくりし始めた小さな頭が肩にあたる。こうして寄り添って座っているのが、ラーラには何だかとても自然なことに思えた。「ゆっくりお休みなさい」ラーラは小さな頭を撫でながら、柔らかな絹糸のような黒髪の感触を指先で楽しんだ。「目が覚めたときには、ちゃんとここにいてあげるから」

「やくそくしてくれる？」

「ええ、もちろん」

その一言で、ジョニーはすっかり安心したらしい。体中の力が抜けたようにぐったりともたれかかってきて、寝息が徐々に深く、静かなものになっていく。

レイチェルはそばの椅子に腰かけて、不思議そうに姉の顔を見つめていた。「ところで、いったいどこの誰なの？　どうしてここにいるの？」

「孤児なの」ラーラはジョニーの背中を片手で抱いた。「どこにも居場所がないのよ。今まではホルビーチ刑務所に住んでいたんだけど、父親が絞首刑になったんですって」

「罪人の子なの⁉」レイチェルの大声に、眠っているジョニーの体がぴくりと動いた。

「シーッ」ラーラは眉根を寄せて妹をたしなめた。「この子が悪いことをしたわけじゃないわ」まるで母親のように、身をかがめて背中を撫でてやる。

レイチェルは当惑した顔でかぶりを振った。「いくらかわいそうな子どもたちに同情してるからって、ここまでするとは思わなかったわ。まさか屋敷に連れてくるなんて——ねえ、お義兄様はどうするの？」

「わからないわ。どうせ許してくれるわけはないと思うけど。でも、どうしてもこの子を守ってあげたいのよ」

「そんなの、ほかの子の場合だって同じように思うんでしょう？」

「ええ、でも、この子は何だか特別なの」自分でもどうしてこんな気持ちになるのかわからず、それらしい理由を必死に探した。「最初に見たとき、ジョニーはポケットにネズミを入れていたの。刑務所から連れてきたんですって」

「ネズミ⁉」レイチェルはオウム返しに言い、ぶるっと身を震わせた。「生きてるの、死んでるの？」

「元気満点だったわ」ラーラは苦笑した。「ペットだったんですって。すごいと思わない？刑務所なんかに入れられて、私たちには想像もつかないような恐ろしい目にも遭ったでしょうに……それなのに、あんな小さな生き物を大切に育てていたなんて」

レイチェルはかぶりを振って笑みを浮かべた。「なるほど、わかったわ。お姉様とジョニーは似た者同士なのよ。かわいそうな弱い者を見ると、放っておけない性質《たち》なの」

　優しい思いがこみ上げてきて、ラーラはジョニーの寝顔をじっと見つめた。その安心しきった様子に、この子をがっかりさせるくらいなら、自分が死んだほうがマシだとすら思えてくる。「世界中のかわいそうな子どもたちを全員救えるわけがないのは、わかってるの。でも、ひとりかふたりなら救えるわ。だから、この子を連れてきたの」

「でも、これからいったいどうするつもり？」

「まだはっきりとは……」

「まさか、ずっと屋敷に置くつもりじゃないでしょうね？」

　黙り込んだラーラを見れば、答えはもうわかったようなものだ。

　レイチェルは姉の隣に座り、真顔で続けた。「お義兄様がどんな性格か、私にはよくわからないわ――以前にも増してね。でも、お姉様が妊娠できないとわかったときの、お義兄様の落ち込みようは知っているわ。彼は、自分の子どもを欲しがっているんでしょう？　跡継ぎになる子を……刑務所で育った、貧しい家の子じゃないはずよ」

「レイチェル、やめて……」たとえ図星でも、ラーラはショックだった。

　われながらなんてひどい言い草なの――レイチェルは思ったが、ひるまず続けた。「こんな言い方して申し訳ないと思うけど、でも正直に話したほうがいいと思うから言うわね。お姉様は、ご自分で何でも決める癖がついてしまったんじゃない？　でも、お義兄様が戻ってきたからには、もう今までのようにはいかないと思うの。妻は、夫の意見に従わなくちゃダメなのよ」

ララは歯を食いしばった。「別に、子どもを授からないから、代わりにこの子を引き取るというわけじゃないわ」

「じゃあ、お義兄様にとってこの子は何？」

「私たちの助けを必要としてる、かわいそうな坊や――それだけよ。ハンターにとっても、私にとってもね」

「ねえ――」レイチェルの柔らかな唇が、悲しげにゆがむ。「お姉様のがっかりする顔を見たくないのよ。お義兄様は帰ってきたばかりでしょう？　それなのに、こんなにすぐ面倒を抱えるのはよくないわ。平穏な結婚生活って、何ものにも代えがたいほど素晴らしいものよ」

妹の寂しげな表情に、ララは何か引っかかるものを感じた。よく見れば、目の周りにも額にもうっすらとしわが刻まれているし、全身から緊張感のようなものが漂っている。「ねえ、どうかしたの、レイチェル？　もしかして、ロンズデール卿とまた何かあった？」

レイチェルはぎこちなくかぶりを振った。「ううん、別に……ただ、近頃のテレルはひどく怒りっぽくて。何をしてもつまらなくて、うんざりしてるみたいなの。それで、お酒を飲みすぎるとカッとなって……」

「カッとなるって」ララは声を潜めた。「まさか、暴力を振るわれているんじゃ……？」

レイチェルは無言で目を伏せた。何か不快なことを決心するような表情だ。長い沈黙ののち、レイチェルはデコルテを覆う純白のレースのシュミゼットを取り去った。

むきだしになった妹の首筋と胸元を、ラーラは呆然と見つめた。大きな痣《あざ》がふたつと四本の指の跡が、透きとおるような肌にくっきりと残っている。ロンズデールの仕業だ……でも、いったいどうして？　レイチェルは、世界一優しく穏やかな性格だと言ってもいいくらいなのに。いつも自分の立場をしっかりわきまえて、夫や周囲の人間が楽しく幸せに過ごせるよう心を砕いているのに。

ラーラは、怒りのあまり体をぶるぶる震わせ、目に涙を溜めた。「そんなことするなんて、ロンズデール卿はけだものだわ！」

レイチェルはすぐさまシュミゼットを元どおりにした。「違うの、そうじゃないのよ。彼を責めて欲しくて、お姉様に見せたわけじゃないの。ああ、やっぱり見せるんじゃなかったわね……。そもそも私が悪いのよ。賭け事のことでちょっと小言を言いすぎたの。それでテレルを怒らせてしまって。もっといい妻になるよう努力しないとダメね。でも、彼の求めているものが、私にはよくわからなくって。彼の気持ちさえわかったら――」

「ハンターが戻ってきたら、ロンズデール卿に話してもらわなくっちゃ」ラーラには、妹の言葉など耳に入らなかった。

「やめて！　そんなことしてもまた同じ――いいえ、もっとひどいことをされるかもしれないわ」

ララは打ちひしがれ、黙って涙をこらえた。男性は女性を守るもの、夫は妻より賢く、優れた生き物――姉妹は幼い頃からそう教えられてきた。親の庇護《ひご》の下で世の中のことを何ひとつ知らずに生きていた頃には、夫が妻を傷つけるなんてありえないと思っていた。それがどうして、よりによって世界一優しく思いやり深いレイチェルが、こんな目に遭うのだろう。しかも当のレイチェルが、悪いのは自分のほうだと言い出すなんて。

「レイチェル」ララは努めて穏やかに切り出した。「あなたがこんな目に遭う筋合いはないでしょう？　それに、やっぱりロンズデール卿の言うことなんて信じられないわ。誰かが注意しない限り、彼はまたあなたを傷つけるに決まってる」

「お願いだからお義兄様には黙ってて」レイチェルは懇願した。「恥ずかしくて耐えられないもの。それに、お義兄様に何か言われても、テレルはすべて否定するはずよ。そしてあとから、陰で私に罰を与えるんだわ。ねえ、だからお願い、このことは秘密にしておいて」

「だったら、あなたからお父様とお母様に話せばいいわ」

レイチェルは途方に暮れたようにかぶりを振った。「話してどうするの？　お母様は、よき妻になるようもっと努力しなさいって、泣いて私を叱るに決まってるわ。お父様は書斎に閉じこもるだけ。お姉様にだって想像がつくでしょう？」

「じゃあ、私は黙って見てろっていうの？」怒ったような口調で言った。

レイチェルは姉の肩にそっと手を置き、静かに言った。「彼を愛してるの。彼と一緒にいたいのよ。普段はいたって優しいの。カッとなって……どうしようもならなくなるのは、本当にたまになの。それに、そうやって怒っても、すぐに機嫌を直してくれるし」

「暴力を振るうような人と、どうして一緒にいたいなんて思うのよ？　あんな自分勝手で、短気で――」

「あの人はそんな人じゃないわ」姉の肩から手をどけたレイチェルは、美しい顔をゆがめた。「それ以上、テレルのことを悪く言わないで。……ごめんなさい。お姉様にこんなことを打ち明けた私がいけないのよね」

そこへ、メイドがやってきて仕立屋の到着を告げ、姉妹はすぐに一階の応接間に向かう用意をした。妹を先に行かせてから、ラーラはぐっすり寝入っているジョニーの様子をしばらく眺めた。刺繍入りの大判の肩掛けを掛けてやり、首のところまできちんと覆ってやってから、切ったばかりの柔らかな黒髪をそっと撫でる。「ゆっくりお休みなさい」ソファのかたわらにひざまずき、ジョニーの小さな、幸福そのものといった顔をのぞきこむ。この子は完全に無力。この広く厳しい世の中で、自分の力では運命をどうすることもできないんだわ……。ジョニーとレイチェルの悲しい境遇や、マーケットヒルの友人たちの抱えるさまざまな問題を思い……ラーラはそっとまぶたを閉じて祈った。

「天にましますわれらが神よ。この世には、神のお慈悲とご加護を必要としている人が大勢います。彼らのために何をすべきか、どうか私にお教えください。アーメン」

9

今日は週に一度の洗濯日。ホークスワース邸では、洗濯は使用人がほぼ半分がかりで行う大事業だ。ラーラも結婚当初から、この日はメイドたちと一緒になってリネン類を洗ったり、畳んだり、必要に応じて繕ったりと忙しい。しかもホークスワース邸のような大屋敷では、枕カバーや羽根布団やシーツや毛布に、一枚一枚ラベルを縫いつけなければならない。そうしないと、どれがどの部屋で使うものか、すぐにわからなくなってしまうからだ。さらに、ひどく傷んだり穴が開いたりしたものは、専用の袋にいったん入れ、あとで町のぼろ布売りに売ることになっている。ぼろ布を選り分けるのは、下働きの役目だ。

「奥様がお戻りになられて本当によかった」洗濯場でメイドのひとりが、洗いたてのリネンを畳みながら言った。「今までは、ぼろ布を売ったお金までレディ・ジャネットがご自分のものにしてしまっていたんですよ」

「これからはそんなことないから大丈夫よ」ラーラが請け合うと、メイドは「本当にありがたいことです」と心から嬉しそうに笑い、別の洗い物の入ったかごを取りに行った。

ラーラはしかめ面で、純白のエプロンの紐《ひも》を結び直した。洗濯場はじめじめしている。石けん水と洗濯物が入った大きな鉄桶から、熱い湯気が立ち上っているためだ。屋敷の女主人として、さまざまな雑事を取りまとめる——再びその日を迎えることができて、ラーラは嬉しく思うはずだった。何しろ以前は、屋敷をきちんと管理し、効率よく仕事をこなすことに、無上の喜びを感じていたのだから。ところが実際にその日が来てみると、家事も屋敷の管理も、退屈で退屈で仕方がなかった。

未亡人になる前には、荘園屋敷の女主人としてやることがいっぱいありすぎて、おもての世界のことなんてほとんど目に入らなかった。でも今では、孤児院で子どもたちと過ごす時間のほうが、ここでつまらない雑事に追われる時間よりもずっと大切に思える。

エプロンの紐が指の間からすり抜けそうになり、ラーラは慌ててつかみ直した。そのときふと、誰かが背後から近づいてくる気配を感じた。振り向く前に、温かな男性の指が自分の指にそっと絡められた。ラーラは身を硬くした。心臓の鼓動が激しくとどろく。それは、間違いなくハンターの指の感触だった。

ハンターの指が、腰にエプロンをしっかりと巻きつける。ラーラは夫の熱い息が髪にかかるのをかすかに感じた。抱きしめられているわけでもないのに、背後に立つ夫の、そびえるような背の高さや逞しさをひしひしと感じる。

「こんなところで何をしてるの？」ラーラはつぶやくようにたずねた。

「何してるのはひどいな。ここは私の家だよ」ハンターの声に、背中に痺れのようなものが走る。

「とぼけないで、洗濯場のことを言ってるのよ。あなたがここに来るなんて初めてだわ」

「一刻も早くきみの顔が見たくてね」

ちらりと横に目をやると、メイドがふたり、戸口のところに立っている。洗濯場に主人がいるのを見て、どうしたものかと困った顔だ。「ふたりとも、早くこっちにいらっしゃい」ラーラは大声で呼びかけ、仕事に戻るよう手を振って合図した。けれどもメイドは、くすくす笑いながらどこかに行ってしまった。しばらくご夫妻をふたりっきりにしてさしあげましょう――そんな魂胆らしい。

「顔を見る前に、少しくらい時間をくださらなくちゃ困るわ」ハンターが振り向かせようとするのに、ラーラは必死で抵抗した。服は汚れているし、顔は熱気で真っ赤だし、汗ばんだ頬にはほつれた髪が張りついて、その上、大きなエプロンまでしている。「せめて、きれいなドレスに着替えて、髪を……」振り向かされてハンターの顔を見たとたん、ラーラは言葉を失ってしまった。

数日ぶりに見る夫は、びっくりするくらいハンサムだった。黒い瞳はきらきらと輝き、日の光を浴びた茶色の髪はきれいに撫でつけられている。完璧な仕立ての上着とズボンは、逞しい肉体にぴったり合って――いや、ぴったりどころか、まるで逞しさを誇示するようだ。程よくフィットするベージュのズボンは、筋肉質な脚にしなやかに寄り添い、生まれながらの男らしさを際立たせて……見ていて思わず頬が赤らむほど。まぶしいような純白のシャツとクラヴァットに合わせているのは、美しい紋様入りのベストに、張りのあるダークブルーの上着。異国の人を思わせる日に焼けた褐色の肌も、男らしさをいや増している。きっと多くの女性が、彼を一目見ただけでうっとりするに違いないわ、ララはそう確信した。

実際、ララ自身も内心かなり動揺していた。それもこれもすべて、ハンターのまなざしのせいだ。妻を優しく敬うような目つきではなく、まるで娼婦を誘うときのような……。そんなふうに見つめられると、彼の前で生まれたままの姿で立たされているような気持ちになってしまう。実際には、襟元から足首まですっかりドレスで覆い隠して、腰には大きなエプロンまで巻いているのに。

「あの……ロンドンは楽しかった?」理性を取り戻そうと、ララは必死に言葉を探した。

「いや、別に」逃げようとすると、ウエストに置かれたハンターの両手に力が込められるのがわかった。「でも、おかげさまでいろいろと収穫があった」

「私のほうも、いろいろと収穫があったわ。あとで、あなたに報告しなくちゃいけないことがあるの」

「だったら、今聞くよ」ハンターはララの腰に腕をまわし、洗濯場を出ようとした。

「ダメよ、洗い物の手伝いをしなくちゃ――」

「メイドたちに任せておけばいいさ」ハンターは階段を二段下り、母屋に通じる通路へと足を向けた。

「でも、やっぱりお夕食のときに話すほうがいいわ」ララは階段の上で足を止めた。これでようやく、目の高さが夫とちょうど同じくらいになる。「軽くワインでもいただいてから」

ハンターが快活に笑いながら手を伸ばしてくる。軽々と抱き上げられ、階段を下ろされて、ラーラは息をのんだ。「すると、悪い知らせなのかな?」

「そういうわけじゃないけど」ラーラは、大きな、表情豊かな夫の口元から目を離すことができない。「ただ、屋敷のことで大幅に変えたいことがいくつかあって……ひょっとしてあなたは、お気に召さないんじゃないかと思ったから」

「なるほど――」ハンターが意地悪く笑い、真っ白な歯がきらりと光る。「取引なら、いつでも応じるよ」

「取引するつもりなんかないわ」

屋敷にたどり着く手前で、ハンターはふいに足を止め、人目につかないところへとラーラを引っ張って行った。ちょうど台所脇の庭との境に、生垣が設けられている。あたりには、香草と甘い花の香りが漂っている。「きみが持っているものと引き換えになら、私のすべてを捧げてもいいよ」

ハンターの意図に気づいたラーラは逃げようとしたが、すぐさま抱き寄せられてしまった。鉄のように頑丈な胸板。上着やベストやシャツを通しても、隆とした筋肉の盛り上がりを感じることができる。そして下腹部には、こうして接近しただけですぐに反応してしまう、熱く猛《たけ》ったものも……。「やめて」ラーラは喘いだ。「ハンター、まさかこんなところで――」

「そんな、驚いたようなフリをするのはおやめ。きみは私の妻なんだからね、別に悪いことをしてるわけじゃない」

「でも、もうずっと妻として暮らしていなかったんだし――」厚い胸板を押しやろうとしたが無駄だった。「ねえ、もう放してちょうだい」

ハンターはにやりとし、いっそう腕に力を込めた。「その前に、キスして」

「どうして私が？」冷やかに返した。

「ロンドンでは、女性には指一本触れなかった。ずっときみのことだけを考えていたよ」

「そのご褒美をちょうだいとでも言うの？　私があんなに、愛人を作ればいいわって言ったのに」

ハンターはこれでもかとばかりに腰を押しつけた。「でも、私が欲しいのはきみだけなんだ」

「欲しいものが何でも手に入る人生なんてありえないって、誰にも教わらなかった？」

「さあね」ハンターはニッと笑った。

ハンターは人並はずれた力でぎゅっと抱きしめてくる。でも、当の彼は、まるで子どもみたいに茶目っ気たっぷりだ。そのときラーラは、ふとあることに気づいた。こんなに胸がどきどき言うのは、彼が怖いからじゃない……。そう、彼女は何かを期待していた。欲望に興奮しきった男性に生まれて初めて抵抗している自分に、激しく胸を高鳴らせていた。そのことに気づいた彼女は、無我夢中で体の前に両腕を持っていき、顔をそむけた。

それなのにラーラは無意識に言っていた。「キスしてあげたら、何をもらえるの？」挑発するような甘い声音が、自分のものとは思えない。

するとハンターは、ラーラの問いかけにすっかり理性を失ってしまったらしい。表情は相変わらず茶目っ気たっぷりだが、これ以上は待ちきれないというように、両腕にますます力を込めてくる。厚い胸板が、柔らかな胸にあたった。「何が欲しい？　ただし、あんまり無理は言わないでくれよ」

「じゃあダメね。あなた、絶対にそんなの無理だって言うに決まってるわ」ラーラは苦笑した。

「じゃあ、先にキスだけしようよ。無理かどうかは、あとで考えればいいから」ラーラの乱れた髪の間に指を差し入れ、首をのけぞらせる。

「本当に一回だけね？」ラーラは用心深く訊いた。

ハンターはうなずいた。ラーラが爪先立つのに気づいて、期待に息をのむ。うなじに彼女の手が伸びてきて、頭を下げられ、彼女の柔らかな唇が——。

「ラーラ！　ラーラ！」そのとき突然、小さな人影が現れた。ラーラはくるりと振り返った。ジョニーだった。不安そうな顔で抱きついてくると、小さな手でスカートをぎゅっと握りしめる。

「どうしたの？」ラーラはその場にひざまずいて、腰にしがみついてくるジョニーの小さな背中を、安心させるように撫でてやった。

しばらくしてようやく気持ちが落ち着いたのか、ジョニーは顔を上げ、いぶかしむような、怯えたような面持ちでハンターを見やった。「このひと、ラーラをいじめてたんだ！」

すっかり可笑《おか》しくなってしまって、ラーラは吹き出さないように唇をぎゅっと引き結んだ。

「違うのよ、ジョニー。こちらはホークスワース卿。お帰りなさいって言っていただけなの。だから何も心配ないのよ」

ジョニーは明らかに疑ってかかっているようで、悪者をひたすらじーっと睨みつけている。

当のハンターは、ジョニーのほうを見ようともしない。獲物を横取りされて怒り狂う飢えた虎のような目で、ラーラだけを見つめている。「つまりこれが、変えたいことのひとつってことかな」

「そうなの」ここで誤解があっては、かえってよくないわ……ラーラは考え、ハンターに向き合うと、あらためて正直に打ち明けた。「この子に会わせる前にちゃんと説明できればよかったんだけど……ジョニーを引き取るつもりよ」

ハンターの瞳から欲望や情熱が消えていき、何を考えているのかさっぱりわからない表情になる。「孤児院のチビ助を、わが家に引き取る?」

ジョニーが指を絡ませてくる。ラーラはその手をぎゅっと握りしめながら、視線は夫からそらさなかった。「詳しいことは、あとでふたりっきりになってから話すわ」

「ああ、そうしてもらおうか」冷やかな声に、ラーラは背筋が凍るような気がした。

ジョニーの面倒は、ひとまず庭師のミスター・ムーディーに見てもらうことにした。老いた庭師は、屋敷の各室に飾るため、温室で咲き誇る花々を切り、壷や花瓶に生けているところだ。その隣では、ジョニーが小さなブーケを作っている。その姿に思わずほほ笑みが漏れる。ジョニーは、角がちょっと欠けた水差しに花を生けていった。「おお、なかなかうまいな」庭師は巧みに褒めながら、ミニバラの棘《とげ》を丹念に取り除き、ジョニーに渡した。「色のセンスがすごくいいぞ。ようし、レディ・ホークスワースにどんな花束を作ればいいか、わしが教えてやろう。花束にしたら、小さなガラスの花瓶に生けるんだぞ。そうすれば長持ちするからな」

ジョニーは白いミニバラにちらと目をやってから、かぶりを振り、恥ずかしそうに言った。

「それじゃないの。ラーラはピンクのがすきなの」

ラーラは驚きと喜びに包まれ、思わず戸口で足を止めた。ジョニーがラーラ以外の人に話しかけるのは、ムーディーが初めてだ。

「へえ、そうかい？」ムーディーはいかつい顔をほころばせながら、色とりどりの薔薇が咲いているあたりを指差した。「じゃあ、あそこにいっぱい咲いてるから、好きなのを探しておいで。決まったら、わしが切ってやるからな」

温室をあとにしながら、ラーラはジョニーへの愛情の深さにわれながら驚いていた。まるで、長年抑えつけてきた溢《あふ》れんばかりの感情が、ついに奔流となって流れ出したようだ。夫の跡継ぎを生むことができなかった――そんな屈辱的な思いと後悔の念が強すぎて、子どもが欲しいという自分自身の気持ちに、今まで背を向けてきた。でもやっぱり、無条件にどこまでも愛情を受け止められる、そして愛情を返してくれる相手――自分を必要としてくれる相手が欲しかった。どうかハンターが、ジョニーを追い出せなんて言いませんように……ラーラは祈った。それが誰だろうと、ジョニーとの間を引き裂くような人が現れれば、ラーラは敢然と立ち向かうつもりだ。

ジョニーがムーディーとうまくやっている様子を見届けたあと、ラーラは屋敷の二階の自室に向かった。まずは、襟の詰まった灰色のモスリンのドレスを、もっと明るい色の涼しいドレスに着替えたい。そして、ちくちくする靴下をさっさと脱いでしまいたい。彼女はエプロンを取り、そのまま床に落とすと、椅子に腰かけて丈夫な革靴の紐をほどいていった。重たく窮屈な靴から足が解放され、思わずほっとため息が漏れる。続けて、ドレスの袖口と、襟元のボタンも外していった。あいにく身ごろのボタンは背中についており、ひとりでは全部は外せそうもない。汗ばんだ顔を扇であおぎながら、ラーラはベッド脇にぶら下がる呼び鈴の紐のほうに足を向けた。ナオミを呼ぶつもりだった。

「呼ばなくていい」ふいにハンターの静かな声が聞こえ、ラーラは驚いてぎくりとした。

「私が手伝ってあげよう」

ラーラはすぐさま部屋の隅に逃げた。心臓が早鐘を打っている。ハンターは、背もたれが盾形になったヘップルホワイト様式の椅子にゆっくりと腰を下ろした。「お、驚かせないで――」ラーラは息をのんだ。「部屋に入ってくるときは、ちゃんと声をかけてちょうだい」

「たった今、ちゃんと声をかけたろう?」ハンターは上着とベストを脱ぎ、広い肩と引き締まった胴をゆったりと包む薄いリネンのシャツだけになった。近づいてくると、彼の匂いが鼻孔をくすぐった。かすかな汗の匂いと、ひげ剃り後につけるベーラムの香り、そして、ほんのりと漂う馬の匂いが入り交じっている。

彼に惹かれている気持ちを必死で押し隠そうと、ラーラは両腕で自分を抱くようにして、傲然《ごうぜん》と見返した。「今すぐに出て行ってちょうだい。これから、ドレスを着替えるんですから」

「だから、メイドの代わりに私が手伝ってあげるよ」

「ありがとう。でも、ナオミに頼むからいいわ」ラーラはかぶりを振った。

「もしかして、ドレスを脱がせたとたんに襲いかかるとでも思ってる？」ハンターはからかった。「大丈夫、我慢するよ。さあ、向こうを向いてごらん」

ハンターに後ろを向かされ、ラーラは身を硬くした。腹立たしいほどゆっくりとした動作で、背中の小さなボタンが外されていく。火照った肌に冷たい空気が触れて、思わず震えた。重たいドレスの背中が徐々に開いていく。ずり落ちないよう、ラーラは前身ごろを両手で押さえた。「ありがとう。助かったわ。あとはもう、ひとりでできるから結構よ」

ハンターは無視して、ドレスの背中から手を差し入れ、コルセットのホックも外していった。ラーラは動揺し、まぶたを閉じて、「もういいわ」と震える声で言った。それでもハンターはまだやめようとしない。ラーラの手から引き抜くようにしてドレスを腰まで下ろし、しまいにはすっかり脱がせてしまった。続けてコルセットも外すと、ラーラが身につけているのは、シュミーズとドロワーズと靴下だけになった。ハンターの手のひらは、あらわになった肩から上腕のあたりを漂っている。触れられているわけでもないのに、鳥肌がたち、産毛までが逆立って、ラーラは足の爪先にぎゅっと力を込めずにはいられなかった。

こんな気持ちになるのは久しぶりだった。新婚初夜、これからいったい何が起きるのか、夫が何をしようとしているのか何もわからなくて、ひたすら怯えていたあの日以来かもしれない。

ハンターは背後に立ったままだ。やがて胸元に手が伸びてきて、シュミーズの前身ごろにあしらわれた真珠貝のボタンも外されていった。不器用だとばかり思っていたのに、彼の手は驚くほど巧みに、小さなボタンを外していく。シュミーズの胸元が開かれ、あらわになった胸の谷間を冷たい空気がなぞった。柔らかく薄いキャンブリック地が、乳首をかろうじて覆い隠している。

「もうやめて欲しい？」ハンターが訊いてくる。

ええ——ラーラは答えたかった。それなのに、口がうまく動かず、声が出ない。これからどうなるのか、期待で頭がどうにかなりそうだった。やがて彼は、ヘアピンを抜き取って髪を下ろし、汗ばんだ頬にへばりついた髪をかきあげてくれた。絹糸のような黒髪を指ですくようにして、軽やかに地肌をマッサージする。あまりの心地よさに、ラーラは思わず喘ぎ声を漏らした。首をそらして彼に寄り掛かり、もっと愛撫されたいと思う強烈な欲望に打ち勝とうと必死でがんばった。

ハンターの手がうなじを撫でてくる。洗濯で疲れた筋肉を巧みに揉《も》みほぐされると、痛みがやわらぐと同時に、えもいわれぬ快感が走った。耳元でささやかれると、思わず身が震えた。「私を信じてる、ラーラ？」

やはりまだ声が出なくて、ラーラはかぶりを振って答えた。

ハンターの笑い声が聞こえてくる。「私も自分のことを信じてないんだ。だって、こんなに美しいきみを、こんなに強く求めているんだから」

ハンターは、すぐ後ろにただ立っているだけ。指が触れているのも首筋だけだ。その指が、信じられないほど優しく、うなじをそっと撫でてくる。ラーラはふいに、そこに触れたわけでもないのに、ハンターの股間が大きくなっているのを感じた。だったら今すぐに逃げ出さなければ——理性はそう叫んでいるのに、なぜか彼女はそのままおとなしく立ちつくしている。頭の中が朦朧《もうろう》としてきて、足元がおぼつかなくなり、激しい感情が胸の内を渦巻いた。

もう一度、ハンターがこの前みたいにキスしてくれたら……むさぼるように、甘い唇で……。

そう思った瞬間、乳房に甘い痛みが走り、その痛みが乳首へと集まっていくように感じられた。ラーラは唇を嚙み、彼の温かな指をつかんで自分のほうに引き寄せたい気持ちを必死で抑えた。なんてふしだらなことを……ラーラは身じろぎもせず、どうか彼にこの気持ちを悟られませんようにとひたすら祈った。……すると、いつの間にか息を止めていたらしい。彼女の唇からほうっと荒い息が漏れた。

「ラーラ」ハンターのささやき声が聞こえる。膝頭まであるシュミーズの裾が持ち上げられているのに気づいて、ラーラは心臓が止まりそうになった。ハンターは両手で裾を握りしめ、ドロワーズのウエストのところまで手繰り寄せていた。ラーラはおののいた。膝が萎えたようになって、無意識に彼に体をもたせかけてしまう。厚い胸板は、まるで石の壁のように硬かった。すっかり硬くなったペニスが、お尻の割れ目に当たるのまで感じた。

ハンターがウエストの紐を引き、ドロワーズが足首まで落ちる。ラーラは、彼の息づかいが変わったのに気づいた。手が震えているのにも。その手が、あらわになったヒップにしばし置かれ、やがて、シュミーズの裾を放した。

いとも簡単に抱き上げられて、ラーラはハンターの力強さに思わず息をのんだ。肩にもたれかかってしまわないように、首に力を入れ、部屋を横切る間じっと黙ったままでいた。疑念が湧いて、パニックに陥りそうになる。ひょっとして、今から愛を交わそうというの……？　だったら勝手にやらせればいいわ──ラーラは思った。かつて何度もしたのとまったく同じように、彼に好きにやらせればいい。あれがどんなに不快なものか、実際にここでやってみせてくれたらいい……そうすれば、私は彼から自由になれる。昔のように、夫を完全な他人として見ることができる。彼の前で自分を失うこともなくなる……。

ところが驚いたことに、連れて行かれたのは、ベッドではなく鏡台だった。鏡台の前に置かれた椅子に座らされ、ハンターが足元にひざまずく。バランスを取るために大きく広げられた太腿の逞しさに目まいを覚えながら、ラーラはすぐ目の前にある夫の美しい顔をじっと見つめた。静かな室内に、扉の向こうのさまざまな音がかすかに響く──どこかの部屋で呼び鈴を鳴らす音、広々とした草地で牧草を食《は》む牛たちの鳴き声、犬の吠える声、使用人たちが忙しく立ち働く物音。でも、扉の向こうでそうした慌しい日常があることが信じられなかった。今この瞬間、この世に存在するのは、この部屋と自分たちふたりっきりのような気さえした。

ハンターはラーラをじっと見つめたまま、靴下の上から脚を撫でている。足首から太腿のほうへゆっくりと。シュミーズが太腿までたくし上げられ、ラーラは身を震わせ、脚をこわばらせた。靴下留めを外されると、思わず、小さなすすり泣きのような声が口から漏れた。

靴下が脱がされていく。指先が太腿の内側を、膝を、ふくらはぎをかすめていくたび、ラーラは甘い喜びを覚えた。やがて彼の手は反対の脚に移り、靴下を脱がせると、それを床に放った。

ラーラは半裸の状態でハンターの前に座ったまま、椅子の端をぎゅっと握りしめた。彼との交わりがどんなふうだったか、昔のことが思い出される。乱痴気騒ぎのあとに寝室に現れるときの、彼の酒臭い息……前戯もそこそこに覆いかぶさってきて、無理やり押し入るように入ってくる……痛みと屈辱感しか覚えていない……でももっと最悪なのは、終わったあと必ず、使い捨てにされたような気持ちになることだった。でもラーラは、母のありがたい教えに従って、夫が寝室を出て行ったあともしばらくベッドの上に横たわったままで我慢した。そうすれば、夫の種が根づきやすくなる、そう一心に信じて。

けれども内心では、失敗したことに気づくたび、そっと胸を撫で下ろしたものだった。夫の子どもが自分のおなかの中で育つなんて我慢ならなかった——それは、あの夫の子どもに自分の体を奪われるようなもの。自慢の男らしさを見せつける機会を、夫に与えるようなものだと思っていた。

以前はこんなふうに触れたことはなかったのに、どうして今さら……？　そう思うと、ラーラは動揺した。

ハンターの人差指が白い太腿の付け根をかすめる。靴下留めのせいで、そこだけ皮膚が赤くなっていた。ハンターは、鏡台に置かれた装飾的な青いブリストルガラスの容器に手を伸ばした。容器の中身は、きゅうりのエキスと薔薇の精油を使ったクリームだ。「いつも体に塗っているのはこれ？」

「ええ」ラーラはぼんやりと答えた。

ガラス瓶のふたが開けられ、甘い花の香りが部屋にたちこめた。ハンターは少量のクリームを手に取り、それを両の手のひらに広げると、ラーラの太腿をマッサージし始めた。

「ハンター――」反射的に太腿に力が入り、ラーラは椅子の上で尻ごみした。

丹念にマッサージを繰り返され、赤くなった部分が少しずつやわらいでくる。ラーラは、太腿を優しく撫でる日に焼けた大きな手をじっと見つめた。シュミーズの裾がずり上がっているのに気づいて、慌てて膝のほうに引っ張り、わずかに残っている慎みを取り戻そうとする。でもそんなことをしても無駄だった。ハンターの手はリズミカルに太腿を這い、徐々に上のほうに移動してくる。太腿の内側に触れられるたびに、ラーラは息が止まりそうになった。どうしてそんなふうに反応してしまうのか、自分でもわからない。でも、彼の前にすべてをさらけだしたいという強烈な感情に駆られ、ふいに、大切な場所に温かいものが湧いてくる。そしてついに、シュミーズに隠された茂みを指がかすめ……。

ラーラは喘ぎながらハンターの手首をつかんだ。下半身に甘い痛みが走り、しっとりと濡れてくる奇妙な感覚におののいた。「やめて……それ以上はダメ」

だがハンターは聞こえていないのか、薄いキャンブリック地に覆われた陰なす部分に釘づけになったきり。太腿に置いた手は、こわばったようになっている。

やめて……無駄と知りながら、ラーラは心の中で叫んだ。すると、どうやらその思いが通じたようだ。ハンターはぎゅっと目を閉じた。シュミーズの下に指を忍ばせろとそそのかしてくる、しなやかな白い肌と、ほのかにのぞく茂み――理性を奪おうとするそれらのものから、必死で目をそらした。彼女の体のありとあらゆる部分に触れ、味わい、噛み、唇を這わせたい――どれほど強く求めているか、彼女には到底理解できないだろう。今やハンターの全身の筋肉は、鋼鉄のように張りつめていた。もちろん下半身は、程よくフィットするズボンの中ではちきれそうになって、今にも爆発してしまいそうだ。

ようやく動けるようになったところで、ハンターはラーラの太腿から両手をどかして立ち上がった。やみくもに歩き出して、部屋の壁に突き当たると、目の前の壁に両手をつき、必死で理性を取り戻そうとした。「さっさとドレスを着てくれ」ぶっきらぼうに言い放ちながら、けばけばしい壁紙だけを凝視した。「さもないと、何をしでかすかわからないぞ」

背後でラーラが、驚いたウサギのように慌てて、衣装だんすからドレスをがさごそと引っ張り出す音が聞こえる。彼女がドレスを着る間に、ハンターは荒い息を整えた。先ほどのクリームの匂いがまだ手のひらに残っている。今すぐに彼女の元に駆け寄り、薔薇の香りのする指で、柔らかな乳房と、脚の間を撫でたい衝動に駆られた。

「ありがとう」ラーラの声がふいに聞こえてくる。

「何が?」ハンターは目の前の壁を一心に見つめたまままたずねた。

「私の気持ちなんか考えずに、自分の欲望を満たすことだってできたのに」

ハンターはくるりと向きを変え、背中を壁にもたせて、厚い胸板の前で腕を組んだ。ラーラはこまかなタックの入った清楚な純白のドレスを着ていた。地味なデザインで、足首まですっかり隠れてしまっているというのに、欲望はちっとも冷めようとしない。頬をうっすらと薔薇色に染めたラーラは、とてつもなく美しかった。ハンターは苦笑いした。「本当に愛を交わすときには、きみはきっと心の底からそれを待ち焦がれているはずだ。早くしてちょうだいと私にせがむくらいにね」

ラーラはぎこちなく笑った。「もう少し言葉を選んだらどう」

「いや、断言してもいいよ。それにきみは、それを思う存分に楽しむはずだ」

一瞬、警戒するような表情を浮かべてから、ラーラはすぐに冷たい、軽蔑するような顔になった。「そうやって、勝手に想像したらいいわ」

鏡台に向かうラーラを、ハンターはじっと見守った。椅子に腰かけ、長い黒髪にブラシを当てる。それから髪を三つ編みにしてねじり、頭頂部にヘアピンで留めると、ようやく落ち着きを取り戻したようだ。とはいえ、額にはまだ後悔の色のようなものが浮かび、動揺しているのが見てとれる。そんな様子の彼女を見たら、男なら誰でも、なだめてやりたくなるに違いない。

「それで、さっきの男の子は誰なんだ？」

巧みに髪をまとめていたラーラの指の動きが止まる。「ジョニーは……ホルビーチ刑務所から孤児院に送られてきたの。父親は絞首刑にされたんですって。孤児院には、空いている部屋も、予備のベッドすらもないのよ。だから私が引き取ったの」

「それで、私たちと一緒にここで暮らすのか？　どういう立場で？　使用人か？　それとも養子として？」

「別に養子にする必要はないわ。あなたがそれを望まないのなら」淡々とした口調をよそおった。「でも、わが家には十分な財産があるんだから。家族の一員として育てることもできるんじゃないかしら」

ハンターは、当惑したような、苛立っているような顔で、鏡に映ったラーラの顔を凝視している。「だが、相手は親類の子どもとかそういうわけじゃない。あの子の一族がみんな、泥棒や殺人者だという可能性もある」

「ジョニーの生まれの――生まれの悪さは、本人のせいじゃないわ」ラーラは即座に言い返した。どうやら、ハンターとこういう議論になるのを見越して答えを用意していたようだ。

「あの子は何も悪くない。ちゃんとした家庭で育てば、絶対に父親のような人間にはならないわ」

「そういう考え方もあるが――」ハンターは納得していない。「じゃあ訊くが、これから出会う孤児は、ひとり残らずわが家に引き取るつもりか？　この国にはそんな子どもは山ほどいるぞ。私は、大勢の哀れな子どもたちの父親代わりになるつもりはない。いや、たったひとりの孤児の父親になるつもりもだ」

「別に、父親のように振る舞って欲しいなんて言ってないわ」ラーラは両手をぎゅっと握り合わせた。「あの子には私がいるもの。私が愛情をそそいで、ちゃんと面倒を見ます。そのせいで、ほかのことが疎《おろそ》かになるなんてこともないわ」

「夫に対する責任についてもだな？」ハンターはベッドのほうを顎で示した。「だったら、妻としての義務をちゃんと果たす気になったらすぐに教えてくれ。チビ助のことは、そのあとで話し合おう」

ラーラは怒りのあまり息が止まりそうになった。「何でそんなこと……まさか、私があなたと寝るまで、ジョニーをここに置くことを認めないとでも言うつもり？」

ハンターはいたずらっぽく笑った。少しくらい困らせてやってもいいだろう……。何もかも彼女の思いどおりにさせて、こちらに見返りがないのでは、たまったものじゃない。「さっきも言ったとおり、取引には応じるよ。ただし条件を決める前に、ひとつ大切なことを教えてあげよう。きみがあの子を家族の一員として育てたいのなら、そうしたらいい。だがあの子には、上流社会で受け入れてもらえるような血統はない。これからあの子がどうなるかわかるか？　もう使用人にはなれないし、今まで属していた貧民層からも、煙たがられるようになるんだ」

ラーラはぎゅっと唇を引き結び、現実から必死で目をそらそうとした。「そんなことどうでもいいわ。あの子の居場所は、私が一緒に探すつもりよ」

「ああ、確かにきみにとってはどうでもいいことだろうな」ハンターは冷たく言い放った。

「きみには理解できまい。ふたつの異なる世界の間で板ばさみになり、自分の居場所がどこにもないという状態が、いったいどんなものなのか」

「あなただって、それがどんなものかわからないくせに。あなたは生まれたときからホークスワース家の跡取りだった。周囲の人間にぺこぺこされながら、ずっと生きてきたんじゃないの」

ハンターは、顎がわななくほどきつく歯を食いしばった。そうでもしないと、さまざまな罵倒の言葉が口をついて出てしまいそうだった。まさかラーラにそんなふうに言い返されるとは思わなかった。どうせラーラは、ハンターのことを冷たい無慈悲な男と見下しているのだろう。さしずめ自分は、哀れな子どもたちを救う守護神。だったら、彼女の期待に応えてやろうじゃないか……。

「いいだろう。好きにしろ。私はきみの邪魔はしない」

「ありがとう」ラーラは用心深く言った。まさかそうやすやすと済むわけがない。

「その代わりに」ハンターの声はいやに優しかった。「ちょっとしたお願いを聞いてもらおう」ヘップルホワイト様式の椅子に歩み寄り、脇に置いた茶色の包装紙に包まれたものを取り上げる。羽のように軽い包みを、ラーラに向かって放り投げた。ラーラは反射的にそれを受け取った。

「何なの？　プレゼント？」

「開けてごらん」

何かのワナではないかと不安に駆られながら、そろそろと指を動かす——実際、それはワナのようなものだった。プレゼントとは名ばかりで、喜ぶのはラーラではなく、ハンターのほう……。ラーラは茶色の包装紙を鏡台に置き、黒のシルクとレースでできた、柔らかくすべすべした手ざわりのものを取り上げた。ネグリジェだった。ハンターは、ロンドンの仕立屋でネグリジェを買ってきたのだ。高級娼婦のためにそうした品々を作っている仕立屋で。お客様はみなさんご満足いただいていますのよ——仕立屋の主はハンターに熱心な口調で言い、新たな顧客をつかもうと必死だった。

それは、着る意味がないくらい薄いシルク地のネグリジェで、前身ごろはほとんど透けるようなレースでできている。優美なスカートには、両脇に長いスリット。

「し、娼婦が着るものじゃないの」ラーラは緑色の瞳を真ん丸に見開いて、打ちひしがれたような声でつぶやいた。

「そう。とても……とても高級な娼婦が着るんだよ、スイートハート」ラーラの仰天した表情に、笑いそうになる。

かれるような気がした。

「私はこんなもの……」ララは言葉を失った。「着る」という言葉を口にするのさえはばかれるような気がした。

「いや、着るんだ」ハンターは楽しげだった。「私のために……今夜」

「気でも違ったの⁉　いったいどうして、私がこんなものを着るのよ。こんな、こんな……」ララは首まで赤くなった。「だったら、裸になったほうがずっとマシだわ！」

「うん、まあ、それで手を打ってもいいかな」

「あ、あなたは悪魔だわ！　そんなふうに堕落しきって、人を自分の好きなように操って――」

「ジョニーにいて欲しくないのかい？」

「じゃあ、これを着た私にいったい何をするつもり？　どこにも保証がないじゃない、あなたが、あなたが……」

「欲望に目がくらんできみに襲いかからない保証？」ハンターは助け舟を出した。「ネグリジェを乱暴に引きちぎって、きみを無理やり押し倒し――」

「いい加減にして！」ララは顔を真っ赤にしながら夫を睨みつけた。

「指一本触れないって約束するよ。だから、一度でいいからネグリジェを着たところを見せてくれ。そんなに難しいことじゃないだろう？」ニヤリと笑いながら言った。

「いやよ」ネグリジェを床に落とし、上気した顔を両手で覆うと、指の間から小さな声が漏れた。「そんなことできない。お願いよ、何か別のことにして」

「ダメったら、ダメだよ」黒いネグリジェ姿のラーラを見ること以外に、望みなんてなかった。「きみはあの子をわが家に置いておきたいと言った——だから私は交換条件を出した。そもそも、きみのほうが条件はいいだろう？　あの子はこれから何年もここに住む。でもきみは、たった一晩だけそのネグリジェを着ればいいんだ」

ラーラは床から薄っぺらいネグリジェを拾い上げ、憎々しげに見つめた。こんなものを着るくらいなら、いっそ、粗い馬巣織《ばすおり》のシャツのほうがマシだ。たとえ皮膚がはがれても。ラーラは夫を睨みつけた。「もしも、指一本でも触れたり、私を笑ったりしたら、絶対にあなたを許しませんからね。絶対に、後悔させてあげるんだから。あ、あなたに——」

「スイートハート——」ハンターは優しくさえぎった。「後悔なら、とっくにしてるよ。これから一生だって後悔するよ。だって、最初からきみにもっと優しくしてさえいれば、今この場できみをこの腕に抱くことができたんだからね。ところが実際には、ネグリジェ姿を一目見るだけでも一苦労だ」

ラーラの顔から挑戦的な色が消え、代わりに、困惑するような表情が浮かんだ。「あなただけが悪いんじゃないわ」彼女はむっつりと言った。「私だって、あなたが望んでいるような妻にはなれなかった。寝室でのことも楽しめなかったし。私ってきっとそういう性質《たち》なのよ。もしかしたら、そういう感情に欠けているのかも——」

「バカなことを言うんじゃない。きみは何ひとつ悪くないんだ」まぶたを閉じると、苦い後悔で胸が痛んだ。細心の注意を払って言葉を選び、ラーラを何とかなだめようとする。「ほんの一瞬でもいい。あれが辛いものでも、不快なものでもないと、きみが信じてくれさえすれば——」

「きっとあなたは、以前よりずっと優しく抱いてくれるんでしょうね——」ララは目を伏せた。「それに、あれが必ずしも辛いばかりのことじゃないっていうのも、わかってるわ。でもやっぱり、この気持ちは変わらないと思うの」

愛らしい顔を申し訳なさそうに曇らせる様子に、ハンターは思わずララに駆け寄りたくなり、必死でこらえた。「どんな気持ちなの……？」

ララはいかにも答えにくそうに切り出した。「私には、男女の間のことというのは、何だかとても……いやらしくて、不潔なことのように思えるの。それに私、ちっともうまくできなかった。ねえ、私にだってプライドがあるのよ」ララは手にしたネグリジェをハンターのほうに突き出した。ネグリジェは、汗ばんだ手の両脇にだらりと垂れている。「こんなものを着るなんて、屈辱以外の何ものでもないわ。自分がどれだけダメな妻か思い知らされるだけだもの」

「そうじゃないんだ！　悪いのはきみの夫のほうなんだよ、ララ。絶対にきみじゃない」

ララはいぶかしむような顔でハンターをひたと見つめた。なぜ彼は、きみの夫なんて言い方をしたのだろう？　まるで他人事みたいに。もちろん、自分のことを第三者のように言うことはあるけれど、それにしても今の言い方はどこか妙だった——かすかな不安に、心臓の鼓動が速くなる。この場で、本人に確かめたほうがいいのだろうか……。けれども、ラーラが何か言おうとする前に、ハンターは扉のほうに向かってしまっていた。

扉を開けていったん立ち止まり、こちらを振り向く。「条件はさっき言ったとおりだ。あの子をここに置きたいのなら、私は反対しない。ただし、きみがこちらの条件をのめばだ」

ラーラはぎこちなくうなずき、夫の後ろ姿を見ながら、手にしたネグリジェをぎゅっと握りしめた。


きれいな下着と軽いモスリン地のドレスに着替え、部屋を出たラーラを、ハンターが待っていた。ハンターの顔には後悔のような色が見える。どうせ、取引条件をもっと厳しいものにすればよかったと悔やんでいるのだろう。「内装のことでスミスとどんな話をしたのか、一緒に部屋を見て回りながら説明してもらおうと思ってね」

「ミスター・スミスと助手の方に、じかに訊いたほうがいいと思うわ。私より詳しく説明してくれるはずだし、もし私たちが選んだ壁紙やなんかが気に入らなければ、その場で新たに指示できるでしょう?」

「きみが選んだものなら、何だって気に入るから大丈夫」ハンターはラーラの手を取り、ほほ笑みかけながら指をもてあそんだ。「それに、スミスよりもきみと話していたいしね。さあ、ラーラ……いいだろう?」そんなふうに優しく笑いながら言われては、拒むことなどできやしない。

それでもラーラが躊躇していると、ハンターの指が手首の内側を撫でてきた。「わかったわ」彼女は仕方なく答えた。「覚えている限りお話しするけど、でも、ミスター・スミスはイタリア語をたくさん使ったから、私には発音するのも難しいと思うわ」

ハンターは声をあげて笑い、指を絡めたまま歩き出した。彼の大きな手に、自分の小さな手が包まれている――それが何だか心地よかった。

ふたりはまず、舞踏室に向かった。モロッコ風の彫像が並ぶ壁には、窓を作り、大理石の柱廊を設けることになっている。「フルール・ド・ペシェという大理石を使うらしいわ」舞踏室の真ん中で足を止め、ラーラは説明した。ふたりは今、磨き上げられた寄せ木張りの床の上に立っている。しゃべると、広々とした部屋に声が反響した。「琥珀色の濃淡が入った、とても美しい大理石なんですって。それと、柱廊の上には、象牙色のパネルを張って、部屋を明るく見せるそうなの」いったん言葉を切り、振り向いて、ハンターの表情をうかがう。どこまでも深い闇夜のような瞳に、頭の中がほとんど真っ白になりそうになった。「それと、しっくい塗りの部分には……」

長い沈黙が流れ、「しっくい塗りの部分には?」とハンターが優しく促す。

ラーラはかぶりを振った。何を言おうとしていたのか、さっぱり思い出せない。すっかり魅了されたように夫の顔をじっと見つめるだけだ。以前と変わらない、いかにも英国人らしい、貴族的な顔立ち……でも、何かが違うような気がする。そんなふうに思うのは、異国の人のような褐色の肌や、輝く白い歯のせいばかりじゃない。どことなく異質な感じ……こうして立派な荘園屋敷で内装について話しているのは彼に似つかわしくないような、そんな印象が……。

ラーラはくるりと背を向け、必死で言葉を探した。「金色のしっくいは全部はがして、バッソ・リリエーヴォ《レリーフ》をほどこすそうよ」ハンターの手が腰に置かれ、ラーラは息をのんだ。乾いた唇を舌で濡らしてから、一気に言い終える。「イタリアから職人を――ストゥッカトーリと言ったかしら――ふたり呼んで、やってもらうらしいわ」

「いいアイデアだね」

ハンターは驚くほど背が高かった。すぐ後ろに立っているので、自分の背が彼の肩のあたりまでしかないのがよくわかる。ラーラはふいに、彼にもたれかかり、胸板に頬を寄せて、心臓の鼓動を聞いてみたいような衝動に駆られた。もともとは大きな男性は苦手だ。一緒にいるだけで、支配されるような気になってくる。でもハンターの逞しさはまるで誘うようで、しかも、彼に触れられてももう嫌悪感を覚えなくなっている。

ラーラはそんな自分の気持ちにとまどい、ぎこちなく笑って一歩離れ、軽口を叩いた。「アーサーとジャネットに、またこの家を乗っ取られなければいいけど。でも、もしもそうなったら、今度はいったいどんな内装にするかしらね」

ハンターは真顔のままだ。「二度と乗っ取らせたりしないさ」生真面目に言うと、自分も一歩前に出て、すぐにラーラをつかまえ、温かな手を腰に置いた。「あのふたりのことは、もう心配しなくていい」

見上げるラーラの顔を見つめながら、ハンターは片手を彼女の首筋に持っていき、指の背でそっと撫でた。ラーラは息を詰めて、軽やかな指の感触に身を震わせた。「でも、あのふたりはあなたを……私たちを訴えようと計画を立てているはずよ」

「そのときには、私が何とかするよ」ハンターはこげ茶色の瞳でじっと見つめてくる。「きみのことは絶対に私が守ってあげる。だから私を信じて」

「それは、もちろん信じて――」ラーラは言葉を失い、喘いだ。ハンターの両手が腰に置かれ、徐々に上のほうに移動してきて、手首が乳房の脇をかすめた。驚き、狼狽しながら、ラーラは胸がきゅんとなるのを覚えていた。「そんなふうに触らないで……」ラーラがささやくと、ハンターは顔をもたげ、首筋に唇を寄せてきた。

「どうして?」訊きながら、耳の後ろの小さなくぼみを唇で探る。

「だって、そんなふうにされたら……」ラーラは言葉を探したが、いっそうきつく抱き寄せられると、何も考えられなくなってしまった。

ハンターはうっとりするほどの優しさで、乳房を両手で包みこんだ。柔らかな丸みは、すっぽりと手の中におさまった。そうやって胸を愛撫する一方で、唇を耳元に寄せ、耳たぶを嚙み、舌で舐めた。「こんなふうにされたら……何だい?」たずねても、ラーラは答えずに喘ぐばかり。無意識にもっと求めるように、体をいっそうすり寄せてくる。

ハンターはすぐに応じてやった。時間をかけてゆっくりと口づけ、口の中を優しく舌で探っていく。巧みに焦らし、愛撫されて、ラーラは無意識に口づけを返していた。こんなことありえない、夫に抱かれて、こんなふうにうっとりするなんて……ラーラはぼんやりと思った。身を寄せ合い、逞しい太腿に腰を挟まれながら、両手を広い背中にまわした。圧倒されるような歓喜に喘ぎ声が漏れ、すべてを委ねるように、胸から太腿まで全身をぴったりと密着させた。

するとハンターは、ふいに体を離し、ほとんど咽《むせ》るようにして、苦しげに笑い出した。ラーラのぽってりとした唇と上気した頬を見つめながら、楽しげに瞳をきらめかせ、軽く悪態をついた。「まったく、きみにそんなふうにされたら、パネルや柱廊の話に集中できやしないよ」

ラーラは深くため息をつき、必死で理性を取り戻そうとした。彼の顔を見ることができない。もしも見てしまったら、すぐに腕の中に飛び込んでしまいそうだ。彼女は低い声で言った。「じゃあ、ほかの部屋も見て回りましょうか?」

ハンターはラーラに歩み寄り、顎の下に指を差し入れて顔を上げさせ、苦笑を漏らした。

「そうだね。ただし、まだ覚悟ができてないなら……寝室は見せないでくれよ」

10

その日も、夜は客が訪れて、遅くまで晩餐会が繰り広げられた。招待客は全部で一四人。有名建築家のポッシビリティ・スミスに会えると聞いて、ぜひお招きいただきたいと言ってきた町長や牧師、マーケットヒルの名士。そして、ドクター・スレイドに、ガーデニングが生きがいのウィザース姉妹。さらにラーラは、町から程近い荘園屋敷に最近引っ越してきたタイラー大尉とその夫人も招待した。

招待客が七時頃に到着し始めると、ラーラは彼らをまずは応接間に通し、あとで食堂に移動しやすいよう、さり気なくふたりずつのペアにした。やがて、客がだいたいみな揃った頃、タイラー夫妻も到着した。ふたりとも小柄で、にこやかな笑みをたたえ、いかにもお似合いの夫婦だった。今夜が初対面だったので、ラーラはふたりの姿が目に入るなりすぐに駆け寄った。

「大尉もミセス・タイラーも、ホークスワース邸にようこそ」ラーラは夫妻を温かく迎えた。夫人ははにかんだように口の中で何事かつぶやいた。黒髪ときれいに整えられた口ひげが印象的なタイラー大尉が、ラーラの歓迎に朗らかに応じた。「初めまして、レディ・ホークスワース」手袋をしたラーラの手を取り、そつなく口づける。「このたびは、お招きいただき誠にありがとうございます。心から光栄に思っていますよ」

「どういたしまして。新しいお友だちが増えて、私たちも大喜びですのよ」ラーラは小首をかしげ、問いかけるように笑みを浮かべてみせた。「ところで――大尉は最近、赴任先のインドからお戻りになられたばかりだとか？」

「ええ。また英国の土を踏むことができて嬉しく思ってます」

「それでは、夫ともお話が合いそうですわね。夫もしばらくあちらに行っていたんですのよ」

「まあ、お噂はかねがね――あいにく、直接お目にかかる機会はなかったんですが。何しろ、ホークスワース卿と私は住む世界が違いましたから」表情は相変わらずにこやかだが、最後の一言がハンターを非難するものなのは明白だった。インドでのハンターの暮らしぶりは、軍人のタイラーの目にはさぞかし不愉快なものに映ったことだろう。豪邸で、五〇人もの使用人にかしずかれて暮らす……。きっとあちらでは、道楽者として知られていたに違いない。美しい女性とも、思う存分に快楽にふけっていたのだろう。カルカッタで毎晩のように繰り広げられるパーティーや乱痴気騒ぎのことは、ロンドンでも大いに噂になっていた。夫が聖人君子ではないことくらい、ラーラだってよくわかっている。

　それなのに、ハンターがインドで性的快楽におぼれていたと思うと、ラーラはなぜか苦々しいような、不愉快な気持ちにならずにはいられなかった。そんな気持ちを隠すように、彼女は強いて穏やかな、社交的な笑みを浮かべた。「夫と初対面でしたら、すぐにご紹介しませんとね」室内に視線をめぐらすと、ハンターはロンズデール卿と話をしているところだった。どうせまた、狩りだのお酒だの、男同士のお楽しみについてしゃべっているのだろう。ラーラが目配せすると、ハンターはロンズデールに一言断ってから、客人を歓迎しにすぐにこちらにやって来た。

今夜のハンターは、まぶしい純白のベストとクラヴァットに、クリーム色の膝丈ズボン、金ボタンの茶色の上着というでたちだ。いかにも、数世紀にわたる歴史を持つ由緒正しい貴族の生まれという感じがする。見たところ以前の彼と違う点は、日に焼けた褐色の肌と、獰猛《どうもう》なトラを思わせる俊敏な動きだけ。客人を迎える主《あるじ》らしい、にこやかな笑みを浮かべながら歩み寄ってきたが……大尉と目が合うなりその笑みがさっと消え、歩みまで遅くなった。夫の顔に何やら不可解な表情が一瞬だけ浮かんだのを、ラーラは見逃さなかった。

一方の大尉も、ハンター同様さり気ない態度をよそおってはいるものの、顔は青ざめ、全身が緊張で張りつめているのがわかる。

初対面じゃないんだわ――ラーラは確信した。絶対に、このふたりはお互いを知っている。賭けてもいい。

ではなぜ、まるで初めて会ったように振る舞うのだろう。ラーラが内心いぶかしみながら紹介すると、ふたりはぎこちなく会話を始めた。

「あれだけの事故から無事に英国に戻られて、本当におめでとうございます、伯爵。まさに伝説ですな」大尉は、まるで幽霊でも見たような顔でハンターを凝視した。

ハンターはかぶりを振った。「伝説はあなたのほうですよ、大尉。インドでの素晴らしい功績の数々——特に、例の盗賊団の制圧はお見事でした」

「ありがとうございます」大尉は頭を下げた。

見ると、タイラー夫人もおや、といぶかしむような表情を浮かべている。どうしてふたりとも、他人のようなフリをするのだろう。お互いに見知っているのは、どう考えても明らかなのに。きっとインドで会ったことがあるに違いない。あるいは、共通の友人がいるか、何らかの形でつながりがあるか——。

ラーラが疑いの視線を向けているのに、ハンターは目を合わせようともしない。礼儀正しい主《あるじ》の姿勢を最後まで崩さないまま、本心を垣間見せることもなく、ラーラたちの前から離れて行ってしまった。やがて食堂の準備が整い、一堂は揃ってそちらに移動した。高価なクリスタルグラスやカトラリーが並び、ロウソクや花で飾られたテーブルに、客の間から感嘆の声があがる。ハンターと離れた席についたラーラは、客をもてなしながら、半分上の空だった。ウィザース姉妹がモクセイソウの種やさまざまな草花について延々としゃべり続け、ドクター・スレイドが最近の治療例についてあれこれ話すのに、適当に相づちを打つばかりだった。

ディナーの最初に供されたのは、スープと魚料理。そのあとは鹿、プディング、さまざまな野菜、キジ、鴨、ウズラ、さらにチーズケーキとタルトと続き、最後はチョコレートやフルーツやビスケットといったデザートが並んだ。食事の間はフランス産のワインが振る舞われた。ソーテルヌやボルドー、さらにはシャンパンのボトルを執事が手際よく開け、招待客のグラスが空くのを見るやいなや、従者がすぐにおかわりを注いでまわる。

ハンターもずいぶん飲んでいるようだ。ラーラの疑念はどんどん大きくなっていった。夫はもともとよく飲むほうだが、今夜は楽しくて飲んでいるというより……無理やり喉に流し込んでいるように見える。まるで、飲めばイヤなことを忘れられるとでもいうように。何度も何度もグラスに手を伸ばし、ときどき痛烈な一言で客たちを笑わせるとき以外は、妙に押し黙っている。タイラー大尉と言葉を交わしたのも一度きり。話題がインドのことになり、大尉が、インド人に自治は無理だと熱弁を振るったときだ。

「……歴史を見れば明らかなことですが、インド人という人種はもう完全に堕落しきっていますから、まるで信用できないのですよ」大尉は真顔で訴えた。「ですから、英国が介入して初めて、彼らも一九世紀らしい生活ができるというわけなのです。まあそのあとも、英国軍が常に指導的、監督的立場に立ってやらなければなりませんが」

ハンターはグラスをテーブルに戻すと、大尉を冷やかに一瞥した。「私の知り合いのインド人の中には、自分たちだけで国を統治できると、心の底から信じている人間もいました」

「ほう、そうですか……」長い沈黙が続いた。やがて大尉の瞳が意地悪く光った。「しかし妙ですね。私が耳にしたところでは、伯爵はインド人の自治を認めてらっしゃらなかったようですが」

「考え直したんですよ」ハンターは即座に否定した。

「しかし、インド人にまだ自治は無理だというのは、当の彼らが証明しているようなものでしょう？　いまだに、未亡人が亡き夫のために殉死するだの、子どもを間引きするだのといった蛮行がまかりとおっているし、山賊はいるし、その上、偶像崇拝などという愚かな――」

「そのような下らない問題は、われわれにはどうでもいいことです。そもそもそうしたことは、英国が介入したところで解決しませんよ」乱暴な物言いに客たちがあぜんとした顔をするのも構わず、ハンターは言い放った。

「では、インド人がキリスト教を否定することについてはどうお考えですか？　まさか、連中がキリスト教の恩恵をいっさい得ていないなどとは、おっしゃらないでしょうな？」

ハンターは大尉の問いかけに肩をすくめた。「宗教については彼らの好きにさせたらいいでしょう。実際、今もそれで何の面倒も起きていないんですから。そもそも、平均的なヒンズー教徒やイスラム教徒が、いわゆるキリスト教徒よりも劣っているとは、私は思いません」

神をも恐れぬ物言いに、一同はシンと静まり返ってしまった。

ふいに大尉が声をあげて笑い出し、おかげで場の緊張がやわらいだ。一同もほっとしたように口元をゆるめる。今の議論はただの冗談だと、暗黙の了解で納得したようだった。

そのあとはこれといった問題は起きなかった。でもラーラは、ハンターから目を離すことができなかった。政治について夫婦で話すことはめったにない。そもそも、夫がそうした問題で女性の意見を聞きたがったこともない。けれども、英国がインドに介入することについては、以前は百パーセント賛同していた――それは明らかだ。ではなぜ、急に今になって、あの頃とはまったく正反対のことを言うようになったのだろう。

　晩餐会はなかなか終わらなかった。例のごとく、夕食のあとはポートワインや紅茶を片手に、真夜中過ぎまでおしゃべりが続けられた。ようやく最後のひとりが帰り、テーブルに残っていた皿やグラスやカトラリーを使用人たちが片づけ始める。ラーラは今のうちに自室に下がろうと思った。ハンターもあれだけ飲んだのだから、黙っていなくなっても気づかないだろう。だが、大階段の前まで来たところで、大きな手に腕をつかまれ、ラーラはぎょっとした。

　くるりと振り返り、すぐ後ろにハンターが立っているのを見て、心臓が口から飛び出そうになる。ハンターはポートワインの香りを漂わせ、酔いに目を潤ませ頬を上気させて、足元もおぼつかないようだ。こういう状態を、父ならきっと「泥酔」と言っただろう。泥酔すると、牛みたいにおとなしくなる男もいれば、大声をあげて暴れる男もいる。だがハンターはそのどちらでもないようだ。唇をむっつりと引き結んでいて、表情を見れば、怖いくらいに不機嫌なのがわかる。

「どこに行くつもりだ？」腕をつかんだ手を離さずに訊いた。

　そのときラーラは、突然思い当たった。ハンターは、何としても例の取引を今夜のうちに成立させるつもりなのだ。いったいどうやって逃げればいいだろう。まさか、こんなに酔っ払っているハンターに、あんな刺激的なネグリジェ姿を見せるつもりはさらさらない。何といっても、ラーラにとって人生最悪の夜は、やっぱりこんな状況で始まったのだから。あのときも、やはり泥酔した夫に、無理やりベッドに押し倒され……。「あ、あなたはもう少しワインを飲んできたら――」唇が震えるのを、無理やり笑ってごまかした。

「そして、人事不省に陥るくらい酔っ払えって？」ハンターがあとを継ぐように言い、冷笑を浮かべた。「そうはいかないよ、スイートハート」

ハンターはラーラの腕をつかんだまま階段を上っていく。その姿は、まるで獲物を食べるのにちょうどいい場所を探している獣のようだ。ラーラは暗澹《あんたん》たる思いで、夫の隣をよろめき歩きながら、意を決したように言ってみた。「今夜のあなた、何だか変よ」心の中では、インドから戻って以来ずっと変よ、と思っていた。本心をぶつけながら、自分でも、どんな答えを期待しているのかさっぱりわからなかった。「どうしてタイラー大尉にだけあんな態度をとったの？」

「タイラー夫妻か――」穏やかで落ち着いた声なのに、なぜかムチで打つように鋭く感じられる。「では私も訊くが……どうしてあのふたりが、今夜、わが家の晩餐会に来ることになったんだ？」

「モ、モーランド邸を借りて住んでらっしゃるんですって。大尉がインドに赴任してらしたと聞いて、ご招待したらあなたが喜ぶんじゃないかと思って」

ふたりは階段の一番上まで来ていた。ハンターがラーラの顔をぐいっと自分のほうに向かせる。ラーラは夫の視線に尻ごみした。妻に裏切られて怒っているような、妻の自分勝手な行動を詰《なじ》るような、そんな顔をしている。「ハンター、いったい何をそんなに怒ってるの?」ラーラは優しくたずねた。

やがて、怒りの色はいくぶん消えていった。とはいえ、瞳は相変わらず恐ろしいほどぎらついていて、何か辛い思い出と必死に戦っているようにも見えた。「二度と私を驚かせるな」つぶやくように言いながら、念を押すようにラーラの肩を軽く揺すった。「私はそういうのは嫌いなんだ」

「二度としないわ」ラーラはすぐに答えた。よかった……どうやら、怒りの嵐はひとまず過ぎ去ったらしい。

ハンターは大きなため息をつき、彼女の腕を放すと、両手で髪をかきむしるようにした。金色と茶色に輝く豊かな髪が乱れる。疲れているんだわ。だったら、早く寝室で休めばいいのに……ラーラは思った。

だが、先ほど怒りが収まったと思ったのは、ラーラの勘違いだったらしい。「部屋でネグリジェに着替えてくるんだ」

「じ、冗談でしょう? 別の日にしたほうがあなたも……」

「今夜だ」ハンターは頬を上気させ、にやりとした。「今日一日、きみのネグリジェ姿を妄想してたんだからな。ワインをボトルで一、二本飲んだくらいで、気が変わるとでも思ったのか？　残念ながら、樽ごと飲んだって無理だね」

「でも……私は今度のほうがいいわ」懇願するように夫を見つめた。

「早く部屋に行くんだ。さもないと、着替えを手伝えという意味だと勝手に解釈するよ」

ラーラは無言で、酔っ払いがどこまで本気で言っているのかとじっと考え――やがて観念した。彼に何をされても怖くない。それを証明するためにも、受けて立ってみせる。「わかったわ。一〇分後に部屋に来て」抑揚のない声で言った。

ハンターは鼻を鳴らし、自室に向かうラーラのこわばったような背中を見送った。

ラーラは自室に入るなり扉を閉めた。これが現実とは到底思えなかった。本当に、あんなものを着てハンターの前に立つことができるのだろうか。女性の裸体を見せびらかすために――そして男性を興奮させるために――作られたようなネグリジェを着て。裸よりもよほど挑発的なくらいなのに。以前のハンターは、妻には決してこういうことを求めなかった。こんなことを要求するようになったのは、きっとインドでいろいろと淫《みだ》らな経験をしたからだろう。あるいは、プライドのかけらもなくなるくらい妻を辱めて、支配者は自分だと誇示しようという魂胆なのか――。

でも、後者だとしたら、ハンターの計画は最初から失敗しているようなものだ。ラーラは、どんな方法で辱められようと、内に秘めた誇りにだけは指一本触れさせるつもりはない。あの下品なネグリジェを着て、表向きは夫に従うフリをし、心の中では彼を思う存分に軽蔑してやればいい。

怒りにわなわなと震えながら、ラーラは衣装だんすに歩み寄った。例のネグリジェは、清楚なデザインの下着で隠すように、たんすの一番奥に突っ込んである。ようやく見つけると、ラーラはそれをしかめっ面で引っ張り出した。シルクとレースでできたネグリジェは、あらためて見てみると本当に薄っぺらで、指輪の穴にさえするりと通ってしまいそうだった。

ラーラはのろのろとドレスを脱いだ。ナオミを呼んで手伝ってもらうつもりはなかった。脱いだドレスと靴はそのまま床に放り出し、下品なネグリジェをまとうと、冷たいシルクの感触に思わず震えた。前は小さなリボンを結ぶだけなので、どうしても中途半端に開いてしまう。スカートは――実際はスカートと呼べるかどうかもおぼつかないシロモノだが――両脇に深いスリットが入っていて、歩くと太腿まであらわになり、お尻の一部まで見えた。

髪は下ろすべきだろうか……？　三つ編みにして頭頂部に留めてあるのを下ろし、ブラシですいて、少しでも体を隠したいと一瞬思った。でも……怖気づいたのかとハンターに笑われるに違いない。

そのとき、扉をノックもせずに誰かが入ってきた気配がして、ラーラは身を硬くした。たんすの脇に身を寄せて体を半分隠すようにし、室内を用心深く見まわす。ハンターはヘップルホワイト様式の椅子のところまでやって来た。手にはワインボトルを持っている。すでに上着を脱ぎ、クラヴァットを外してある。はだけた白いシャツの襟元から、褐色の肌がのぞいていた。ぎゅっと唇を引き結んで立ちすくむラーラを見て、にやりとする。いかにも期待に満ちた顔で、ボトルを口元に持っていってワインをあおり、こっちへ来いというように手招きした。

身ぶりで命じられてラーラはますます怒りを募らせた。私は彼のれっきとした妻で、娼婦じゃない。こんなふうに命令される筋合いはない。「どうしろっていうの?」怒りを込め、低い声で訊いた。

「ここまで歩いてくるんだ」

暖炉には火が入っているものの、遠すぎてラーラのところまでぬくもりが伝わってこない。すっかり冷えきった体に鳥肌がたった。ラーラは歯を食いしばり、必死の思いで足を一歩前に踏み出した。さらにもう一歩。裸足の足の裏に、豪華なオービュッソンの絨毯がちくちくした。暖炉の炎のせいで黒いシルクが透ける。ハンターにはもう全部見えているはずだ。輝くような象牙色の肌も、体の線も、両脚の間の三角形の黒い陰も。

夫の目の前で足を止めると、頬が真っ赤になった。

ハンターは彫像のように椅子にじっと座ったままだ。揺らめく炎がちらちらと、彼の顔と髪をきらめかせている。「ラーラ……。素晴らしくきれいだよ。私は……」途中で言葉を切り、ごくりと唾を飲み込んだ。話すことすらできなくなってしまったようだ。すでに笑みは消えている。力を失ったようにワインボトルを脇に置くと、息をするのがやっとといった様子で、ラーラの裸足の足元から、胸元、繊細なレースの下でツンと立ったピンク色の乳首へと視線を移動させている。

部屋はもうすっかり温まっているのに、ラーラは震えが止まらなかった。

「指一本触れないと約束したけど――」ハンターはしゃがれ声で言った。「でも、やっぱり我慢できない」

このとき、もしも無理やり腕をつかまれていたら、ラーラはきっと抵抗しただろう。ところがハンターは、そろそろと手を伸ばし、その手を優しく彼女のウエストに置いた。突然動いて彼女を驚かせまいとしているようだった。ハンターがうつむいているので、ラーラには彼の表情は読めない。でも、いつになく息づかいが速く、荒くなっているのはわかった。

「ずっと夢見てたんだ」ハンターはひとり言のようにつぶやいた。「きみをこの目にし……この手で触れるときを……」大きな手をヒップのほうに下ろしておき、引き締まった丸みに沿うように指を伸ばす。その手にほんの少し力を込めて、広げた膝の間にラーラを引き寄せた。ラーラはぼうっとしながら、夫の両手がゆっくりと全身を撫でるのを感じていた。背中、腰のえくぼ、引き締まったヒップに太腿、膝の裏のくぼみまで。手のひらのぬくもりが、薄いシルクを通して素肌に伝わってくるような気がした。

胸が激しく高鳴り、ラーラは夫から離れなければと思った。でも体が言うことを聞かない。ハンターは熱を帯びた瞳でじっと見つめながら、乳房のほうへと手を移動させている。柔らかな丸みを手のひらで包み込むようにして、レースに隠された胸を揉みしだいた。ラーラは喘いだ。膝ががくがくして、彼の上に倒れてしまわないよう、立っているだけで精一杯だった。ハンターの指は、すっかり硬くなったピンク色の乳首を撫でたり、つまんだり、執拗に愛撫している。やがてラーラは、しっとりとした吐息が素肌にかかるのを感じた。

ハンターは乳房を口に含んでいた。ぬくもりと潤みがレースを通して伝わってくる。円を描くように舌で舐められると、先ほどから疼いている全身に、歓喜がさざ波のように広がっていった。

「ラーラ……きみが欲しい。きみにキスをして、きみのすべてを……」ハンターはもどかしげに手を動かし、ネグリジェの前身ごろを引っ張って肩まであらわにした。繊細なレースが肌に張りつくようだ。

ためらいと興奮を同時に覚えて、ラーラはすすり泣くような声を漏らした。「もうやめて」と訴えながら、両手でハンターの肩に触れていた。「そんなことしないで……そんな……」だがハンターは、胸元のリボンを見つけると、それを巧みにほどいた。レースを左右に開き、乳房をあらわにする。まろやかな曲線を両手で包みながら、なめらかな肌に飢えたように唇を寄せた。薔薇色の乳首を口に含み、強く吸うと、ラーラが身を震わせながら体を押しのけようとした。

「やめて欲しいのか」

ラーラは答えられなかった。乳房を舌でなぶられ、素肌を手のひらで愛撫されている状態で、何かをしゃべることなんてできない。ハンターがふたつ目のリボンもほどき、ネグリジェは腰のほうまでずり落ちた。ハンターは歓喜の声をあげながら、柔らかなおなかにキスをし、へその周りを舌で舐め、さらにへその中まで舌を這わせた。ラーラはびっくりして喘ぎ声を漏らし、熱く湿った感触に身を震わせ、ハンターの絹糸のような髪をぎゅっとつかんだ。

苦しげに呻き声をあげながら、ハンターは胸の谷間に顔をうずめ、腕を腰にまわした。

「やめてなんて言わないでくれ。頼むから」

そのままラーラを子どものように軽々と抱き上げると、よろめきながらベッドのほうに向かった。マットレスの上に下ろし、すぐに自分も覆いかぶさるようにして横たわり、両手でラーラの顔を包み込むようにする。飢えたように唇を重ね、舌をねじ込むようにして口の中を探る。ラーラは仰天したように呻いたが、やがておずおずと両腕を首にまわした。ラーラは怖いくらいの歓喜にむせび泣いた。優しく顔を包んでいたハンターの手が太腿のほうへと移動し、ネグリジェに隠された豊かな茂みを探ろうとする。

「ダメよ……待って」ラーラは必死に脚を閉じようとした。

すると驚いたことに、ハンターは彼女の言葉を聞き入れてくれたようだ。手のひらを下腹部にそっと置いたまま、額をマットレスに押しつけるようにすると、深いため息を漏らした。

ふたりはしばらく無言で横たわっていた。互いの体の熱気が溶け合っていく。ハンターは手足をラーラの上に伸ばしたまま、ぐったりとうつぶせている。

昔は無理やり私を押し倒したのに……。

夫の思いやりを不思議に思いながらも、ラーラは胸がいっぱいになり、腰にまわされた逞しい腕にそっと手を置いた。隆起した筋肉の感触を楽しみながら、肩のほうまで手を移動させていく。ふと、淫らな気持ちが湧いてきた。彼のシャツを脱がして、心惹かれるあの褐色の肌をあらわにしてみたい……。

「ありがとう……無理やり……しないでくれて」

ハンターは黙ったままだ。ますます勇気を得たラーラは、今度は夫の肩を優しく撫でさすってみた。結婚してから、そんなことをするのは初めてだ。「あなたに惹かれていないわけじゃないの……」自分で言って、思わず顔が真っ赤になる。「ううん。むしろ……あなたのことは魅力的だと思ってる」ラーラは顔を横に向け、ハンターの首筋にそっと口づけた。「戻ってきてくれて嬉しいわ。本当よ」

そのとき、かすかないびきが聞こえてきた。

ラーラは驚いて顔を上げ、ハンターをまじまじと見つめた。まぶたはぎゅっと閉じられ、口は、まるで子どもがまどろむときのように、あどけなく開かれている。「ハンター……?」用心深く呼びかけてみた。すると彼は、むにゃむにゃと寝言のようなものを言い、上掛けに体をすり寄せた。かすれた吐息が口から漏れ、再びいびきが聞こえてくる。

ラーラは唇を噛んで、必死に笑いをこらえた。逞しい手足の下からもぞもぞと抜け出し、ベッドを下りると、足首に絡むネグリジェを蹴った。衣装だんすに駆け寄り、清潔なナイトドレスとローブを身につける。ハンターはまだベッドに横たわったままだ。心の底から安心しきったように、長い手足を大きく広げて、すやすやと寝息をたてている。

すっかり肌が隠れたところで、ラーラは再びベッドのほうに戻った。苦笑を浮かべながら、夫の靴と靴下を脱がせる。ベストのボタンを外すとき、ひょっとして起こしてしまうのではないかと思い、一瞬ためらった。だが、ハンターは熟睡しているようで、体にぴったりとフィットするベストを脱がすときにも、ぴくりとも動かなかった。シャツとズボンだけにしたところで、夜は冷え込むので風邪を引かないよう、しっかり上掛けを掛けてやった。

ランプを消し、もう一度だけ夫の顔を振り返った。まるで、恐ろしい猛獣が居眠りでもしているようだ。いつもの用心深さやバイタリティは影を潜め、鋭い爪も隠されている。でも明日になったら、またいつもの彼に戻るのだろう。理屈っぽいけど、茶目っ気あふれる、魅力的な彼に……そして、また彼女を誘惑しようとするのだろう。

ラーラは落ち着かない気持ちになった。ハンターに誘惑されるときを、ちょっぴり心待ちにしている自分に気づいたからだ。

眉根を寄せながら、ラーラはハンターの寝室に向かった。今夜は彼の部屋で、ひとりでゆっくり休もう。

11

翌朝、ラーラはジョニーと並んで食卓につき、朝食を楽しんだ。ジョニーは、椅子にそのまま座るだけではまだテーブルに背が届かないので、まず椅子の上に本を数冊置き、その上に腰かけている。襟元に巻かれた白いナプキンには、ホットチョコレートが点々と染みになっている。ジョニーにとっては生まれて初めてのごちそうだったのだろう。そんなに慌てて飲んだら舌にやけどするわよ、と注意する暇もなく、あっという間に一杯目を飲み干したあと、すぐにおかわりをちょうだいと言ってきた。

「その前に何か食べなさい」ラーラはポーチドエッグの皿をそっとジョニーのほうに押した。

「ね、とってもおいしいわよ」

いかにもうさんくさそうな目つきで、ジョニーは黄色と白のコントラストが鮮やかなポーチドエッグをじっと見た。「いらない！」

「これを食べたら、もっと大きくて強い男の子になれるのよ」ラーラはおだてるように言った。

「ヤダ！」

従者の顔に不快げな色が浮かぶのを見て、ラーラはたじろいだ。卵のように高価な食材は、使用人たちにとってはひとつも無駄にできないものだ。ホークスワース邸の使用人たちは十分な訓練を受けているので、こんなときでもあからさまに不快な顔をすることはない。とはいえ、中にはジョニーのように素性のよくない子どもに仕えたがらない者もいる。ジョニーが使用人の前で――そしてもちろん、この屋敷の主《あるじ》の前で――少しでも行儀よく振る舞い、現状に感謝している態度を見せてくれれば、ここでの立場はずっとよくなるのに。

「でも、一口くらいなら食べられるでしょう？」必死になだめながら、ラーラは銀のスプーンで卵をすくった。

けれどもジョニーは勢いよくかぶりを振り、「チョコレートがいい！」とせがむばかりだった。どうやら今朝は、みんなに好かれようと努力するつもりはまるでないらしい。

「あとにしなさい」ラーラは少し厳しい口調になった。「ほら、トーストを食べて。それにハムもね」

目が合うと、ラーラが頑として譲らないのを悟ったようで、ジョニーはふいにおとなしくなった。「わかった」と言うなり、両手でトーストをつかみ、角からかぶりついて、むしゃむしゃと嚙み始めた。皿に乗ったフォークをどけて、厚切りのハムを手でじかに引きちぎり、口の中に放り込む。

ラーラはほほ笑み、ジョニーをぎゅっと抱きしめたくなる気持ちを必死で抑えた。とりあえず今は、そのやせ細った体に肉がつくまで、しっかり食べてくれればそれでいい。ナイフやフォークの正しい使い方は、そのうちちゃんと教えてやろう。

孤児院で手伝いをするときですら、こんなふうに特定の子どもとずっと一緒に過ごし、あれこれ世話を焼くということはなかった。だが実際にやってみると、何とも深い満足感が得られた。ラーラは生まれて初めて、子どもができない苦しみから解放されたような気がしていた。血を分けた子どもがいなくても、家族を作ることはできるのだ。

ジョニー以外にも子どもを引き取りたいと言ったら、夫はどんな顔をするだろう――ぼんやり考えていると、当のハンターが朝食の間《ま》に現れた。なぜか、いつになく憂鬱そうな顔をしている。

「おはよう」ラーラは用心深く声をかけた。

ハンターは何も言わない。窓辺に立ち、さまざまな料理がたっぷり並べられたサイドボードを一瞥すると、渋面をつくった。健康そうな褐色の肌が、少し青ざめているように見える。ハンターは脇に控えている従者に向かって、「魔女のお茶を用意するようミセス・ゴーストに言ってくれ」と唸るような声で命じた。「それと、頭痛用の粉薬も頼む」

「かしこまりました」従者は頭を下げ、すぐに食堂を出て行った。「魔女のお茶」はホークスワース家に代々伝わる二日酔いの特効薬で、作り方を知っているのはミセス・ゴーストだけだ。

ジョニーは目を真ん丸にして、ハンターがグラスに水を注ぐのをじっと見ている。それからラーラに向き直り、「ねえ、あのおじさんは、こうしゃくさまなの？」と興味津々に訊いてきた。

「いいえ」ラーラは可笑しくなった。「伯爵様よ」

ジョニーは見るからにがっかりした様子で、ハンターの広い背中を凝視していたかと思うと、今度はラーラの袖を引っ張った。

「どうしたの？」

「もしかして、ぼくのあたらしいパパ？」

ハンターが水にむせる。ラーラは吹き出しそうになるのを必死にこらえ、ジョニーの髪を優しく撫でた。「いいえ」

「ねえねえ、おじさんは、どうしてずっとだまってるの？」ジョニーの声は甲高く、ラーラはそのうちハンターが怒り出すのではないかと心配になってきた。

「ジョニー、静かになさい。おじさんは頭が痛いんですって」

「そっか……」ハンターにはもう興味がなくなったのか、ジョニーは皿の上に散らばるパン屑に視線を落とした。「ネズくん、げんきかなあ」

ラーラは笑みを浮かべ、逃げたペットのことをどうやって忘れさせようかと思案した。

「そうだわ、ジョニー、馬小屋に行ってみたら？　馬に触れるし、ニンジンもあげられるかもしれないわよ」

「うん、いってくる！」ジョニーは馬と聞いて顔を輝かせ、重ねた本の上から下りようと身をくねらせた。

「待ちなさい」ララーは襟元からナプキンを取ってやった。「馬小屋に行く前に、ナオミに手と顔を洗ってもらいましょうね」

「きのうも、あらったもん」不機嫌な声が返ってきた。

ラーラは朗らかに笑いながら、ベトベトになったジョニーの顔をナプキンでそっとふいた。

「お顔にチョコレートがいっぱいついているでしょう？　ちゃんと洗わないと、マーケットヒル中のハエが寄ってくるわよ」

ナオミに連れられてジョニーが食堂を出て行くのと入れ替わりに、魔女のお茶が入ったグラスを従者が運んできた。ラーラはあらためてハンターのほうを向いた。「あなたも座ったら？　トーストでも食べれば、少しは気分が――」

「勘弁してくれ」胃に食べ物を入れると考えただけで、ハンターはうんざり顔になった。神妙な面持ちで魔女のお茶をすすり、半分飲んだところでグラスを脇に置いた。窓辺に立ったまま、ラーラのほうをちらちらと盗み見ている。どういうわけか、目を合わせないようにしているようだ……。

ひょっとして、ゆうべ飲みすぎたのを後悔してるのかしら。ラーラはすぐに、そんなわけないわと思い直した。ちょっと飲みすぎたくらいで、大の男が悔やむわけがない。むしろ、ハンターにしろ周囲の男性陣にしろ、大酒飲みは男の強さの証のように考えているフシがある。

わけがわからず、ラーラは夫の横顔をまじまじと見つめた。最初は、ただ単に機嫌が悪いだけだと思ったが、どうやらそうではないらしい。よく見ると、弱りきったような浮かない表情をしている。何か、やりたくないことをこれから渋々やろうとしているような――。たまりかねたラーラは、従者に下がるよう身ぶりで命じた。ふたりっきりになれば、いったいどうしたのか話してくれるだろう。

ラーラは椅子から立ち上がり、サイドボードにさり気なく歩み寄った。ハンターは一言も言葉を発しない。そのとき、ラーラはふいに気づいた。ハンターはゆうべふたりになってからのことを後悔しているのだ。あのときうっかり口にしたことや、約束を破って体に触れたことを……。思い出して、ラーラは顔を真っ赤にした。

「今朝はずいぶん無口なのね。ひょっとして……ゆうべのことを悔やんでるの？」答えを待つ間、ラーラの頬はいっそう赤くなっていった。

やがてハンターもサイドボードの脇までやって来た。ふたりとも、朝食用の皿がずらりと並ぶ棚を無言でじっと見つめている。ハンターは深呼吸してから切り出した。「ラーラ……ゆうべのことだが、じつはあまりよく覚えてなくて……」言いながら、指の先が真っ白になるくらい、サイドボードの角をぎゅっと握る。「もしかして、その……きみを傷つけてしまったんじゃないか」

ラーラは仰天して目をしばたたいた。どうやら彼は、ゆうべ妻を無理やり押し倒したと勘違いしているらしい。でもそう思うのが当然だろう。目覚めたら、だらしない格好で妻のベッドに横たわっていたのだから。でも、どうしてそんなことで、ここまで悩むのだろう。以前は何度となく無理やり押し倒したくせに。思いきってハンターを横目で見ると、深い後悔に今にも押しつぶされそうな顔をしている。

皮肉ね……ラーラは思った。本当に傷つけたときには、すまなかったなんて一度も言わなかったくせに。今は、やってもいないことを激しく後悔してるなんて。急に可笑しくなってきて、笑い顔を見られないよう、慌てて夫に背を向けた。

「あなた、ゆうべはものすごく酔ってたわ」ラーラは必死でまじめな声音をつくった。「ご自分がいったい何をしたのか、全然覚えていないんでしょうね」

背後でハンターがしきりに自分を罵るのが聞こえてくる。聞いているうちに笑いをこらえきれなくなり、思わず肩が揺れてしまった。

「ラーラ、すまない。そんなふうに泣かないでくれ」ハンターは声を震わせた。「本当にすまなかった……でも、誓ってあんなことをするつもりじゃ――」

ラーラはくるりと振り向いた。満面の笑みを見て、ハンターはぽかんと口をあけている。

「冗談よ。あなたったら、途中でいきなり……眠ってしまうんですもの――」笑いながら、ハンターからさっと逃げる。

「こらっ、騙したな！」ハンターは部屋中ラーラを追いかけまわした。何もなかったと知って安堵したのもつかの間、今度はすっかり腹を立てているようだ。「人が真剣に悩んでたっていうのに！」

「当然の報いだわ」ラーラはいかにも満足げに言うと、テーブルの反対側にまわった。「あんなネグリジェを無理やり着させたんだもの。バチが当たったのよ」

ハンターが大股に歩み寄ってきたが、ラーラはするりと身をかわして椅子の後ろに逃げた。

「ネグリジェを着せたことでは絶対に謝らないからな。でも――どんなふうだったのか覚えてないのが残念だな。よし、もう一回着てもらおう」

「あんなもの二度と着ませんからね！」

「私が覚えてないんだから、一回目はナシだ」

「私はちゃんと覚えてるもの。あんな恥ずかしい思いをするのはもうイヤよ！」

追いかけっこは諦め、ハンターはテーブルに手をつくと瞳をぎらつかせた。「私もひとつだけ覚えてる……きみは、とてつもなく美しかったよ」

ちょっと褒められたくらいで夫を許すつもりなどなかったのに、そんなふうに言われるとやっぱり嬉しかった。ふたりを包む空気が、みるみるうちに温かいものになっていく。ラーラは椅子にかけた。ハンターは、ジョニーの席に散らばるパン屑を見つめながら、ふいにぶっきらぼうにたずねた。「あの子に、これからはここに住むんだって話してやったのか？」

ラーラはかすかに口元をゆるめた。「はっきり話したわけじゃないわ。でも、自分でちゃんとわかっているみたい」

「まったく運のいいチビだな。ああいう境遇の子どもは、施設に送られるか……もっと最悪のケースだってあるのに」

ラーラはフォークを取り、皿に残った料理をいたずらにつついた。「ハンター……じつは、ちょっと相談したいことがあるの。ジョニーのことをいろいろ考えたんだけど、あの子、ほかに身寄りがないから父親と一緒に刑務所に住んでいたでしょう。きっと、同じような子はほかにもいると思うの。ホルビーチであいうことがあったのなら、ほかの刑務所でも同じようなことが起こっているはずよ。今こうしている間にも、大勢の子どもたちが、罪を犯した両親と一緒に刑務所で暮らしているのかもしれないわ。そこがいったいどんな場所なのかと思うだけで、本当にゾッとする――」

「ラーラ」ハンターは椅子を引いて腰かけると、彼女の両手を取って顔をのぞきこんだ。温かな手のひらで指を包み込み、まっすぐに目を見つめる。「きみは優しい女性だ。世界中の孤児や、物乞いや、野良犬や野良猫の面倒を見てやりたいっていうきみの気持ちはよくわかる。でも、今はそれは無理だよ」

ラーラは苛立たしげに手を引いた。「別に、彼らをどうにかしたいとは言ってないでしょう?」

「まだね」

「とりあえずは、ジョニーのような境遇の子がいないかどうかだけ確かめたいのよ。それで、各地の刑務所長に手紙を書いて、犯罪者の子どもを収容していませんかって訊こうと思ったんだけど。でも、もし収容していたとしても、きっと教えてくれないと思うの。手紙を書いたのが女ならなおさらでしょう?」そこで口を閉じ、期待を込めて夫を見つめた。

「つまり、私に調べて欲しいというんだろう?」ハンターはしかめ面をした。「ラーラ、ただでさえ私は忙しいんだよ」

「以前はあなた、偉い政治家にもたくさんのお知り合いがいたわよね。役人とか警察官とかに、そういう情報をもらうことはできないかしら。あるいは、行政改革に携わっている団体に問い合わせるとか——」

「この国には少なくとも三〇〇は刑務所がある。実際に、罪を犯した親と一緒にそこに暮らしている子どもたちがいたとしよう。二人、二〇人、一〇〇人……何人いるかはわからない。でも、その子たちにいったい何がしてやれる？　全員引き取るのか？」ハンターは乾いた声で笑い、かぶりを振った。「忘れるんだ、ララ」

「無理よ」ララは頑なに言い募った。「あなたみたいに、知らん顔なんてできない。事実を突き止めるまで、ずっとこうやって悩み続けることになるわ。だから、必要なら、刑務所をひとつずつ訪問するつもりよ」

「きみをそんなところに行かせてたまるか」

「あなたに指図なんかされないわ！」

ふたりは睨み合った。思いがけず激しい怒りがこみ上げてきて、ララは顔を真っ赤にした。彼女はこの数年間、夫なしでがんばって生きてきた。ハンターがインドに行ってしまってからは、自分のことは自分で決めてきた。自分らしく生きる——そのささやかな喜びさえ味わわずにいたら、今もハンターの言うことを素直に聞けるのに。でももう、自分で決める喜びを知ってしまった。だから、人に指図されたり、押さえつけられたり、何かを禁じられたりすると、無性に腹がたって仕方がない。思わず、ハンターにひどい言葉を投げつけてしまいそうになる――あなたなんか、インドでも、海の底でも、とにかく二度と顔を合わせずに済むところに行ってしまえばいいのに……。ラーラはぐっと、その言葉をのみこんだ。すると、怒りで涙が浮かんできた。

そのとき、ハンターの低い声が聞こえてきた。「ラーラ……命よりも大切なきみを、そんな危険な目に遭わせるわけにはいかないよ。だから本当は、ベッドに縛りつけて刑務所に行かせないようにしてもいいんだが……そうしない代わりに、こういう条件でどうだろう？」夫の声が急に穏やかなものになったのに驚きながら、ラーラはうつむいて、スカートの上に指で何度も円を描いた。「どんな条件か知らないけど、あのネグリジェをもう一回着るのだけはイヤよ」

ハンターは腕を伸ばし、ラーラの太腿をぎゅっと握った。「取引しよう、ラーラ……きみが求めている情報は私が見つけてきてあげる。ただし、ホルビーチにも、ほかの刑務所にも絶対に行かないで欲しい。そして、必要な情報が手に入ったあとは、私に無断で勝手に行動しないで欲しい」

ラーラは顔を上げ、反論しようと口を開いた。

「ジョニーを引き取りたいと言ったとき、私はきみに反対したかい？　あのとき、きみは私に一言も相談せずに、ひとりで勝手に決めてしまった。でも私は、きみの邪魔はしないことにした。どうしてだと思う？　きみがどれだけあの子を大切に思っているか、よくわかったからだよ。でもこれからは、パートナーとして、ちゃんと私に相談して欲しいんだ。わかってくれるね?」

信じられなかった。あのハンター・キャメロン・クロスランドが、第六代ホークスワース伯爵が、妻をパートナーなどと呼ぶとは。以前の彼は、妻は自分の付属物、添え物……所有物のひとつとしか見ていなかったのに。

「わかったわ」ささやくように言いながら、ラーラは夫の表情をいぶかしんだ。「何を笑ってるの?」

「まったく、きみときたら」ハンターが例のごとく誘うような目で見つめてくる。口元にはけだるい笑みが浮かんでいる。「きみを知っている人はみんな、きみはおとなしくて、優しくて、何でも言うことを聞く従順な女性だと思っているんだろうね。でも、本当のきみはそういう女性じゃない」

「じゃあ、どういう女性だっていうの?」

ハンターの手がうなじに添えられ、今にも唇と唇がくっつきそうなくらい顔が近づいてくる。熱い息がかかり、ラーラは興奮に胃がひっくり返りそうになった。「きみは、母ライオンみたいな人だ」ハンターはそれだけ言うと、キスはしないまま手を離した。ラーラはがっかりし……そのバカげた思いを、必死で頭から振り払った。

子どもがベソをかくような声が、廊下に響いている――ハンターは歩をゆるめた。天井がアーチになった通路のところで足を止め、壁に沿って並ぶ柱のあたりに目を凝らす。隅っこのほうで、ジョニーが壁に背中を押しつけ、体を丸めて床に座り込んでいた。まだ涙は流れていなかったが、頬を真っ赤にして、今にも泣き出しそうに鼻をしきりにすすっている。ハンターに気づくと、じっと顔を見上げて、刈り上げたばかりの黒髪を苛立たしげに引っ張った。

「そんなところに座り込んで、いったいどうした?」ハンターはややムッとしながら訊いた。子どもと接したことがないので、何を欲しがっているのか、どうしたいのか、さっぱりわからない。

「まよっちゃったの」ジョニーはみじめったらしい声で訴えた。

「どうしてひとりでいるんだ?」誰かに言って、ちゃんとガキの面倒を見させないと——さもないと、いったいどんな悪さをするかわかったものじゃない。ジョニーが何も答えないので、ハンターは別の質問をしてみた。「どこに行こうとしてた?」

ジョニーがしゃくりあげ、細い肩がだぶだぶのシャツの下でひくひくと動いた。「お、おしっこしたいの」

思わず哀れになり、口をへの字にしながらハンターは切り出した。「トイレが見つからないのか? 仕方ないな。連れて行ってあげるから、一緒に来なさい」

「あるけないの」

「じゃあ、抱いて行ってやるから。ただし絶対におもらししたりするなよ、いいな、チビ助」ハンターは恐る恐るジョニーを抱き上げ、廊下を歩いて行った。ジョニーの体は驚くほど軽い。それに不思議な目の色をしている。深く鮮やかな青色の瞳は、光の加減で紫色にも見えた。

「おじさんは、ラーラとけっこんしてるの?」ハンターの首に両腕をまわしたまま、ジョニーが訊いてくる。

「そうだ」

「ぼくも、おおきくなったらラーラとけっこんするの」

「おい、ラーラはいっぺんにふたりの男と結婚することはできないぞ」ハンターは可笑しくなった。「さて、私をどうする?」

「じゃあ、いっしょにここにいてもいいよ」ジョニーは心の広いところをみせた。「ラーラがそうしたいっていったらだけど」

「そいつはありがたいな」ハンターはすぐ目の前にある小さな生真面目そうな顔に向かってにやりと笑った。

途中で、ジョニーは下を向くなり言った。「おじさんって、すごくおおきいんだね。ぼくのパパよりもおおきいかもしれない」

ハンターはふと興味が湧いて訊いてみた。「なあ、チビ助……どうしてお父さんは絞首刑になったんだ?」

「パパは、バグ・ハンターだったの。ひとをころしちゃったんだけど、あれはじこだっていってた」

バグ・ハンターか……夜中に通りをたむろする酔っ払いを襲うこそ泥で、犯罪者とも呼べないようなやつらだ。つまり、ロンドンの下層社会にはびこる、クズみたいな連中のひとりということだろう。不快な思いを隠し、ハンターはジョニーを抱き直した。「お母さんはどこに行ったんだ？」

「ママはてんごくにいるの」

　すると、本当にひとりぼっちなんだな……。

　無心な笑みを浮かべながら、ジョニーは人の気持ちを読み取ったように言った。「でもいまは、おじさんとラーラがいるからへいき」

　ようやくハンターにも、ラーラがどうしてあそこまでジョニーに執着するのかわかったような気がした。「ああ、そうだな」皮肉でも何でもなく、ハンターは無意識にそう答えていた。どうやらこの子には、とんでもない才能があるらしい……きっと誰だって、この子のことなら思わず守ってやりたくなる。

　やがてふたりは、便器と上下水道がきちんと整備された小部屋にたどり着いた。ハンターはジョニーをそっと床に下ろした。「さあ、行っておいで――」いったん言葉を切り、照れ臭そうにつけ加えた。「ええと……ひとりでできるか？」

「うん、だいじょうぶ」ジョニーは小部屋に足を踏み入れてから、不安げな顔で振り返った。

「あのね、そこでまってててくれる？」

「ああ、待ってるよ」ハンターは言うと、扉が閉まるのをじっと見つめた。柄にもなくジョニーに同情している自分に驚いていた。まるで白鳥の群れの中にまぎれこんだ醜いアヒルの子みたいなジョニーに。とはいえ、白鳥ではないのは自分も同じだ……。

それにしても、ジョニーを見ていると、つい自分の最大の弱点を思い出してしまうのは困りものだ。あの子のせいではないとはいえ、来る日も来る日もあのことを思い出させられるのかと思うと気が滅入る。インド人ならきっと、肩をすくめて、これも神様のおぼし召しだと言うことだろう。そういえば、ひとりの聖人に言われたことがある――救いは神から与えられるものではなく、人間が自ら探し出すものだと。キリスト教徒にとっては神への冒瀆《ぼうとく》のように聞こえるだろうが、ハンターはなるほどと思ったものだった。あの聖人はこうも言った――世の中とのつながりをいっさい絶ったときにこそ、救いを得られることもあると。いずれジョニーも、あの聖人の言葉を理解するようになるだろう。彼が英国という名の世界の片隅で生きていくつもりなら。

＊＊＊

その晩、タイラー大尉は自宅の書斎で革張りの椅子にのんびりと腰かけ、ゆったりとくつろいでいた。暖炉には小さな炎が灯っている。大尉はブランデーグラスを両手で持ち、手のひらのぬくもりでアルコールを温めてから、ゆっくりと口に含んだ。いかにも、ささやかな贅沢を心の底から楽しんでいるという様子だ。

モーランド邸は、少々狭いものの、手入れは十分に行き届いている。居心地のいい縄張りでのんびりする小鳥のように、丘の上にひっそりと建つ荘園屋敷だ。窓から外を眺めると、雲ひとつない冷たい空がどこまでも広がっていた。大尉は書斎のぬくもりをありがたく思った。もう夜はだいぶふけている。二階でぐっすり眠る妻は、妊娠初期で、最近おなかが少し大きくなってきたようだ。

初めての子どもが生まれる——そう思うだけで、幸福に満ち足りた気分になれるはずだった。それに、ようやく英国に帰ってくることもできた。この八年間、ずっと帰国の日を待ちわびていた。こうして念願が叶ったのだから、これからは平和な暮らしが待っているはずだった。それなのに、当たり前の幸福は、もう少しというところで指の間からすり抜けていった。まったく思いがけないかたちで——。

「なぜだ」大尉は誰にともなくつぶやき、グラスを握る手に力を込めた。「なぜインドを離れた？」

そのとき、まったく予想外のことが起きた。いや、本当はこうなることを予測しておいてしかるべきだったのだ。……書斎の隅のうすぼんやりとした暗がりが移動し、何かの形を成していく。やがてそこに現れたのは、黒い人影だった。大尉は驚愕のあまり身動きもできないまま、近づいてくる人影を凝視した——現在はホークスワース伯爵と名乗っている男を。

「インドでくすぶっているより、このほうがいいと思ってね」ハンターは静かに、先ほどの問いに答えた。

大尉は、何とかして表向きは平静をよそおったが、実際は理性を失わずにいるだけで精一杯だった。内心の動揺は、手の中のグラスが震えているのを見ればすぐにわかる。「まったくずうずうしいやつだな。人の屋敷に勝手に忍び込んで、その上に話しかけてくるなんて、おまえくらいのものだ」

「ふたりっきりで会いたかったものでね」

大尉はグラスを口元に運び、中身を一気に飲み干した。「ゆうべまで、おまえは死んだものとばかり思っていたぞ。いったい全体、ここで何をしてるんだ？」

「あんたには関係ない。今日は警告を与えに来ただけだ——私の邪魔をするな」

「ほほう、この私が貴様に命令されるとはな！」大尉は声を荒らげた。「レディ・ホークスワースをどうするつもりだ？ 哀れな未亡人には、知る権利が——」

「彼女のことは私が面倒を見る」ハンターの口調には、やや脅迫めいた響きがあった。「どうせあんたは何も口出しできまい……絶対にね。まあ、今まであんたのために私がしてきたことを思えば、それも当然だな」

大尉は怒鳴りつけようとして、すぐにその言葉をのみこんだ。内心では、このまま黙っていていいものだろうかと、激しく葛藤しているようだ。しばらくしてようやく、諦めたように肩を落とした。「おまえの言うとおりかもしれんな。少し考えてみよう。とにかく、今夜はもう帰ってくれ。おまえを見ていると、せっかく忘れかけていたことを、また思い出してしまいそうだ」

12

ラーラは苛立っていた。刑務所に収容されている子どもたちに関する報告書は、すぐに届けられるはずだった。それなのに、翌週になっても、そのまた翌週になっても来なかった。屋敷の改装工事中なのがせめてもの幸いだった。ポッシビリティ・スミスと、彼の下で働く職人や助手の集団の作業に気をとられている間は、むやみに報告書のことを考えずに済む。もちろんその間、マーケットヒルの友人宅や、孤児院を訪問したりもした。とはいえ、起きている時間のほとんどは屋敷でジョニーと一緒に過ごし、彼が新しい世界に早く慣れるよう心を砕いた。

もちろん、屋敷にはハンターもいる。

ハンターは領主としての義務をソツなく果たしていた。社交行事にマメに顔を出し、小作人の相談に真剣に耳を傾けた。驚いたことに、彼は商取引にも手を染めるようになった。その手腕は見事なものだったが、普通の貴族はそのようなことはやりたがらない。いわゆる商売などせずに、貴族らしく領地管理に専念するほうが、社会的な立場は上と見なされるからだ。けれどもハンターは、まったく臆《おく》することなく、誇りよりも実利を選んだ。

そしてラーラに対しては、かつて彼女が望んだとおりの夫を演じてくれていた。責任感が強く、思いやり深く、優しく……まるで気の合う友人のようだった。でも、最後の一点については、ラーラはなぜか苛立ちを覚えずにはいられなかった。いったいどういう風の吹きまわしなのか、「パートナーになろう」と言った日以来、夫はラーラに友情以外のものはほとんど求めてこなくなった。妻を女性として見ていないようにさえ思えた。

以前のラーラなら、むしろ今のような状況をありがたく思ったはずだ。安心感と、快適な暮らしと、楽しいおしゃべり——夫からそれらのものを得る一方で、あの忌まわしい行為は求められずに済むのだから。それなのになぜ、こんなにイライラするのだろう。どうして真夜中にひとりぼっちのベッドの中で目を覚まし、苛立ち、何だかよくわからない感情に体が熱くなるのだろう。ついには、ラーラはハンターとふたりっきりになる口実をでっち上げるようにまでなった。けれども、ふたりっきりになるたびに、ハンターは例のごとく友達のように接し、ラーラは思わず歯ぎしりするばかりだった。

自分でも夫に何を求めているのかわからなかった。彼とのキスを夢見ることもあった。ときどき彼がしてくれる、かわいい妹が相手のような軽いキスではない。甘く唇を重ね、舌を絡ませ合い、頭の中が真っ白になるようなキスだ。そう、ラーラはハンターとキスがしたかった。だけど、その先のことについては自分でもよくわからない。一緒にベッドで寝てもいいと言ったら、きっと彼は、何をしてもいいのだと勘違いするだろう。だったら、今のままのほうがいい。でもどうして、人のことをまるで妹みたいに扱うようになったのだろう。

あるとき、ついにいてもたってもいられなくなったラーラは、仕立屋に連絡し、注文しておいたドレスのデザインに少し手を加えるよう頼んだ。ネックラインの位置を、当初のデザインよりも五センチほど下げてもらったのだ。そしてようやく、注文の品が届いた。さまざまな色のシルクやモスリンやキャンブリックのドレスに、羽根や花をあしらった、ドレスとお揃いのボンネット帽、シルクのスカーフに手袋、革靴に、あでやかなデザインの室内履きに、象牙や紙やレースの扇。

新しいドレスや装飾品の数々に胸ときめかせながら、まずはペールグリーンのドレスに着替えた。ペールグリーンは瞳の色によく似合うし、肌色をきれいに見せてくれる。胸元は大胆にV字に開いていて、透けるように薄いスカーフをあしらったデザインだ。ハンターは書斎で仕事中のはず。ラーラはいそいそと夫のもとに向かった。もちろんあくまでも、こんなにたくさんのドレスや装飾品を買ってくれたことに、きちんとお礼を言うためだ。

ハンターは机のところで仕事をしていた。ベストを脱いで、シャツの袖をめくり上げ、室内に入ってくる風が心地よいのか、襟元をはだけていた。ラーラが来たのに気づくと、ちらりと顔を見て親しげに笑みを浮かべ、また仕事に戻ってしまった。だがすぐに顔を上げ……そのまま釘づけになったようにラーラを見つめた。

「新しいドレスかい？」穏やかな声でたずねたが、訊くまでもないことだろう。

ラーラは机の前まで歩み寄った。「どう、お気に召したかしら？」

ハンターは表情を変えなかった。けれどもよく見ると、羽根ペンを持つ手がぎゅっと握りしめられ、ペンが今にも折れそうになっている。ほっそりとした体の隅々までくまなく見つめられて、ラーラはその視線にのみこまれてしまうのではないかと思った。「すごくすてきな生地だね」口調は淡々としているけれど、言葉の裏に何やら温かいものを感じ、ラーラは思わず全身が疼くのを覚えた。ハンターはまだ私を求めてくれているんだわ——そう思うと、なぜかはわからないが、とにかく嬉しかった。

ラーラはからかうように笑みを浮かべた。「生地だけ？　ほかは褒めてくれないの？」

ハンターの瞳に、ふいに危険な光が灯る。「デザインもいいよ。前身ごろがずいぶん大胆なんだね」

「最近は、こういうふうにネックラインを際立たせるのが流行なのよ」

ハンターはつまらなそうに鼻を鳴らし、机の上に広げた不動産台帳に視線を戻してしまった。ラーラは彼の脇に立ち、さり気ないふうをよそおって台帳をのぞきこんだ。前かがみになると、胸がハンターの上腕に軽くあたった。偶然だったが、その瞬間に全身を快感が駆け抜けた。ハンターも同じように感じているのは一目瞭然だ。深呼吸し、羽根ペンを放り投げる。机の上にインクが飛び散った。

「仕事中なんだ」ハンターはぴしゃりと言い放った。「目の前にきみの胸があったら、集中できないじゃないか」

ラーラはしゅんとして、すぐに後ろに下がった。「新しいドレスを作れって言ったのはあなたじゃない。私はただ、せっかくできたからあなたに見せたかっただけよ。お礼を言おうと思った私がバカだったのね」

「ラーラ……いや、その――」ハンターは笑っているような呻いているような声を出し、背を向けようとしたラーラに手を伸ばした。片腕をヒップにまわして、自分のほうにぎゅっと引き寄せ、飢えたようにラーラを見つめる。「すごくすてきなドレスだ……もちろん、きみもすてきだよ。正直言って、見てるのが辛いくらいだよ」

「どうして?」

「体中が疼いてね」さらに自分のほうに引き寄せ、シルクのスカーフを引っ張って床に落とす。それから……いきなり胸の谷間に顔をうずめられて、ラーラは仰天した。半開きになった口が胸をまさぐり、象牙色のなめらかな肌に舌が触れてくる。「ああ、頭が変になりそうだ」ハンターがつぶやき、ひげが肌にこすれてちくちくした。「じっとしてて、ラーラ。頼むからこのまま――」

唇が薄いモスリン地のドレス越しに乳首を探りあて、ラーラはびくんと跳び上がった。

「ダメよ……もうやめて!」

苛立たしげに唸りながら手を離したハンターは、その場にさっと立ち上がり、ラーラを睨むように見下ろした。「そんなドレスで私のところに来たら、どういうことになるかくらいわかっていたはずだろう? 目の前に現れた獲物に飛びついただけなのに、どうして私が責められるんだ」

「こ、こんなふうに乱暴にされるなんて思ってなかったもの」ラーラは腰を曲げて、床に落ちたスカーフを拾った。

「わざと男を挑発しておいて、いざとなったら逃げ出すような女を何ていうか知ってるか？」

「いいえ」

「思わせぶりっていうんだよ」

「別に、思わせぶりなことなんかしてないわ。キスして欲しいとか、褒めて欲しいとかくらいは思ったかもしれないけど、それ以上のことはこれっぽっちも――」

「キスくらいで私が満足すると思ったのか？　きみとひとつ屋根の下で暮らして、毎日顔を合わせながら、指一本触れることもできない――私がどれだけ我慢してると思ってるんだ？」

ラーラは当惑し、自分が恥ずかしくなってきた。彼女は夫の気持ちを全然わかっていなかった――一緒に住むのが苦しくなるくらい求められているのに、ちっとも気づかなかった。

「私はきみと愛し合いたい――」ハンターの声はわずかにかすれている。「きみを裸にして、体の隅々までキスをして……きみがもうやめてと言うまで愛してあげたい。朝目覚めたら、腕の中にきみがいて、きみが私に――」ふいに口をつぐみ、まるでそれ以上は言うまいとするように、ぎゅっと歯を食いしばる。

「ごめんなさい。あなたがまだ私を求めているなんて、思わなかったから」狼狽して、ラーラはおずおずと言った。

「これで一目瞭然だろう」ハンターはラーラの手首をつかみ、自分の股間に持っていった。金切り声をあげて抵抗するのを無視して、硬く張りつめたものを無理やり握らせる。ズボン越しに、ラーラの手のひらに熱が伝わる。ハンターはもう一方の腕で彼女をぎゅっと抱き寄せた。「きみとふたりっきりになるたびに、必ずこうなるんだ。これで、どれだけきみを求めているかわかるだろう？」

かつてハンターと過ごした夜のことを思い出して、ラーラは暗澹《あんたん》とした気持ちになった。手のひらの下で熱く脈打っているもののことは、恐ろしい武器のようにしか思えなかった。すぐにあのときの感覚がよみがえってくる。あの、ナイフで切り裂かれるような鋭い痛み……繰り返し抜き挿しされるたびに、体を引き裂かれ、すべてを奪われ、辱められるような気がした。二度とあんな思いはしたくない。「あ、あなたの体の一部については、お話ししたくないわ……」手をどけようとすると、ハンターはラーラの手首を握りしめる手にいっそう力を込めた。

「私だって男だ。きみにキスすることも、触れることも、きみを自分のものにすることもできないなんて――」ハンターの唇が首筋を這い、ラーラはおののいた。「頼むから、今夜、きみの部屋に行くのを許して欲しい。今までずっと我慢してきたんだ。でも、もうこれ以上は無理だよ」

ラーラは涙がこぼれそうになるのをこらえ、必死にもがき、よろめきながら、やっとのことでハンターから離れた。「ごめんなさい。イヤなの。どうしてもイヤなのよ。なぜかはわからないけど、でも……お願い、あなたにはレディ・カーライルがいるでしょう？」

かつての愛人の名前を出されて、ハンターもいよいよ我慢の限界に達したらしい。怒りと侮蔑に顔をゆがませながら、「ああ、そうだな」と短く言った。

机のところに戻り、手紙をひったくるように取り上げるハンターを、ラーラは彫像のように身じろぎひとつせずにただ見つめた。

「そら――」ハンターはぶっきらぼうに言い放った。「ニューマーシュ卿から手紙が届いている。国会委員会の一員として、刑務所の現状を調査している方だ。ちゃんと、きみの欲しがっていた情報をくださったよ」

放り投げられた手紙を、ラーラは手を伸ばして受け取ろうとしたが、折り畳んだ便せんは指の先をかすめるようにして床に落ちた。

大股に書斎をあとにしながら、ハンターは最後に一度だけ、肩越しに嘲るような視線を寄越した。「貧しい哀れな連中を助けて、せいぜい気前のいいところを見せてやるんだな」

ラーラは手紙を拾い上げ、くるりと振り返ると、勢いよく閉じられた扉をキッと睨みつけた。「何よ、自分は好色な悪党のくせに」苛立たしげに言いながら、内心では罪の意識を覚えずにはいられなかった。ハンターの言うとおりだ――彼女が何をしに書斎に来たのか、ハンターはちゃんとわかっていた。彼女はハンターに、きみはすてきだ、きみが欲しいと言わせたかった。でも、いったいどうして、夫と寝る気もないのに、挑発しようなんて思ったのだろう。せっかく、適度な距離を保ちながら快適な日々を送っていたというのに、どうしては、こんなことになったからには、また近づこうとしたのだろう。

夫と仲直りしたい――ララは心の底からそう思った。でもこんなことになったからには、謝罪を受け入れてもらう方法はたったひとつ。彼とベッドを共にすることだけだ。

ため息をつきながら、ララは机の前に行き、夫の椅子に腰かけた。革張りの椅子に手を触れると、そこにかすかに残る夫の体のぬくもりが伝わってくるような気がした。目を閉じれば、きっと彼の匂いも嗅ぎとれるだろう。清潔で、すがすがしく、心惹かれる、サンダルウッドの匂い……。ごめんなさい――ララは誰もいない部屋で、声に出して言いそうになった。ほかの女性のように、男性との親密な関係を望める女でなくて、ごめんなさい。ハンター、あなたの求めるものを与えることができなくて、ごめんなさい。ララは、後悔の念と孤独感で押しつぶされそうだった。

彼女はうつむき、手紙に目を通した。

＊＊＊

ハンターは誰にも行き先を告げずに馬で出かけ、そのまま夜まで屋敷に戻らなかった。夫の帰りを待ちながら、ララは家族用の談話室で、ベルベット張りのソファの上に丸くなっていた。膝には、孤児院の女の子たちが編んでくれた赤と青の膝掛けが掛かっている。少なくとも三回、メイドたちはこの膝掛けをリネン類をしまう倉庫に隠し、代わりに刺繍とフリンジが豪華な膝掛けをラーラのために出してきたものだった。そのたびにラーラは、赤と青の膝掛けを倉庫から引っ張り出してきた。「だって気に入っているんだもの」困った顔をするナオミに、そう言って笑ったものだ。「そりゃ、完璧な出来栄えとは言えないけど。でも、ステッチが間違っているところや、でこぼこになったところを見るたびに、これを作ってくれた子どもたちの顔を思い出すの。どんな膝掛けよりもぬくもりを感じるわ」

「私が奥様なら、アーサー様に追い出されたときのことを思い出すようなお品は、もう使いたくありませんけど」ナオミはあえて口にしたくないことを口にすると、憎々しげに膝掛けを見やった。「あの頃は、私たちみんな、それは辛い思いをしましたから」

「私ね、あの頃のことを忘れたくないの」ラーラは膝掛けを撫で、いとおしげに折り畳んだ。「あんなことがあったからこそ、とても大切なことを学べたんだもの。おかげで、前よりもずっとマシな人間になれたと思うわ」

「何をおっしゃるんですか、奥様」ナオミは温かな笑みを浮かべた。「奥様はいつだって、私たちの誇りなんです。みんなそう思ってます」

「ホークスワース伯爵は？」ふと思いついて訊いてみた。「みんな、以前のあの人と、今のあの人とどっちが好きなのかしら」

ナオミは考え込むように眉根を寄せながら答えた。「伯爵様も昔から素晴らしい方でしたから——みんな心からお慕いしてます。でも今のほうが、使用人のことを気に留めてくださっているような感じが……。たとえば、メイドのひとりが腕に膿瘍ができてしまったときには、わざわざお医者様を呼んでくださいましたし、従者のジョージには、休みの日は屋敷の台所にフィアンセを呼んで一緒にお茶でも飲んだらどうだなんておっしゃってましたし。以前はそんなこと、絶対になかったんですよ……」

物思いにふけるラーラの耳に、廊下の振り子時計が静かに時刻を告げる音が響いた。そろそろ寝よう……ラーラは気だるげに起き上がり、膝掛けを脇にやった。そのとき、黒っぽい人影が足を引きずるようにして扉の前を通り、談話室に明かりが灯っているのを見つけて顔をのぞかせた。

もちろんそれはハンターだった。服はだらしなく乱れ、足取りも少々おぼつかないようだ。外で飲んできたのだろう。でも、そんなにひどく酔っ払っているようには見えない。ハンターは含み笑いを浮かべながら、談話室に入ってきた。何か悪さをして、それを得意に思っている少年のような、そんな笑いだった。

ラーラは膝を曲げて両腕で抱えるようにし、両手の指をぎゅっと絡ませると、「ご機嫌のようね」とぶっきらぼうに言った。「葉巻と、お酒と、きつい香水の匂いがするわ――どこかのふしだらな女に、欲求を満たしてもらったってところ？」

ハンターはラーラの目の前で足を止め、今度はからかうような笑みを浮かべた。「私の体の一部については話したくないと言ったわりには、それが何をしていたのか、ずいぶん興味津々じゃないか」

「ようやくあなたが私の忠告に耳を傾けてくれて、ほっとしているだけよ。女の人と一緒だったんでしょ」

「ロンズデールたちと飲みに行ったんだよ。もちろん、女性がいる店にね。でも私は、彼女たちの誰とも寝なかった」

「それは残念だわ」口ではそう言いながら、ラーラは一瞬、安堵を覚えずにはいられなかった。「昔みたいに、愛人を作って、私のことは放っておいてくれればいいのに」

「本気で言ってるのかい？」ハンターの声音は妙に優しかった。「だったら、どうして私の帰りを待っていたのかな？」

「別に待ってなんかいないわ……眠れなかっただけ。ニューマーシュ卿の手紙のことや、ジョニーと同じような、かわいそうな境遇の子どもたちのことを考えていたら――」

「一二人だ」ハンターが口を挟んだ。「刑務所に、一二人のガキが入れられている」嘲るように眉を吊り上げる。「どうせ、私の力で連中を何とかして欲しいっていうんだろう？」

「その話は明日にしましょう。あなたの機嫌がいいときに」

「数時間寝たくらいで、機嫌がよくなるものか」ハンターはソファの反対側の端に、脚を大きく広げて座ると、話を続けろ、というように大きな手を振ってみせた。

夫の気持ちをはかりかねて、ラーラはためらった。表情に何か引っかかるものがある――お気に入りの狩場で、辛抱強く、用心深く、獲物を待っている獣のような表情だ。じっとチャンスを待ち、ついにそのときが来たら、あっという間に飛びかかるつもりなのだろう。何を企んでいるのかさっぱりわからないが、ラーラにとって不都合なことなのは間違いない。

「誰かが適当な場所を提供すれば、刑務所もきっと、子どもたちをそこに移すのに賛成すると思うの」ラーラは慎重に言葉を選んだ。ハンターは、なるほど、というようにうなずいている。「つまり、マーケットヒルの孤児院に移すということよ。でも、あそこは狭すぎるの。もう二〇人も子どもを引き取ってるから……だから、孤児院を増築して、職員も増やして、食材や着る物や日用品を入手する方法を考える必要があるんだけど……実際にやるには相当な費用がかかるわ。わが家にそれを実現できるだけの資産があれば――」

「無理だね」ハンターが再び口を挟む。「今は無理だ、絶対に」

「ええ、今は無理だってことはわかってるの」咳払いをし、丁寧にスカートのしわを伸ばす。「だから、どこかから資金を集める必要があるわ。お友だちや、知り合いみんなに声をかければ、難しいことじゃないと思う。もし私が――いえ、つまり、私たちが、孤児院のために慈善活動みたいなことをすれば――」

「どんな？」

「舞踏会よ。それも盛大な。舞踏会を開いて、マーケットヒルの孤児院のために寄付を募るの。それでね、みんなに来ていただくためには、ただの舞踏会じゃなくて……あなたの生還を祝うパーティーということにしたらどうかと思って」ハンターは一瞬も視線をそらさずにじっと見つめてくる。ラーラは、絶対に尻ごみしてはダメよと自分に言い聞かせた。実際、これが一番いい方法なのだから。死んだはずのホークスワース伯爵に会える、いったいどうやって生還したのか話を聞けるとあれば、みんな大いに興味を持つだろう。舞踏会を開けば大挙して足を運んでくれるはずだ。ハンターのことはすでにロンドンでも噂の的になっている。だからこの舞踏会は、今年の社交シーズンの一大行事になるに違いない。

「つまり、この私を双頭の化物よろしく祭りの見世物扱いしようというわけか。そして慈善活動の収益をきみの大切な孤児院につぎ込むと」

「そういうわけじゃ――」ラーラは反論しようとした。

「いいや、そういうわけだよ」ゆっくりとソファから背中を離し、前かがみになりながら、どこまでも深い茶色の瞳でじっとラーラを見つめる。「船の事故から生還し、ようやくわが家に帰ってこられたと思ったら――今度は、軽薄な上流階級の連中から一晩中、質問攻めにされるというわけか。いったい何のためだろうね？」

「子どもたちのためよ」ラーラは必死だった。「社交シーズンが始まれば、いずれそういう目に遭う日が来るのよ。だったら、今のうちに済ませておけばいいじゃない。時間も場所も自分で決められるのよ。それで一二人の子どもたちを救えるのなら、ありがたいことじゃない。あの子たちにだって、まともな人生を送る権利はあるわ」

「きみは私を買い被っているようだね、ラーラ。そもそも私は、慈善なんて柄じゃないんだ。孤児や物乞いのことを思うと夜も眠れない、なんてこともない。そういう連中は大勢見てきたけどね。それが世の中ってものなんだよ――この世から孤児や物乞いがひとりもいなくなるなんてことはない。千人救おうと、一万人救おうと、救いを求める連中は減りはしない」

「あなたがわからないわ……」ラーラはかぶりを振った。「使用人にはあんなに優しいのに、どうして他人にはそんなに冷たいの」

「私が優しくしてやれるのは、同じ屋根の下に住む人間にだけなんだよ。それ以外の人間なんか地獄に堕《お》ちたって構わない」

「やっぱり、あなたって全然変わってないのね」ララは、吐き気を催すほどの失望を覚えた。「昔と同じ、心の冷たい人なんだわ。今のあなたなら、きっと子どもたちを救う力になってくれると信じていたのに」

「舞踏会を開くなと言ってるわけじゃない。そういうことなら、条件があると言いたいだけだ」

「条件って?」ララは警戒した。

「今夜、どうして私が娼婦と寝なかったと思う? もちろん、誘えば誰だって簡単に乗ってきただろう。メロンみたいに大きな胸の女がいて、私の耳の穴を舌でずっと舐めてきてね――」

「そんな話は聞きたくないわ」

「ロンズデールたちは、女たちをテーブルの上や床で押し倒したり、壁を背にして――でも私は、連中が始めるなり店を出て、きみのところに帰ってきた。なぜだと思う?」下品な冗談を言うときのように、自嘲気味に笑った。「きみの寝室の扉の前に座って、きみがひとりで眠る姿を想像したほうがずっといいと思ったからさ。きみの手を握り、きみの声を聞き、きみの香りに包まれるほうが、百人の女と寝るよりもずっと興奮するからだよ」

「あなたが私を求めるのは、私が手に入らないからでしょう？」

「いいや、きみが優しくて、純粋で、無垢だからだよ」ハンターの声はかすれていた。「この数年間、きみには想像もつかないくらいひどい場面に遭遇したよ。実際にこの手で……」途中で言葉をのみこみ、荒くため息をついた。「ほんの二、三時間、平穏なときを過ごせればそれでいいんだ。平穏で、喜びに満ちた時間をね。どうやら、幸せな暮らしってものをすっかり忘れてしまったみたいでね──いや、今までだってそんなもの知らなかったのかもしれないが。自分のベッドで、自分の妻と一緒に寝たいだけなんだ。それが罪だと言うのなら私はいったい……」

「何の話をしているの？」ララはうろたえた。「インドでいったい何があったの？」

ハンターはかぶりを振り、内心の動揺を隠すようにすぐさま無表情になった。「何でもない。とにかく、一晩きみと過ごせるなら、きみの願いを聞いてあげよう──喜んでね」

「まさか、その代わりにあなたと寝ろと──」ララは目を大きく見開いた。「イヤだと言ったら、舞踏会を開かせないつもりじゃ──」

「ああ、そのとおりだよ。舞踏会を開いて、大勢の客を呼んだらいい。きっとみんな、きみの行いを褒めたたえてくれるだろうね。それに子どもたちも大喜びだ。みんなハッピーになれるってわけだよ。もちろん、この私も。だって、舞踏会の晩の夜中の一時には、きみは私と一緒に二階に上がり、私のベッドで、私の思いどおりになってくれるんだから」

「あなたって人は、自分のことしか考えられないの？」ララは顔を真っ赤にした。「かわいそうな子どもたちを利用して私と寝ようなんて、よくも思いつくものね」

「ほかに方法がないみたいだからね」ハンターはからかうように笑った。「さあ、どうする？」

ラーラは答えなかった。

「別に、初めてってわけじゃないだろう？」

ラーラはムッとして下唇を突き出した「前から嫌いだったの」

「でも、以前はちゃんとやりとおした」あっさり言うと、ハンターはソファに座ったまま返事を待った。大きな花こう岩のように、びくともせずにそこにじっと座る様子から、ラーラのちっぽけな嫌みなど少しも気にしていないのがわかる。ラーラは返すべき言葉が見つからなかった。もっとマシな条件も思いつかなかった。何て利己的な男なんだろう！　孤児を救うという尊い行いを、いったいどうして、自分ひとりの性的欲求を満たすために利用できるのだろう。取引には絶対に応じないと今すぐに拒絶して、どんなことがあろうと二度とあんなことはゴメンだと言ってやりたい。でも、ラーラには、ジョニーと同じような境遇で苦しんでいる一二人の子どもたちのことを思うと……ラーラには、とてもではないが耐えられなかった。

ハンターのベッドで一晩過ごすのは、本当にそんなに不快なものなのだろうか？　彼の言うとおり、確かに以前はやりとおすことができた。あらゆる感情も感覚もすべて忘れ、何か別のことを必死に頭の中で考え、夫に何をされているのか頭の中から完全に消し去れば、何とか耐えることができた。

想像するだけで、心底気が滅入った。でも、今の自分にとって一番大切なもののためには、一番イヤなことに耐えるしかない。

「わかったわ」ラーラはのろのろと言った。「舞踏会の晩。一度きりよ。それが済んだら……」ラーラは適当な言葉を探した。「あなたなんか地獄に堕ちればいいわ!」

ハンターは無表情をよそおっている。でも内心では、まんまと妻を降参させて大喜びしているに違いない。「地獄にならとっくに堕ちてるよ。一晩、地上で休みたいだけさ」

＊＊＊

青ざめ、張りつめた顔のラーラを談話室に残し、ハンターは自分の部屋に戻った。震える手で靴を脱ぎ、服を着たままベッドに潜り込む。朦朧《もうろう》として、頭がうまく働かない。アルコールのせいもあるが、さまざまな感情に押しつぶされそうなせいもある。ラーラに承諾の返事をもらって、勝利を手にしたような気分になれると思っていたのに、実際に感じるのは安堵ばかりだった。ラーラを抱きしめ、愛し、灼熱の地獄でグラス一杯の冷たい水を渡された者のように、彼女の甘い蜜を飲むところを想像してみる……。「神よ、感謝します」ハンターは枕に突っ伏してつぶやいた。「心から感謝します」

「驚いたこと」レイチェルはハシバミ色の瞳を驚きに丸くした。「夫が妻とそんなふうに取引するなんて、聞いたことないわ。もちろん、男性が愛人とそういう約束をすることはあるらしいけど……お姉様は……」一瞬、言葉を失い、ぎこちなく続けた。「そんなの、絶対に変よ」

「ええ、バカみたいでしょ」ラーラは苦笑しながらうなずいた。「未亡人になって、もうこれで二度と男性とおつき合いする必要も、あのしつこい欲求に応える必要もなくなったと安心していたのに。またハンターと寝る羽目になるなんてね」椅子の上に丸くなり、ロンズデール家の談話室の、趣味のいい豪華な内装をむっつりと眺める。「しかも、まだずっと先の話を、今から約束してるのよ」

レイチェルは必死な顔で姉を見つめている。「ねえ、その約束を守るつもりなの？」

「まさか」ラーラは即答した。「だから、今日は一緒に方法を考えて欲しくて来たのよ」

姉に頼られていると知って、レイチェルは突然明るい顔になり、針仕事の手を休め、会話に集中することにした。「急に醜くなって、お義兄様に嫌われるようにするというのはどう？　あるいは、誰かに皮膚病をうつしてもらうの。顔いっぱいにできものができれば、お義兄様も諦めるわ」

ラーラは鼻にしわを寄せた。「その案はちょっと気が進まないわ」

レイチェルはどんどん雄弁になっていく。「じゃあ、病気のフリをするというのはどうかしら？」

「治ったあとはどうするの？」

「だったら、いっそのことお義兄様を不能にしちゃうというのは？　そういう薬草か粉薬があるはずよ」

ラーラは首をひねった。「いくらなんでも、ハンターをそんな目に遭わせるのはね……それに、彼にばれたときが怖いわ。孤児院の話もなし、ジョニーも追い出すなんて言われたらどうすればいいの」

「そうね……」レイチェルは青い絹糸が落ちているのをつまみ、自分の指に巻きつけた。「だったら……やっぱり一晩だけお義兄様の言うとおりにして、それで最後にするしかないんじゃないかしら」

「そんなふうに利用されるなんて！」ラーラは声を荒らげた。「私は彼の所有物じゃないのよ、そんな好き勝手にされたら、たまらないわ」

「お姉様、それは違うわ。どうしてそんなふうに考えるの？　ホークスワース卿はお姉様の夫でしょう？　お姉様は彼のものなのよ。夫に従うって、結婚式でも誓ったじゃない」

「確かに、これまでは夫に従ってきたわ。立ち居振る舞いについても、おつき合いする人たちについても、彼に言われるとおりにしてきた。何をするにも、夫にお伺いをたてて。夫の不貞も我慢したし、ベッドに誘われたときだって絶対に拒まなかった。でも、彼は私を置いてインドに行ってしまった。それから三年間は、何から何まで自分の力でやってきたのよ……今さら、以前の私に戻れって言われても無理だわ」

「でも、戻らなくっちゃ……お義兄様に諦めさせる名案は浮かばないんだし」

それきり、ふたりはじっと黙り込んでしまった。おもてでは、激しい雨が砂利道を打ち、窓ガラスの表面を滝のように流れている。雨音が、ふたりの沈黙をいっそう重たいものにしているようだった。薄暗く陰鬱な空模様は、今のラーラの気分にぴったりだ。

しばらくして、ラーラはようやく口を開いた。「ひとつだけうまくいく方法があるとすれば、ハンターに別の相手をあてがうことだと思うの。彼が、私よりもそちらを選ぶような相手。そうすれば、新しい獲物に夢中になって、私との取引のことなんか忘れると思う」

「でも……欲しいのはお姉様だけだっておっしゃったんでしょう？」

「そんなの嘘に決まってるじゃない」ラーラは短く言った。「昔からそうだもの。ひとりの女性じゃ満足できない人なのよ。いろんなタイプの女性がいっぺんに欲しいの。女性を征服して楽しんでいるのよ」

「でも、いったいどうやって相手を探すの？　お義兄様が夢中になるような女性なんてわかるの？」

「その点については問題ないわ」ラーラは窓辺に向かい、灰色のカーテンのような雨をじっと見つめた。「そうよ、レイチェル……私、いちかばちかやってみるわ」

13

ラーラがロンズデール邸を出る頃には、道はひどいぬかるみ状態になっていた。四頭立ての重たい二人乗り馬車ではスピードも出せない。馬車はのろのろと、雨に濡れて光る牧草地や農家、そして牛たちが逃げ出さないよう設けられている生垣の横を通りすぎていった。雨は信じられないくらい激しく降っており、まるでバケツを引っくり返したような勢いで馬車の屋根を叩いている。馬や御者や従者の苦労を思うと、ロンズデール邸を訪問するのは天気が回復するまで待つべきだったと悔やまれた。春の嵐の中を出かけるなんて、まったくバカげている。でも、まさかこんなに大雨になるとは思わなかったのだ。

ラーラは心持ち体を前に乗り出すようにした。そうしたほうが、少しでも早く、無事にホークスワース邸にたどりつけるような気がしたからだ。そのとき、車輪が道路にめり込んで、ぐずぐずになった轍《わだち》にはまってしまい、馬の歩みが止まった。馬車がいきなりがくんと斜めにかしぎ、ラーラも座席の上に投げ出されるようなかたちになった。起き上がり、いったい何事かと扉に手を伸ばそうとする。

するとと扉は向こう側から開かれ、勢いよく吹きつける雨風とともに、従者が心配そうな顔をのぞかせた。「お怪我はありませんでしたか、奥様？」

「ああ、ええ、私は大丈夫よ」ラーラはそそくさと答えた。「あなたは大丈夫なの、ジョージ？　それに、コルビーは？」

「われわれなら心配はいりません。轍があって――車輪がはまってしまったようです。マーケットヒルまではそう遠くないとコルビーが申してますので、私が馬でお屋敷に戻り、もっと軽い馬車を引いてきます。それまでは、コルビーが奥様とここに残りますので」

「そうね、それがいいわ。ありがとう、ジョージ。コルビーには、馬車の中で待ちなさいと言ってちょうだい。この雨じゃ大変だもの」

「かしこまりました、奥様」従者はいったん扉を閉め、御者のコルビーのところに行き、すぐにまた戻ってきた。「コルビーは外で待つそうです。傘と外套《がいとう》で雨をしのげるし、妙な連中が来るといけないから見張りたいとのことで」

「わかったわ」ラーラは残念そうな声を出し、椅子の背にもたれた。コルビーは彼女の身の安全というよりは、体面を気にしているのだろうが、それでも申し訳ないことに変わりはない。「コルビーに、とても立派な心がけだと伝えてちょうだい」

「かしこまりました」

　動かなくなった馬車に、ありとあらゆる方向からものすごい勢いで、大きな雨粒がぶつかってくる。空に稲妻が走り、耳をつんざくような雷がとどろいて、ラーラは思わず座席の上で跳び上がった。「ついてないわ」とつぶやきながら、ジョージとコルビーがこの雨でひどい風邪でもひかなければいいけどと思った。万が一そんなことになったら、すべて自分の責任だ。

待っている時間は、とてつもなく長く感じられた。だがやがて、雨風以外の音がおもてから聞こえてきた。目を凝らして窓からのぞいてみたが、灰色の激しい雨の中で、何かが動いているのがぼんやりと見えるだけだった。確認しようと、前かがみになって扉に手を伸ばし、取っ手に手をかける。そのとき、扉がさっと開かれ、車内に一陣の風と雨が吹き込んだ。ラーラは慌てて飛びのいた。開かれた扉の向こうに、大きな、黒っぽい人影があった。人影が、黒い外套と帽子を取る――それはハンターだった。口元にかすかに笑みを浮かべ、長いまつげが雨に濡れて光り、顔には雨がしたたっている。

「お、おいはぎだと思ったじゃないの！」ラーラは大声をあげた。

「そんなドラマチックなもんじゃない。きみの夫が迎えに来ただけだよ」

そのほうがよっぽどびっくりだわ、とラーラは思った。「こんな大雨の中を迎えに来る必要なんかなかったのに。使用人たちに任せておけばよかったでしょう？」

「じっとしていられなくてね」口調はぞんざいでも、心配そうな目を見れば、彼女の身の安全を案じていたのは一目瞭然だった。ラーラは胸の中がほんのりと温かくなるのを感じた。

座席の下にあるマホガニーの物入れにあたふたと手を伸ばし、泥道を歩くとき用の木製の靴底《パトン》を引っ張り出す。この雨では、靴の裏にパトンでもつけなければ、スカートの裾が泥だらけになってしまうだろう。

ハンターはあからさまに疑わしげな顔で、木の板に金属の輪っかがついたパトンをしげしげと眺め、「そんなものは必要ないよ」と足首の革紐を結んでいるラーラに向かって言った。

「だって、こうでもしないとスカートの裾が泥だらけになっちゃうわ」

ハンターは大笑いした。「あいにく、すでに足首まで泥水につかる状態ですよ、マダム。あなたなら、膝まで沈んでしまうでしょうね。さあ、そんなものは脱いで、早くこっちにおいで」

ラーラはボンネット帽のリボンを結び直し、渋々従った。「馬車で来たんじゃないの？」

「また轍にはまるだけなのに？」腕を伸ばし、ラーラを抱き上げて、嵐の中を運んでいく。雨粒が弾丸のように頬にあたり、ラーラはきゃっと叫び声をあげて夫の肩に顔をうずめた。コルビーは馬にまたがったまま、ハンターの栗毛馬の手綱をしっかり握って待っていた。

ハンターは軽々とラーラを抱き上げて鞍に横座りさせると、自分もひらりとその後ろに飛び乗った。鞍はつるつるすべるし、横座りでは鞍頭で膝を支えることもできない。ラーラは落っこちそうになって、何かにつかまろうと反射的に手を伸ばした。すかさず、逞しい腕が抱きとめてくれる。

「大丈夫だよ」ハンターが耳元でささやいた。「この私が、きみを地面に落とすと思うかい？」

ラーラは何も答えられず、激しい雨にひたすら目をしばたたかせた。マントの中まで冷たい雨が入ってきて、体がぞくりと震える。すると、ハンターはすぐさま片方の手で外套のボタンを外し、その中に包み込むようにしてくれた。ハンターの体は温かかった。やがて震えは、甘いおののきへと変わっていった。深呼吸すると、湿った外套のウールの匂いと、おなじみのサンダルウッドのスパイシーな香りが鼻孔をくすぐる。両腕を伸ばしてハンターの腰に巻きつけ、外套の中に顔をうずめると、どんなに激しい雨に打たれようと、もうこれで安心だという気がした。するとボンネット帽がハンターの顔に当たったらしい。ハンターは忌々しげにリボンを引っ張り、帽子を脱がせると、トロット《速足》で駆け出した馬の上から帽子を投げ捨ててしまった。

ラーラは怒って外套の中から顔を出した。「一番のお気に入りだったのに――」文句を言おうとしたが、滝のような雨に頬を打たれて、すぐにまた外套の中に顔をうずめた。馬の足取りは、じきに流れるようなキャンター《駆足》へと変わっていった。そういえば以前にも、一度だけこういうふうにして馬に乗せてもらったことがある。小さい頃、父親と一緒に村の雑貨屋に行き、髪を結ぶリボンを買ってもらったときのことだ。父の体は、人間とは思えないくらい大きく、逞しく、どんな困難もすべて解決してくれそうに思えたものだった。ところがラーラ自身が成長するにつれ、なぜか父の体は少しずつ縮んでいき、普通の人と同じようになってしまった。さらに悲しいことに、ラーラとレイチェルが結婚すると、父は娘たちには寄りつかなくなった。まるで、おまえたちとはもう関係がないとでもいうように。

ふと、ホークスワース卿はお姉様の夫でしょう、というレイチェルの言葉が思い出された。お姉様は彼のものなのよ……。

マント越しに、しっかりと抱きしめてくる腕の力と、巧みに馬を操る太腿の動きを感じる。不死身なのではないかと思われるくらい大きく逞しいハンターに、あと一カ月後には意のままにされるのだと思うと——急に胸が苦しくなってきた。確かにハンターは、優しくするよと言った。でも、強烈な欲望に衝き動かされた男性が、自分の力をそんなにうまくコントロールできるわけがない。

ハンターの体に寄り添っているのがふいに居心地悪く感じられてきて、ラーラはしきりに身じろぎした。頭上でハンターが何かたずねる声が聞こえるが、雨の音と、馬の蹄の音で、何と言っているのかわからない。

それにしても、どうしてハンターは自ら迎えに来たのだろう。以前は、妻のことなどまったく顧みなかったのに。近ごろの彼の行動は謎だらけだ……無理やり言うことを聞かせることもできるのに、わざわざ彼女の希望を聞いて取引したり。人をからかったと思ったら、愛情たっぷりに接してきたりして、心の中ではいったい何を考えているのやら……。そして今は、使用人に任せておけばいいものを、この大雨の中、自ら馬に乗って妻を助けにやって来た。まるで、妻の信頼を得ようとするように。あと一カ月もすれば何もしなくてもラーラをベッドに迎えられるのだから、機嫌を取る必要などないのに。

答えの見つからない質問で頭がいっぱいで、ラーラがハッと気づいたときには、ふたりは間もなくホークスワース邸に到着しようとしていた。

屋敷の正面玄関の前で馬を止めると、使用人たちが傘を手に駆け寄ってきた。申し訳ない気持ちと、安心感でいっぱいになりながら、ハンターの外套の中から出て、馬から下ろしてもらう。従者に傘を差しかけてもらいながら、ラーラは玄関広間へと急いだ。すぐさまナオミが現れて、びっしょり濡れたマントを脱がせてくれる。そのかたわらではミセス・ゴーストが、早くお風呂のしたくをしなさいとふたりのメイドに命じていた。湿ったドレス姿で身を震わせながら、ラーラはその場に立ちつくし、ハンターが上着と帽子を脱ぐのをぼうっと見ていた。

ハンターは濡れた顔を手でぬぐい、湿った髪を指でかきあげ、苦笑を浮かべてラーラを見返した。

ラーラは気持ちが揺れてまごついた。ハンターのことは、ずっと憎い敵のように思っていた。それなのに彼は、どうしてここまで必死に守ってくれるのだろう。ラーラの体が欲しいから？　でも、そうやって求められているうちに、今にも彼に心を開いてしまいそうになる。使用人たちに見られているのも構わず、ラーラはおずおずと夫に歩み寄った。

「ありがとう」夫が何か言う前に、硬い胸板に両手をあて、爪先立って、きれいにひげを剃った頬に唇を寄せた。ハンターは身じろぎひとつしないが、一瞬だけ息をのんだのがわかった。どう見てもごく軽いキスだったのに、体を離して見上げたハンターの瞳は、うっとりと熱を帯びていた。

ふたりの視線が絡み合う。ハンターは唇をゆがめて苦笑すると、「きみのためなら、イギリス海峡を泳いで渡ってみせるよ」とつぶやいて、書斎のほうに向かった。

銅製の大きなバスタブに鎖骨のところまでつかりながら、ラーラは満足げに目をつぶった。お湯のぬくもりは、まるで骨まで染み渡るよう。ナオミが入れてくれたラベンダーオイルが、ほのかな香りをたてながら、湯気となって室内を満たしている。頭頂部にまとめた髪から一筋のほつれ髪が落ちてきて、湯の中に広がる。首や喉にお湯をかけていると……ノックもせずに、誰かがいきなり化粧室の扉を開ける音が聞こえた。

ラーラは身を硬くした。すぐさまナオミが扉に駆け寄り、中まで入って来られないようにする。「まあ、旦那様」ナオミが言うのが聞こえた。「あの、奥様は、ご気分が――」

化粧室に入ってきたハンターが、バスタブにつかるラーラの前で足を止める。その位置からなら、頭と片方の足しか見えない。ラーラは、バスタブの縁に乗せた爪先をぎゅっと丸めた。

「もう出たかと思ったのに」ハンターはまばたきひとつせずにラーラを見つめている。

「ごらんのとおり、まだ入浴中よ」ラーラは冷静な声音をつくった。「ナオミ、伯爵に出ってもらってちょうだい」

「いや、いいんだ、ナオミ」ハンターはナオミに優しくほほ笑みかけた。「あとは私がやるから、おまえは下に行ってお茶でも飲んできなさい。足も疲れたろう。少し休憩してくるといい」

「ちょっと待って――」ラーラは眉根を寄せて声をかけたが、すでに手遅れだった。

ナオミはくすくす笑いながら、主人の申し出を快く受け、ふたりを残して化粧室を出て行ってしまった。すぐにハンターが扉を閉め、かんぬきを掛ける。

ララは咎《とが》めるように夫を見つめた。「何のつもり?」

「きみの瞳はまるで人魚のようだ」ハンターは質問を無視してつぶやいた。「柔らかな、透きとおるような緑色なんだね。とてもきれいだよ」

「あなたのことだから、入浴中にのぞきに来るのは時間の問題だと思っていたわ」冷静な声音をつくりながらも、心臓ははちきれんばかりだった。「この前はネグリジェ姿が見たいと言うし——本当にあなたって、恥知らずの覗《のぞ》き魔ね」

ハンターはにやりとした。「ばれてしまったのなら仕方がない。でも、私の責任じゃないよ」

「どうして?」

「一年以上も女性に指一本触れてないんだからね。それくらいの楽しみはないと」

「もっと生産的なことにエネルギーを注いだらどうなの」ハンターがバスタブに近づいてくる。「たとえば、趣味をつくるとか……何かを集めるとか……チェスや拳闘を習うとか」

取り澄ました様子のララに、ハンターはさも愉快そうに瞳をきらめかせた。「趣味ならもうありますよ、マダム」

「あら、どんな趣味?」

「きみを崇拝すること」

苦笑いしながら、ラーラはかぶりを振った。「あなたがそんなにしつこくなかったら、褒められたときに少しは嬉しく思えるのに」

「きみがそんなに美しくなかったら、こんなにしつこくしないのに」ハンターはニッと笑った。「これからももっと、あなたにしつこくするつもりですよ、マダム。そしてあなたも、いつかそれが好きになるはず――」さらにもう一歩バスタブに歩み寄る。「すぐそばまで行くよ――心の準備はいい？」

ラーラは身を硬くした。体を隠し、金切り声をあげて、ハンターにお湯をかけてやろうかしら……でも、そのどれもできなかった。まるで生贄《いけにえ》のように、彼の前にすべてをさらけだしたまま、ただひたすらバスタブにじっと横たわっていた。ハンターの視線は、一見、体には注がれていないように見える。でも、ラベンダーの香りの湯に沈む体の隅々まで、くまなく瞳に焼きつけているのは間違いなかった。「いったい何がしたいの？」ラーラはたずねた。

顔が燃えるように熱いのは、湯気のせいではなく、内心の動揺のせいだ。

もしも、この場でハンターがお湯の中に腕を差し入れ、そのまま抱き上げられて、ベッドに連れて行かれたら……抵抗できるかどうか自信がなかった。心のどこかで、彼を求めている自分がいる。彼の愛撫にすべてを委ねてしまいたいと思う自分が……。そしてラーラは、そんな自分の気持ちに気づいても、以前ほど意外には思わなかった。

ハンターの息づかいが荒くなったと思うと、手が伸びてきて、バスタブの縁をぎゅっと握るラーラの指をそっと開かせる。「さあ。きみへのプレゼントだ」

ラーラは、手のひらに何か小さな硬いものが押しつけられるのを感じた。落とさないように、手を握りしめる。「お風呂が済むまで、待っていればよかったのに」

「そうしたら、きみの裸を見られなかっただろう」ハンターはぎこちなく笑い、それ以上見ていたら自制心が利かなくなるとでもいうように、その場にすっくと立ち上がった。

ラーラは濡れた手を広げた。手の中にあったのは、指輪だった。重たい金の台座に、大きなローズカットのダイヤモンドが光っている。シンプルなデザインが、透きとおるようなダイヤモンドの美しさをかえって際立たせていた。「まあ……！」ラーラは小さく叫び、信じられないという表情で、見事な指輪にじっと見入った。

「確か、きみには婚約指輪をあげていなかったからね」ハンターがさらりと言った。

ラーラはまだ、きらきらと光る指輪を食い入るように見つめている。「でも……こんな高価なものを買っても大丈夫なの？」

「そのくらいはね」ハンターはぶっきらぼうに言った。ちょっと苛立っているようだった。

「金のことは、きみは心配しなくていい。その指輪が気に入らないのなら、別のに取り替えてくるよ」

「いいえ……そういう意味じゃないの。とってもきれいよ」おずおずと指輪をはめてみた。少なくとも四カラットはあるだろう。指輪は左手の薬指にぴったりとはまったが、ラーラには現実とは思えなかった。それに、長いこと指輪をつけていなかったので、何だか変な感じがした。思いきってハンターを見上げると、顔は無表情だが、全身から緊張感が漂っている。

ラーラが小さくほほ笑んだのを見て、ようやく安心したようだった。

「前は、プレゼントなんてくれたことがなかったのに。何てお礼を言えばいいのかわからないわ」

「お礼ならあとでくれればいい」すでにハンターは、いつもの茶目っ気を取り戻している。「どんなお礼がいいかは、きみももうわかっているはずだろう？」それだけ言うと、男らしく豪快に笑いながら、化粧室を出て行ってしまった。ハンターの言葉に、ほのかな喜びは、たちまち苛立ちへと変わっていった。せっかくお互いに優しい気持ちになれていたのに、すぐにああやって秘密の取引を思い出させようとする――ハンターはいつもそうだ。

　ラーラはバスタブに背をもたせ、左手を持ち上げ、指輪をしげしげと眺めた。女王様がつけるような指輪だった。それにしても、どうしてハンターは、こんなに高価なプレゼントをくれたのだろう。ひょっとして、ラーラが自分のものだということを思い知らせたつもりなのだろうか。それとも、ホークスワース家がもう困窮状態にはないということを世間に見せつけるため？　あるいは、単にラーラの気を惹こうとしただけなのか。わけがわからず、かぶりを振りながら、ラーラは扉のほうを見やるとつぶやいた。「ハンター、私にはあなたという人がわからない。昔からそうだったけど……これからもきっと、絶対にあなたのことはわからないわ」

　屋敷の改築工事は、すでに相当な予算が投じられているにもかかわらず、ようやく舞踏室が完成したというところだ。ピンク色のトーガをまとった黒人の彫像と、重厚かつ醜悪な金色のしっくいはすべて取り除かれている。生まれ変わった舞踏室は、生き生きとして明るい印象だった。壁はクリーム色で、美しいレリーフ彫りがほどこされている。窓には大きなガラスがはめられ、その間に琥珀色の大理石の柱が並んでいる。天井からは巨大なシャンデリアが四つ吊るされ、きらめく水晶が、寄せ木張りの床に光を落としている。

ラーラの指示で、庭師のムーディーが薔薇や百合やその他の珍しい花々を部屋中に飾ってくれていた。開け放った窓からさわやかな春の風が吹き込み、酔わせるような花の香りが室内に漂う。

舞踏会の晩は、あっという間にやってきた……ラーラには、早すぎるようにすら思えた。

彼女は何としてもこの舞踏会を成功させるつもりだった。招待状への反響は上々で、あれならきっと大勢の客が来てくれるはず。こうなったら、英国中の刑務所から子どもたちを引き取れるくらい、ありとあらゆる手練手管で、孤児院への寄付の約束を招待客から取りつけよう。それに舞踏会では、ハンターも奇跡の生還の話で人びとを楽しませてくれるだろう。

「お客様をしっかりおもてなししてね」ラーラは昼間のうちに念を押しておいた。「それと、くだらない質問をされても、その人を笑ったりしないで――」

「ああ」ハンターはそっけなく答えた。これからどんなことが待ち受けているか想像して、不快げに口元をゆがめている。「客が満足してくれるよう、しっかり役目を果たすとも。その代わり、きみにもあとで義務を果たしてもらうけどね」

さり気ないほのめかしに、ラーラは頰の内側をぎゅっと嚙み、夫をキッと睨みつけた。この一カ月ほどは、例の取引のことを言わずにいてくれたのに。ラーラは、約束の一時になったらどんなことが起きるのか思い浮かべ、気持ちを奮い立たせた。そう、ラーラの秘密の計画では、その頃ハンターは別の女性に夢中で、彼女には見向きもしなくなっているはずなのだ……。

ナオミに手伝ってもらって、ラベンダーオイルをたらした熱いお風呂にゆっくり入ったあとは、香料入りのクリームを肩から腕、首筋に伸ばした。パールパウダーをはたいて透きとおるような肌の白さを引き立たせ、唇に薔薇色の軟膏を塗って濡れたようなピンク色に染める。髪はナオミが丁寧に巻いて、漆黒の王冠のように頭頂部に留め、さらに真珠をつけたヘアピンをあしらってくれた。

ドレスは、デザインはシンプルだが、純白のスカートに銀色のガーゼを重ねた美しいものだ。ネックラインは深くえぐれており、袖は銀色に透けるレースを腕に巻いてあるだけ。エレガントだけど、ちょっと大胆すぎるかもしれない。もちろん、もともとはもっと慎ましいデザインだったのを、ネックラインをもっと深くするよう仕立屋にうっかり注文し直してしまったせいだった。

ラーラは鏡に映る自分をまじまじと見つめた。「今から着替える時間はあるかしら」

「まあ、奥様、どうして着替えるんですか！」ナオミが大声を出す。「こんなきれいなドレス、見たことがないくらいです。せっかく絵のようにお美しいのに」

「ずいぶん品のない絵ね」笑いながら、苛立たしげにドレスの前身ごろを引っ張る。「だってほら、今にも脱げてしまいそうじゃない？」

「でも、ジャネット様なんて、もっと大胆なドレスだって涼しい顔で着てらっしゃいましし。そういうデザインが今の流行なんですよね？」

ジャネットは寝室の天井に鏡を取りつけるような人だから——と言いたいのをぐっと我慢して、ラーラはかぶりを振った。「ねえ、やっぱりピンク色のドレスを持ってきてちょうだい。それと、真珠のピンはやめて、薔薇を飾ることにするわ」

ナオミが反論しようと口を開いたところへ、ジョニーがいきなり部屋に入ってきて、大きな歓声をあげた。「きをつけて！　あいつがくるよ！」金切り声で叫び、ラーラのスカートにしがみつく。

何事かと驚いて顔を上げると、トラのような唸り声が室内に響きわたり、戸口にハンターが姿を現した。流れるような身のこなしでラーラに歩み寄り、くすくす笑うジョニーをむんずとつかまえる。そのまま抱き上げて、飢えた獣のように噛みつく真似《まね》をすると、ジョニーは大声で叫んだり笑ったりしながら、逃げようとして必死にもがいた。

「またいつもの、インドのトラ狩りごっこですよ」ナオミが言った。「今週はずっとあればっかりなんです」

ラーラはふたりを見つめながらほほ笑んだ。この数週間で、ジョニーはすっかり屋敷に慣れ、元気いっぱいに遊びまわるようになった。飲み込みの早い性質が幸いして、ラーラが懸命に教え込むマナーもすぐに覚えてくれた。近ごろでは、さまざまなゲームにも興味を示すようになり、一生懸命に頭を働かせてラーラに勝とうと毎回必死になっている。

明るいブルーの丈の短い上着に、ダークブルーのズボン。黒髪の小さな頭には、真鍮のボタンがついたお気に入りの帽子。こうして見るとジョニーは、貧民街の出身にはとても思えない。ハンサムで、健康で、愛らしい性格のジョニー。それが自分のものだと思うと、ラーラはたまらなく幸せだった。

他人からどう思われようと、侮蔑するように眉をひそめられようと、ラーラは気にならなかった……もちろん、将来のことも。ジョニーの親について、きっと周囲の人たちはひどい噂を流すだろう。そして、ラーラかハンターの不義の子ではないのかと、嫌みを言うことだろう。でも、そんな噂がいったい何だというのだろう。愛する子どもの世話をするチャンスをようやく得られたのだ。ラーラは、誰の目も気にせず、思う存分にジョニーを愛してやるつもりだ。

唯一、予想外だったのは、ハンターまでがジョニーをかわいがるようになったことだ。ハンターは子どもと接したことがなかったし、当初はジョニーを引き取ることにもいい顔をしなかった。それなのに今では、ラーラよりもずっとよくジョニーのことを理解しているように見える。小さい子どもが大好きなカエルや泥のケーキ、小枝、ネズミ、石ころなど、身の周りの何でもないものを使った遊びにもすぐになじんだ。ほかにも、追いかけっこや取っ組み合いに興じたり、くだらない作り話で笑ったり。ジョニーを喜ばせるのが本当に上手だった。

「だって、あの子はいい子じゃないか」ずいぶんとジョニーをかわいがるのねとラーラが思いきって言ってみたとき、ハンターはあっさりそう答えた。「かわいがって当然だろう？ひ弱で泣き虫の貴族の子どもなんかより、ずっといい」

「他人の子なんて、イヤがるんじゃないかと思ってたわ」ラーラはそっけなく返した。

するとハンターはかすかに冷笑を浮かべて言ったのだった。「きみも前に言ってたけど、生まれの悪さはあの子のせいじゃない。それに、クロスランド家の血を引いているからといって、優れた人物になれるわけじゃないしね。私がいい例だよ」

ジョニーがハンターの腕の中でもがき、ラーラのほうに逃げてくる。イヴニング・ドレスを見るジョニーの青い瞳は、好奇心と憧憬の念で真ん丸になっている。「きょうのママ、すごくきれい」

「ありがとう、ジョニー」ラーラは身をかがめてジョニーを抱きしめながら、ハンターやナオミから目をそらした。実の母親のことを覚えていないジョニーは、最近、ラーラのことをためらいがちに「ママ」と呼ぶようになっていた。もちろんラーラとしては、別にどんなふうに呼ばれてもいい。使用人たちも明らかに動揺した顔を見せながら、あえて何か口を挟もうとはしなかった。そしてハンターはというと、言いたいことはあるが自分の胸の内にしまっている、そんな感じだ。

ジョニーは銀色のガーゼに手を触れ、親指と人差し指でなぞった。「きんぞくみたいないろなのに、やわらかいんだ！」

ラーラは笑い声をあげながら、ジョニーの帽子をまっすぐに直してやった。「さあ、そろそろ寝る時間よ。ナオミに手を洗ってもらって、パジャマに着替えなさい。あとですぐ行くから、そうしたら一緒にお祈りしましょうね」

ジョニーは黒い眉をぎゅっと寄せた。「ぼくも、ぶとうかいがみたいよ」

ラーラはほほ笑んだ。ジョニーが自分の周りで起きていることに興味津々なのはよくわかる。たくさんの花束や飾りが運び込まれ、楽士用の椅子や楽譜スタンドが並べられ、台所では使用人たちがごちそうの下準備に明け暮れる。その様子を、ジョニーはここ数日間、目の前で見てきたのだ。「もっと大きくなったら、お友だちを呼んで、ジョニーの舞踏会を開きましょうね。それに、大人になったら、好きなだけ舞踏会に行かせてあげる。ただし、その頃にはきっと、行かないで済む理由を必死で考えているはずだろうけど」

「おとなになるのなんて、ずっとずっとずーっとさきのはなしだよ」ジョニーはムッとした声になったが、ラーラがキスをするとおとなしくなり、ナオミのあとについて部屋を出て行った。

ふたりきりになり、ラーラは今さらのようにハンターの今夜の装いに目をやった。「まあ……！」夜会服に身を包んだ夫の颯爽とした姿に、思わず小さく驚きの声をあげる――それはまさに目を見張るようだった。

ハンターはクリーム色のマルセラ地のベストを引っ張り、純白のクラヴァットを直しながら、苦笑まじりにラーラを見た。クリーム色のパンタロンは、ぴったりと脚に添いながらも適度なゆとりがあり、ダークブルーの上着は、逞しい肩と引き締まった上半身のラインをはっとするほど際立たせている。金色に輝く茶色の短い髪は、整髪料をつけずに軽く後ろに流しただけ。ここ数週間で、ハンターの肌色は見たこともないくらい見事な褐色から、なめらかな琥珀色へと変わっていた。

舞踏会に向けてきちんと正装した上流階級の紳士——誰もが、ハンターを一目見てそう思うだろう。でもよく見てみると、どこか普通の紳士とは違う、謎めいた雰囲気が漂っている。見つめながら、ラーラは彼を一瞬疑った自分に気づいてぎょっとした。

夫のハンターに決まっているじゃないの——ラーラは自分に言い聞かせた。見ただけで、クロスランド家の血筋を引いているとわかるわ。それに、赤の他人だったら、ここまで隠しとおせたはずがない。友人も、親族も、妻も騙して、その上に今夜、こうして社交界にまで堂々と顔を出そうなんて。そんなことができる人間がいるとしたら、ずうずうしいを通り越して、頭がおかしくなっているのだ。だから、彼がハンターでないわけはない。急に不安に襲われてまごついたラーラは、思わず彼から目をそらした。「今夜のあなたはすてきよ」と言った自分の声が弱々しく震えているのがわかる。

ハンターが近づいてきて指で触れた。むき出しの腕からネックラインに添って指でなぞり、コルセットで高く持ち上げられた左の乳房の上で止まる。ラーラは激しく胸を高鳴らせながら、すべてを彼に委ねてしまいたい衝動を必死に抑えた。じっと立ちつくしたまま、かすかに身を震わせながら、当惑と、渇望と、警戒心がないまぜになったような感覚に襲われていた。

「こんなに美しい女性を見るのは初めてだよ」ハンターの声が聞こえる。「地球上の誰よりも、何よりも美しい」前かがみになったと思うと、こめかみに口づけてきた。「ドレスにも、首にも、ウエストにも、手首にも……もっといっぱい真珠を飾らないとね。いつかきっと、私がそうしてあげる」

ラーラの両手はだらりと両脇に垂れている。本当は、その手でハンターに触れたかった。でも彼女は、ぎゅっとこぶしを握りしめてこらえた。薬指にはめたリングが指の周りを回って、ローズカットのダイヤモンドが手のひらにぶつかった。「宝石なんていらないわ」

「この国の半分をきみにあげる。財産だって、以前の一〇倍に増やしてあげる。そうすれば、欲しいものは何でも手に入るよ。宝石も、土地も……家を何軒も建てて大勢の孤児を引き取ったっていい」

からかうようなハンターの茶色の瞳を見上げると、先ほど浮かんだかすかな疑念はもう消え去っていた。ラーラはほっとした。もちろん、すべての不安が完全に消えたわけではない。例の秘密の計画がうまくいくかどうかが、やはり気にかかる。だけど、もうひとつの不安……彼は本当にハンターなのだろうかという疑念……に関しては、ふいにそんなことを考えるのがバカバカしく思えてきた。

「今は、一二人の孤児を引き取れればそれで十分よ。もちろん、その二倍の子どもたちを引き取れるくらい、孤児院を立派なものに改築したいところだけど。でもきっと、せっかく改築しても、またすぐに子どもたちでいっぱいになるわね」

ハンターはほほ笑んでかぶりを振った。「きみの邪魔をする者はどんな目に遭うかわからないな。この私もだけどね」真珠のヘアピンをもてあそび、輝く黒髪を指先でなぞる。「でも、どうして子どもたちを救うことにそんなに一生懸命になるんだい？　もしかして、自分が生めないから？」

妙な気分だった。以前は子どもを生めないことを指摘されると深く傷ついたのに、もうそれほど気にならなくなっている。ハンターがさり気なく言ってくれたおかげで、今まで味わってきた罪の意識や苦しみから解き放たれたような感じがする。そもそも子どもができないのは彼女だけのせいではないけれど、それでも、いつだって責任を感じずにはいられなかった。「わからないわ」ラーラはつぶやいた。「ただ、あまりにも多くの子どもたちが誰かの助けを必要としているから。自分が母親になれないのなら、せめて、その子たちの手助けだけでもできればと思ったの」

一歩離れて、ハンターがじっと見つめてくる。彼の目はどこまでも透きとおって深く、コーヒーのように濃い茶色の瞳にシナモン色の光がきらめいて見えた。「今夜、一時の約束を覚えているだろうね」穏やかな声には、いつものように挑発したり、茶化したりするような感じはこれっぽっちもなかった。

ラーラは、胃がひっくり返り、神経が張りつめるのを覚えた。必死の思いで、顎がほんのわずかに動く程度にこくりとうなずく。

ハンターはまだ何か言いたげだったが、このくらいで十分だと本能的に悟ったらしく、それきり口を閉じた。やはり用心深くうなずき返してくるのを見て、ララは気づいた――彼は私がちゃんと取引に応じると信じている。そう思うと、急に好奇心が湧いてきた。もし、やっぱり寝たくないと言ったら、彼はどんなふうに反応するだろう。不機嫌になり、しつこくせまり、怒り狂うだろうか？ 彼女を誘惑して、何とかものにしようとする？ それとも、あっさり引き下がる？

＊＊＊

ホークスワース邸へと続く長い私道に何台もの馬車が並ぶ中、使用人や従者がてきぱきと、招待客を屋敷の玄関広間へと案内している。ララとハンターは並んで広間に立ち、新しい客が現れるたびに歓迎の言葉を述べ、軽くおしゃべりした。ハンターは今夜の主役を如才なく演じているようだが、内心では激しい苛立ちが渦巻いているのがわかる。心の中では、こんな舞踏会など投げ出して、どこか別の場所に行きたくてたまらないのだ。

舞踏室とその周りの広間には、招待客がゆったりと楽しげに談笑する声が響きわたっている。さまざまな料理が並べられたテーブルには、客が群がり、コールドミートやプディング、ゆで卵のキャビア詰め、ペストリー、サラダ、珍しい果物、マジパンなどを磁器の皿にせっせと盛りつけている。ワインやシャンパンのボトルが抜かれる小気味いい音が室内にたて続けに響き、招待客の会話がだんだん熱を帯びてくる。隅のほうに陣取る楽士たちが、軽快な音楽を奏でている。

「まあ、すてき！」ようやく招待客の出迎えを終えて一息ついた様子のラーラのかたわらに来るなり、レイチェルは姉を褒めたたえた。当のレイチェルは、最近少し痩せたようだ。ほっそりとした骨がちょっと目立ちすぎるように思える。それでも、彼女は今夜も際立って美しかった。肌はまるで上等なミルクのようになめらかだし、緑色と茶色と金色が混ざったような瞳はきらきらと輝いている。きゃしゃな体を優しく包む濃い琥珀色のシルク地のドレスは、裾の部分が波打つようなデザインになっていて、足元に小さな金色のサンダルがのぞいていた。

結構な人数の男性客が、あからさまに熱を帯びた目で妹を見つめているのに気づいて、ラーラは可笑しくなった。妹はとっくに結婚しているというのに。とはいえもちろん、上流社会に属するいわゆる紳士は、結婚の誓いの言葉なんて何とも思わないものだ。ラーラ自身も、先ほどから数人の男性が熱い視線を送ってくるのに気づいていたが、はなから相手にするつもりはない。今ではそうして浮ついた視線を投げてきたり、言葉を掛けてきたりする彼らだが、かつては、財産もない未亡人の彼女を、まるで疫病患者のように避けていたのだ。

「リンカーンシャーでこれほど盛大な舞踏会は初めてね！」レイチェルは興奮気味に言った。「これほどの会を取り仕切るなんて素晴らしいわ、お姉様。さすがよ」

「でも、舞踏会を開くのは久しぶりだからドキドキしたわ」ラーラは謙遜して肩をすくめた。「本当に、人生ってどうなるかわからないものね――」レイチェルは室内にちらちらと視線を泳がせ、声を潜めた。「ねえ、あの方はもういらしたの？」

誰のことかは、訊くまでもなかった。ラーラ自身、もう二時間も前からずっと扉のほうを見張り続けているのだ。彼女はしかめ面でかぶりを振った。「それが、まだなのよ」

「もしかしたら……来ないかもしれないわね」レイチェルが口ごもる。

「いいえ、絶対に来るわ」ラーラは断固とした口調になった。「少なくとも、興味はあるはずだもの」

「だといいけど」

そこへタフトン卿が現れて、姉妹の会話は中断された。タフトン卿は年若い子爵で、以前レイチェルに求愛したことがあったのだが、内気な性格ということもあり、資産面でも地位的にも格上のロンズデールに横取りされた経緯がある。

ロンズデールは、少し陰があるがハンサムだし、体も引き締まっているし、男らしいオーラをまき散らしていて、王子のような風格を備えている。対するタフトン卿は、小柄で、いかにも学問が好きそうなおとなしい青年。こんなふうに大勢で集まるより、気心の知れた数人の仲間と語らうほうがリラックスできるのだろう。でも、穏やかな性格だし頭もいい。レイチェルに対しては崇拝にも似た愛情を寄せていたが、その思いは、彼女が数年前にロンズデールと結婚してからも少しも色褪せていないようだ。タフトンが妹に求愛してきたとき、ラーラも周囲の人びと同様、ロンズデールのほうが妹に合うと思った。だが今は、その勘違いを心から悔やんでいる。内気だけれど心根の優しいタフトンと一緒になったほうが、人でなしのロンズデールと結婚するよりもずっと幸福になれたのに。

姉妹に挨拶したあと、タフトンは期待を込めた笑みをレイチェルに向けた。「レディ・ロンズデール……あの、よろしかったら私と……その、おいやでなければですが……」

「ダンスに誘ってくださってるの、タフトン卿？」

「ええ、はい」タフトンはあからさまに安堵した表情になった。

レイチェルは笑みを浮かべた。「でしたら、もちろん喜んで――」

「おや、ここにいたのか、レイチェル」そのとき不意に、ロンズデール卿の声が割って入ってきた。ロンズデールは妻のウエストに腕をまわし、彼女が痛みに顔をしかめるくらい、その手にぎゅうっと力を込めた。タフトンの穏やかな茶色い瞳を、突き刺すように睨みつけている。「タフトン、あいにくだが、妻は私以外の男とはダンスはしないよ。今夜も、これからもずっと。どうせ断られるのだから、妻に近づくというみっともない真似は、もうよしたまえ。ついでに、わが妻をいやらしい目でじろじろ見つめてくるほかの男どもにも、今の私の言葉を伝えておくといい」

タフトンは顔を真っ赤にして、しどろもどろで謝罪の言葉を述べるなり、部屋の隅のほうへと退散してしまった。

ラーラはいぶかしむように義弟の顔を見た。いったいどうして、客に向かってあんなに失礼な態度を取るのだろう。「ロンズデール卿」彼女は穏やかに口を開いた。「夫のいる女性が、よその男性とダンスを一回や二回楽しむくらい別に珍しいことではないでしょう」

「わが妻の行動が正しいかどうかは、私が決めることです。義姉君《あねぎみ》は口出ししないでいただきたい。では失礼……ご婦人がた」ロンズデールは、婦人などというかしこまった呼びかけは姉妹には似つかわしくないとでもいうように薄笑いを浮かべると、最後にレイチェルに向かって痛烈な一言を言い残し、その場を去って行った――「レイチェル、どこかのあばずれみたいな真似はしないようにな」

　姉妹は凍りついたように無言のまま、ロンズデールが立ち去るのを見送った。

「今、あなたのことをあばずれって言ったの？」ラーラは蒼白になって、やっとの思いで口を開いた。

「ただの焼きもちよ」レイチェルはつぶやき、床に視線を落とした。まるでしおれた花のようで、先ほどまでの輝くばかりの美しさはすっかり消え失せていた。

　ラーラは怒ってまくし立てた。「どうしてロンズデールが嫉妬するの？　そんな資格ないじゃない。あなたは世界一優しくて高潔な女性よ。ロンズデールなんて、まるでさかりのついた――」

「お姉様、お願い、声が大きいわ。ご自分の舞踏会でもめごとなんてイヤでしょう？」

「もう我慢できない。あなたに対するあの態度はいったい何なの？　私が男だったら、思いっきり殴りつけて、ここから追い出して、それから――」

「今はその話はやめましょう」レイチェルは強いて穏やかな声音をつくると、もうこれ以上は聞きたくないとでもいうように、ラーラを残して立ち去った。

まだ気持ちが収まらないラーラは、部屋の隅に行き、ひとりで怒りを発散することにした。通りがかった従者のトレーからシャンパンのグラスを受け取り、一気に飲み干す。勢いがよすぎて、急にしゃっくりが出てきた。やはり、シャンパンなど一気飲みするものではない。

指の間でグラスをくるくると回していると、ハンターが向こうからやって来た。二時間前と同じ、温和な笑みを顔に貼りつけている。思ったとおり、招待客は屋敷に到着するなり、われ先にハンターの周りに群がった。昔からの友人はもちろん、知り合ったばかりの人たちまでがハンターをちやほやし、しきりに媚を売ったり、質問攻めにしたり、まるで蚊の大群のようにうるさくつきまとっている。

「楽しんでる?」答えはわかっているのに、ラーラはわざとたずねてみた。

ハンターの顔に浮かんだ薄い作り笑いはびくともしない。「大いにね。どっちを向いても、愚かな連中がうようよいる」

「シャンパンでも飲んだら?」ラーラは言いながら、ふいに湧いてきた感情にとまどった。この世で自分たちふたりだけが、今のこの思いを共有できる……そんな、同志愛にも似た感情だ。「飲めば少しはリラックスできるわ」彼女は軽くグラスを掲げた。「少なくとも、私はそう思って飲んでるけど」

「シャンパンは苦手なんだ」

「だったら、パンチでもいかが？」

「アルコールよりも、きみが欲しい」

ふたりの視線が絡み合う。ラーラは、シャンパンよりもハンターの言葉に酔ってしまいそうだった。足元がおぼつかず、目まいがして、このままでは危険だわと思った。一時になり、なす術もなくなった彼女を腕に抱くときを、ハンターはずっと待っているのだ。一秒一秒、そのときが少しずつ近づいてくるのを。ラーラは本能的に、背を向けて今すぐ逃げなければと思った……でも、逃げ場などどこにもない。深呼吸をしてみたが、まだ窒息しそうなくらい胸が苦しい。

力を失ったラーラの手から、ハンターがそっとグラスを取り上げる。どこからともなく現れた従者に向かって合図し、銀のトレーに空のグラスを置くと、「おかわりは？」と訊いてきた。ラーラはこくりとうなずいた。

手袋をした手で新しいグラスを受け取り、脚の部分に指を絡める。最初の一杯と同じように一気に飲み干すと、またもやしゃっくりの発作に襲われた。おくびが喉元までせり上がってきて、口元を指で押さえる。

その様子に、ハンターは愉快げに茶色の瞳を輝かせた。「そんなことしても無駄だよ、スイートハート」

「何が無駄なの？」

「そんなに飲みたければ、ふらふらになるまでどうぞご自由に……でもね、きみがどんなに酔っても、約束は果たしてもらうよ」

今度は苛立ちが湧いてきて、ラーラはハンターを睨みつけた。「酔っ払おうなんて思ってないわ。でも、シャンパンは好きなだけ飲むわよ。そもそも、あなたが私のベッドにしらふで来たためしなんてないじゃない」

ハンターは視線をそらし、怒りとも後悔ともつかないような表情を浮かべて、唇をぎゅっと引き結んだ。「そのことでは、すまないと思ってるよ」ぶっきらぼうに言うと、居心地が悪そうに室内に目を泳がせる。「ラーラ、私は――」

ふいに言葉が途切れ、ハンターの視線が何かをとらえる。その表情は、驚いているというのでも、何かに目を奪われているというのでもなく……難解なパズルを前にしてとまどい、必死に答えを探しているような感じだ。夫の視線を追ったラーラは、その先にあるものに気づいて、思わず身を硬くした。

舞踏室の戸口に、背の高い女性が立っていた。非常に魅力的だけれど、美しいというよりも、凛々《りり》しいという褒め言葉のほうが似合う、そういうタイプの女性だ。骨太で引き締まった体。鷹狩りや狩猟やアーチェリーなどが趣味というだけあり、二の腕にもうっすらと筋肉がついている。男性とも対等に渡り合える女性だ。頑固そうな毅然《きぜん》とした表情は、豊かな栗色の髪と、黄褐色の瞳と、ふっくらと丸みを帯びた唇のおかげで少しやわらいで見える。クリーム色のドレスは、片方の肩にだけドレープを寄せたワンショルダーのデザインで、彫像のような均整のとれた体に美しくフィットし、ギリシア神話の女神を彷彿《ほうふつ》とさせた。

ラーラは夫の反応を妙に思った。まるで、彼女が誰だかわからないような顔をしている……。やがてハンターは室内に視線を泳がせ、好奇心に満ちたいくつもの瞳が自分のほうを向き、どんな反応を示すかと待ち構えているのに気づいたようだ。ハンターが再びその女性に視線を戻すと、女性はわずかに取り乱したような、弱々しい笑みを浮かべた。

ようやくその女性が誰なのか気づいたように、ハンターは激しい怒りを込めてラーラを睨みつけた。「いったいどういうつもりだ」息を荒らげて、ラーラをその場にひとり残し、かつての愛人、レディ・カーライルのほうへと歩み寄った。

ラーラは、大勢の視線が自分に向けられるのを感じた。楽士たちの奏でる音楽を掻き消さんばかりの勢いで、人びとがささやき交わす声が聞こえる——ある人はあざ笑い、ある人は哀れみ、またある人は好奇心をそそられたように。うろたえたラーラは、妹が隣にやって来たのにも気づかなかった。

「計画どおりね」レイチェルが何事もないような顔でささやく。「お姉様、笑わなくちゃダメよ——みんなが見ているわ」

言われるがまま、ラーラは作り笑いを浮かべようとしたが、唇がこわばったようになって、まるで言うことを聞かない。

「変な顔して、何をそんなにじっと見ているの?」レイチェルは優しくたずねた。「お義兄様は計画どおり彼女のところに行ったわ。お姉様の狙いどおりでしょう?」

そう、確かに私の狙いどおりになったわ。でも……すべてが間違っているように思えるなんて、言えるわけがない。ハンターが、かつての愛人を誰だかわからなかったようだなんて。きっと彼は、思いがけない展開に驚いただけだ――それに、最後にレディ・カーライルに会ったのはもう三年以上も前の話なのだから。それで、彼女だと気づくまでに少し時間がかかっただけのことだ。

ラーラは深呼吸し、気持ちを落ち着けようとした。でも、奇妙な胸の痛みは消えなかった。ハンターとレディ・カーライルを再会させるという目論見は、無事に達成することができた。あとは、ふたりの間で愛が再燃し、またひとりぼっちになれる日を待てばいい。それだけが、彼女の望みだ。

それなのになぜ、裏切られたような気持ちになるのだろう。なぜ、取り返しのつかない間違いを犯したような気がするのだろう。

「お姉様、グラスをこっちにちょうだい」レイチェルが空になったグラスを取り上げる。「そんなに強く握ったら、脚が折れてしまうわよ」言いながら、姉の顔をのぞきこんだ。「ねえ、本当にどうかしたの？　何か飲み物でも持ってきましょうか？」

「何だかこの部屋、すごく暑いわね」ラーラはかすれ声でつぶやいた。「ちょっと気分がすぐれないみたい。レイチェル、しばらくの間、代わりにみなさんをおもてなししてくれない？　何事もないよう見ていてくれればいいから」

「任せて、お姉様」レイチェルはラーラの手をぎゅっと握った。「何も心配いらないから、安心して休んできて」

「ありがとう」ララは言いながら、心配がないわけはないのだと、心の中で思った。

14

ラーラの顔には、明らかに自責の念があらわれていた。あの顔を見た瞬間、ハンターは彼女が何をしたのか気づいた。妻にまんまとはめられたと思うと、ふつふつと怒りが湧き起ってきた。その一方で、このくらいのことは予測してしかるべきだったのだと、自分を皮肉る気持ちもあった。ラーラのように賢くて芯の強い女性が、あっさり降参するわけがないのだ。公衆の面前で夫にかつての愛人との再会劇を演じさせるとは、なかなかいいアイデアだ。それに、この舞踏会を再開劇の舞台に選んだのも仕方のないこと。それだけ、今夜は何が何でも夫をレディ・カーライルとともに過ごさせたいという気持ちが強かったのだろう。

それに、ラーラはまだいくつかの重要な事実を知らないのだから……。

ともかく、今はレディ・カーライルのことをどうにかしなければ——英国に帰ってきてからずっとこの問題を避けてきたが、そろそろ覚悟を決める必要がある。ハンターは口元をゆがめて笑った。「ラーラ、あとでたっぷり仕返しさせてもらうからな」とひとりごちながら、背筋を伸ばして、レディ・カーライルに歩み寄った。

「エスター」彼女の手を取ってお辞儀をし、長すぎるくらいにその手を握り続ける。手袋をしたレディ・カーライルの指は、長く、力強く、手を握り返してくる力は女性とは思えないほどだった。見た感じは、いかにも率直そうで、とても魅力的だ。きっと彼女は、ヒーローのような男は求めないだろう。相棒のような男がいれば十分だと思うタイプだ。でも……男なら誰だって、たまにはヒーローになりたい、愛する女性に強いところを見せて、頼られたいと思うもの。どれだけ社会が進歩しようと、男なんていつまでたってもそんなものだ。

「あなたって、本当に冷たいのね」レディ・カーライルは責めるようにつぶやいたが、茶色の瞳は温かい愛情にあふれている。「どうして会いに来てくださらなかったの？　インドから戻ったと噂に聞いて、ずっと待っていたのに」ハンターの指を軽く握ってから自分の手を引き抜く。

「私なら、もっとひっそり再会できるときまで待ったけどな」ハンターは薄く笑った。

「再会のときと場所を選んだのは私じゃないわ。可愛いラリーサにお願いされてしまったの。彼女がすてきな手紙をくれてね、今夜、舞踏会にいらしてくださいって」

「それはそれは」ハンターはにこやかに笑いながら、内心、あのお節介焼きを今すぐつかまえて絞め殺してやりたいと思っていた。「ほかにはどんなことが書いてあったんだい、エスター？」

「そうね……ハンターはインドで大変な目に遭ったから、これからは幸せになって欲しいとか――そのためには、私の手助けが必要だとか」ふたりの視線が絡み合う。レディ・カーライルは長身なので、ハンターを見上げるようにする必要はなかった。「ラリーサが書いてきたことは本当なの、ハンター?」普通の女性なら、こういう質問はもっと恥ずかしそうに言うものだが……レディ・カーライルの率直な物言いに、ハンターはかえって好感を持った。

舞踏会も、人をじろじろ見る客どもも、みんなクソ食らえ──ハンターの心の中に、ふいに凶暴な気持ちが湧いてくる。こんな大勢の前で、彼女を傷つけるのはかわいそうだ。そもそも今夜は、ハンター自身がさんざん連中の話題の的にされ、いい面の皮だったのだから。

「少し話をしようか」そっけなく言い、レディ・カーライルの腕を取って舞踏室をあとにした。

レディ・カーライルは、甘い期待に低く笑いながら、いそいそとついてくる。「話なら、もうしてるじゃない」

書斎に着くと、ハンターはすぐに扉を閉めた。室内には、オイル仕上げの木製家具や、本、革、アルコールの匂いがたちこめている。扉の鍵をかけながら、ハンターはうんざりしたように考えた。内心では、夫をこんな目に遭わせるラーラに罵りの言葉を吐いていた。

「エスター……」レディ・カーライルと向き合って呼びかける。

レディ・カーライルはほほ笑んで両腕を差し出した。「お帰りなさい、あなた。本当に久しぶりね」

一瞬ためらってから、ハンターは彼女に歩み寄った。レディ・カーライルは魅力的だし、感じも悪くない。でも、彼女の腕が体にまわされたとたん、ハンターは反射的に身を硬くしていた。ふたりの身長はそう大差なかった。彼女は、長年にわたって求め続け、夢見続けてきた相手ではない。やはりラーラ以外の女性では満足できない、つくづくそう思わされた。

幸い、レディ・カーライルはキスをしようとはしなかった。顔を上げてにっこりとほほ笑みかけ、「あなた、痩せすぎよ」と責めるように言った。「前みたいに逞しいあなたがいいわ。あの頃はまるで、大きな熊に抱きしめられているような感じがしたもの。ねえ、これからは毎晩ステーキを食べてね。そうすれば、また前みたいに立派な体になれるわ」

ハンターは真顔のままレディ・カーライルをじっと見つめ、思案した――どう説明すれば、よりを戻す気つもりはないと彼女を納得させられるのだろう。彼女を嫌いになれれば話は簡単なのだが、そう思う一方で傷つけたくないという気持ちもあって、うまく切り出すことができない。

けれども、どうやらあえて説明するまでもないようだった。レディ・カーライルはハンターの表情から――あるいは表情の無さから――すべてを悟ったらしい。愛情を込めてハンターを抱きしめていた腕を解き、両脇に下ろすと、信じられないという口調でつぶやいた――

「私が欲しくないのね」

彼女の瞳には、当惑と苦痛がないまぜになったような色が浮かんでいる。ハンターは必死の思いでその瞳を見つめ返し、「妻とやり直したいと思ってる」とぶっきらぼうに言い放った。

「ラリーサと……?」レディ・カーライルは口をあんぐりと開けている。「私と別れたいのなら、はっきりそう言えばいいじゃないの。そんな嘘をついてバカにするなんてひどいわ」

「どうして嘘だとわかる？」

「だって、あなたがラリーサみたいな人を選ぶわけがないもの！　ふたりで散々、陰で彼女のことをバカにしたじゃない。あんなひ弱なお嬢ちゃんは大嫌いだって、あなた言ってたじゃない——あんなクラゲみたいな、骨のない冷たい女はうんざりだって。いきなり彼女とやり直す気になったって言われて、今さら私が信じるとでも思う？　だいたい彼女が、あなたのそばにいて五分と耐えられるわけがないわ——絶対に無理よ！」

「エスター、もう昔とは違うんだ」

「いいえ、違わない。私は……」レディ・カーライルは言い返そうとしてふいに言葉を切った。急にハンターをしげしげと見つめたと思うと、それまで健康そうに輝いていた肌が、血の気を失ったように青ざめていった。「まさか、そんな……ああ、私ったら……」

「どうした？」心配になり、ハンターはレディ・カーライルのほうに手を伸ばした。すると彼女は、ヒッと声をあげながら後ずさった。慌てて扉のほうに目をやり、逃げ道はないかと一瞬思案する表情を浮かべてから、気を取り直したように椅子のほうに歩み寄ると、それ以上立っていられないというように、どさりと腰かけた。

「飲み物を——」嫌悪感もあらわにハンターを見つめる。「飲み物をちょうだい」

彼女の悲嘆ぶりを見て自責の念に駆られるのが当然なのに、ハンターはなぜか、抑えがたい苛立ちを覚えていた。まったく——ハンターは忌々しげに心の中でつぶやいた——まだ私に面倒をかけるつもりなのか？　サイドボードからグラスを引っつかみ、ブランデーをたっぷり注いで彼女に渡す。手のひらでアルコールを温めてやるような気配りは、とてもではないができなかった。

グラスを受け取ると、レディ・カーライルはブランデーをすすった。しばらくしてようやく頬に赤みが戻ってくると、「私がバカだったわ」とグラスの縁越しにハンターを見つめながら言った。「どうして希望を抱いたりしたのかしら。転覆した船から、あの人が生きて帰ってくるわけなんかないのに。やっぱり彼は死んだんだわ。そしてあなたは、どういう方法か知らないけれど、あの人になりすました」瞳に浮かんだ涙を、苛立たしげにぬぐう。「あなたはホークスワース伯爵じゃない。あの人の足元にもおよばないわ」

内心怒りに震えながら、ハンターは冷静をよそおった。「エスター、疲れているようだね」

「そういうあなたは、自信満々のようね」レディ・カーライルは、やり返した。「でも本当のホークスワース伯爵なら、絶対に私よりもラリーサがいいなんて言ったりしない。彼が愛していたのは、ラリーサじゃなくて私だもの」

「愛情が薄れることだってあるさ」言いながらハンターは、実際、彼女に対する好意が急速に薄れていくのを感じていた。どうして自分のほうがラーラよりも優れているとあそこまで自信を持って言いきれるのか、ハンターにはまるで理解できなかった。

見るとレディ・カーライルの悲嘆ぶりは、ブランデーのせいでますますひどくなっているようだ。さながら夜明けの決闘に挑む男のように、冷たい目でハンターを睨んでいる。「あなたはいったい誰なの？」

「私はホークスワース伯爵だ」ハンターは噛んで含めるように言った。

レディ・カーライルは冷笑を浮かべた。「ラリーサはそれを信じているの？　まあ、あの子ならそうでしょうね。ホークスワース伯爵の気持ちを理解することも、彼を無視することも、どっちもできなかったおバカさんですもの。あの子を騙すのなんて簡単だったでしょうよ。だって、あなたは外見は彼に驚くほどよく似ているもの。でも私は騙されないわ。世界中の誰よりも彼のことをよくわかっているんだもの。あなたがペテン師だって、今すぐこの場で証明してあげられるわ」

「やってみたらどうだ？」

感心したような色がレディ・カーライルの顔に浮かぶ。「よくもぬけぬけと！　ええ、証明して、それで何か得られるというのならやってみせてあげるわ。でもね、私がこの世で欲しいものはたったひとつ……ホークスワース伯爵だけなの。あなたがペテン師だと証明しても、彼を返してくれるわけじゃないんでしょう？　確かに、あなたが自分はペテン師だと認めれば、少しは気が晴れるけど——」

「あいにく、認めるつもりはないよ。私は本物のホークスワースなんだから」

「あなたには何を言っても無駄ね」レディ・カーライルは足元をふらつかせながら立ち上がり、空になったグラスを脇にやった。「幸運を祈るわ」本心ではそんなことを思ってもいないのは明らかだった。「本当に大したペテン師よ。まんまと騙された人たちには、せいぜい優しくしてあげるといいわ。そうやってみんなを騙せばいいのよ——それができるものならね。でもね、私は騙されなかった。一番の見ものは、あなたがホークスワース伯爵の母君に会うときね。あの方が旅行から帰ってくるときが、あなたの化けの皮がはがれるときよ」

「何を意味不明なことを言ってるのやら」

「ちっとも意味不明じゃないわ。それから、ひとつ教えておいてあげる——ラリーサなんて、可愛いだけが取り得のお人形さんよ。ホークスワース伯爵もそうだったけど、あなたもきっと、彼女じゃ満足なんかできっこないわ。あの子の魅力はね、見た目だけなの。あの可愛い顔の下には、温かい心も、ほんのこれっぽっちの知性もないの。ベッドを共にする価値さえないわよ」

「エスター」ハンターは優しく声をかけた。「そろそろ家に帰る時間だろう？」

「ええ」レディ・カーライルは、怒りと、失望と、苛立ちがないまぜになったような顔でうなずいた。「そのようね」

＊＊＊

玄関広間の脇にある客用の談話室で、ラーラはひとり、いらいらと座っていた。先ほどの舞踏室での場面が何度となく思い返され、そのたびに、ハンターとレディ・カーライルは今頃何をしているのだろうと考える。あのあと、ふたりは連れ立ってどこかに消えてしまった。

いくら何でも、公衆の面前で逢引の約束はできなかったからだろう。とはいえ、あれだけ睦まじかった恋人同士が、三年以上経ってようやく再会したわけだし——。

　奇妙な感情が湧いてくる——ラーラは、それが苦い嫉妬心だと気づいて狼狽した。夫とレディ・カーライルが向かい合う姿が脳裏に浮かぶ。夫が両手で彼女の体をまさぐり、彼女の上に覆いかぶさり……ああ、こんなの耐えられない！　ふたりが元の鞘《さや》におさまれば、心底ほっとするはずじゃなかったの？

　小さく罵りながら、ラーラは立ち上がり、談話室をあとにした。もう一杯何か飲んで、それから舞踏室に戻り、ふたりの再会を心から歓迎しているような顔をしてみせよう。うつむいたりせず、朗らかに笑い、靴が擦り切れるまで思う存分に踊ろう。誰にも、たとえ夫にも、内心の動揺を気づかれないように。

　ひとまず大広間に足を運び、そこでふたり連れの婦人と軽く話をした。これから階下の絵画室に向かうところだという。さまざまな絵画や彫刻が飾られ、大きな大理石の長椅子が並ぶ絵画室は、内緒話にはもってこいなのだ。ふたりは腕を組み、楽しげにおしゃべりしながら階下に消えて行った。ラーラはひとまず書斎に行くことにした。確かハンターが、サイドボードにいろいろなワインやスピリッツをしまっているはずだ。景気づけに軽く一杯飲んでから、舞踏室に戻ればいい。

　ところが驚いたことに、大広間を出ようとしたとき、ハンターがこちらに向かってくるのが目に入った。一〇メートルか一五メートルほどの距離を置いて、お互いにその場で足を止め、じっと見つめ合う。

ハンターは無表情に顔をこわばらせている……だが、ぎらりと光る瞳を見れば、内心では怒りに震えているのがわかる。たちまち防衛本能が働いて、ラーラはきびすを返して逃げようとした。ハンターが大股に歩み寄り、あっという間に距離を縮めてラーラの腕をいとも簡単につかまえる。手袋をした腕に手をかけて、乱暴に自分のほうに引っ張った。ラーラはほとんど小走りになりながら、一歩足を踏み出すごとに抗議の言葉を投げ続けた。

「ハンター……いったい何を……ねえ、お願いだから止まって……」

ハンターは左右に二つ並んだ大階段の下の暗がりにラーラを引っ張り込んだ……メイドたちが恋人と逢引したり、従者が意中の相手の唇を奪ったりする場所だ。ラーラは、まさか自分がそこで同じような状況になるとは夢にも思わなかった。だが、息を切らしながらどれだけ抗議しても無駄だった。怒りに震えるハンターの大きな体に壁に押さえつけられて、身動きひとつできない。ハンターは片手でラーラの艶やかな黒髪を、もう一方の手で柔らかなシルクのドレス越しに臀部をつかんでいた。

彼の声は怒りにあふれていた。「招待客リストの中に、レディ・カーライルの名前はなかったはずだな？」

髪をつかむ手に力が込められ、ラーラは顔をしかめた。「あ、あなたのために呼んだのよ」

「くだらない嘘をつくんじゃない。彼女を呼べば、私がきみを放ったらかして、あっちになびくとでも思っていたんだろう？」

「レディ・カーライルは今どこにいるの？」

「もう私の気を引けないとわかって、帰ることに決めたようだよ。さて、残る問題はきみをどうするかだな」

「舞踏室に戻らなくちゃ」ラーラはやっとの思いで言った。「お客様に変に思われるわ」

「よく言うよ、大勢の客の前で、自分の夫をかつての愛人と再会させておいて」

「そうね、もう少しタイミングを考えてあげるべきだった――」

「いいや、きみは、人のことに首を突っ込むべきじゃなかったんだ。そもそも、もう彼女には興味がないと打ち明けたとき、私の言葉を信じるべきだった」

「ごめんなさい」ラーラはなだめるように言った。「申し訳なく思ってるわ。全部、私の責任よ。だから、そろそろ舞踏室に――」

「謝る必要はない」ハンターはラーラの顔を上に向かせて睨みつけた。彼の瞳は、暗闇の中で燃える石炭のようにぎらついている。「このままきみの首の骨を折ることだってできるんだが――別の方法で罰することにしよう。この私が、もっと楽しめる方法でね」

不安を募らせていたラーラは、ハンターがさらに体重をかけてきて思わず息をのんだ。硬く張りつめたものが下腹部にあたる。引き締まった胸板に、胸が押しつぶされそうだった。

「こんなところでやめて」慌てて懇願した。使用人か招待客が通りがかりでもしたら、いったいどんなことになるか。「お願い、誰かに見られたら――」

「そんなこと、私が気にすると思うか？」ハンターは唸るように言った。「きみは私の妻だ。

この私の。だから私の好きなようにさせてもらうよ」前かがみになり、ラーラの唇を自分の唇でふさぎ、舌を奥深くまで挿し入れる。ラーラはほんの一瞬だけ抵抗したが、誰かに見られるのではないかという不安はすぐに消え、歓喜へと変わっていった。

ハンターはむさぼるように唇を重ね続けた。飢えたように、探るように唇を求めながら、両手でうなじを押さえて動けないようにする。ブランデーの味がするわ……ラーラは思った。ハンター特有の、スパイシーな香りも。反応してしまいそうになるのが怖くてぎゅっとこぶしを握っていたのに、さらに深く甘く口づけられて、徐々に心の枷が解き放たれていく。ラーラは呻き声をあげながら、ハンターの広い肩にしがみつき、背をそらして体を密着させた。あと一分だけよ……あと一分したら、彼から離れるの。もう少しだけキスして、彼の体に触れてから……。

ふいにハンターの唇が離れた。ハンターは右手の手袋を歯で引っ張って脱ぎ、そのまま床に放り投げた。ラーラの首筋にその手を這わせ、柔らかな肌を愛撫し、そのままネックラインからドレスの中へと忍ばせる。引きちぎるように手荒にドレスの前身ごろをずり下げると、深くえぐれた襟から乳房がまろび出て、冷たい空気に乳首が硬くなった。乳房を手のひらで包み込むようにして、先端の敏感な部分を指先でつまんで愛撫する。やがて、上着に顔をうずめていたラーラの口から押し殺したような声が聞こえてきた。「やめて……こんなところで」

ハンターは聞く耳を持たなかった。覆いかぶさるようにして口の中に乳首を含み、片手でガーゼのスカートをめくり、中をまさぐる。ドロワーズを穿《は》いていないのに気づいて満足げに呻き、大きな手をヒップの丸みに這わせた。ラーラはびっくりして跳び上がった。舞踏室のほうから音楽と人声が聞こえてきて、今にも誰かに見られてしまうかもしれないという不安が、再び湧き起こってくる。慌てて身をよじり逃れようとしても、余計にドレスが乱れるばかりだった。

ますます貪欲に、むさぼるように口づけながら、ハンターは片手をラーラの太腿の間に伸ばした。秘所を三角形に覆う茂みを指先でかきわけると、ラーラが息をのみ、身をよじりながら呻いて抵抗する。だが、ぴったりと閉じられた花びらについに指先が触れたとたん、身を震わせ、すっかりおとなしくなった。甘い快感に、ラーラの頭の中は真っ白になっていき、息をすることも、しゃべることもできない。やがてハンターの指はさらに奥へと忍び入り、しっとりと濡れた入口を探りあてた。ハンターは頭をもたげ、耳元に唇を寄せて、からかうような声でささやいた。

「今夜、きみのここにキスするよ」

ラーラは想像しただけで恥ずかしくなり、全身を真っ赤にした。今にも膝が萎えそうになって、ハンターの体にしっかりと寄り掛かる。ハンターが花弁を開き、濡れそぼった秘所を人差指の先で優しくなぞり、さらに、熱く疼いて硬くなった小さな突起にも愛撫を加えた。ラーラはハンターの首に両腕をまわして、爪が肌に食い込むくらいきつく、片方の手首をもう片方の手で握りしめた。夫にこんなふうに触れられるなんて思ってもみなかった。彼の指の動きは、優しく、自信に満ちていて、あふれた蜜で信じられないくらいになめらかに愛撫してくる。執拗に撫でられ、いたぶられて、やがてラーラのヒップは、ひそやかに、こらえきれなくなったように、小さく律動し始めた。

ハンターはラーラの首筋に口づけ、鎖骨のくぼみまで唇を這わせていった。「もっと欲しい？」かすれたささやき声が、ラーラの心臓の激しい鼓動と重なる。

「な……何のことかわからないわ」

「欲しいの？」

「ええ……ええ、ハンター」羞恥心も分別もいっさい忘れていた。彼が何をしようと、やめないでくれればそれでよかった。ラーラは淫らに身を震わせ、指が進入してくる感覚に思わず声をあげた。「ああ、ハンター……」

ハンターは、シルクのようになめらかに濡れた秘所を撫で、まずはほんの数センチだけ指を挿し入れてから、一気に指のつけ根まですべり込ませた。ラーラは首をのけぞらせ、まぶたを閉じた。リボンがほどけるように歓喜が広がっていき、今にも気を失って――あるいは、叫び声をあげてしまいそうになる。下唇をぎゅっと噛んで、喘ぎ声が漏れそうになるのを必死で抑えた。ハンターの指は、優しく挿し入れられては引き抜かれ、それを繰り返している。ラーラは、それが性交を真似たものであることにようやく気づいた。ゆっくりと指が挿入されるたびに、自然と腰が動き、中の筋肉が飢えたようにぎゅっと収縮する。

「キスして」ラーラはかすれ声で訴えた。「お願い、ハンター……」

ハンターは言われたとおり、身をかがめた。だが、あともう少しというところで、わざと唇を重ねずにいる。ふたりの熱い吐息が溶け合う。ハンターの体もすっかり高ぶり、張りつめて、肌は熱い汗で覆われていた。

「これがきみへの罰だよ、ラーラ」ハンターはささやいた。「私と同じくらい、熱くなっただろう？」

震える体から指が引き抜かれるのを感じ、ラーラは息をのんだ。ハンターがゆっくりと腕を持ち上げ、首にまわされたラーラのこわばった腕をどける。体を離すと、床にしゃがみこんで、先ほど捨てた手袋を拾い上げた。ラーラは壁にもたれかかり、ハンターをじっと見ている。舞踏室に戻ろうとしているのだ。「待って」ラーラは思わず声をあげていた。「ハンター、私……」

ハンターはキッと見返しただけで、ラーラを大階段の下の暗がりにひとり残したまま、その場を立ち去った。彼女は怒りに震えながら……そして呆然としながら、夫の後ろ姿を見送った。「どうしてなの？」無意識にうちにつぶやいていた。「どうしてこんな……」しばらくしてようやく、ドレスが乱れていることを思い出した。必死に乱れを直そうとするのに、バカみたいに指が震えて言うことを聞かない。頭の中はハンターのことと……先ほど彼がした、甘美でしかも屈辱的な行為のことでいっぱいだった。

＊＊＊

ラーラは、自分があのあと舞踏会をどうやってやり過ごしたのか、よく覚えていない。絶えず愛想よく振る舞い、にこやかな笑みを振りまき、穏やかな態度をとりつくろうことで、内心の混乱をどうにか隠しとおすことができた。その仮面がはがれるのではないかと不安を覚えたのは、ダンスが始まったときだけだった。本当ならば、舞踏会の主催者として最初にダンスを踊るのは、心湧き立つような一瞬だったはずだ。でも、先ほど夫との間にあったことを招待客に見透かされるのではないかと思うと、それどころではなかった。

「やっぱり無理よ」小声で抗議するのを無視して、ハンターが彼女の手を取り、自分の肘にかける。すぐさま胸元から顔まで真っ赤になり、ラーラはますます恥ずかしくなった。「みんなが見てるわ」

「私のかつての愛人をここに呼んだのはきみだろう?」ハンターは何を考えているのかよくわからない顔で言った。「私たち夫婦を好奇の目で見るからって、みんなを責めることはできないはずだよ」

「でも、このあと舞踏会の途中でふたりで抜け出したりしたら、ますます噂されることになるわ。きっとふたりでケンカしているんだろうとか――」

「あるいは、きっとふたりでベッドで燃えているんだろうとか?」ハンターはラーラの言葉を継ぎ、にやりと笑った。

「そういう下品なことを言うのはやめて」

たちまちハンターのエスコートぶりが大げさなくらい礼儀正しいものになり、ますます大勢の注目を浴びる。ハンターが楽士たちに向かってうなずくと、陽気なカドリールが始まった。ハンターに手を引かれて、舞踏室の中央に進み出る。やがて客たちもダンスに加わり始めた。すぐにいくつものペアができて、ラーラも気がつくといつの間にか床の上をすべるようにステップを踏んでいた。昔からダンスは大好きだったし、カドリールを先頭で踊るなんて本当に久しぶりだ。でも、残念ながら今夜は、せっかくの機会を心から楽しむことができない。

注目されていると思うと気持ちが落ち着かなかった。大階段の下でふたりでしたことが、脳裏によみがえってくる……乳房と、そして太腿の間を優しく撫でられたときのことを思い出して、危うくつまずきそうになる始末だった。

やがて夜中の一二時になり、刻々と時間が過ぎていき、ついに約束の時間が目前に迫る。ラーラは夫の姿を探して、混雑した舞踏室を見回したが、どこにいるのやら見当たらない。きっともう二階に上がって……彼女を待っているのだろう。ラーラは、死刑執行の瞬間を目前にした囚人のような絶望感を味わった。その一方で、階段の下でのことが相変わらず頭から離れず、けがらわしいような快感が、まるで強い香水のように全身にまとわりついていた。

もうすぐ一時。思わず、ハンターもうまい時間を選んだものねとラーラは感心した。招待客はみなほとんど酩酊状態で、それぞれ好きなように楽しんでいる。これなら、主催者がいなくなっても誰も気づかないだろう。ラーラは談笑する人びとの輪をさり気なく離れ、舞踏室をあとにした。

二階の廊下の振り子時計が一回だけ鳴る頃には、ラーラは自室に到着していた。腰をひねって背中のボタンを自分で外し、ドレスを床に脱ぎ捨てる。下着と靴下も脱いでしまってから、衣装だんすを開き、黒のネグリジェを引っ張り出す。まるで霧をまとうように軽いネグリジェは、さらさらと音をたてながら彼女の裸身を覆った。

震える指で真珠のヘアピンを抜き、きっちりと編まれた長い髪をほどいていく。波打つ髪がしなやかさを取り戻すまで丁寧にブラシでとかしながら、化粧台の鏡に映る自分を見つめた。目は大きく見開かれ、肌は青ざめていた。少しでも赤みを取り戻そうと頬をつねり、大きく深呼吸すると、息を深く吸い込みすぎたせいで胸が痛くなった。

以前ほどひどいものじゃないはずだから大丈夫よ。ラーラは懸命に自分に言い聞かせた。さっきは苛立った様子だったけれど、ハンターは優しくしてくれるはずだ。だから私は、早く終わりますようにと内心祈りながら、できるだけおとなしくしていればいい。今夜が終われば、明日からは、いつもどおりの毎日に戻れるのだから。そんなことを考えながら、彼女は自室をあとにし、廊下を歩いて夫の寝室に向かった。

不安にぶるぶると震えながら、ラーラはハンターの寝室にノックもせずに入って行った。ランプの明かりが小さく灯され、大きなベッドを穏やかな光がほのかに照らし出している。ハンターは夜会服の上着も脱がずに、ベッドの端に座っていた。浅黒い顔を上げ、黒いネグリジェ姿のラーラを見て、何か口の中でつぶやいている。ラーラが近づいて行っても身動きひとつせず、怒ったような顔で、全身を舐めるように見つめている――白く輝く素足、黒いレースに包まれた丸い乳房、漆黒の長い髪。

「ラーラ……」ハンターはおずおずと、ほどいた黒髪に指で触れた。「まるで、黒いドレスを着た天使だよ」

ラーラはかぶりを振った。「今夜のあなたへの仕打ちを考えれば、天使とは程遠いわ」

ハンターは反論しない。

彼の怒りが収まった様子なのを見てとり、ラーラは謝罪の言葉を口にした。「ハンター、レディ・カーライルのことだけど――」

「彼女のことはもういい。関係ないんだから」

「ええ、でも私――」

「もういいんだ、ラーラ」ハンターは髪から手を離し、ラーラの首筋に触れた。「愛しいラーラ……もう部屋に戻りなさい」

ラーラはびっくりして、無言でハンターを見つめた。

「きみが欲しくないというんじゃないんだ」ハンターは立ち上がり、上着を脱いだ。それをラーラの肩に掛け、前を閉じてやる。「正直言って、ネグリジェ姿のきみを見ていると、自分を抑えられなくなりそうだよ」

「だったら……どうして？」驚いてたずねた。

「今日になって気づいたんだよ。こんなゲームみたいなことをして、勝利の証にきみの体を手に入れるなんてできない」ハンターはいったん言葉を切り、自嘲気味に笑った。「まったく、自分の中に良心が残っているなんて思ってもみなかったよ」

「でも、私はあなたとの約束を果たしたい――」

「こんなかたちできみと寝たくないんだ。まるで義務みたいに。これは義務でも何でもないんだからね」

「でも、約束が」

「強要しないときみと寝られないなんて、イヤなんだよ。だから……もう部屋に戻ってくれ。ちゃんと鍵を掛けるんだよ、いいね」

まったく思いがけない言葉に、ラーラはとまどい、仰天したようにハンターを見つめるばかりだった。ハンターは落ち着かなげに顔をそむけ、ベッドに戻ると、端のほうにどさっと腰かけ、早く出て行けというように片手を振ってみせた。

ラーラは動けなかった。夫を信頼する気持ちが急激に湧いてくる。彼はもう二度と、無理やり押し倒したりしないだろう。どんな状況になっても、どんなに彼女のことが欲しくても。ラーラは、いつも心のどこかでハンターのことを怖がっていた。威圧的で、心の冷たい人だと思っていた。でも、どうやら彼は、本気で今までのやり方を改めることに決めたらしい。

そしてこれからは……。

ふいにラーラは、目の前に深い谷間が広がり、自分が今にもそこに飛び込もうと、固唾《かたず》をのんで身構えているような錯覚に陥った。

彼の言葉に従って部屋に戻るのは簡単なことだ。ラーラは夫の無表情な顔をじっと見つめた。でも、以前に彼に言われたとおり、かつてはこれをやり通すことができた。今回だってあの頃と同じだ。いや、たぶん、あの頃よりはずっとマシだろう。ラーラは肩に掛けられた上着をためらいがちに脱ぎ、夫のほうに足を運んだ。

「あなたと一緒にいるわ」

ハンターが手を伸ばしてこないので、ラーラは自らベッドによじのぼり、彼のかたわらに座った。

いぶかしむような目でハンターがじっと見つめてくる。「無理しなくていい」

「一緒にいたいの」不安でたまらなかったが、心を決めると、ハンターを促すように彼の顔と肩に指で触れた。ハンターは身動きひとつせず、当惑しきった顔で、幻でも見るように彼女をじっと見つめている。

ラーラは、純白のシャツとクリーム色のシルクのベストの間に指を忍ばせた。ハンターの体から放出される熱を感じながら、わき腹に手を伸ばし、太い肋骨と筋肉を手のひらでなぞる。ハンターが抵抗しないので、思いきって真珠貝のボタンを外していき、ベストを左右に開いた。続けてクラヴァットの結び目に手をかけたが、糊のきいた生地はなかなかほどけない。見つめられているのを意識しながら、目の前の作業に必死に集中し、やっとのことで純白のクラヴァットをほどくことができた。

襟元がはだけて、クラヴァットでこすれ、汗で湿り気を帯びた素肌があらわになった。ラーラはクラヴァットを脇にやり、ハンターの首筋に手を伸ばすと、優しく撫でた。「どうして男性は、クラヴァットなんてするの？　それに、こんな高い位置でぎゅっと結んで苦しくないの？」

柔らかな指の感触に、ハンターは半分目を閉じている。「洒落男で有名なボー・ブランメルがこういう結び方を始めたんだ。自分の首にできた、できものを隠すためにね」

「あなたの首はとてもきれいよ」ラーラは言いながら、浅黒い首筋を指先でなぞった。「隠すなんて、もったいないわ」

ハンターは指先の感触にハッと息をのみ、あっという間に彼女の手首を握りしめると、「ラーラ」と震える声で警告した。「最後までできるわけでもないのに、そんなことしないでくれ」

両の手首をつかまれたまま、ラーラはハンターに身を寄せた。唇を重ね、軽くかすめるように、じらすように、誘うようにキスをすると、ハンターがむさぼるように口づけてきた。ラーラもそれに応えるように、舌を受け入れ、夢中で彼の口の中を探った。

ハンターは手首を放し、ラーラをベッドに横たえると、唇から頬、首筋へとキスの雨を降らせていった。ラーラが首に手をまわしてくる。頭上で影になったハンターの頭と肩を見つめ、飢えたように、「やめないで、ハンター」とつぶやいた。

彼女の頭を両手で包み込むようにして、ハンターはさらに深く、狂おしく口づけた。ラーラの心臓が早鐘を打つ。ラーラは膝を曲げ、ハンターの腰に脚を絡ませるようにした。

最後に愛を交わしたときのことを、ラーラはよく覚えていない。ひどくおざなりな交わりで、一言も言葉を交わさず、前戯もなかったことだけは覚えている。でも、今のハンターの触れ方は、あのときとはまるで違う。指先の動きは、まるで蝶の羽のように軽やかだ。ネグリジェの裾を膝までたぐり寄せると、脚に顔をうずめてキスし始める……足の甲にも、足首の内側の柔らかな部分にも。ラーラはハンターのなすがままだった。脚を高く上げられ、大きく広げられながら、膝の裏の敏感なところを一噛みされると身を震わせた。

「今のは好き？」ハンターが訊いてくる。

「私……よくわからないわ」

ハンターが太腿の内側に顔をうずめる。薄いネグリジェ越しに、ひげがちくちくする。

「どういうのが好きか言ってごらん」ハンターの声はくぐもっていた。「どういうのが嫌いかでもいい。どうして欲しいのか、教えてくれ」

「今夜、最初にあなたの寝室に来たときには、早く終わって欲しいと思ってたわ」

ふいにハンターが笑い出し、両脚の脇を握る手に力が込められる。「私はできるだけ長くこうしていたいよ。ずっと今夜が来るのを待ってたんだ。でも、次があるのかどうか……」

太腿にキスをされると、熱い息がネグリジェ越しに伝わってきた。

ラーラは身を硬くして脚を突っ張った。ハンターが体の位置を上のほうにずらし、壁のように厚い胸板にラーラの膝があたる。ネグリジェが、夜のとばりが明けるようにするすると上のほうにたぐり寄せられる。ハンターの唇が徐々に上に移動してきて、両手でヒップをつかまれる。

やがてハンターの唇は、茂みに隠された秘密の場所を探りあて、ラーラは反射的に彼の頭を押しのけようとした。だがハンターは少しもひるまず、ラーラの片手を取り、こわばった指に優しく口づけてから、あらためて秘所に唇を寄せた。シルクの生地越しに、濡れた舌でなまめかしく、両脚の間の、茂みに覆われていない場所をなぞる。ラーラが心地よい快感に呻くと、ハンターはいっそう深く口づけ、両脚をさらに大きく広げさせた。薄い生地を濡らしながら、再度、舌でいたぶるように舐める。ラーラは、全身にしびれるような快感が走るのを覚えた。

ラーラが何事か呻く。抗議されたのか歓喜の声だったのかわからず、ハンターは頭をもたげてかすれ声で訊いた。「ネグリジェを脱いでやってみようか?」

「いや!」

即答するのが可笑しくて声をあげて笑いながら、ハンターは上体を移動させ、ラーラと向き合うようにした。「さあ、脱いで」あやすように言いながら、真っ白な肩からネグリジェを脱がしていく。

「そ、その前にランプを消して」

「きみの裸が見たいんだ」あらわになった柔らかな肌にキスをし、わきの下に鼻をこすりつける。「それに、私のことも見て欲しい」

ラーラの瞳に警戒するような色が浮かぶ。暗闇の中でするほうがずっと楽なのに。暗闇の中でなら、ここでこうしている自分と、普段の自分を切り離して考えることができる。そうすれば、明日になっても、ベッドの中でのことをあれこれ思い出さずに済む。明るいところでして、自分たちがいったい何をしているのか見たくなんかない。「いやよ」泣きそうな声で抗議すると、ハンターは彼女が逡巡《しゅんじゅん》しているのを見てとったようだ。

「スイートハート」ハンターはラーラの肩に唇を寄せてささやいた。「一度だけでいいんだ……頼むから、明かりをつけたままにさせてくれ」

彼女がおとなしく横たわっているのを確認してから、ハンターはネグリジェを肩から脱がせ、脚のほうまでずり下ろし、ランプのほのかな明かりの下にすべてをさらけ出した。ぎゅっと抱き寄せると、素肌が夜会服にこすれた。「私の服も脱がせてくれるね」

言われたとおり、ラーラはまずはシャツのボタンに手をかけた。シャツはすでにくしゃくしゃで、熱で湿り気を帯びている。ハンターはじっと待っているが、こらえきれずに筋肉をこわばらせ、こまかく身を震わせている。胸の動きで、息苦しげに大きく呼吸しているのもわかる。袖口のフレンチカフスをうまく外せずにまごついていると、こぶしがぎゅっと握りしめられるのが目に入った。

「きみが欲しい」ハンターは吠えるように言った。「この世界の何よりも、きみが欲しくてたまらないんだ」

カフスを外し終える前に、ラーラは再びベッドに横たえられていた。ハンターが覆いかぶさってきて、はだけたシャツが両脇にたれる。頭のてっぺんから足の爪先まで目に焼きつけるように、飢えたように見つめられる。やがて彼は、肘と太腿で体重を支え、唇を重ねてきた。筋肉質な肩が触れてくる。記憶の中の夫とはまるで違うような気がしたけれど、ララはあえて深く考えないようにした。おずおずと手を伸ばし、はだけた胸板に触れてみる。硬くなめらかな肌、その真ん中の茶色い小さな乳首、見事に引き締まったウエスト。夫の体は、かつてはひどくがっしりしていて肉付きもよかった。それが今は、まるで野生動物のように弾力に満ちていて、無駄な肉がない。

ハンターは少し体をずらすと、ララの胸に愛撫を加え始めた。両手で揉みしだき、指先で乳首を転がす。ふっくらとした丸みを口に含んで、乳首を吸い、歯で嚙むと、ララの口から喘ぎ声が漏れた。胸の上でゆっくりと動くハンターの頭に、ララはじっと見入っている。片方の乳房を口に含んで吸ってから、もう片方の乳房へ……。変な感じだった。全身が熱っぽくなってくるような……体の中で何かが解き放たれるような、心の枷がほどけていくような感じだ。ハンターの手は、今度はおなかのあたりをまさぐっている。その手も、彼の硬く猛《たけ》るものも、すべてを受け入れるように、ララはそっと脚を開いた。

ララがすべてを委ねてくれたのに気づいたハンターは、すかさず彼女の全身に唇を這わせた。腰にも、おなかにも、太腿にも、くまなくキスをして、さらに両脚の間の柔らかな茂みにも口づけ、彼女の匂いを思う存分に味わった。指先で茂みをかきわけ、そっと花びらを開いてお目当ての部分を探し当て、舌を押しつける。ララは爆発するような快感に背を反らせ、怖くなるくらい強烈な喜びに涙をあふれさせた。ハンターが口づけるたびに、そこに小さな炎が灯るように感じて、そのたびに息をのみ、身を震わせた。ハンターはさらに奥へと、信じられないくらい優しく舌をうずめた。体重をかけるようにして彼女の両脚をさらに大きく広げ、狂おしいくらい激しく舌で愛撫を加える。

ラーラは肘をついてわずかに上半身を上げ、空いているほうの手でハンターの豊かな黒髪をもてあそんだ。心臓が激しく打ち、目の前がぼやけてきて、彼の唇にふさがれている場所に、すべての神経と感覚が集中するような感じがする。ハンターはまるで崇めるように、むさぼるように、執拗に愛撫を繰り返している。そしてついにラーラは、ねじれるような快感に襲われ、絶え間なく身を震わせ、呻き声をあげながらエクスタシーに達した。

ようやくラーラの震えがおさまったところで、ハンターは身を起こし、驚いたように見開かれた彼女の濡れた瞳をじっと見つめ、生真面目な顔で、頬に流れる涙のあとを指先でぬぐった。ラーラが震える指でハンターの唇に触れると、そこは彼女自身の蜜でしっとりと濡れていた。

ハンターの膝が太腿の間に割って入ってくると、ラーラは自ら脚を広げた。ラーラはもう、心の底からハンターのことを信じきっていた。ハンターがパンタロンの前を開け、柔らかな秘所に硬くそそりたつものが当たった。いよいよあの耐え難い苦痛が始まる……ラーラは思わず身構えた。ハンターはゆっくりと入ってきた……しなやかな肉の中に少しずつ。これっぽっちも痛みはなく、ただ、押し広げられるような、心地よく満たされるような感覚だけがあった。ラーラは深く突いてくるハンターを受け入れた。さらに深く突かれると、今まで感じたことのない喜びに喘ぎ声を漏らした。

完全に結ばれたところで、ハンターはいったん動きを止め、ラーラのかぐわしい肩に顔をうずめた。彼の体がこまかく震えているのが伝わってくる。やり過ぎないように必死に我慢しているんだわ……とラーラは思った。「大丈夫よ」ラーラはつぶやき、大きな背中に手をまわした。促すように自ら腰を突き上げると、たったそれだけのことで、ハンターが息をのむのがわかった。

「ダメだよ、ラーラ」ハンターの声はかすれている。「待ってくれ……そんなことをされたら私は……」

ラーラはもう一度、腰を突き上げ、さらに奥深くへと夫のものを誘《いざな》った。柔らかくうねるような快感に、やがてハンターがすべてを解き放つのがわかる。ハンターは呻き声をあげ、奥深く挿入した体勢のままクライマックスを迎え、快感に全身を激しくおののかせた。

しばらく無言で身を震わせていたハンターが、ラーラを腕に抱きしめたまま、ごろりと横になる。息苦しげに喘ぎながら、荒々しくキスをしてきたハンターの唇は、汗と蜜の味がした。でもラーラは、ちっとも不快に思わなかった。

最初に口を開いたのはラーラだった。なめらかな胸板に頬を寄せながら、彼女はささやいた。「ねえ、もうランプを消してもいい？」

ハンターが笑い、頬の下で胸が上下する。ハンターはうなずいてベッドを離れ、まずは服を脱いでからランプに手を伸ばした。部屋がすっかり暗闇に包まれてしまってから、彼はベッドに横たわるラーラの隣に戻った。

真夜中、ラーラはふと夢から目覚めた。ギリシア神話の乙女、プシュケの夢を見ていたようだ。羽のはえた蛇との結婚を承諾したプシュケの前に現れたのは、驚いたことに、愛の神エロスだった。エロスは夜中にだけ妻の前に姿を現し、決して素顔を見せずに愛を交わして去って行く……。ラーラは仰向けになり伸びをした……そのとたん、裸のハンターがかたわらにいるのに気づいてぎょっとした。彼がいることをすっかり忘れていた。腰のあたりでしわくちゃになったシーツに、すぐさま手を伸ばす。だが、大きな手に手首を押さえられてしまった。

「そのままじっとしてて」ハンターの低い声が聞こえてきた。「月明かりに照らされたきみの体を見ていたいから」

どうやらハンターは、ずっと起きて妻の体を眺めていたらしい。ラーラは自分の体に目をやった。半分だけ開いた窓から差し込む、青みがかった月明かりに包まれている。ラーラは、シーツを握る手にぎゅっと力を込めた。

ハンターはラーラの手の中からシーツを奪い、完全に引きはがした。そっと乳首に触れ、月光を浴びて銀色に輝くふたつの丸みをなぞり、その間で陰なす谷間へと手を這わせる。ラーラはたまらず、唇を求めてハンターのほうに顔を向けた。全身を満たされるような、うっとりするようなキスに、再び胸の鼓動が激しくなっていく。ハンターの手がヒップのほうへと移動し、なめらかな丸みを包み込み、その手に力を込めて自分のほうへと引き寄せる。ラーラは硬くいきり立ったものがおなかに当たるのを覚えた……かつては恐ろしい武器に思えたものが、今では喜びを与えてくれる、いとおしいものに思える。おずおずとハンターの股間に手を伸ばし、包み込むように握りしめて、熱くなめらかな表面をゆっくりとなぞった。するとハンターは、もっと激しく愛して欲しいというように、飢えたように身を震わせた。きっとこんなやり方じゃダメなんだわ、とラーラは思った。本当はちゃんとした愛撫の仕方があるのに、彼女の好きなようにさせてくれているのだろう。ふと思い立ったラーラは、今度は陰嚢のほうに手を移動させ、重みをたしかめるように手のひらで転がしてみた。そして再びペニスに手を戻し、なめらかな表面を、先端まで指でこすり上げる。するとハンターは呻き声をあげながら首筋に唇を寄せてきて、どんなにきみが欲しかったかと、しわがれ声でささやいた。

ハンターはラーラの膝を持ち上げて左右に開き、両脚の間の陰なす部分へと深くペニスを沈ませた。ラーラが息をのみ、思わず身をよじったせいで、ますます奥深くへとのみ込まれていく。しっとりとした秘所は、ほんの一瞬だけ抵抗し、すぐにすべてを受け入れた。よどみのない確かな動きで、性器をこすりつけるように挿入を繰り返す。やがてラーラは、ハンターの背中の筋肉に爪をめりこませながら、腰を高く突き上げ、彼の動きに合わせるようにくねらせ始めた。ハンターの引き締まった肉体は官能的で、まさにラーラが思うとおりに動いてくれた。逞しい体で包み込むように、深く、さらに深く……ラーラは快感に圧倒されそうだった。

オルガズムを迎えるとき、ラーラは叫び声をあげ、奔流のように体の中にあふれる喜びに満たされながら身を震わせた。自分の腕の中でハンターが喜びに満たされ、理性も失うほど激しい歓喜におののいている……それが自分のことのように嬉しかった。

ふたりはそれから、結ばれたまましばらく抱き合っていた。その間もハンターは、唇を重ね、全身を丹念に愛撫してくる。ラーラは夢見心地で彼の豊かな髪を撫でた。耳の後ろの皮膚に指先が触れたときには、まるで子どもみたいに柔らかいのね、と思った。やがてハンターが体を起こそうとする気配が感じられて、ラーラは抗議するように鼻を鳴らした。

「ううん……まだダメよ」

「このままじゃ、きみがつぶれちゃうよ」ハンターはささやきながら、隣に横臥《おうが》した。

それから、片方の太腿をラーラの脚の間に差し入れて、しっとりと濡れた茂みをなだめるように、あるいは誘惑するようにまさぐった。

「レディ・カーライルともこんなふうだったの？」ラーラは影になってよく見えない夫の顔を見つめながらたずねた。

「誰ともこんなふうにしたことはないよ」

ラーラは安堵して、いっそうハンターに寄り添い、胸板に頬を寄せた。「ねえ、ハンター？」

「なんだい？」

「さっき、レディ・カーライルとどんな話をしたの？」

ハンターの指の動きが止まり、全身がこわばるのが感じられた。声には怒りの色が感じられた。「よりを戻すつもりはないと言ったら、エスターはひどく落胆してね。実際、落胆のあまり、あなたが本物のホークスワース伯爵のわけがないとまで言い出す始末だった」

「まあ」ラーラは胸に頬を寄せたままつぶやき、おずおずとたずねた。「もしかして彼女、誰かにそれを訴えたりしないかしら？」

ハンターは小さく肩をすくめた。「大丈夫。訴えたところで、社交界の連中は、プライドを傷つけられたエスターが適当な言いがかりをつけているだけだと思うだろうしね。彼女もそんなバカなことはしないと思うよ」

「それもそうね」ラーラは目をしばたたかせた。長いまつげがハンターの胸をくすぐった。

「ごめんなさい」

「何が？」

「あなたを試すような真似をして」

「ふむ……」ハンターの指先が優しく割れ目をまさぐり、ラーラが身を震わせる。ハンターはさらに奥深くまで指を挿し入れ、ほのめかすように指を動かした。「では、その償いをしてもらおうかな」

「ええ……いいわ、ハンター」ラーラはため息を漏らしながら、ハンターの胸に口づけた。

「ママ。ねえ、ママ」

ラーラはあくびをしながら、まぶたを開けた。早朝の明るい陽射しが飛び込んできて、すぐに目を細めようとしたが、ベッドの脇にジョニーが立っているのに気づいてぎょっとした。小さな顔が、すぐ目の前でこちらの顔をのぞきこんでいた。パジャマ姿のままで、靴下も履いていない足は泥だらけだし、頭頂部の髪がはねている。

ハンターのベッドにいるところを見られてしまった――慌てて後ろを振り返ると、ハンターも目を覚ましたようだ。ラーラはシーツをぎゅっとたぐり寄せてから、再びジョニーのほうに顔を向けた。「こんなに早起きして、いったいどうしたの？」

「にわとりのたまごが、かえりそうなの」

ぼんやりした頭で、ラーラは思い出していた。そうだ、ここ数日、ジョニーと一緒ににわとりの巣を観察していたのだった。「どうして孵《かえ》りそうだとわかったの？」

「たったいま、みにいってきたの」ジョニーの純真無垢なまなざしが、背後のハンターのほうに移動する。ハンターはすでにベッドの上に起き上がって、ぼさぼさの頭を掻いている。シーツはウエストのところまでずり落ちていた。

「おはよう、ジョニー」いつもの朝と変わりない風景だとでもいうように、ハンターはごく普通の声でジョニーに声をかけた。

「おはよう！」ジョニーは元気よく答えながら、すぐにラーラに向き直った。「ねえママ、どうしてじぶんのベッドでねてないの？」

眉根を寄せて考え、単純な答えが一番いいと判断する。「あのね、ゆうべホークスワース伯爵に、今夜は一緒に寝ようって誘われたの」

「ナイトドレスはどうしたの？」

ラーラは顔を赤らめ、ハンターのほうを見ないように必死に顔をそらした。「ゆうべはすごく眠かったから、着るのを忘れちゃったのよ」

「ドジなママ！」ジョニーはくすくす笑った。

ラーラはほほ笑み返しながら、「さあ、パジャマの上にローブを着て、ちゃんと室内履きも履いてらっしゃい」とジョニーに言いつけた。

ジョニーがいなくなると、ハンターがすかさず手を伸ばしてきたが、ラーラはさっと身をかわしてベッドから抜け出した。床にハンターのシャツが落ちているのを見つけて拾い上げ、とりあえずそれで体を隠す。前をかきあわせたまま振り返ると、ハンターはベッドの上で裸のまま長々と寝そべっていた。視線が絡み合い、一瞬、ほほ笑み合う。

「気分はどう？」ハンターは優しくたずねた。

すぐには答えられなかった。頭のてっぺんから足の爪先まで満たしているこの感情が、何なのかよくわからない。今まで味わったことのないようなぬくもりと喜びに、生まれて初めて、すべてが満たされていると感じられた。一瞬たりともハンターから離れていたくないと思った。今日も、明日も……これから一生ずっと彼のそばにいて、彼のすべてを知りたいと思った。

「幸せよ。怖いくらいに幸せ」

ハンターの瞳は糖蜜のように深い色をたたえ、とても優しかった。「どうして怖いの、スイートハート」

「いつかこの幸せが、壊れるんじゃないかと思って」

おいで、というふうにハンターが手を伸ばしてきたが、ラーラはほんの軽くキスをして、彼の腕からすり抜けた。

「どこに行くんだい？」

ラーラは扉の前で立ち止まり、振り向いてほほ笑んだ。「もちろん、ちゃんと服を着て、にわとりの様子を見に行くのよ」

15

孤児院の増築工事は着々と進んでいる。だが工事が完了するまでの間、刑務所にいる子どもたちをそのままそこに置いておくわけにはいかない。何らかの手を打たねばならなかった。子どもたちが、今夜もまたあの不潔で危険な場所で過ごすのかと思うと、ララはいても立ってもいられなかった。解決方法はただひとつ。マーケットヒルの町民に、工事が完了するまで子どもたちを預かってもらうことだったが——驚いたことに、誰ひとりとしていい顔はしなかった。

「どうしてみんな、あんなに冷たいのかしら」昼間の訪問で他人行儀な断りの言葉ばかり聞かされたララは、帰宅するなりハンターにこぼした。書斎の奥まで進みながら、ボンネット帽を取って椅子に放り投げ、上気した頬を扇であおぐ。「ちゃんと子どもたちを預かれるような余裕のある家庭を選んで、ひとりかふたりお願いできませんかって頼んだのよ。それに、期間だってほんの数カ月なんだもの！　それなのにどうして、誰も手を貸してくれないのかしら。ミセス・ハートカップか、ウィンダム夫妻あたりなら、絶対に聞いてくださると思って——」

「まあ、現実問題として仕方ないことだろうね」ハンターはこともなげに言うと、椅子を後ろに引き、ラーラを膝に乗せて、襞襟《ひだえり》を外し始めた。「あの子たちを何とかしてあげたい気持ちはよくわかるけどね、普通の子とは違うんだってことを忘れちゃいけないよ。マーケットヒルの善良なる町民にとっては、刑務所で暮らしている子なんて、未来の犯罪者みたいなものだろう？　断られたからって、彼らを責めるのはよくないな」

ラーラは身を硬くし、夫をじろりと睨んだ。「よくそんなひどいことが言えるわね。ジョニーは天使みたいじゃない」

「確かに、ジョニーはいい子だよ」うなずきながら、ハンターは苦笑いを浮かべて窓のほうに目を向けた。ラーラが耳をそばだたせると、ぽんぽんと何かが弾けるような音が聞こえた。ジョニーがおもてで、小さな火薬玉を石で叩いているか、おもちゃの拳銃にこめて撃っているのだろう。最近、ジョニーはその遊びが大のお気に入りのようだった。「でも、あの子は例外だ」ハンターの声が続いた。「ほかの多くの子は、特別な気配りや注意が必要だろうね。町に放たれた野生動物並みに、手のつけようのない子だっているかもしれないよ。ハートカップ夫妻にも、ウィンダム夫妻にも、いや、ほかの誰にも、そんな責任を負わせるのは無理だよ」

「無理じゃないわ」ラーラは頑固に言い張り、夫の思いやりに満ちた顔に向かって眉根を寄せた。「ねえ、私、どうすればいいのかしら？」

「孤児院の増築工事が終わって、新しい先生方が来るまで待つしかないね」

「だから、待てないって言ってるのよ。今すぐに子どもたちを刑務所から出してあげたいの。そうだわ、みんなここに引き取って、私ひとりで面倒を見ようかしら」

「ジョニーのことはどうする？」ハンターは穏やかにたずねた。「二人の子どもたちの面倒を見るのにてんやわんやで、あの子と一緒にいる時間がまるっきりなくなってしまったら、何て説明するつもりだい？」

「ジョニーには……正直に……」ラーラは苛立たしげに呻きながら口をつぐんだ。「あの子にはまだ理解できないわよね」

明らかに落ち込んだ表情のラーラを見て、ハンターはかぶりを振った。「ほんの少し目をつぶったらどうって言いたいところだけど……でも、やっぱりきみには無理だろうね」

「あと何カ月もあの子たちが刑務所で過ごさなくちゃならないなんて、耐えられないの」

「仕方ないな、わかったよ。何とか手を尽くしてみるけど、きみでダメだったものが、私でうまくいくとは限らないからね」

「大丈夫よ」ラーラは一転して明るい顔になった。「あなたの言うことなら、きっと聞いてもらえるわ。あなたにはそういう才能があるの」

ハンターはふいにニヤリとした。「じゃあ、もうひとつの才能のほうは、今晩きみに見せてあげようかな」

「そうね」挑発するように言うと、ラーラは急いで彼の膝から逃げた。

思いがけないことに、ハンターは強い味方になってくれた。マーケットヒルを何度も訪問し、巧みな話術で人びとを説得し、交渉し、ときには厳しい口調で諭し、ついに一二人全員に仮の住まいを見つけたのだ。かつて自らもハンターの「作戦」のターゲットになったことがあるラーラは、彼の手にかかったら流石にみんなも断りきれないでしょうね、とつくづく思った。

生まれて初めて男性の腕の中で喜びと幸福に満たされたあの晩以来、ラーラはもう、夫を以前と同じように見ることはできなくなっていた。肉体的な喜びを得られたのも驚きだったが、それ以上に思いがけない発見だったのは、夫への信頼が芽生えたことだ。

ハンターは優しく、それもまたラーラには少々意外だった。しかもその優しさは、ラーラだけではなく、周囲の人びとにも向けられていた。どうしてこうも人が変わったのか、理由はわからなかったが、いずれにしても本当にありがたいことだった。ラーラの博愛的なお節介ぶりにはさすがに苦い顔をしてみせたものの、気持ちは理解してくれたし、ひどい無理さえ言わなければ、大抵のわがままは聞いてくれた。

ハンターは常に忙しくしていたが、忙しい理由さえも結婚当初とはまるで違っていた。かつての彼は、狩りなどの娯楽行事には欠かさず顔を出していたものだ。もちろん、賭博場でも常連だった。きっとハンターの昔の仲間たちは今頃、インドから戻って以来すっかり変わってしまった彼に、ひどく失望していることだろう。今やハンターは、扶養家族や使用人たちへの責任感に満ちあふれた、理想的な領主だった。貿易会社や小売会社、製造会社への投資でクロスランド家の資産を増やす一方で、蒸留所を買い、そこから定期的な収入を得るようになった。領地管理にも関心を示すようになり、農耕業に力を入れる必要があると判断するや否や、小作人のかねてからの要望に応じて、農地の改善に努めた。

以前のハンターはそうではなかった。生まれながらに特権を持ち、自分は何でもできると思い上がっていたかつての彼は、ひたすら自分の楽しみだけを追求した。唯一、人生すべて思いどおりにいくとは限らないと気づかされたのは、ララに子どもができないとわかったときだけ――そして、あのときのハンターの対応ときたら……。でも今の彼は信じられないくらい大人になり、賢くなったようだ。どんなことに対しても感謝の念を忘れず、かつては何とかして回避しようとしていた領主としての責任を、一身に背負っている。

とはいえ、彼は聖人君子というわけではなかった。彼のやんちゃなところも、ララにとっては魅力だった。セクシーで、茶目っ気があって、いたずら好きで。夫がそんなふうなので、ララは今までの自分なら絶対にできなかったような方法で、理性を忘れて快楽にふけることさえあった。ある晩など、寝室にやって来たハンターから、ポッシビリティ・スミスとその助手に外されてしまう前に、天井の鏡を使って楽しもうといきなり言われたこともある。恥ずかしいと言ってララが抵抗するのも構わず、鏡に自分たちの姿を映しながら愛を交わし、終わるなり彼女がシーツの下に潜り込むのを見て大笑いしたハンター……。きちんとした音楽の夕べに誘われたと思ったら、演奏の合間に、インドの愛の教典からきわどい一文を引用して耳元でささやかれたこともあった。あるいは、ピクニックに連れ出され、青空の下で誘惑されたことも……。

思いやり深く、ユーモアにあふれ、頼りになる――今やハンターは、夢にさえ見たことがないくらいの理想的な夫だった。ラーラは彼を愛していた。愛さずにはいられなかった。でも、声に出してそう言うのは、今はなぜか、はばかられた。いつか、言っても大丈夫と思えるときが来たら彼に言おう、ラーラはそう思っていた。本当に心の底から夫にすべてを委ねても大丈夫だと、いずれ思える日が来る。ラーラは、その日が来るのを待っていた。

台所の作業台の隅で、ラーラは大きなエプロンを腰に巻いて立ち、大理石の小さな乳鉢で亜麻仁《あまに》をすりつぶしている。すりつぶした油っぽい粉を、鉢から丁寧にこそげ取り、溶かした蜜蠟《みつろう》に混ぜる。クロスランド家に代々伝わる、痛風によく効く湿布を作っているところだ。マーケットヒルに住むサー・ラルフ・ウッドフィールドが、最近、痛風の発作を起こしてしまったのだ。プライドの高いサー・ウッドフィールドは普段はむやみに他人に頼ったりしないが、今回は相当ひどい発作らしく、朝早い時間に使用人を寄越し、薬を作って欲しいと頼んできたのだった。

蜜蠟の甘い香りを楽しみながら、ラーラはさらにもう半カップ、亜麻仁を乳鉢に入れ、乳棒で円を描くようにしてすり始めた。料理人と、台所付きのメイドがふたり、作業台の反対側で、巨大なパン生地をせっせとこね、きれいな長方形のかたまりをいくつも作っている。近ごろ村で流行しているという恋歌をメイドのひとりが歌っていて、みんなそれに耳を傾けていた。メイドはそのメロディーに合わせるようにして、指先で手際よくパン生地を分けていく。

私の夫となる人は、金貨の詰まった財布を持ってなくちゃ
馬と馬車に、銀の時計も持ってなくちゃ
それに、ハンサムで逞しかったらもっといいわ
茶色の巻き毛に、青い瞳ならもっといいわ……

歌詞は延々と、想像上の夫を褒めそやし続ける。しまいには、台所にいる女性が揃ってくすくす笑い出す始末だった。「まるでそんな人がマーケットヒルに本当にいるみたいだね！」と言って料理人が笑った。

みんなで楽しくわいわいと作業をしているところへ、侍女のナオミがそっと姿を現した。村まで行っていたせいで、ドレスの裾がすっかり汚れてしまっている。ナオミは台所に入るなりラーラのかたわらに来て、麦わらのボンネット帽を取った。なぜか、困りきった顔をしている。

「あら、ナオミ」ラーラはすぐに手を休めた。「今日はお休みでしょう？　お友だちと村で会ってたんじゃなかったの？」

「それどころじゃなかったんです」ナオミは声を潜めた。使用人たちは、相変わらず歌った

り、おしゃべりをしたりしている。「本当かどうかよくわからないんですけど……でも、村でちょっと噂を耳にしたものですから」

ラーラは乳棒を脇に置き、いぶかしむようにナオミを見つめた。

「レディ・ロンズデールのことなんです。あちらの侍女のベティとは前から仲よしなんですけど、偶然、村で会って……」ナオミはすっかり狼狽した様子で、深呼吸すると、一息にあとを続けた。「ここだけの話だけど、レディ・ロンズデールはずっと床に伏せっているのよってベティが言うんです」

使用人たちが聞き耳を立てているので、ラーラはナオミを台所の隅に引っ張って行き、ささやくように問いただした。「レイチェルが床に伏せっている？　まさかそんな……どうして誰も私に知らせてくれないの？」

「ベティが言うには、お屋敷の方々が内緒にしてるらしいんです」

「よっぽどひどいのかしら？　ねえナオミ、レイチェルの侍女は……ロンズデール卿が妹に暴力を振るったとか言っていなかった？」ラーラはまくしたてるようにたずねた。

ナオミは目を伏せてしまった。「階段から落ちたそうなんです。でも、ベティはその場で見ていたわけじゃないんですけど、それだけのはずがないって言ってます。何だかとてもひどいご容態らしいんですけど、お医者様も呼んでないらしくって」

恐れと不安と、耐えがたいほどの怒りを覚えて、ラーラはぶるぶると体を震わせた。きっとロンズデールが、またレイチェルを殴ったのだ。絶対そうに決まっている。そしてこれまでもそうだったように、ロンズデールは今になって後悔し——レイチェルがちゃんとした治療を必要としているというのに、体面を保つために医者を呼ぼうともしないというわけだ。ラーラはこれからどうするか考えた……ロンズデール邸に行き、レイチェルを助け出し、安全な場所に移して、医者に診せなければ。

「あの、奥様」ナオミがおずおずと声をかけてくる。「今の話を誰から聞いたか、どなたにも言わないでくださいね。万が一、ベティがクビになったりしたら……」

「もちろん、誰にも言わないわ」答えながらラーラは、内心の激しい動揺にもかかわらず、いたって冷静な自分の口調に驚いていた。「ありがとう、ナオミ。本当に感謝してるわ」

「いいえ、奥様」ナオミは安堵した顔で、ボンネット帽を手に取り、台所を出て行った。

料理人とメイドたちは何やらこそこそと耳打ちし合っている。ラーラはそちらを見ないようにしながら、ぼんやりとした頭で台所をあとにした。気づいたときには、紳士の間《ま》に来ていた。壁には、ハンターとその父親が狩りで仕留めたさまざまな獲物のはく製が飾られている。無表情な動物たちの顔の中で、ガラスの目玉だけが気味悪く光っている。弱い者を痛めつけることに勝利の喜びを見出す——この部屋自体が、ホークスワース家の男たちの愚かな自己満足のかたまりだ。

ラーラは弾かれたようにキャビネットのほうに歩み寄った。中には、銃をしまったケースがずらりと並んでいる。扉をそっと開け、大量の銃弾、清掃用具、牛の角の火薬入れ、そして、拳銃の入ったベルベット張りのマホガニーケースを取り出した。拳銃の床尾は真珠母貝と木と銀でできていて、教会に飾る美術工芸品のように美しい彫刻がほどこされた贅沢な作りだった。

ラーラは拳銃など一度も撃ったことがない。でも、ハンターや知り合いの男性が使う場面を見たことならある。弾をこめるのも、実際に撃つのも、じつに簡単そうに見えた。刻々と募っていく怒りに、ラーラは誰かが部屋に入ってきたのにも気づかず、ハンターの声にようやくハッと顔を上げた。

「今から決闘かい？」

領地に新しく造られた垣根を見に行って戻ってきたところだったので、ハンターは乗馬服姿のままだった。気さくに問いかけながら、ラーラに歩み寄り、震える手から拳銃を奪い取ろうとする。「誰かを殺すつもりなら、先に私に教えてくれなくちゃ」

ラーラは拳銃を胸元にぎゅっと引き寄せて渡そうとしない。「そのとおりよ」と言いながら、こわばった表情の夫を睨みつけ、激しい怒りをほとばしらせた。みるみるうちに涙があふれてくる。「……あなたの友だちのロンズデールを殺しに行くの。ロンズデールがまたやったのよ。またね……。妹がどんな具合なのかわからないけど、絶対に屋敷から連れ出すつもりよ。でも、もっとずっと前にそうしていればよかった！　あとはせめて、私が着いたときにロンズデールが屋敷にいることを祈るだけだわ。そうすれば、彼の心臓をこの拳銃で撃ちぬいて――」

「シーッ」ハンターは大きな手で拳銃をつかみ、ラーラから奪うと、サイドテーブルにそっと置いた。ラーラに向き直り、涙に濡れた顔を気づかうようにじっと見つめる。夫がそばにいる――たったそれだけのことで、ラーラはなぜかパニックが収まっていくのを覚えた。両腕で抱き寄せられ、髪に顔をうずめて静かにささやきかけられると、憑き物が落ちたように感じた。

　鼻をすすりながら、ラーラはハンターのベストの中に手を忍ばせた。静かな鼓動が手のひらに伝わってくる。地肌にかかる温かな息に、身が震えるようだった。こうして彼の腕の中で泣いていると、ふたりの絆がいっそう深まっていくような、愛の営みよりもずっと深く結びつけられるような、そんな心持ちがしてくる。本当は、こんなふうに誰かにすっかり頼る人間にはなりたくない。でも、この人は私の夫なんだと今ほど痛感させられたことはなかった。ようやく落ち着いたラーラは、大好きなサンダルウッドの匂いを嗅いでから、小さくため息をついた。

　ハンターはハンカチを取り出し、涙に濡れたラーラの頬をぬぐった。「大丈夫かい」と静かにささやきかけながら、鼻もふいてやる。「何があったか話してくれるね」

　ラーラはかぶりを振った。相手がロンズデールでは、さすがに力になってもらえるわけがない。ふたりはずっと昔からの親友なのだから。ハンターやロンズデールのような男性にとって、友情は、結婚生活よりもずっと神聖なものなのだ。ずっと以前にハンターは言ったことがある――妻など必要悪にすぎない。妻以外の女性は遊び相手だ。でも男友だちは、慎重に選んで、一生をかけて絆を育んでいくものだと。

「さっき、ロンズデールと言ったね」黙り込むラーラをハンターは促した。「いったい何があったんだい？」

ラーラは彼の腕の中から逃れようともがいた。「話したくないわ。どうせあなたは、ロンズデールをかばうもの。昔もそうだった。男性は、こういう問題になると絶対にお互いにかばい合うものなのよ」

「大丈夫だから話してごらん、ラーラ」

「……ナオミが村で、レイチェルが寝込んでいるという噂を聞いてきたのよ。階段から落ちたあと、具合が悪くなったらしいって。でもこれまでのレイチェルとロンズデールのことを考えたら、もっと恐ろしいことが起きたに違いないの」

「ただの噂なんだろう？　証拠もないのに——」

「疑ってるのね？」ラーラは大声をあげた。「ロンズデールは、何かと難癖をつけては妹に暴力を振るってきたのよ。みんな知ってるわ。でも、誰も何も言わないの。このままでは、レイチェルは殺されてしまう！　自分からは絶対にロンズデールの元を離れようとしないし、彼を責めるようなこともいっさい言わないんだもの」

「ラーラ、レイチェルだってもう大人なんだ。こういう問題は、彼女自身の判断に任せたほうがいいんだよ」

ラーラは夫を睨みつけた。「ロンズデールのことになると、あの子はまともに判断なんかできないのよ。みんなと同じように、妻は夫の所有物だって本気で思っているんだもの。男性は、自分の所有物なら、犬を殴り、馬をムチ打って、妻を殴ってもいい――そう信じているのよ」ラーラの目には再び涙があふれ出していた。「今回、ロンズデールがレイチェルをどんなひどい目に遭わせたのか、具体的にはわからないわ。でも、きっととんでもないことになっているに違いないの。あなたには、今回は何も頼むつもりはありません。ロンズデールが大切な友人なのは、私だってよくわかっているもの。だからせめて、私がやるべきことをやる間、口を挟まないでちょうだい」

「私のキャビネットを勝手に引っ掻き回されたんじゃ、口を挟まないわけにはいかないよ――」別のマホガニーケースに手を伸ばそうとするラーラをつかまえ、ハンターは続けた。

「こっちを向いて、ラーラ。私はこれからロンズデール邸に行って、本当に心配するようなことが起きているのかどうか見てくる。それならいいだろう？」

「いやよ」ラーラは頑として首を縦に振らない。「私も一緒に行くわ。それに、レイチェルの具合がどの程度でも、絶対に連れて帰るわ」

「わがままを言うんじゃない」ハンターは厳しい声音になっていた。「人の結婚生活に首を突っ込んで、妻のほうを無理やり連れ去るなんて、法律が許さないよ」

「法律なんてどうでもいいわ。私が気にしてるのは、妹の身の安全だけよ」

「じゃあ、彼女が夫の元に帰りたいって言ったらどうするつもりだい？」ハンターはからかうように言った。「部屋に閉じ込める？　鎖で家具に縛りつけるのかい？」

「ええ、そうよ！」ラーラは叫んだ。そんなことはできないとわかっているのに。「あの怪

「レイチェルの具合が悪いのなら、きみはここにいなさい」ハンターも譲らなかった。「レイチェルの具合が悪い物から妹を救うためなら、何だってするわ」

「とにかく、きみはここにいなさい」ハンターも譲らなかった。「レイチェルの具合が悪いのなら、きみのそんな様子を見たらますますひどくなるだけだ」

身をよじってハンターの腕の中から逃れ、ラーラは再びキャビネットのほうに歩み寄った。冷たいガラスパネルに両手を当てると、磨き上げられたガラスに指紋がついた。「あなたには兄弟も姉妹もいない」ラーラはこみ上げてくる涙を必死でこらえた。「もしもいたら、レイチェルに対する私の気持ちがわかるはずだわ。あの子が生まれたときから、私が守ってあげなくちゃってずっと思っていたんだから」涙でひりつく目を手のひらでこする。「小さい頃、レイチェルが庭の大きな木に登りたがったことがあったわ。お父様に禁じられていたのに、あの子の望みをかなえてやりたくて一緒に登ってしまったの。ふたりで太い枝に並んで座って、足を揺らしていたら……あの子はふいにバランスを崩して落ちてしまった。腕と鎖骨を折ったわ。助けようとしたのに、間に合わなかった。私はただ、あの子が地面に落ちるのを呆然と見ていただけ。でも、そうやって見ている間、まるで自分が落ちているように、胃がひっくり返るような感覚に襲われたわ。私が落ちればよかったのにって思った。あのときと同じなのよ。あの子に何かとんでもないことが起きているのに、私はただ見ていることしかできない」

ラーラは激しく顎を震わせている。また泣き出したりしないよう、彼女は必死で歯を食いしばった。

長い沈黙が続いた。あまりにもひっそりと静まり返っているので、ハンターは出て行ったのかと思うほどだったが、指紋のついたガラスパネルに彼の体の一部が映り込んでいるのが見えた。「あなたには、どうすることもできないでしょう？」ラーラの声はこわばっていた。「夫婦のことに首を突っ込んで、大切な親友を敵にまわしたくはないものね」

ハンターが恐ろしい罵りの言葉を吐き、ラーラはうなじのあたりが総毛立つような気がした。「きみはここにいなさい」ハンターの声はひどくぶっきらぼうだった。「私がレイチェルを連れてくる」

くるりと振り向いて、驚きに目を真ん丸にしながら、ラーラは夫をじっと見つめた。「本当に？」

「ああ」ハンターはそっけなく言った。

ラーラは一瞬にして安堵に包まれていた。「ハンター、本当にありが――」

ハンターはかぶりを振り、眉根を寄せた。「自分の意志に反することをやるっていうのに、礼なんか言われたくないね」

「じゃあどうして――」

「こうでもしないと、きみのことが心配でおちおち休むこともできないからさ」ハンターは絞め殺しそうな勢いでラーラを睨みつけた。「きみと違って、私はこの世界を救いたいなんて大それたことは思ってない。自分さえ幸せならそれでいいんだ。今度のことが無事に済んだら、しばらくは孤児院のことも、かわいそうな老人のことも、それ以外の不幸な誰かさんのことも私に相談しないでくれよ。とにかく、一晩か二晩で結構だから、ひとりにしてくれ。そのくらいしてもらって当然だよな」

怒りに燃える夫の顔を、ラーラは探るようにじっと見つめ……そして気づいた。ハンターは、勇敢な騎士のように見られるのが恥ずかしいのだ。それで、レイチェルを助けに行くのは善意からでも何でもない、単なる自分勝手な理由からだと言い張っているのだろう。

でも、ラーラは騙されなかった。ハンターは今回も、立派に正義を貫こうとしている。ラーラは内心、夫がここまで変わったことにまたもや深い驚きを覚えていた。「私ね、あなたに打ち明けなくちゃいけないことがあるの」

「何だ?」ハンターは冷たく言い放った。

「以前……ずいぶん前のことよ。レイチェルに嫉妬したこともあったの……」ハンターの怒った顔を見ていられず、ラーラはうつむいて絨毯に視線を落とした。「あの子の結婚が恋愛結婚だったからよ。姉の私から見ても、ロンズデールは颯爽として、女性に優しかった。それで、ついあなたと比べるようになって……ロンズデールのほうがずっとよく見えたの。あなたはいつも頑固で、自己中心的で、ロンズデールみたいな魅力はこれっぽっちもないように思えた。もちろん、あなたを愛せなくても、それは仕方のないことだって最初からわかってたの。だって私は、両親の決めた結婚を、賢明な選択として受け入れただけだから。でも、やっぱり嫉妬したわ。レイチェルとロンズデールの仲のよさを見ると、どうして私たち夫婦はって思わずにいられなかった。こんな気持ち、あなたには絶対に言わないつもりだった。

でもね——」ララは指が真っ白になるくらい固く両手を握りしめた。「今は、自分が間違ってたってわかるから。だから打ち明けることにしたの。今のあなたは……」恥ずかしさに顔を真っ赤にしながら、ララはいったん口を閉じたが、深く激しい感情に衝き動かされるように、次の言葉を続けた。「私の理想以上の夫よ。あなたはすっかり変わったわ。今のあなたなら、心から信頼できる。愛してるわ、ハンター」

ララはハンターの顔を見ることができなかった。ここまで正直な気持ちを、果たして彼が聞きたがっていたのかどうか、よくわからない。やがてハンターは、ララの脇を通りすぎて行った。ララの視界の隅に彼のブーツが映り、半分開いた扉からひとりで出て行くのがわかった。愛してるわ、ハンター……衝動的に口にした言葉だけが、ララの耳の奥にいつまでも響いていた。

16

ロンズデール家の使用人たちの見解は、どうやら男女でまっぷたつに分かれているようだった。男性陣はテレルを支持し、女性陣はレイチェルに同情を寄せているらしい。ふたりの従者と冷静沈着な執事は、ハンターを屋敷に入れまいと必死に言い訳をしている。一方、メイド長とレイチェルの侍女は、男たちが押し問答するかたわらで、不安そうな視線をこちらに向けてくる。女性陣に頼めば、すぐにでも義妹の寝室に案内してくれそうだった。

ハンターは、表情を押し隠して執事を真正面から見据えた。もう何十年もロンズデール家に仕えている年老いた執事は、一族がこれまでに重ねてきた数々の過ちをその目にし、あるいは、隠蔽《いんぺい》する片棒をかついできたのだろう。ハンターを出迎えたときの態度はいかにも礼儀正しく堂々としていたが、瞳に動揺の色が一瞬浮かんだところを見ると、何かまずいことが起きているのは間違いなさそうだ。ハンターの両脇には長身の従者が立ち、今にも屋敷から彼をつまみ出そうとしている。

「ロンズデールはどこだ?」ハンターはぶっきらぼうにたずねた。

「旦那様は外出中でございます」

「レディ・ロンズデールが伏せっていると聞いたので、どんな具合なのか見に来たんだが」

「あいにくですが、奥様の健康状態については、私からはお話しかねます。何分にもプライベートな話ですから、旦那様がお戻りになられてから伺ってみてはいかがかと」慇懃無礼《いんぎんぶれい》な口調は相変わらずだが、頬がわずかに紅潮したように見える。

ハンターは両脇の従者を、それから、階段のところにいるメイド長と侍女を順番に見た。女たちの凍りついたような表情から、レイチェルが本当に病に伏せっているのだと確信した。

屋敷を包むただならぬ雰囲気に、ハンターはインドにいた頃、死の床につく友人の家を訪ねたときのことを思い出していた。友人とその妻の一族縁者が大勢集まった邸内には、まるで濃い霧のように、暗い絶望感が漂っていた。夫が死んだら、妻はそのなきがらとともに生きたまま焼かれる運命にあるからだ。「サティ」と呼ばれるこの殉教の儀式の直前、妻は屋敷の戸口の脇に赤いインクで手型を残す。その手型だけが、彼女がこの世に存在したことを示す証となるのだ。彼女を助けるために何ひとつしてやれない自分自身に、ハンターは吐き気がするほどの失望を覚えた。だがインド人にとって、サティはきわめて神聖な儀式だ。外国人がうっかり口を挟もうものなら、反対に殺されかねない。

どうして女性の人生はこうまで軽視されるのだろう。近代化が進み、文明の発達が叫ばれるこの英国だって、状況は似たようなものだ。英国の法律では妻は夫の所有物なのよ、夫は妻を自分の好きなようにできるんだわ――ラーラの意見にとうてい反論できないな、とハンターは苦々しく思った。それにしても、ロンズデール邸を包むこの不穏な空気……残念ながらこの様子では、レイチェルは本当に、女性を軽んじる社会の犠牲になりかけているところらしい。誰かがそれを阻止しなければならないようだ。

執事に話しかけると見せて、ハンターはその場にいる全員に向け、静かに言い放った。

「もしも彼女が死んだら、きみたちは殺人の共犯者ということになるが、それでいいのだな」

今の一言を彼らがどう捉えたか、顔を見なくてもわかった。恐怖と罪悪感と不安が玄関広間を埋めつくす。執事も含めて誰ひとり身動きできずにいる中を、ハンターはひとり、階段のほうへと歩を進めた。体格のいいメイド長の前で足を止め、「レディ・ロンズデールの部屋に案内しなさい」と命じる。

「かしこまりました」驚くほどの速さで階段を駆け上がるメイド長の後ろを、ハンターも一段抜かしで急いだ。

レイチェルの部屋は薄暗く、ひっそりと静まり返っていた。ほのかに甘い香水の香りが漂い、ベルベットのカーテンがほんの一五センチほど開いていて、そこからかすかな陽射しが漏れ入っている。レイチェルは、レースの縁取りがほどこされた枕にもたれかかっていた。長い髪は編まずに垂らしたままで、ほっそりとした体を純白のドレスに包んでいる。顔や腕に傷跡のようなものは見えないが、顔が異常なほど白く、唇は血の気を失ってヒビ割れていた。

誰かが部屋にいるのに気づいたらしく、レイチェルがのろのろと目を開いた。そしてハンターの姿を捉えるなり、ヒッと小さな悲鳴をあげた。どうやら夫と間違えたらしい。

「レディ・ロンズデール――」ハンターはベッドに歩み寄りながら静かに声をかけ、ベッドで身を縮める彼女を見下ろした。「レイチェル、いったい何があったんだい？　いつから寝込んでる？」問いかけながら、小さな冷たい手を取り、大きな手で包み込んで温めてやった。

見つめ返すレイチェルの瞳は、まるで傷ついた動物のようだった。「わからない……何があったのか、自分でもわからないの。でも彼、わざとやったんじゃないのよ。それはわかってるの。だけど、どうして私、階段から落ちたのかしら。大丈夫……休めばよくなるわ。休めば……でもひどく痛くて……眠れないの」

これはもう、ただ休んでどうなるという状態ではなさそうだ。まずはドクター・スレイドに診せなければ。正直言って、ハンターはこれまで、レイチェルのことは別に何とも思っていなかった。確かに美しい女性だが、姉のラーラの足元にもおよばない。でも、かすかに見えるラーラの面影にふと気づき、これほどまでに苦しんでいる姿を目の当たりにしては、義理の妹を不憫《ふびん》に思わずにはいられなかった。「ラーラに言われて迎えに来たんだよ」ハンターはレイチェルにささやきかけていた。「ここから動かすのはよくないだろうが、彼女に約束したんでね――」ハンターは自分に苛立ち、ふいに言葉を切った。

それまで苦痛に朦朧《もうろう》としていた様子のレイチェルが、ラーラの名前を聞いて急にはっきりとした口調になった。「ああ、そうだわ……お姉様。お姉様に会わせて。お願いよ」

ハンターはかたわらに立つメイド長にキッと視線を投げた。「いったいどういう状況なんだ？」

「ずっと出血が止まらないのです」メイド長は静かに答えた。「階段から落ちて以来ずっと。何をやっても無駄で……。お医者様をお呼びしようとしたのですが、旦那様が必要ないとおっしゃって」彼女の声はほとんど聞こえないほど小さくなっていった。「お願いいたします……旦那様がお戻りになられる前に、奥様をどこかにお連れしてください。さもないと奥様は……」

ハンターはベッドに大儀そうに横たわるレイチェルに視線を戻し、上掛けを一気に引きはがした。ナイトドレスには、乾いた血の跡だろう、さび色の染みが点々とついていた。さび色は、彼女が横たわるシーツにも広がっている。メイド長に手伝うようどら声で命じ、ハンターはすぐさま準備に取りかかった。まずは、柔らかなキャンブリック地のローブでレイチェルの弱った体を包み込む。レイチェルは果敢にも自ら腕を上げて袖に通そうとした。だが、ほんのわずかに体を動かすだけでも、耐えがたい苦痛に襲われるようだ。メイド長がローブの前ボタンを留める間も、青ざめた唇をぎゅっと引き結んで、必死に痛みに耐えている。

ローブを着せ終えると、ハンターは前かがみになってレイチェルの体の下に腕を差し入れた。「いい子だ、レイチェル」幼い子どもに話しかけるように静かにささやきかけながら、軽々と彼女を抱き上げた。「ラーラのところに連れて行ってあげるからね。そうしたら、すぐによくなるよ」優しく抱いたつもりだったのに、それでもレイチェルは痛みに呻き声を漏らした。靴下も履いていない足は、力を失ってだらりと垂れ下がっている。ハンターは心の中で毒づきながら、ひょっとしてここから動かしたら彼女は死んでしまうのではないだろうかと不安を覚えた。

「早く行ってください」ハンターのためらいを見て、メイド長がせかした。「こうするのが一番なんです――どうか、私を信じてください」

ハンターはうなずき、レイチェルを部屋から運び出した。レイチェルは彼の肩に頭をもたせている。てっきり気を失ったのかと思っていたが、階段を下りる途中で、弱々しくささやく声が聞こえてきた。「ありがとうございます……どなたか存じませんが」

どうやらレイチェルは、痛みと失血で意識が混濁しているらしい。「私はホークスワースですよ」振動が伝わらないように気をつけながら、さらに階段を下りていく。

「いいえ、あなたはホークスワース伯爵じゃないわ」彼女は弱々しいけれども、妙に確信に満ちた声で言い……まるで祝福を与えるように、ハンターの頰を指先でなぞった。

ホークスワース邸までの道のりはまるで拷問だった。車輪が轍《わだち》や穴を踏むたびに馬車ががくんと揺れ、青白い顔でぐったりと横たわるレイチェルが苦しげに喘ぐ。レイチェルはベルベット張りの座席に体を丸めるようにして横になっている。体の下に枕や膝掛けを入れて衝撃をやわらげるようにしてあるものの、大した効果はないようだった。じきにハンターは、彼女が小さく呻くたび、自分まで顔をしかめているのに気づいた。義妹が苦痛に苦しむ姿を見るのは、思いがけないほど身にこたえた。

周囲の人間同様、ハンターもこれまでは、レイチェルに対するロンズデールの仕打ちについては知らんぷりを決め込もうとしてきた。夫婦の間で何があろうと自分の知ったことではないと考えていたのだ。今回のことでは、きっと何人もの人びとから、レイチェルをロンズデールの邸内から勝手に連れ出すなんてやり過ぎだと非難されることだろう。そのときレイチェルがまた痛みに唸り、ハンターは激しい怒りに駆られた——そんな連中はクソ食らえだ。こんなことになったのも、マーケットヒルの連中と、ロンズデールの友人と、親戚どもの責任だ。みんなして、彼女をここまで追い込んだんだ。

屋敷にたどり着くまでにレイチェルが死ななかったのは、ほとんど奇跡のように思われた。ようやく帰りつくと、ハンターは細心の注意を払って彼女を抱き上げ、すぐさま邸内へと運び入れた。ドクター・スレイドもすでに到着して、ラーラと一緒に待っていてくれた。当のラーラはといえば、妹の状態を見ても大して驚いた顔は見せなかった。きっと、あれこれ考えすぎて、もっとひどいことまで想像していたのだろう。ラーラの指示に従って、ハンターはレイチェルを妻の寝室に運び込み、リネンのシーツの上に横たえた。メイドたちはせわしなく立ち働き、ラーラは妹の枕元に身をかがめ、ドクター・スレイドは鞄の中をごそごそと何やら探している。そのかたわらでハンターは、室内を所在なさげにただうろうろと歩き回っていた。

これでひとまず役目は果たした。ラーラとの約束を守ることができて、満足感のようなものを覚えることができると思っていたのに、なぜか不安を感じ、苛立ちが消えない。ハンターは書斎に向かい、ひとりきりになると、ゆっくりと酒を飲んだ。飲みながら、ロンズデールが来たらいったいどう対処しようかと考えた。ロンズデールがどれだけ悔やんだ顔を見せたところで、レイチェルを彼の元に帰すわけにはいくまい。二度とレイチェルを傷つけたりしないと言われたところで、もう信じられるはずがない。ロンズデールがレイチェルを殺さないと、いったい誰が言いきれる?

あの男は変わらない――ハンターは二杯目のブランデーをやりながら思った。いや、そもそも人間の性格が変わるわけがないのだ。そのとき、今朝のラーラの言葉が思い出された――あなたはすっかり変わったわ。今のあなたなら、心から信頼できる。愛してるわ、ハンター。静かな希望に満ちあふれたラーラの心からの告白を、ハンターは胸が焦がされる思いで聞いていた。だが何と答えればいいのかわからなかった。そして今も、その答えは見つかっていない。ラーラの愛が欲しかった。彼女を自分のものにするためなら、何だってするつもりだった。でもいずれ、かたちの違いはあるにせよ、ロンズデールと同じように自分も妻を傷つけることになるのは目に見えている。

やがて従者がやって来て、ドクターがお帰りになられるようですと告げていった。ハンターはブランデーグラスを脇に置いた。玄関広間に向かうと、ちょうどラーラとドクターも出てきたばかりのようだった。年老いたドクターは、ひどく深刻そうな陰気な表情を浮かべ、しわの深ささえいつもより増していて、まるで無愛想なブルドッグのようだ。一方のラーラは、落ち着いた様子だがどこか張りつめた表情で、湧き起こる感情を必死に隠しているといった感じ。

ハンターはふたりを交互に見やり、説明を待ったが、ついにたまりかねたように自ら口を開いた。「それで？」

「レディ・ロンズデールは流産なさった」ドクターが答えた。「出血が始まってようやく、妊娠していたことにご自分でも気づかれたようだ」

「いったい何があったんです？」

「ロンズデールがあの子を階段から突き落としたのよ」ラーラの声は静かだったが、瞳は怒りにめらめらと燃えるようだった。「また酔っ払って、かんしゃくを起こしたんだわ。レイチェルは、夫は自分で何をしているのかわかっていなかったのよって庇《かば》ったけど」

ドクター・スレイドは思いっきり顔をしかめている。「ひどい話ですな、まったく。こう言ってはなんだが、先代のロンズデール卿がご存命でなくて本当によかった。テレル君のことを心から誇りに思っていた先代が、息子の今の姿を見たらいったい何と――」

「レイチェルの具合はどうなんですか？」長い思い出話が始まりそうなのを察知して、ハンターはすかさず口を挟んだ。

「ああ、すっかりよくなると思いますよ。ただし、しっかり体をいたわって、十分な治療を受けなければなりませんな。相当弱っておられるようだから、当分は誰にも会わせないほうがいいでしょう。テレル君のことは……」ドクターは言葉を切り、かぶりを振った。それ以上言うのはお節介が過ぎると気づいたのだろう。「せめて、こういうことは絶対にあってはならないと、わかっていただきたいものですなあ」

「絶対にわからせてあげるわ」ハンターが何か言う前に、ラーラが静かに返した。ラーラはそのままふたりの顔も見ず、くるりと背を向けて階段を上り、妹の病室へと戻って行った。ラーラのしゃんと伸ばした背筋と、キッとあげた顎を見て、ハンターはなぜか罪悪感を覚えた。ロンズデールのせいで、自分とドクターまで責められているような気がした。まるで、女性に対する男どもの陰謀に加担したと非難されているような気分だった。

「ロンズデールのやつめ」ハンターは顔をしかめた。

ドクターは背伸びをしてハンターの肩を優しく叩いた。「お察ししますよ。伯爵は、テレル君とは親友ですからなあ。でも、おいぼれのたわ言と思って聞いていただきたいのですが、伯爵がレディ・ロンズデールを救い出したと聞いたときには本当に嬉しく思いましたよ。クロスランド家の方々には、そういう優しさが欠けているような印象がありましたからなあ。ああ、どうかお気を悪くなさいますな」

ハンターは皮肉っぽく口元をゆがめて「本当のことを言われて、気を悪くしたりしませんよ」とつぶやくと、馬車を用意させ、ドクターを送り帰した。

その晩、ラーラはレイチェルのベッドのかたわらでずっと起きていたが、椅子に腰かけたまま、いつの間にかうとうとしていたらしい。ふと大きな人影が室内を歩いているのに気づいて、ハッと目を覚ました。「だ、誰――?」

「私だよ」ハンターは暗闇の中にラーラの姿を認めると、つぶやきながら、かたわらに歩み寄り、肩に手を置いた。「そろそろきみもベッドで休んだほうがいい。レイチェルもぐっすり寝ているんだし――朝までずっと付き添っているわけにはいかないよ」

ラーラはあくびをしてから頭を横に振り、首筋の猛烈な凝りに顔をしかめた。「ダメよ。もしもレイチェルが夜中に目を覚まして――何か欲しいものでもあったらどうするの。私がそばにいないと」自分でも理由などわからないが、妹をひとりにしておけない、目に見えない恐怖からも、そしてテレルからも、彼女を守ってやらなければならないという強烈な使命感があった。

ハンターの指先が、首筋を優しく撫でてくる。「そんなことをして、きみが疲れたら元も子もないだろう」

ラーラはハンターの手に頬を寄せながらため息をついた。「妹の寝顔をただ見てるだけでもいい。とにかく、何かしてやりたいの」

ハンターは親指で彼女のこめかみを愛撫し、髪に口づけながら、くぐもった声でささやいた。「きみはベッドで休みなさい。代わりに私が見ていてあげるから」不満げな顔のラーラを椅子から立たせ、無理やり病室から追い出す。ラーラは、夢遊病者のような足取りで自分のベッドへと向かった。

ロンズデールは、翌日の午後になってホークスワース邸に現れた。ラーラは最初、彼が来たことに気づかなかった。ほとんど一日中、レイチェルの病室に閉じこもりきりだったからだ。妹を何とかなだめすかして、スープを少しと、ブラマンジェを一口食べさせたあとは、ドクター・スレイドが置いていった薬をしっかり飲ませた。ほとんど何もしゃべらず、ぐったりした様子の彼女は、薬のおかげで睡魔に襲われるのがかえってありがたいようだった。まるで子どものように安心しきった顔で、ラーラの手を握りしめたまま、あっという間に深い眠りに落ちた。妹のそんな姿に、ラーラは胸が痛んだ。

そっとレイチェルの指をほどき、長い茶色の髪を撫でてやる。「ぐっすりお休みなさい。もう何も心配することはないわ……」

病室を出たラーラは、妹のことを両親にいつ、どうやって話そうかと考えていた。きっと、散々言われるに違いない。何もかも否定されるだろう。ロンズデール卿は立派な方じゃないの。これはちょっとした過ちなんだから、みんなで彼のことを理解して許してあげなさい……どうせ、そんなふうに言われるのだろう。

ロンズデールをレイチェルに近づけないためには、ハンターの力添えが絶対に不可欠だ。夫の気が万が一変わりでもしたら、もう頼みの綱はなくなる。レイチェルをあの屋敷に帰し、ロンズデールの好き勝手にさせるわけにはいかない。でも、それを阻止できるのはハンターだけだ。これまでのところラーラは、今回の一件でのハンターの働きぶりには心から感謝している。でも、ロンズデールとの昔からの友情を考えれば、いずれハンターの気が変わらないとも限らない。ロンズデールがレイチェルを返せと言ってきたら、ハンターがそれを拒否できるとは思えなかった。もしもハンターがロンズデールの求めに応じてしまったら……いったいどうすればいいのだろう。

不安を募らせながら廊下を歩いているうちに、ラーラはいつの間にか玄関広間につながる階段の一番上まで来ていた。何やら言い争うような男性の話し声が聞こえてくる。ラーラはスカートを握りしめ、裾を軽く持ち上げると、急いで階段を下りた。最後の一段までたどり着いたところで、ハンターがロンズデールと話しているのが目に入った。

義理の弟の顔を見るなり、ラーラはわなわなと怒りに震えた。こんなときだというのに、ロンズデールはきちんと身なりを整え、若々しい魅力にあふれ、落ち着いた様子だった。こうなったら絶対に、二度とレイチェルに、指一本でも触れさせるものですか。万が一、触れようものなら、私がこの手でロンズデールを撃ってやる。

物音ひとつたてなかったのに、ハンターは気配でラーラがそこにいるのを感じ取ったらしい。振り向いて横目で妻をじろりと見やると、「そこにいなさい」と言い放った。ラーラは無言で従った。心臓が激しく鼓動を打つ。ハンターはすぐにまたロンズデールに向き直った。

「ホークスワース」ロンズデールは、彼の冷ややかな態度に少々まごついた様子で呼びかけた。「おいきみ、いったいいつまで私をこうして立たせておくつもりだい？　さあ、中に入れてくれたまえよ。一杯やりながら、話をしようじゃないか」

「そんな場合じゃないだろう」ハンターはぞんざいに言った。

「ああ、まあそうだな……ここに来た理由は、はっきりしてるわけだしな」ロンズデールはいったん言葉を切り、見るからに心配そうな顔を作ってみせた。「私の妻はどうしてる？」

「寝込んでるよ」

「まったく、いったい何がどうなってるのやら。なあ、レイチェルは事故に遭ったんだ。それなのに、自宅で治療に専念させるどころか、馬車に乗せてこんなところまで連れてくるなんて。それもこれも、ラリーサの気まぐれにつき合うためなんだろう、ええ？　レイチェルの怪我を知ったときのラリーサの反応が、目に浮かぶようだよ。どうせほかの女どもと同じように、メスのクジャクみたいに騒ぎたてたんだろう？　でも、きみともあろう人が……」ロンズデールはあきれたように、かぶりを振った。「まったく、きみらしくないぞ、ホークスワース。他人のプライバシーに首を突っ込むなんて。しかもその他人が、きみの最高の親友だっていうんだからな」

「もう親友じゃない」ハンターは静かに言った。

ロンズデールの青い瞳が、ぎょっとしたように見開かれる。「何を言ってるんだか。きみと私は兄弟みたいなものじゃないか。たかが女のことでケンカなんてバカバカしい。さあ、レイチェルを返してくれ。仲直りしよう」

「あいにくレイチェルは動かせるような状態じゃない」

ロンズデールは、信じられないというように笑いながら言った。「私が返せと言ってるんだから、返せばいいんだよ。あれは私の妻なんだから――」冷やかに見つめてくるハンターの視線に気づき、ふいに真顔になる。「おい、何でそんな目でじっと見てるんだ？　何かあったのか？」

ハンターはまばたきひとつしない。「帰ってくれ、テレル」ロンズデールの顔に不安げな色が広がる。「レイチェルに何かあったんだな、答えろ、ホークスワース！」

「彼女は妊娠していた」ハンターは抑揚のない声で答えた。「だが流産した」

ロンズデールは真っ青になり、唇をわなわなと震わせている。「彼女に会わせろ」

ハンターはかぶりを振り、ロンズデールの前に立ちはだかっている。「彼女の面倒は私たちが見る」

「流産したのは、貴様が病気の彼女をここに連れてきたりしたからだろうが！」

それまで叫びだしそうになるのを唇を嚙んで必死にこらえていたラーラだが、気づいたときには大声をあげていた。「あの子が流産したのは、あなたが階段から突き落としたからよ！　私とドクター・スレイドに、何もかも話してくれたわ」

「嘘だ！」

「ラーラ、きみは黙っていなさい」ハンターが唸った。

「それに、医者も呼ばなかったそうね」ラーラはハンターを無視して言い募った。

「医者に診せる必要なんてない！」ロンズデールはかんしゃくを起こし、怒りに顔を赤黒くさせながら、ラーラのほうに歩み寄ろうとした。「そうやって、私の悪口をみんなに吹き込んでいるんだろう？　今すぐにその口をふさいでやる――」

ラーラはすぐ後ろに階段があることも忘れて、反射的に後ずさった。ヒッと声をあげながら、階段の二段目に尻餅をつく。そのあと目の前で繰り広げられた光景を、彼女は仰天のあまり大きく目を見開いて、ただ見ているしかなかった。まるで不運なキツネを追い詰める猟犬のように、ハンターがロンズデールを押さえ込んだのだ。

「出て行け」ハンターは言いながら、かつての親友を扉のほうへと無理やり引っ張って行った。

ロンズデールは身をよじって自由になると、両手をこぶしにして振り回しながらハンターに向かっていった。きっとハンターも、昔とったきねづかで応戦するに違いない。ふたりは以前、拳闘に夢中になった時期があった。賞金を賭けた試合にも何度も出たし、貴族仲間同士でせっせと練習に励んでいた。

ところが、驚いて見ているだけのラーラの目に映ったのは――ラーラも、ほかの誰もまったく予想だにしない光景だった。ハンターが何やら奇妙な、流れるような動作で膝と手首を巧みに動かしたと思うと、ロンズデールは呻きながら床に倒れていたのだ。それはいかにも自然な動作に見えた。今やハンターはロンズデールの上にのしかかり、最後の一撃を加えようと片腕を振り上げている。いけない！ラーラは一瞬にしてわれに返った。ハンターの引きつったような、妙に表情のない顔を見れば、ロンズデールを今にも殺しかねないのがわかる。理由なんてどうでもいい、とにかく殺ってしまおうという恐ろしい本能に衝き動かされているようだった。

「ハンター！」ラーラは必死に呼びかけた。「ハンター、待って」

ラーラに呼ばれて、ハンターは正気を取り戻したようだ。彼女をキッと睨みつけ、振り上げた腕をわずかに下げる。ラーラは、夫の瞳に浮かぶ残虐な色に思わずたじろいだ。いくらなんでも、どうしてそこまで……。夫はまるで、暗黒の世界へと引きずり込まれまいと必死に葛藤しているようだった。二度とあそこには戻りたくない、そんな顔をしている。ラーラにはさっぱりわけがわからなかった。でもとにかく、今すぐにいつものハンターに戻ってもらわなければ。

「もう十分よ、ハンター」やがて使用人たちがぞろぞろと玄関広間に集まってきた。呆気にとられたような表情で、広間の真ん中で取っ組み合うふたりを注視している。「ロンズデール卿も、もうお帰りになりたいでしょう」ラーラは立ち上がるとスカートのしわを直し、かたわらにいた従者に命じた。「ジョージ、ロンズデール卿を馬車までお送りして」

怪訝《けげん》そうに様子をうかがう同僚たちから離れて、ジョージはすぐに命令に従った。メイド長のミセス・ゴーストはラーラの気持ちを察し、群がる部下たちを追い散らして、きびきびと命じた。「さあさあ、仕事に戻って。やることはまだまだいっぱいあるでしょうに。そんなふうにぼんやりしている暇はありませんよ」

ハンターは身じろぎもせず、ロンズデールが呆然とした面持ちのまま玄関広間から助け起こされるところを眺めている。ふたりの従者が半ば引きずるように、半ば抱きかかえるようにして、外に待たせてある馬車へと彼を連れて行く。ラーラは夫のかたわらに歩み寄り、おずおずと腕に手を伸ばした。「あなた」感謝を込めて呼びかける。「レイチェルを守ってくれて、ありがとう。嬉しかったわ」

ハンターは熱く燃えたぎるような瞳でラーラを見つめ、かろうじて聞こえるくらい小さな声で言った。「礼ならベッドの中で言ってくれないか」

ラーラはぎょっとして夫を見返した。「今すぐに？」ささやくように問いかけながら、頬がカッと熱くなっていくのを覚えた。ハンターは答えない。怖いくらい鋭いまなざしで、じっと見つめてくるだけだ。

見つめ合う様子から、これからふたりがどうするか誰かに見透かされたらと思うと——ラーラには、周囲に目を配る勇気はなかった。イヤだと言おうかしら、とも思った。レイチェルの付き添いで疲れているからと言えば、無理強いはされないだろう。実際、彼女は本当に疲れていた。でも、ハンターがこんなふうに求めてきたことは今まで一度もない。愛を交わすときはいつも、甘く誘惑したり、じらしたり、気分を盛り上げたり……こんなふうに、どこか自暴自棄になって求めてくるのは初めてのことだ。まるで、ラーラに救って欲しいと懇願しているような……。

強いまなざしに圧倒されて、ラーラはまつげを伏せ、階段を上り始めた。すぐさまハンターが、三〇センチと間を置かずに後ろからついてくる。せかすような感じではなくて、まるで、獲物に忍び寄るような感じだった。彼の呼吸さえ聞こえた。いつになく浅く、せわしないのは、先ほどの取っ組み合いのせいではなくて、欲情しているせいだろう。心臓が激しく高鳴り、ラーラはほとんど目まいがしそうだった。階段の一番上にたどり着いたところで、どちらの寝室に行けばいいのかわからず、いったん立ち止まる。「ど、どっちの部屋？」

「どちらでもいい」ハンターは低く答えた。

ラーラはハンターの部屋のほうに足を進めた。そちらのほうが、プライバシーを守れそうだったからだ。ハンターがばたんと扉を閉める。飢えたような目をラーラに向けてから、ベストとシャツを脱いだ。急いでいる感じではないけれど、内心、必死に自分を抑えているのがわかる。ラーラは狼狽しながらも、背中に手を伸ばしてドレスのボタンを外しにかかった。でもふたつ目を外したところで、ハンターが大股に歩み寄ってきて、頭を両手でぐいっとつかまれてしまった。まるで、彼女が逃げ出すのを恐れているような仕草だ。ハンターはそのまま、深く、飢えたように唇を重ね、舌で口の中をまさぐった。

ラーラはハンターを抱きしめようと手を伸ばし、逞しい上半身の筋肉に圧倒されて苦しげに喘いだ。手のひらに、彼の熱い肌が触れる。ハンターは相変わらず頭を手でつかんだまま、激しく口づけてくる。歓喜が高まってきて、ラーラは呻き声をあげた。

強烈な欲望に身を震わせながら、ハンターはようやく唇を離すと、ラーラをベッドのほうに誘《いざな》った。ラーラは混乱して足をもつれさせたが、夫の手が支えてくれていた。夫に導かれるまま、床に膝を落とし、ベッドの端に前屈みになる。スカートを腰のところまでたくし上げられた瞬間、頭の中が真っ白になった。シュミーズを引き裂く音がして、破れた生地が左右に開かれる。

「な、何をするの？」訊きながら、顔を上げようとした。すると背後からハンターがのしかかってきて、両脚の間に、指がすべり込んでくるのを感じた。

「このままで……。痛くしないから。頼むからじっとしてて」ハンターは黒い茂みの間をまさぐり、ふっくらとした入口から人差指を挿し入れ、温かく潤った内部へと沈み込ませた。ララはおののき、上掛けをぎゅっと握りしめた。「準備万端だな」ハンターがしゃがれ声でつぶやき、ズボンを下ろす音が聞こえる。

このまま後ろからするつもりなんだわ……ララはまぶたを閉じて待った。恐れと期待に、心臓が激しく鼓動を打つ。太く大きなものが股間を探り、押しつけられ、やがてゆっくりと中に入ってきて、ララは思わず叫び声をあげた。中の筋肉がぎゅっと収縮して彼の硬いものを包み込み、さらに奥深くまで貫かれて、いっそう締まるのがわかる。

ハンターは挿入したまま、ドレスの後ろ身ごろをつかみ、左右に引き裂いた。小さなボタンがベッドや床の上に飛び散る。さらにシュミーズにも手を伸ばす。薄いモスリン地のシュミーズはあっという間に引き裂かれ、ララの上半身があらわになった。ララは背中に温かな唇の感触を覚えた。敏感なうなじから背骨へと唇が這い、たまらず身をよじる。

「もっとして」ララは懇願しながら腰を突き出した。

ハンターが小さく円を描くように腰をまわしてそれに応えると、ララは喘ぎながら、上掛けをさらにぎゅっと手につかんだ。

「あなたに触りたい」ララは呻くように言った。「お願い、触らせて――」

「ダメだよ」ハンターはララの耳たぶを舐め、耳の穴に舌を差し入れ、しっとりと濡れた耳元で優しくささやいた。

ラーラは身を震わせた。体の中にも周りにも彼を感じられるのに、触ることも見ることもできなくて、頭がおかしくなりそうだった。「お願いだからそっちを向かせて。ハンター、お願いよ――」

ハンターは巧みに脚を使って彼女の太腿をさらに大きく広げた。片手を前に持っていき、引き締まったおなかから、茂みのほうへと指を這わせる。敏感な花芯を探りあてると、歓喜にふくらみきったその部分を優しく愛撫した。じらすように撫でてくる指の感触と、深く挿入される快感に、ラーラはむせび泣きながら夫の名前を呼んだ。なす術もなく体を開き、彼の重みを感じながら……腰の動きが徐々に速くなるにつれて、歓喜がどんどん高まっていき、やがてすべてが解き放たれ、ラーラはオルガズムに達した。

喜びに震えながら、上掛けに顔をうずめて喘ぐ。背中にハンターの顔が押しつけられるのを感じる。やがてハンターもクライマックスを迎え、両手で彼女のヒップをぎゅっとつかみながら、満足げに呻きつつ、彼女の中に精をほとばしらせた。

愛の営みの余韻で体が火照り、全身の力が抜けたようになって、ラーラは動くこともできないくらいだった。やっとのことでのろのろと身を起こすと、ハンターがドレスをすっかり脱がせてくれた。ハンターは自らもズボンを脱いでから、裸のままベッドに入り、彼女をぎゅっと抱き寄せた。ラーラは満ち足りた気分でしばらく眠った。眠っていたのが数分だったのか、数時間だったのかはわからない。ふと目覚めたときには、ハンターが藍色の瞳でじっと見つめていた。

「きみ以外の人とはこんなことはしない」ハンターはつぶやきながら、乳房に手を這わせ、薔薇色の乳首をもてあそんだ。

「よかった」ラーラはささやき、手を伸ばして、夫の日に焼けた髪と引き締まったうなじを撫で、その感触を楽しんだ。

「私とずっと一緒にいてくれ、ラーラ。きみと離れたくないんだ」

唐突な言葉にラーラは当惑し、夫の背中に両腕をまわした。夫の背中はとても大きくて、両手の指先がつかないくらいだった。でも、どうして急に離れたくないなんて言うのだろう。何かの事故とか、予想もつかないような不幸が起きて、またふたりが離れ離れになるのを恐れているのだろうか。確かに、考えただけでも恐ろしくなる。彼が死んだと聞かされたのは、それほど昔のことではない。あのときは、恥ずべきことに、彼の死を心から悲しむこともなかった。でも、もしもまた何か恐ろしいことが起きたら、何らかの理由でふたりの間が引き裂かれることになったら……ラーラはきっと耐えられないだろう。彼なしでは、もう生きていくことさえできないだろう。

ラーラは涙に濡れる瞳でハンターを見つめ、彼の膝が太腿の間に入ってくると、自ら脚を広げた。「ええ、ずっと一緒にいましょう。過去のことはもう忘れるの」

「ああ、よかった、ラーラ」ハンターは挿入しながら呻いた。ラーラは夫の顔をじっと見つめた。引き締まった顔を汗で光らせ、ぎゅっと歯を食いしばっている。ハンターは、ゆっくりと挿入を繰り返した……まるで、永遠にそのまま結ばれていようとするように。さざ波のような歓喜が、絶え間ない大波となっていく。ラーラは、ハンターに魂をのぞきこまれているような、そして自分も彼の魂を垣間見ているような、そんな感覚に襲われながら、すべての秘密が灰となって消えていくのを感じていた。

「私を愛してる?」

「もちろん、愛してる」

どちらがたずね、どちらが答えたのか、それすらもわからなかった。わかるのは、その答えが、ふたりにとっての真実だということだけだった。

17

それから数日間、ロンズデールからは不思議と何の音沙汰もなく、当人がホークスワース邸に再びやって来ることもなかった。ついに手紙が来たと思ったら、「妻の病状を知らせたし」というごく短い気取った文が書かれていた。ラーラは返事を出すのをためらった。あんなひどいことをした男に、レイチェルのことを知る権利などいっさいないと思った。でも、どうするか決めるのはレイチェル本人だ。ラーラは渋々、手紙を持って妹の元に行った。レイチェルは、家族用の談話室でソファに横になって休んでいた。

純白のナイトドレスをまとい、レースの縁取りをほどこした膝掛けを掛けたレイチェルは、磁器の人形のように壊れやすそうだった。ページを開いたまま本を膝に乗せて、ぼんやりと窓の外を眺めている。

「あまり気に入らなかった？」ラーラは本に視線をやりながらたずねた。「何だったら、図書室でもっと別の――」

「ううん、大丈夫よ」レイチェルは、穏やかながらどこか疲れたような笑みを浮かべた。「何だか集中できなくって……。本を読んでても、何が書いてあるのか、じきにわからなくなっちゃうの」

「おなかが空いてるんじゃないの？」

レイチェルはかぶりを振った。「今しがた、ジョニーが庭で採れた桃を持ってきてくれたから。魔法の桃で、食べればすっかり具合がよくなるんですって。私がちゃんと食べ終わるまで見てるんだって言って聞かなかったわ」

ララはジョニーの豊かな想像力に思わず笑みを漏らし、「ジョニーったら」とつぶやいた。

「ときどき、あの子がお姉様の本当の子みたいに思えることがあるわ。外でカメだの何だのって小動物をつかまえては、わざわざ見せに来て……お姉様にそっくり」

「この前ドクター・スレイドがいらしたときなんて、先生の鞄の中を引っ掻き回して、質問攻めにしてたわ。そのうち、医学を勉強したいなんて言い出すかもしれないわね」

「家族に医者がいるのも、なかなかいいんじゃない」レイチェルは言うと、ソファに頭をもたせて、それとわからないくらい小さくため息をついた。

ララは妹のかたわらにひざまずき、冷たい手を取ると、ぎゅっと握りしめた。「じつはね……ロンズデールからあなたの病状をたずねる手紙が来たの。返事を書くべきかしら、それとも、知らん顔しておく？」

レイチェルは表情を硬くし、かぶりを振った。「わからないわ」

無言のまま、ララは励ますように妹の手を握りしめ続けた。それから、妹の流産がわかったとき以来ずっと胸に秘めてきた思いを、意を決して伝えることにした。「ねえレイチェル……別に彼のところに戻る必要はないのよ。ここで私たちと一緒にいてもいいし、好きな場所に新しく家を見つけてもいいし」

「夫も、子どもも……女性にとっての生きがいを何ひとつ持たずに？」レイチェルは寂しそうにつぶやいた。「そんな人生に何の意味があるの？　屋敷に戻って、夫が変わることを祈るしかないでしょう？」

「生きがいが欲しいなら、いくらだって見つけられるわ、ね、レイチェル――」

「私はお姉様とは違うわ」レイチェルは静かにさえぎった。「お姉様みたいな独立精神はないの。お義兄様が亡くなったと知らされたあと、お姉様は夫のいない人生をひとりで切り開いたけど、私にはあんなことはできない。もし私があのときのお姉様の立場だったら、すぐに新しい夫を探したわ。だって、昔っから自分の家族が欲しいって思ってたんだもの。確かに、テレルには欠点があるわ。ずっと前から、彼にはダメな一面があるってわかってたの――」

「あなたはほとんど殺されかけたのよ。いいえ、否定しようとしても無駄。あんなときにお医者様も呼ばないなんて、殺人未遂も同然でしょう。ロンズデールは人でなしよ。絶対に、あなたを彼の元に帰したりするものですか」

「確かに、彼は優しい人じゃないわ」レイチェルはうなずいた。「完璧な夫とは言えない。でもね、もしも私が自分で妊娠に気づいて、それを彼に話していたら……そうしたら、もっと気づかってくれただろうし、こんな事故だって起きなかったと思うの」

カッとしたラーラは、妹の手をパッと放していきなり立ち上がり、苛立たしげに室内をぐるぐると歩き回り始めた。「その事故とやらのせいで、ロンズデールは今頃さぞかし後悔しているんでしょうね。でもね、じきにいつもの彼に戻るに決まってる。傲慢で、自分勝手で、冷酷な彼に。あの人は一生そういう人間なのよ！」

いつもは優しい光をたたえているレイチェルのハシバミ色の瞳が、ふいに冷ややかになり、ラーラを睨みつけるようにした。「お義兄様は変わったじゃない。違うの？」

ラーラは挑むような妹の声音にうろたえ、「そうね」と用心深く答えた。「ハンターは、前よりも優しくなった。でも、いつかまた元の彼に戻るかもしれないって、いつも自分に言い聞かせてるわ」

レイチェルはしばらく姉を見つめてからつぶやいた。「そう、今のお義兄様はまったくの別人だわ。ロンズデールの屋敷に迎えにいらしたときも、誰だかわからなかったくらい。痛みがひどくて、朦朧《もうろう》としてたし……だから、てっきりどこかの親切な方だと思った。もしかしてお義兄様かしらなんて、これっぽっちも頭に浮かばなかったわ。きっと天使が助けにきてくれたんだって、本気で信じたくらい」

「今の彼は理想の夫よ」ラーラはうなずいたが、「まったくの別人」という妹の言葉がなぜか頭にこびりついて離れない。ラーラはうつむいている妹を見て言った。「ねえ、今の話でちょっと気になったんだけど――」一瞬言いよどんだが、意を決してたずねた。「もしかして、彼のことを本物のホークスワース卿じゃないと思っている、そう言いたいの？」レイチェルは突き刺すような視線を姉に向けた。「お姉様は、彼を自分の夫だと信じた。だから私も、彼をお義兄様だと信じることにしたの」

「信じる信じないの話じゃないでしょう」ラーラは激しくうろたえた。「いろんな事実と照らし合わせてみて、本物の彼に間違いないだろうって――」

「事実なんて……疑おうと思えばいくらでも疑えるわ」レイチェルの落ち着きはらった口調は、ラーラをますます動揺させた。「要は、お姉様はご自分にしかわからない何らかの理由で、彼を夫として受け入れることにした、そういうことでしょう？」レイチェルは苦笑した。「ねえ、もっとちゃんとご自分の気持ちと向き合わなければダメよ。四六時中他人のことばかり考えて、すべてのエネルギーをそっちに注いで。よく考えもせず、衝動的に、直感的に物事を決めて。他人の世話ばかり焼いているのは、ご自分の抱えている問題とちゃんと向き合いたくないからなんでしょう？」

「いったい何が言いたいの？」

「つまりお姉様は……」レイチェルは消え入るような声になり、いとおしげに姉を見つめた。「ごめんなさい。こんなふうにお姉様を責めるなんて、どうかしてるわね。お姉様の夫は、奇跡が起きて、無事に帰ってらした――お姉様の幸せを願うからこそ、私はそう信じることにしたの。だからお姉様も、私がよくなったらロンズデールの元に帰してちょうだい。そして、私にも奇跡が起こるよう祈ってちょうだい。私が言いたいのは、それだけよ」

ラーラは裸でベッドにうつ伏せに横たわっている。ハンターが手のひらに甘い香りのオイルを垂らし、室内に、ラベンダーのうっとりするような香りが漂う。温かな手に背中を撫でられて、ラーラは一瞬身を硬くしたが、「シーッ」という優しいささやき声に気持ちが安らぎ、やがて体の力を抜いた。

ハンターのマッサージはじつに巧みだった。肩の凝りをほぐし、背中の張りをやわらげ、全身の痛みを丁寧に消していってくれる。ラーラは心地よさに思わず呻き声を漏らした。

「ううん、そう、そこよ。とっても気持ちいい……」

ハンターは親指でラーラの背骨の両側から肩へと、凝った筋肉を丹念に揉んでいった。凝りがほぐれて彼女の体がしなやかさを取り戻したところで、うなじに手を置き、指でぎゅっと押すようにしながら、「何か悩みごとがあるんだろう？」とたずねた。

ふいにラーラは、ハンターに打ち明ければ楽になるのではないかと思った。心配で、夕食も喉を通らなかったのだ。いくらハンターになだめられても、夕食の間中、食事に手もつけずに黙りこくってうつむいていた。たまりかねた彼が、途中で寝室に連れてきてくれたのだった。「じつはね、今日、レイチェルとロンズデールのことを話したの。そうしたらあの子、よくなったら彼の元に戻りたいって。私がダメだって言ったら、口論になってしまって。何とかして、説得できないかしら。あの子を引きとめる方法を考えなくちゃ——」

「ラーラ」首の付け根を揉みながら、ハンターは笑いまじりに彼女の言葉をさえぎった。

「またそうやって、何でもかんでも自分の望むとおりにするつもりかい。でも今回は無理だよ。とりあえず、レイチェルはゆっくり休ませてあげなさい。まだ完全によくなったわけでもないのに、答えを急がせちゃいけない。いずれにしても、しばらくはどこにも行けやしないんだから」

ハンターの言うとおりだった。ラーラは枕に顔を押しつけた。「私って本当にせっかちね。まだロンズデールの話なんて持ち出すべきじゃなかったのに。いったいいつになったら、お節介をやめられるのかしら」

ハンターはラーラを仰向けにさせ、ほほ笑みながら、ラベンダーの香りのする手で彼女の鎖骨を撫でた。「きみのせっかちなところも好きだよ。それに、お節介焼きなところもね」

ラーラはためらいがちに、夫の浅黒い顔を見上げた。「レイチェルにね、お姉様は自分の抱えている問題と向き合いたくないから、他人の世話を焼いてばかりいるんだって言われたわ。あなたもそう思う?」

「否定はできないね。自分ではどう思うの?」

「そうね……」ラーラは膝を曲げ、両腕で胸を隠した。「確かに、自分の人生についてじっくり考えるよりも、他人の悩みを解決してあげるほうが簡単ね」

ハンターはラーラの頬に唇を寄せた。「他人の手助けはきみの生きがいだ。それ自体は悪いことじゃない」ささやきながら、彼女の腕を胸からどける。「どうしていつも隠そうとするんだい? あれだけふたりでいろいろなことをしたのに、まだ恥ずかしがってるの?」

ラーラは裸をじっと見つめられて頬を染めた。「だって……。服を着てないと、何だか落ち着かないんだもの」

「だったら、私がリラックスさせてあげる」ハンターはラーラのおなかに円を描くように指をすべらせた。「照れ屋さんを治す治療方法を知ってるんだ」

「治療方法？」耳元でささやく声を、ラーラは目を真ん丸にしながら聞いた。そして、「治療方法」をハンターが説明し終える前に、笑いまじりに、いぶかしむようにまくしたてた。

「ちょ、ちょっと待って。もしかして、もう試したことがあるの？」

「いや、まだだよ」

「そんなの無理に決まってるわ」

ハンターは白い歯をのぞかせて、にやりとした。「無理かどうか、ふたりで試してみようよ」ラーラが答えようとする前に唇を重ね、火照った体に彼女を抱き寄せた。

マーケットヒルのような町では、まるで池に投げ入れられた小石から波紋が広がるように、噂はあっという間に広がっていく。誰かの秘密から、病に伏している人の病状まで、ありとあらゆる厄介事を町中の人びとが耳にし、解決策を話し合い……やがて問題は丸く収まり、あるいは忘れ去られる。町にはそうやって年がら年中、何かしらの噂が飛び交っていた。だから、タイラー大尉の妻の近況についても、じきにホークスワース邸まで伝わってきた。何でも、初めての子を妊娠中のタイラー夫人は、先だって体調を崩してしまい、出産までの数カ月間はベッドから出てはいけないとドクター・スレイドに言われたらしい。

ラーラはこの噂を耳にするなり、タイラー夫人に同情し、体は大丈夫なのかしらと心配になった。四カ月も五カ月も寝たきりだなんて、想像しただけでうんざりする。体調が悪いのだから仕方ないとはいえ、そんなことになったら、退屈のあまり誰だって頭が変になるに違いない。ラーラはさっそく、夫人のために何かしてあげなければと思った。小説を数冊持って行ってあげるだけでも、それで何日間かは退屈しのぎができるだろう。

ただし、ひとつだけ問題がある。ハンターがインドから帰ってきた直後の晩餐会――無断でタイラー夫妻を呼んだときの、ハンターの反応がまだ忘れられずにいた。あのときハンターは、どこか落ち着かず、よそよそしく、何かに腹を立てているようだった。それだけではない。ハンターと大尉はお互いをよく知っている、それなのに他人のフリをしている、そんな感じがした。あれ以来ラーラは、タイラー夫妻とは距離を置くようにしていた。夫妻とつき合ったら、夫との間に何かまずいことが起こるような気がしたからだ。

とはいえ、今回はハンターの機嫌を損ねないようにすることよりも、自分の良心に従うことのほうが大事に思えた。何しろタイラー夫人は、これから何カ月間も何もできずにベッドに寝ていなければならないのだ。そんな彼女を、放っておくことなどできない。ラーラは夫に内緒で見舞いに行くことにした。万が一ばれたら、そのときはそのときだ。

ハンターが所用でロンドンに行く日、ラーラはモーランド邸を訪問することにした。バスケットには、プディングと、領地内の果樹園で採れたとっておきの桃と、退屈しのぎの小説が数冊入っている。田舎道を一時間ばかりも馬車に揺られながら、ラーラは窓から風景を眺めて楽しんだ。青々とした草が茂る牧場は、いくつもの柵で整然と区切られている。丸々と太った羊や茶色い牛は、静かに草を食《は》み、馬車が通りがかっても頭を上げようともしない。

車内はいたって快適だったが、ラーラは何だか落ち着かなかった。何度となく座る位置を変え、スカートを直す。次第に彼女は、トイレに行きたくて仕方がなくなってきた。モーランド邸に到着したときに、慌てないようにしなくちゃ……ラーラは苦笑を浮かべた。いきなり訪問する上に、着くなり洗面所を貸してくださいでは、礼儀も何もあったものではない。でも、どうやらそういうことになりそうな感じだった。それにしても妙だった。近ごろの彼女は、いやにトイレが近い。

考えているうちに、ラーラの顔から笑みが消えていった。レイチェルのことを心配するあまり、自分の体調のことは考えないようにしてきたが、近ごろはどうもおかしな感じだった。いつも忙しくしているのに何だか太ったようだし、それに、体のあちこちが痛む……そういえば、月のものも来ていないかったのでは？　今まで、一度も遅れたことがなかったのに。

ラーラはぎょっとした。そうだ。確かに遅れている……もう二週間も来ていない。あれだけ正確に来ていたものが遅れるなんて。こういうとき、普通の女性なら、妊娠したのだと思うことだろう。でも、私の場合は違う。私は妊娠できない体なんだから……悲嘆のあまり、息さえ苦しくなってくる。

気を紛らわそうと、ラーラは本に手を伸ばした。でも、いったん浮かんだ思いは頭にこびりついて離れようとしない。結婚当初、どれだけ子どもが欲しいと思ったことだろう。罪悪感と、自分は女性として欠陥があるという思いと、それでも赤ちゃんが欲しいという思いで……ラーラは耐えられなかった。最後には、自分は子どもができない体なのだと納得することにした。それにしても皮肉なものだ。よりによって以前はあれほど子どもを欲しがっていた夫のおかげで、子どもが生めない自分と最近ようやく折り合いがつけられるようになり、こんな自分でもいいんだと思えるようになったのだから。

でも、ひょっとしたら……。ラーラは期待するのが怖かった。でも、もしも本当に妊娠しているのだとしたら。もしも……ラーラはまぶたを閉じ、両手をおなかにあてて、早口に神に祈った。ハンターの子どもを生みたい。彼の一部をこのおなかに宿すことができたら……。でも、普通の女性には当たり前のことでも、彼女にとってはまさに奇跡。どれだけぎゅっと目をつぶっても、涙が後から後からあふれてきた。激しい切望感に、気分が悪くなるほどだった。

それでも、モーランド邸に到着する頃には、何とか冷静さを取り戻すことができた。モーランド邸は森に半分囲まれたチューダー様式の荘園屋敷で、レンガと木でできた建物正面が落ち着いた雰囲気を醸し出している。ラーラは表向きは平静をよそおいながら、ごちそうと本の入ったバスケットを玄関広間まで運ぶよう従者に命じた。戸口で待っていると、じきにタイラー大尉が出迎えに現れた。

「これは、これは、レディ・ホークスワース！」大尉は、嬉しいというよりもむしろまごついた様子だ。「わざわざこんなところまで――」

「いきなりお邪魔してごめんなさい」ラーラは言いながら、手袋をした手を差し出した。

「おふたりにご挨拶がてら、夫人にちょっとお見舞いの品をと思っただけですから」

「それはご親切に」大尉の顔からは先ほどのまごついた表情はすでに消え、感謝の色が浮かんでいる。「さあ、どうぞお入りになって、軽いお食事でも。メイドに言って、妻が休んでいるかどうか見てこさせますから。たぶん、少しくらいなら話もできるでしょう」

「どうぞお気をおつかいにならないで。すぐに帰りますから」ラーラは大尉について屋内に入ると、まずは手袋と旅行用のボンネット帽をとった。暖かい日で、少し汗をかいていた。レースの縁取りがほどこされたハンカチをドレスの袖口から取り出し、額と頬をぬぐう。

客用のこぢんまりとした談話室に招き入れられ、花柄のチンツ地張りの優雅なソファへと案内された。ラーラはスカートを直し、マホガニーの椅子に腰かける大尉に向かってほほ笑んだ。大尉に対する印象は、初対面のときと変わらなかった。厳格そうだが、とっつきにくい人物ではない。でも、じっと見つめてくる視線に、何だか落ち着かない気分にさせられた。どこか、ラーラに関係する何かについて無理に沈黙を守っているような感じがある。

「ときに、レディ・ホークスワース」大尉は慎重に切り出した。「失礼ながら、妹さんの容態を伺っても？」

「おかげさまで、とても元気です。ご心配いただいてありがとうございます。それに、そんなに腫れ物に触るような聞き方をされなくても大丈夫ですわ」

大尉は思わず視線を落とした。「いや、何しろ状況が状況ですから……」

「ええ、ちょっとしたスキャンダルですものね」ラーラは穏やかに言った。「マーケットヒル中で噂になっているのでしょう？ でも、悪いのは全部、ロンズデール卿ですから」

大尉は両手を組み合わせた。「残念なことですが、夫が妻にそのような卑劣な行為を働いた話を聞くのは、これが初めてではありませんし、最後でもないのでしょうね……」大尉は一瞬言いよどみ、それから如才なくつけ加えた。「いずれにしても、レディ・ロンズデールがこれからはもっと幸せになれるよう、お祈りしていますよ」

「私も祈ってますわ」それからしばらく、ふたりは当たり障りのない会話を続けた。やがて話題は、タイラー夫人の体調のことへと移っていった。

「おかげさまでドクター・スレイドからは、彼の指示に従っていれば妻も赤ん坊もきっと大丈夫だろうと言われたんですが……。ああいう経験と知識を兼ね備えた方を疑うつもりは毛頭ありませんが、それでも心配なものですね。私にとって、妻はかけがえのない存在ですから。ずいぶんと苦労をかけたのに、こうして私についてきてくれる。とりわけ、インドでの数年間は妻もさぞかし大変だっただろうと思いますよ」

夫人に対する大尉の献身的な愛に打たれて、ラーラはふいに、かねてからの気がかりについてたずねてみる気になった。「あの、タイラー大尉――」ラーラはおずおずと切り出した。「インドと聞いて、ちょっと気になることを思い出したのですが」

「ええ、何でしょう？」大尉はすぐに警戒するような顔になった。黒い口ひげが、神経質な猫のヒゲのようにぴくぴくとうごめいている。

ラーラは慎重に続けた。「じつは、何カ月か前にホークスワース邸の晩餐会にお招きして、夫を紹介したとき……大尉は夫のことを以前から知っているような気がしたんです」

「いや、それはありませんよ」

「そうですか」ラーラはあからさまにがっかりした表情を浮かべた。「夫は、インドでのことをあまり話したがらないんです。ですから、あなたにお話を伺えば、どんなふうだったのか少しはわかるかもしれないと思ったりもしたんですの」

「あいにく、ホークスワース卿とインドでお会いしたことはありません」大尉はラーラをまっすぐに見つめた。長い沈黙が続き、やがて大尉は、それまでかぶり続けていた仮面をそっと脱ぐように、ゆっくりと続けた。「ですが……ご主人を見て、インドで知り合ったある男のことを思い出しました」

何てことのない話のはずなのに、ラーラにはなぜか、それが真実への鍵なのだとわかった。うなじのあたりが総毛立つような感覚がある。今すぐにこんな話はやめなければ――そんな思いがふいに湧いてきた。

「そうですか」ラーラはつぶやくように言った。

大尉は目の前のラーラを見つめながら心の内で考えていた――レディ・ホークスワースは、穏やかで純真、それでいて聡明さを感じさせる……まるで、レンブラントの絵画に出てきそうな女性だ。それに優しくて、誰からも好かれる性格で、恵まれない人びとのことを心の底から心配している。彼女のような人が、他人から利用されたり騙されたりしてはならない……でも、世の中はそういうものだ。弱い者や傷つきやすい者はいつだって、他人を食い物にする人間の餌食《えじき》にされる。

レディ・ホークスワースは騙されている……大尉はそれを知りながら、どうすればいいのかわからずにいた。そもそも軍人である彼にとって、「正しい選択肢」などというものはありえない。どの道を選ぼうと、程度の差こそあれ、悪い結果しか招きようがない。それに、これまでの経験から、せいては事をしそんじるのはわかりきっている。

だから今回の問題についても、真実を徐々に明らかにしていくのがいいだろうと大尉は考えていた。そして、今このときこそ、その絶好のチャンスに違いなかった。

確かに私は、ホークスワース伯爵ハンター・キャメロン・クロスランドと名乗ったあの男に恩義がある――大尉は心の中でつぶやいた。だがその一方で、かつて命を救ってもらったのだ。だから、できることならばあの男を裏切りたくはない。目の前に座る心優しく純真な女性には、何としても真実を伝えたいという気持ちもあった。教えるも教えないも、すべて自分次第だ。彼女が今日来ることさえなければ、きっとこのまま、事をうやむやのままにしておいただろう。でも、来てしまった。ふたりっきりでこうして話す機会が持てたのは、ほとんど運命の導きにすら思えた。

「その男は、わが軍の傭兵《ようへい》でした」大尉は再び口を開いた。「初めて会ったときには、東インド会社の仲買人をしていました。非常に頭のいい男でしたが、なぜかほとんど他人とつき合わず、野望めいたものもいっさい持っていないようでした。生まれは英国だが、宣教師の夫婦によってインドで育てられたということでした」

話の途中で、使用人が飲み物などを乗せたトレーを運んできた。「サンドイッチはいかがですか？　ビスケットもありますよ」

ラーラは食べ物は断り、レモネードだけを受け取った。レモンの酸味が舌に気持ちよかった。グラスには、縁のほうに繊細なエッチングがほどこしてあった。牧草地にたたずむ羊飼いの女性のモチーフだ。ラーラは小さなエッチングを見つめながら、大尉はどうして、私に何の関係もない人のことを聞かせるのかしらといぶかしんだ。

「あるとき、ふと、あの男をわが部隊に入れてはどうかと思いついたのです。当時、私は六人ほどの部隊を率いて、英国に併合された領土の秩序回復に努めているところでした。ご想像どおり、当時は――いや、今もですが、せっかく英国人が保護してやろうとしているのに、あれやこれやと衝突ばかり起きていましてね」

「インド人の多くは、英国人の保護とやらを受け入れたくないんでしょうね」ラーラはそっけなく言った。

「まあ、いずれは連中も、受け入れたほうがいいと気づくでしょう」大尉はラーラの皮肉にも気づかず、真面目な口調で続けた。「とにかく、彼らの抵抗ぶりはすさまじいものがありました。殺人、暴行、窃盗……四六時中そんなことばかり起きるので、いつものように英国の法律に則《のっと》ってなどというまどろっこしいことはせずに、強制的に秩序を取り戻すことになったのです。これはちょっと言いにくいことなんですが、じつは英国軍の中でも不正行為が頻発していました。そこで私は、少数精鋭の特殊部隊を結成することにしたのです。すでに四人は部下の中から選んであったのですが、あと二人、わが連隊以外のところから適任者を引っ張ってくる必要がありました。そんなとき、あの男なら、この特殊部隊にうってつけなのではないかと思いついたのです」

「頭がよくて、しかも現地のことをよく知っているからですね」

「そのとおり。ですが、もうひとつ理由がありました……あの男は、状況に応じて自分を変えられるという奇妙な才能を持っていたのです。あんなカメレオンのような男は、ほかに見たことがない。あの男は、誰にでも、何にでもなれるのです。外見も、しゃべり方も、さまざまな癖もすべて変えられる。現地人といるときはまるでインド人のように振る舞い、英国大使主催の舞踏会に出席するときには、立派な英国紳士になりきっている。これっぽっちも疑念を挟まれるようなこともなかった。しかも彼は、まるでトラのように狡猾《こうかつ》で、冷酷でした。それだけではない。死をも恐れぬ男だった。だからこそ、この役目にぴったりだと思ったのです。結局、私は彼を密偵として雇いました。そして、ときには彼を……」大尉は言いよどみ、落ち着かない表情を浮かべてから、「武器として使うこともありました」と続けた。

「大尉の命令で、人を殺したということですか？」ララは嫌悪感たっぷりにたずねた。

大尉はうなずいた。「一刻を争うような場合には。おそらく、現地の盗賊団と同じ方法でやったのでしょう。金貨をハンカチでくるんだものを使うとかで――それだと、血が飛び散らないらしい」ラーラの青ざめた顔を見て、大尉はしゃべりすぎたと思ったようだ。申し訳なさそうに顔をしかめてみせた。「すみませんでした。ここまで具体的にお話するべきではありませんでしたね。でも、彼の特徴をはっきりさせておきたかったものですから」

「特徴だなんて」ラーラはおもしろくもないのに笑い声をあげた。「むしろ、特徴なんて全然ないのでしょう？」

「ええ、そうとも言えますね」

「それで、その人はその後どうなったんですか？」別に興味もなかったが、この不快な話を早く終えてしまいたくて促した。「まだインドで、誰かの下で傭兵として働いているのかしら」

大尉はかぶりを振った。「ある日、忽然《こつぜん》と姿を消しました。殺されたのか、あるいは人生を一からやり直すことにしたのだろうと思っていました。当時の彼は、何のために生きているのかわからないような状態でしたからね。いずれにしても、もう二度と会うことはないだろうと思っていました。しかしそれも……」

「何ですの？」

大尉はなかなか続きを言わない。もう話は終わりなのだろうとラーラは思った。だがやがて、「英国に戻ってくるまでの話です」という声が聞こえてきた。「ホークスワース邸の晩餐会に招かれたとき、あなたの隣にあの男が立っていた」大尉は汗のにじむ額を袖でぬぐい、ラーラをじっと見つめた。その瞳には、同情の色がありありと浮かんでいた。「レディ・ホークスワース、大変申し上げにくいことですが、あの男は……あなたの夫君になりすましているのです」

ラーラはふいに、自分の体がどんどん縮んで、小さくなっていってしまうような感覚に襲われた。だだっ広い談話室にぽつんと座り、どこか遠くのほうから大尉の声が聞こえてくるような気がする。大尉の言葉は、ほんのかすかに、断片的にしか聞き取れなかった。「……もっと早くお話するべき……責任が……どうすればいいのか……信じていただきたい……何としてでも私が……」

ラーラは何かがぶつかってくるのをよけるように、激しくかぶりを振った。頭の中が真っ白だった。必死に息をしようとしているのに、胸に何か重たいものがつかえたようになって、肺に酸素が入ってこない。「か、勘違いじゃありませんの」ラーラはやっとの思いでそれだけ言った。大尉がしきりに心配し、落ち着くまでしばらくゆっくりしていってください、何か飲み物でも、などと言う声が聞こえる。

「いいえ、もう帰らなければ」幸いにも、わずかばかり残っていたプライドをかき集め、まずまずはっきりした口調で答えることができた。「妹が待っておりますから。ご心配いただいてありがとうございます。でも、夫のことは勘違いですわ。夫は、今お聞かせいただいたような人ではありませんもの。では、ごきげんよう」

ラーラは震える脚で談話室を出た。何が何だかさっぱりわからなかった。従者の腕を借りて屋敷をあとにし、乗り慣れた馬車にひとり腰かけると、ようやく安堵できた。従者は何かあったのを察知したらしく、大丈夫ですかと声をかけてきた。「早く……帰り……ましょう」とぎれとぎれに言いながら、ラーラは呆然と前だけを見つめていた。

18

ラーラは蠟人形《ろうにんぎょう》のように身動きひとつせず、馬車に座っていた。頭の中を、さまざまな思いや声が駆けめぐる。

大変申し上げにくいことですが、あの男は……。

私とずっと一緒にいてくれ、ラーラ。

あなたの夫君になりすましているのです。

きみと離れたくないんだ。

私を愛してる?

もちろん、愛してる。

何て残酷な話だろう! ようやく男の人を信じられるようになり、この心も魂も全部、彼に捧げたというのに……すべては幻想だったなんて。

カメレオンのような男……大尉はそう言った。道義心のかけらもない、後悔という言葉の意味さえ知らない男。冷酷な殺人者。彼はラーラの前にいきなり現れ、言葉巧みに操り、誘惑し、そして、妊娠させた。夫の名前、財産、領地、さらには妻さえも奪った。いったい何の恨みがあってそんなことを……。

でも、普通の女性なら、自分の夫くらいすぐに見分けがつくんでしょうね……ララはぼんやりと思った。なのに私は、彼の嘘をやすやすと受け入れてしまった。心のどこかで、彼を信じたいと思ったから。

ジャネットの憎しみに満ちた言葉が思い出される——どうせあなたなんか、赤の他人のベッドに大喜びでいそいそと潜り込むんでしょ！——ララは恥ずかしさに死んでしまいたくなった。彼女の言うとおりだ。彼に初めて会った瞬間、ララは本能的に、彼が欲しいと強烈に感じた。どうしようもなく彼に惹かれた。だから、こんなことになったのもすべて自分のせいなのだ。

胸の内に、さまざまな感情が湧いてくる——屈辱感、恐れ、そして怒り。苦しくて、考えることすらままならない。ララは身を震わせながら、怯えた子どものようにじっと座り、どうして涙がこぼれないのだろうと不思議に思った。大切なものがほとんどすべて、この手の中からすり抜けていってしまったというのに。まるで心が冷たい氷に閉ざされてしまったように、すべての感情は胸の中で湧きかえるばかりだった。

ララは必死の思いで正気を取り戻そうとした。これからどうするか、しっかり考えなければならない。でも、捕まえようとするとサッと指の間を逃げていく魚のように、まともな考えは、浮かんだかと思うそばから消えていってしまう。いっそ、この馬車が永遠に走り続けてくれればいいのに。馬に引かれて、永遠に車輪が回転し続け、ついにはこの世の果てにたどり着いて、木っ端みじんに砕けてしまえばいい。家に帰るのが怖い。誰かの手にすがりたい。でも、たったひとりのすがれる相手に、ラーラは騙されたのだ。

「ハンター……」ラーラは激しい苦悩に押しつぶされそうになりながら、夫の名前をささやいた。でも、本物の彼は死んでしまった。夫だと信じた人は……名前すら知らないのだ。ヒステリックな笑いが喉元まで湧いてきたが、ラーラは必死にこらえた。今ここで笑ったら、きっと二度と笑いが止まらなくなり、精神病院にでも入れられてしまうだろう。でも、それも悪くないような気がした。叫びたいだけ叫び、笑って、壁に頭を打ちつけられるのなら、かえってありがたいくらいだ。

それでもラーラは、わずかに残っていた意志を総動員して、必死に笑いをこらえ、馬車がホークスワース邸に到着するときを懸命に待った。時間の感覚がまるでなかった。それから数分、あるいは数時間が経過したのだろうか、それさえわからない。ようやく馬車が止まり、扉が開かれて、従者が心配そうな顔をのぞかせた。

「どうぞ、奥様」従者は玄関まで手を取ってくれた。きっと彼は、ラーラの表情に尋常でないものを感じ取ったのだろう。ほかの使用人たちの態度も、従者と似たり寄ったりだった。みんな、まるで老いさらばえた病人を心配するような様子で接してくる。

「あの、奥様——」メイド長のミセス・ゴーストがおずおずと声をかけてきた。「何か必要なものはございますか？　何だかお顔色が——」

「ちょっと疲れているだけよ。部屋で休みますから。しばらくひとりにしてちょうだい」ラーラはそれだけ言うと、手すりにつかまりながら階段を上っていった。

二階の廊下の鏡に自分の顔を映してみる。使用人たちが心配するのも無理はなかった。まるで熱に浮かされたように、怯えた目が異様にぎらついている。それに、日焼けでもしたように頬が真っ赤だった。でも、頬が熱く紅潮しているのは、日光のせいでも何でもなく、内心の怒りと屈辱感のせいだった。

息を切らしながら歩いていたラーラは、自室に向かっていたつもりが、いつの間にかレイチェルの部屋の前に立っていた。扉をそっと叩いて中をのぞいてみる。レイチェルは窓辺に座っていた。

「ああ、お姉様――」レイチェルは笑みを浮かべた。「どうぞ、お入りになって。タイラー夫妻とはお会いになれた?」だが姉の顔を見るなり、いぶかるように額にしわを寄せた。「どうなさったの? 何かあったの?」

ラーラはかぶりを振った。真実のあまりの重さに、どう説明すればいいのかわからなかった。まるで、喉に砂が詰まっているような感じがする。何度か生つばを飲み込んでから、ようやく口を開くことができた。「レイチェル……」ラーラはおどおどと呼びかけた。「あなたを守るためにここに連れてきたつもりだったけど……もうダメかもしれない……守ってもらわなくちゃいけないのは、私のほうなのかも」

レイチェルは優しく両手を差し出した。姉妹の役割がまるで反対のような気がしたが、ラーラはためらわずに彼女の元に駆け寄った。

床にひざまずき、レイチェルの膝に頭をもたせる。「私がバカだったわ」ラーラは喘ぐように言い、真実を打ち明けた。とぎれとぎれで、ほとんど意味不明な部分もあったのに、レイチェルはちゃんと理解してくれたようだ。ラーラは何もかも洗いざらい話した。屈辱的な、胸が引き裂かれるようなエピソードまで全部。その間ずっと、レイチェルはほっそりとした指でラーラの髪をそっと撫でていた。ラーラの瞳からようやく涙があふれ出す。激しい感情の爆発にわれながら驚きつつ、彼女はやるせない気持ちで無様に泣きじゃくった。レイチェルは静かに姉を見守りながら、「大丈夫よ」と何度も何度もささやきかけた。

「いいえ」ラーラは打ちひしがれ、喉を詰まらせた。「ちっとも大丈夫じゃない。私、妊娠しているようなの。彼の子なのよ、だから、わかるでしょう?」

髪を撫でていたレイチェルの指に震えが走る。「何てこと……」彼女はそれきり黙り込み、ラーラは哀れな打ち明け話の続きを始めた。

「タイラー大尉の勘違いかもしれないわ」レイチェルは途中で言葉を挟んだ。「それに、彼の本当の正体なんて、誰にもわからないわよ」

ラーラは震える声でため息をつき、かぶりを振ると、ボソボソと続けた。「本物のハンターは死んだのよ。真実を知ってしまったのに、知らないフリなんてできないわ。あの人は私の夫じゃない。きっと自分でも最初からわかっていたのよ。でも、真実と向き合いたくなかった。彼が欲しかったから……自分でこういう結果を招いたようなものね。ねえレイチェル、どうして私、こんなことをしてしまったのかしら」

「お姉様が悪いんじゃないわ」レイチェルはきっぱりと言った。「ひとりで寂しかったんだもの。今までずっと、愛する人に出会えなくて――」

「そんなの言い訳にならないわ。自分が恥ずかしい！　だって、こんなことになってもまだ彼を愛しているのよ。彼と離れ離れになりたくないの」

「だったら、どうして離れようなんて思うの」

ラーラはぎょっとして息をのんだ。レイチェルのように道徳観念の強い人間から、まさかそんな大胆な言葉が聞けるとは思わなかった。妹の顔を不思議そうに見つめてから、ラーラは震える声で返した。「どうしてって……理由なんていくらだってあるでしょう。でもね、そんな理由なんかどうでもいいの。問題は、彼が言ったことも、彼がしたこともすべて嘘だったということよ。彼にとって私は何でもなかった。目的を果たすための、単なる手段に過ぎなかったんだわ」

「でも、心からお姉様を思っているように見えたわ」

「そういうフリをしたほうが都合がいいからよ」ラーラの全身がふいに真紅に染まった。「私を誘惑するのなんて、さぞかし簡単だったんでしょうね……何しろ、愛に飢えた未亡人だもの……」彼女はレイチェルの膝に顔をうずめ、またもやすすり泣きを始めた。「今になってようやくわかったわ。私なんて、しょせんは世間知らずのお嬢様よ。ハンターを亡くして、もっと大人にならなくちゃいけなかったのに。結婚して二年経っても、ハンターは相変わらず他人みたいだった。でもあの人は、まるで夢の中から現れたように、私の人生に巧みに自分の居場所を作って……そして私は、彼を愛するようになった。一瞬一秒たりとも離れていたくないくらいに。それなのに彼は、私の心を奪ったまま去って行こうとしているのよ。私はもう立ち直れない……」

ラーラはひたすらしゃべり続けた。泣くだけ泣いてしまうと、最後には疲れたように妹の膝の上に突っ伏し、しばらくまどろんだ。目覚めたときには、床の上にひざまずいた体勢のままだったので、背中と首が耐えられないほど痛んだ。目が覚めたときのほんの一瞬だけ、なんだ、悪夢を見ていたんだわと思い、希望に胸が高鳴った。でも、妹の顔を見上げたとたん、悪夢は現実だったのだと悟った。

「これからどうするの？」レイチェルが優しくたずねてくる。

ラーラは充血した目をこすった。「アーサーとジャネットを呼ぶわ。ふたりに爵位を返さないと。彼らが継ぐのが当然だもの。できる限り、ふたりの手助けになるように努力するわ。ハンターのことは——」名前を口にするだけで、また喉が締めつけられたようになる。「明日にはロンドンから帰ってくるから。逃げるように言うわ。起訴されたが最後、絶対に絞首刑だもの。私を騙しただけじゃない、夫の名前をかたって、詐欺を働いたことになるんだもの。契約も、投資も、融資も……ああ、あれが全部、無効になるなんて」

「赤ちゃんはどうするの？」レイチェルがそっと訊いてきた。

「誰にも教えないわ」ラーラは即答した。「特に彼には。もう彼にはいっさい関係のないことだもの。赤ちゃんは私のもの、私だけのものよ」

「生むつもりなのね?」

「ええ、生むわ」ラーラは手のひらをおなかに当て、またもや涙があふれそうになるのを必死にこらえた。「すべてを失う代わりに赤ちゃんを欲しがるのは、いけないことだと思う?」

レイチェルは姉の乱れた髪をそっと撫でた。「いいえ、お姉様」


次の日、とぎれとぎれの浅い眠りから目を覚ましたラーラは、疲れきった頭で、やるべきことをやらなければと決意した。喪服を着ようかとも思ったが、前身ごろと裾にシルクのモール刺繍がほどこされた上品なブルーのドレスを選んだ。屋敷中が陰鬱な空気に包まれているようだった。使用人や、マーケットヒルの友人、知人……それに、もちろんジョニーにも、状況を説明しなければならない。でも、ジョニーのような子どもに、わかるように説明できるわけがなかった。そもそも、彼女自身がどういうことなのか理解できていないのだ。これからのことを思うと、ラーラは言いようのない疲労感に襲われた。

これが全部済んだら——ラーラは自分に言い聞かせた——ハンターが目の前から消えていなくなり、爵位をアーサーとジャネットに返したら、この土地を永遠に離れることにしよう。イタリアかフランスあたりで人生をやり直せばいい。ひょっとすると、レイチェルも一緒に来てくれるかもしれない。でも、もう一度やり直さなければならないのだと思うと、それだけでまた涙がこぼれそうになった。

ラーラは、ハンター——そもそも彼女は彼の本当の名前すら知らないのだ——と出会ってからいったいどのくらいの月日が経ったのだろうと考えた。三カ月だ。本当に、この三カ月間は人生で最も充実したひとときだった。あれほどの幸福を味わえる人は、きっとそうそういないだろう。ハンターの優しさと、情熱と、愛に満たされて、女として花開くことができた。今のこの苦しみが、これほどまでに深いものでさえなければ、あの三カ月は無駄ではなかったと思えるのに。

ハンターがロンドンから戻ってきたら、何と言えばいいだろう……ラーラは必死に考えた。彼とケンカするつもりも、口論するつもりもない。だから、冷静に、穏やかに話そう。でも、頭に浮かぶのは疑問ばかりだった。氷に閉ざされた心を抱えたまま、ラーラはひとりになろうと庭に出た。膝を抱くようにして長椅子に座り、天使の噴水をぼんやりと見つめる。穏やかな風が、見事に剪定《せんてい》されたイチイをそよがせ、大きな石壷に植えられた花を揺らす。ラーラは草花の甘い香りを嗅ぎながら、ずきずきと痛むこめかみを指先で揉んだ。

そのとき、まるで悪夢が現実になるように、ふたりの人間がこちらに近づいてくるのが目に入った。アーサーとジャネットだ。ずいぶん早いのね……ラーラは陰気に思った。もちろん、爵位を取り返すまたとない機会に、ふたりがまるでハゲタカのように飛びつくのは当然だろう。本当に、いつ見ても似た者同士のふたりだ。長身で痩せぎすの体軀《たいく》に金髪、いかにも気取った物腰で、作り笑いを浮かべながら、こちらにやって来る。

アーサーが何か言おうとする前に、ジャネットがいち早く口を開き、「ようやく正気に戻ったようね」とラーラに辛らつな言葉を投げつけた。

「さあ、つまらない冒険はもうおしま

いよ。本来なら私たちが持っているべきものを、そろそろ返していただくわ」

「そうね」ラーラは抑揚のない声で答えた。「冒険はおしまい」

アーサーは身をかがめてラーラの力の抜けた手を取り、心配するように握ってみせた。

「ラリーサ、さぞかし辛かったろう。あの男に騙され、裏切られ、屈辱的な――」

「ちゃんと自分でわかってますから」ラーラはさえぎった。「いちいちここで言ってくださらなくても結構です」

静かだが非難めいたラーラの口調に面食らい、アーサーは咳払いをしてごまかした。「おまえらしくないね、ラリーサ。まあ、さぞかし動揺しているのだろうから、そのくらいの非礼は許してやろう」

だがジャネットは、骨ばった腕を胸の前で組み、冷笑を浮かべて言った。「私には、動揺しているようには見えないわ。むしろ、キャンデーを取り上げられて、ふてくされている子どもみたい」

アーサーはジャネットのほうを向き、声を潜めて何やら言い含めた。ラーラには聞き取れなかったが、しばらくジャネットを黙らせておくだけの効果はあったようだ。アーサーは再びラーラに向き直り、卑屈な笑みを浮かべた。「それにしても、絶好のタイミングだったな、ラリーサ。あの男が屋敷にいないときを見計らって、われわれを呼ぶとは。だが、ちゃんとロンドンで逮捕されたそうだから安心しなさい。そのまますぐに刑務所にぶち込んでもよかったんだが、とりあえず裁判が始まるまでは、ホークスワースの別邸で見張りの者をつけて軟禁状態にしてある。もちろん、今回の件は上院議会で裁定してもらうよ。あの男は自分の仲間の手で裁かれるんだ……いや、仲間なんかじゃないことが、すぐにはっきりするだろうがな！」

夫と信じた人が軟禁状態に……ラーラは想像しようとしたが、できなかった。自由を奪われて、きっと彼は怒り狂うことだろう。しかも、ロンドンの名士たちの前で裁かれることになるなんて……。ラーラは激しい苦悶に叫び出しそうになるのを、必死でこらえた。あんなにプライドの高い人が、そんな目に遭わされて耐えられるわけがない。「どうしても、上院議会で裁定してもらわなければならないんですか？」陰気な声でたずねた。

「まずはわれわれが、非公開で、大法官殿の前で宣誓証言することになるだろうね。大法官殿が訴えを取り下げるとおっしゃれば話は別だが、それはまずありえないだろうから、じきに上院議会で公開裁判が始まることになるな」アーサーは悪意のこもった笑みを浮かべた。

「そして、自称ホークスワース伯爵は絞首刑にかけられる。一瞬にして首の骨が折れたりしないよう、ちゃんとお願いしなくちゃならんな。やつの首を縄がぎりぎりと締めつけ、やがて喉が詰まり、顔が真っ青になっていくんだ。やつがゆっくりと死を迎えるところを、私もその場で見物させてもらう――」ラーラが何やら声をあげたのに気づいて、アーサーは言葉を切った。すぐさま、いかにも心配するような表情を浮かべて声をかける。「さあ、ラリーサ、あとはひとりにしてあげるから、じっくり反省しなさい。わかっているだろうが、こうするのが、おまえのために一番いいんだからね」

ララは唇を噛んだ。心の中では大声で反論しながら、実際には何も口にしなかった。確かに、倫理的にはこうするのが正しい。真実は重んじなければならない。でも、どれだけ理屈をこねたところで、これですべて台無しになるのだという思いはぬぐえなかった。アーサーとジャネットの判断に従い、ふたりに爵位を返すことにしたのは、それが自分の義務だと思ったからだ。でも、どうしても絶望感を覚えずにはいられない。きっとふたりは、ホークスワース家の財産を湯水のように使ってしまうに違いない。身勝手にいばり散らして、領地にとどまる人たちを苦しめるだろう。それにジョニーも、輝かしい未来はもう望めない。それでどうして、これが正しい選択だったなんて言えるのだろう。

熱い涙が一筋、ララの頬を流れた。すかさずジャネットが意地悪く笑い、猫撫で声を出した。「元気を出しなさいな。せっかく素晴らしい冒険ができたんだし。それに、その場限りの夫だったとはいえ、彼はあんなにハンサムだったんだし。さぞかしベッドの中では楽しませてもらったんでしょうねえ。少なくともその点では感謝しなくちゃね」

アーサーは妻の細い腕をつかみ、ぐいと引き寄せた。今回は、ララにも彼が何と言っているのか聞き取れた。「まったく、口の悪いやつだな。あんまりラリーサを怒らせたら、爵位を取り返せなくなるんだぞ。彼女の証言が必要なんだから、今はとにかく我慢しろと言ってるじゃないか」ララに向き直ったアーサーは、なだめるような笑みを浮かべた。「何も心配することはないよ、ラリーサ。こんな面倒はじきに終わって、平穏な生活に戻れる。まあ、それまではちょっとゴタゴタするだろうが、私がついてるから」

「それはご親切に」ララは穏やかな声で返した。

アーサーはララの顔を凝視した。まさか皮肉で返されるとは思ってもみなかったのだろう。「礼儀というものを忘れるんじゃないぞ、ラリーサ。いいか、われわれは家族なんだ。家族で力を合わせて、ひとつの目標をやり遂げようとしてるんだ。それと、ロンズデール卿が今日の午後にこちらに見えるだろうから、失礼のないようにな。彼と何があったにせよ、粗相のないようにしなさい」

「冗談じゃないわ！」ララは真っ青になっていきなり立ち上がった。「いったいどうして、ロンズデールがここに来るの？」

「落ち着きなさい」アーサーの声は優しかったが、瞳には怒りの色が浮かんでいる。「ロンズデール卿は、今回の件で非常に有益な情報を持ってらっしゃるそうだ。じかに会って話を聞かせてもらうことになった。ついでにレイチェルも連れて帰るそうだよ。まあ、当然だね。何と言っても、おまえたちが勝手にレイチェルをあちらの屋敷から――」

「ロンズデール卿には、この屋敷の敷居は一歩もまたがせません」ララは頑としてはねつけた。「そんなこと、私が許しませんから」

「おまえが許さないだって？」アーサーは信じられないというふうに言い、ジャネットは意地悪く笑った。「いいかラリーサ、おまえはもうホークスワース邸の女主人じゃないんだぞ。許すも何も、そもそも私の決めたことに口出しする権利などないというのに」

「いいえ、あります」ララは怒りに目を細めた。「反対するなら、私はハンターに不利な証言はいっさいしませんから。今すぐこの場で、ロンズデールを妹に近づけないと約束していただけないのなら、彼は今も昔も、神かけてずっと私の本当の夫だと証言するわ」

「近づけないって、いったいいつまでだ？」こいつは頭がおかしくなったんじゃないか――アーサーはそんな目でラーラを見ている。

「永久に」

アーサーは、バカげているというように笑い出した。「夫を永久に妻に近づけないだと……おい、いくら何でもそれはないだろう」

「ロンズデールは暴力夫だわ。この間なんて、レイチェルを殴って危うく殺すところだった。嘘だと思うのなら、ドクター・スレイドに聞いてください」

「どうせ大げさに騒ぎ立てているだけだろう」アーサーは言い返した。

「ロンズデール卿はいい方だわ」ジャネットが口を挟む。「それに、もしも本当にレイチェルを殴ったとしても、原因は彼女にあるんじゃない？」

ラーラはあきれたように首を横に振り、ジャネットの顔を凝視した。「同じ女性からそんな言葉を聞かされるなんて……」途中まで言いかけて、ジャネットのような頭の固い人間に言ってもわかるわけがないのだと思い直し、再びアーサーに顔を向ける。「証言する代わりに、約束していただけますか？」

「そんな、倫理に反するだけではなく、法律にも背くようなことをどうしてこの私が約束できる？」アーサーは抗議した。

「約束したところで、おじ様は別にお困りにならないでしょう？」ラーラは冷ややかに言い放った。「私に証言させたいのなら、約束してください。それから、裁判が終わったあとも約束は守っていただきます。おじ様のような立派な紳士が、いったん約束したことを破るとは思いませんけど」

「まったく、強情な上に、物の道理もわからないし、何て失敬な――」アーサーが怒りに細面な顔を真っ赤にすると、ジャネットがどこかからかうように口を挟んだ。

「ほら、あなた……私たちには彼女の証言が必要なんだから、我慢しないと」

アーサーはすぐに口を閉じた。顔をひきつらせて、怒りを静めようと躍起になっている。

「いいだろう」ぴしゃりと言い放つとラーラをキッと睨みつけ、「つまらない勝利に酔いしれるといい。どうせあとは負けばかりなんだからな」と痛烈な嫌みを投げつけ、ジャネットを従えてそそくさと立ち去った。

ふたりがいなくなったあとも、ラーラの恐れと怒りはなかなか収まらなかった。膝ががくがくと震える。長椅子に腰を下ろすと、彼女は両手に顔をうずめた。涙がこぼれ、指の間を伝う。震えるようなため息が漏れた。「ああ……ハンター。どうしてあなたは本物のハンターじゃなかったの？」

その後、事態は驚くほどの速さで進んでいった。ハンター自身は弁護士をつけることを拒否したらしいが、土地管理人のミスター・ヤングは聞く耳を持たなかった。ホークスワース家の事務弁護士をしているキングズ・ベンチ・アンド・コモン・プリーズ事務所のミスター・エリオットに弁護を依頼し、さらにエリオット弁護士が、ウィルコックス上級法廷弁護士をパートナーに選んだ。

対するアーサーとジャネットも弁護士を雇ったが、双方の弁護士とも、今の段階でできることは何もないようだった。大法官の下からは、ふたりの官吏がマーケットヒルに派遣されてきて、証言できそうな町民全員から宣誓供述を集めてまわった。官吏は二日かけて町中をまわり、ほぼ全町民に証言や意見を求めたらしい。一方ホークスワース邸では、毎日訪れる大勢の訪問客を、姪はひどく動揺しているのでと言って、アーサーがことごとく玄関先で追い払った。その点については、ラーラもアーサーの対応に感謝していた。

だがラーラは、ロンドンから戻ったばかりのミスター・ヤングの訪問だけは受けることにした。ヤングはロンドンで、ハンターに面会しているはずだった。ラーラは、無関心をよそおいつつ、心の中では彼がどうしているか知りたくてたまらなかった。

ヤングは寝不足らしく、ずいぶん面やつれしていた。穏やかな茶色の瞳が充血し、表情には苦悩の色が浮かんでいる。ラーラは彼を家族の談話室に案内し、ジャネットが例のごとく盗み聞きしに来るといけないので、すぐに扉を閉じた。こうすれば、ある程度のプライバシーは守れるだろう。

「彼はどうしてますか?」何の前置きもなくたずねながらソファに腰かけ、ヤングにも座るよう身ぶりで示した。

ヤングはラーラの隣に浅く腰を下ろした。細身なので、曲げた膝と肘がいやに尖って見えた。「体調はいいようですが――」ヤングは陰気な声で返した。「精神的には、どうなんでしょうね。ほとんどしゃべらないし、怒るわけでも、怖がるわけでもない。何だかこの一件にまるで関心がないみたいで、わけがわかりません」

「何か必要なものはないのかしら」言いながら、ラーラは喉が締めつけられるように感じた。できることなら、今すぐ彼の元に行き、慰め、支えてあげたい。

「明日ロンドンに戻るときに、着替えと身の周りのものを持って行っても構いませんでしょうか？」

ラーラはうなずいた。「ええ、必要なものは何でも持って行ってやってください」

「レディ・ホークスワース」ヤングはためらいがちに切り出した。「誓って申し上げますが、あのとき彼をこちらに連れ帰ったのは、ドクター・スレイドも私も彼が本物の伯爵だと確信したからこそ――」

「わかってるわ。私たちみんな、彼が本当のハンターだと信じたかった。彼はそれを知って利用したのね」

「私としては、奥様のご判断を心から尊重してますが……でも、ひょっとして奥様は、おじ上に何か言われているのではありませんか？　今ならまだ遅くはないんです」ヤングの口調は徐々に切迫感を増していった。「告訴を取り下げなかったら、伯爵がどんなことになるのか、奥様は本当にわかってらっしゃいますか？」

ラーラは寂しくほほ笑み、ヤングを見つめた。「そういうことを言わせるために、彼があなたをここに送り込んだの？」

ヤングはかぶりを振った。「伯爵は、弁解めいたことは一言もおっしゃいません。自分は本物の伯爵だとも、そうでないともおっしゃらない。ただ一言、すべてを妻の判断に委ねるとしか」

「いいえ。判断は、真実に忠実であろうとする私たち全員で下すのです。私にできるのは、たとえその結果がどうなろうと、私が知っていることを正直に話すことだけ」

ヤングは失望の色を隠そうとしなかった。「お気持ちはわかりました。ただ、ドクター・スレイドと私が伯爵の支援にまわるのを、どうかご不快に思わないでください」

「ええ……もちろんです」ラーラは、声が上ずりそうになるのを必死で抑えた。「おふたりが彼のために尽力してくださるのなら、本当に何よりです。私には、できませんから」

「そうですか……」ヤングは悲しげにほほ笑んだ。「申し訳ありませんが、私はそろそろおいとましなければ。伯爵のために、いろいろとやらねばならないことがありますから」

ラーラは立ち上がり、片手を差し出すと、「彼のために、どうか最善を尽くしてやってください」と静かに言った。

「承知しました」ヤングは辛そうだった。「それにしても、おふたりは本当に運がお悪い。幸せになられて当然のはずなのに、どうして運命はこうやって障害ばかり……。こんなことになるなんて、考えてもみませんでしたよ」

「私もです」ラーラはささやくように返した。

「自分はロマンチックなタイプじゃないと思ってました……」ヤングはぎこちなくつぶやいた。「ですが、奥様と伯爵様のことでは――」

「いいえ」ラーラは穏やかにさえぎり、ヤングを扉のほうへと導いた。「もうそれ以上、おっしゃらないで」

子ども部屋は、壁際に人形やおもちゃが並べられ、子どもたちが遊んでいる風景を描いた絵が掛かっている。ラーラとしては、この部屋がジョニーの安息の場所になるよう、必死に心を砕いているつもりだ。でも、ジョニーを守るために彼女にできることは、悲しいくらい少なかった。ラーラは絵本を青い本棚にしまい、ジョニーのベッドの端に再び腰を下ろした。枕にもたれているジョニーはいやに小さく見えた。黒い髪は、風呂から出たばかりなのでまだ湿っていた。

ここ数日間の出来事に対するジョニーの嘆きよう……きっと泣いて悲しむだろうとラーラは思っていたが、実際はそれ以上だった。この幼さで、笑うことも、男の子らしく元気にはしゃぐこともなくなり、ハンターの不在にひたすら静かに耐えているのだ。具体的なことはジョニーには話していない。傷つきやすい年頃だから、きっと打ちのめされてしまうと思ったからだ。その代わりに、伯爵は悪いことをしたので、裁判ですべてはっきりするまで会えないのよとだけ言っておいた。

「ねえママ、はくしゃくは、わるいひとなの？」ジョニーはつぶらな青い瞳でラーラを見上げた。

ラーラはジョニーの髪を撫でながら「いいえ……」とつぶやいた。「本当に悪い人なわけじゃないの。でも、今までにしたことで、罰を受けなければならないかもしれないの」

「アーサーおじさんが、はくしゃくはぼくのパパとおなじように、こうしゅけいにされるんだっていってた」

「そう？」ラーラは穏やかな声音をつくり、アーサーに対する激しい怒りを押し隠した。「でもね、大法官とお話するまでは、どうなるか誰にもわからないのよ」

ジョニーは横向きになり、小さな手で頬杖をついた。「ママ、ぼくもいつか、けいむしょにいれられるのかな？」

「絶対にそんなことないわ」ラーラはきっぱりとした口調になり、ジョニーの黒髪に唇を押しつけた。「私が絶対にそんなことさせない」

「でも、ぼくがおおきくなって、わるいひとになったら――」

「大丈夫、あなたはきっと、賢くて立派な大人になるから」じっとジョニーを見つめると、優しい気持ちと、深い愛情に心が満たされるような気がした。「そんなこと心配しなくていいの。私たちはずっと一緒よ、ジョニー。何も心配いらないわ」

ジョニーは枕に頬を寄せながら、相変わらず深刻そうな、不安げな表情を浮かべていた。

「ぼく、はくしゃくにかえってきてほしい」

ふいに涙があふれそうになり、ラーラはまぶたをぎゅっと閉じた。「ええ、わかってるわ」ラーラはほうっとため息をつき、ジョニーのきゃしゃな肩の上まで毛布をしっかりと掛けた。

ラーラは、大法官との面談予定日の前夜にロンドンに到着した。滞在先は、高級住宅が立ち並ぶパークプレースのホークスワース家の別邸。ハンターが軟禁されている場所だ。白壁が美しい屋敷で、建物正面の大きな出窓と古典様式の破風《ペディメント》、そして四本の片蓋柱《ピラスター》が、優雅さと品のよさを醸し出している。建物内は、艶やかなこげ茶色のオーク材の腰板が張りめぐらされ、灰色とベージュとこっくりとしたオリーヴ色のしっくい壁が、心やわらぐ雰囲気を作り出す。オリーヴ色のしっくいは、五〇年前にホークスワース家のために特別に調合されたものだった。紺青色と黄土色を一定の割合で混ぜた微妙な色合いは、市場に出回った当時には英国中で大評判になったそうで、いまだに人気を博している。

屋敷に近づくにつれ、ラーラは恐れに打ちのめされそうになってきた。ハンターとひとつ屋根の下で過ごすと思うと、たとえ部屋は別だとわかっていても、どうしようもないくらい体が震えてくる。昼も夜も頭にこびりついて離れないいくつもの疑問を、彼に直接、確かめたい。でも、まともに彼の顔を見る自信がない。彼を前にしたら、その場でくずおれてしまうかもしれない――そんな屈辱的なことは耐えられない。

幸いなのは、アーサーとジャネットが、ロンドンにある自分たちの別邸に滞在することになったこと。ホークスワースの別邸よりも、慣れ親しんだきらびやかな屋敷のほうが居心地がいいのだろう。

屋敷に到着すると、ラーラは使用人に、旅行鞄をいつもの寝室に運んで荷を解いておくよう静かに命じた。すかさず執事が、あいにくその部屋はすでにふさがっておりますと口を挟む。

「誰がいらっしゃるの？」ラーラは用心深くたずねた。

「先代の伯爵未亡人でございます、奥様」

お義母様が？　ラーラは驚いて口をぽかんと開けたまま、執事をぼんやりと見つめた。

「いつ……？　どうして……？」

「今日の午後、こちらに着いたんですよ」当の伯爵未亡人の声が、階段の一番上から聞こえてきた。「あなたがヨーロッパの各地に出した手紙が、ようやく私の手元に届いてね。読むなりすぐにロンドンに来たの。本当は、明日になってからマーケットヒルの屋敷に行って、この妙な騒ぎについてじっくり考えてみるつもりだったのだけど。こちらの屋敷にわが息子だという男性が軟禁されていると聞いたから、早速来てみることにしたのよ」

ラーラは話の途中で階段の上を見上げた。先代のホークスワース伯爵未亡人であるソフィーは、相変わらず、スマートで魅力にあふれていた。波打つ美しい銀髪を結い上げて、トレードマークの真珠の首飾りを胸元に垂らしている。聡明で実際家のソフィーは、どんなに悲惨な状況になっても決して取り乱すことがない。ラーラは彼女に対して、愛情とまではいかないまでも、深い好意を寄せていた。

「お義母様！」ララは歓声をあげ、すぐさまソフィーに駆け寄った。

ソフィーはララを抱擁し返すでもなく、彼女の熱狂ぶりを冷静に受け止め、優しくほほ笑んでみせた。「ラリーサ……やっぱり、私の誘いを受けて一緒に旅行したほうがよかったようね。さぞかし大変だったでしょう？」

「ええ」ララは答えながら、ぎこちなくほほ笑み返したが、目の奥がちくりと痛んだ。

「ほら、落ち着いて」ソフィーの表情がいっそうやわらいだ。「あなたと私で、力を合わせて何とかしましょう。どういうことなのか、ふたりでじっくり考えるの。ワインを飲みながら、ゆっくりお話しして……いま必要なのは、もつれた糸をほぐすことよ」

使用人にてきぱきと指示を与えたソフィーは、ララの腕を取り、ラベンダールームと呼ばれている部屋に向かった。ソフィーが自ら内装を手がけたラベンダールームは、男性的な印象が強いこの屋敷で唯一、女性らしい柔らかな雰囲気が漂う部屋だ。全体に藤色の濃淡でまとめられていて、ところどころアクセントに暗紫色が使われている。金色の小卓がいくつか置かれ、ステンドグラスのモチーフはスミレの花。ソフィーの髪と手首からも、何十年来のお気に入りだというスミレの香水の匂いが漂っていた。

ハンターはどの部屋に軟禁されているのかしら、今頃何を考えているのかしら、私が来ていることを知っているのかしら――ララはあれこれと思いをめぐらしながら、「もう彼に会ったんですか？」と落ち着かなげにソフィーに訊いた。

ソフィーはしばらく何も答えようとせず、ビロード張りのウイングチェアにそっと腰を下ろしてから、ようやく口を開いた。「ええ。会ったわ。会って、いろいろと話したわ」

「それにしても、ハンターにあんなに似ているなんて」

「当然でしょう。似ていないほうが変よ」

思いがけない返答に、ラーラは椅子に腰かけながら、ソフィーの顔をまじまじと見つめた。

「あの、どういう意味かよくわからないんですけど」

ふたりの視線が一瞬絡み合う。ラーラは、ソフィーがこんなに狼狽するのを見たのは初めてだ。「そうなの……」しばらくして、ソフィーのつぶやく声が聞こえてきた。「あなた、何も聞いていないのね」

「聞いていないって、何がですか？」ラーラはにわかに苛立ちを覚えた。「もうたくさん！どうして私にはわからないことばっかり！　お義母様、お願いだから教えて。下で軟禁されている人は、本当はいったい誰なんですか？」

「まず最初にあなたに伝えなければいけないのは――」ソフィーは辛らつな口調で切り出した。「彼とハンターが、異母兄弟だということね」

19

愕然《がくぜん》とした表情でじっと見つめてくるラーラをよそに、ソフィーは静かに、先ほどの従者が戻ってくるのを待った。やがて、赤ワインと、脚の部分にダイアモンドカットがほどこされたワイングラスが運ばれてきた。もうひとりの従者がワインのボトルを開ける。ラーラは何か言いたくなるのを、唇を噛んで必死にこらえながら、従者がバカ丁寧にコルクを抜くさまを見ていた。

気がつくとラーラは、ダイアモンドカットの模様が指に赤く跡を残すくらい、ぎゅっとグラスの脚を握っていた。従者が部屋を出るのを待って、再び口を開き、そっとたずねる。

「話を続けてください」

「夫のハリーは、美しい女性が大好きだった。でも私は我慢した。それなりに分別をもって楽しんでいるようだったし、それに、必ず私の元に戻ってきたから。ねえラリーサ、この世に完璧な男性なんていないのよ。どんな男性にも、いやな一面や、不愉快な癖があって、女性はそれに耐えなくちゃいけないの。私だって、何度も裏切られたけど、やっぱり夫を愛していたし、そもそも不貞が原因で大きな問題が起きることもなかった……だけどそれも、夫の愛人が望まぬ妊娠をするまでのことだったわ」

「相手は誰だったんですか?」ララはたずねた。ワインを一口すすると、渋みが口の中に広がった。

「大使の妻。ロンドン中の男性が彼女を狙っていたわ。そんな女性を自分のものにできれば大手柄だと夫は思ったんでしょうね。ふたりの関係は一年ほど続いた。妊娠がわかったとき、彼女は夫に、子どもはいらない、あなたにあげるから、好きなようにして構わないと言ったの」

「でも、お義父様も子どもはいらないと言った……?」

「いいえ、夫は大喜びだった。家族の一員として育てるか、それが無理ならせめて、ときどき会ったりできるような場所で育てるつもりだったの。でも、私は聞く耳を持たなかった。あなたも知っているように、私たち夫婦は、健康な子どもに恵まれなかったわ。最初の三人の子は、みんな幼いうちに亡くなってしまった。でも幸い、最後に生まれたハンターだけはすくすくと育ってくれた。私は、夫の関心がその私生児に移ってしまうんじゃないか、嫡出子のハンターがないがしろにされるんじゃないかと、不安でたまらなかった。ハンターのためにも何とかしなくちゃいけないと思ったわ。だから、その私生児を宣教師の夫婦に預けるよう夫に言ったの。そして宣教師夫婦は、その子を遠い異国に連れて行った――夫が二度とその子に会えないような、遠い国にね」

「インドですね」ララはつぶやくように言った。ソフィーの言葉のひとつひとつが、まるでパズルのコマがひとつずつはめられていくように耳に響いた。

「そうよ。その子の人生が辛いものになるのは、最初からわかってたわ。財産も社会的地位もない上に、実の父親に会うことさえできないんだもの。夫は何とかしてあの子を手元に置きたがったけど、私は頑として譲らなかった」ソフィーは神経質にスカートのしわを直した。「この三〇年間ずっと、自分のしたことを何とかして忘れようとしてきたわ。でも、一日たりとも忘れたことはない……あの子のことが、決して頭から離れなかった」

ラーラはワイングラスを脇にやり、まばたきひとつせずにソフィーの顔を凝視した。「彼の名前は？」

ソフィーは肩をすくめた。「夫には名前をつけさせなかったし、宣教師夫婦があの子を何と呼んでいたかはわからないわね」

「ハンターは、弟がいることを知っていたんですか？」

「まさか。教えるつもりもなかったわ。夫の私生児に、私たちの人生を少しでも邪魔されたらかなわないもの」ソフィーは口の横に小じわを浮かべて苦笑した。「それなのに、皮肉なものね」

皮肉の一言で片づけられるような話ではない。ラーラは笑みは返さなかった。自分が生まれる前に周囲の人々が身勝手な行いをしたせいで、自分がその犠牲になった、そんなふうに感じられた。浮気癖のある義父、わが子を捨てた冷淡な愛人、頑なに赤ん坊を拒絶したソフィー、自己中心的で無責任なハンター……そして、ラーラの前にいきなり現れ、嘘を重ねて誘惑した彼。

どれもこれもラーラに責任などない。それなのに、彼らの行いのせいで罰を受けるのは彼女なのだ。彼らのせいでラーラは、自らも私生児の母となり、これからずっと日陰の生活を強いられる。赤ん坊を守りたければ、これから一生、上流社会に背を向けて生きていくしかない。ふとラーラは、妊娠のことをソフィーに打ち明けてしまいたい衝動に駆られた。でも、芽生えたばかりの母性本能で、必死に自分を抑えた。子どものためを思うのなら、何としても秘密を守らなければ。

「それで、これからどうするつもりですか?」ラーラは静かにたずねた。

ソフィーが探るような目を向けてくる。「それは、あなたが自分で決めることよ、ラリーサ」

ラーラは抗議するように首を横に振った。「今の私には、まともに何かを考えることなんてできません」

「下の客間にあなたの恋人が軟禁されているわ。彼と直接話してらっしゃい。そうすれば、自分がどうしたいのかわかるはずよ」

恋人……彼のことをそんなふうに呼ばれると、何だか変な感じがする。自分たちの関係が法に反したものだとわかった今もまだ、彼こそが本当の夫のような気がしてならなかった。

「彼の顔を見る自信もないのに……」

「何を弱気なことを言ってるの」ソフィーは優しくたしなめた。「私だって、勇気を振り絞って三〇年ぶりに彼に会ったのよ。あなたにできないわけはないでしょう?」

ラーラは旅行用のドレスから、ピンク色の小花と緑色の葉の模様が入ったシンプルなモスリンのドレスに着替えた。髪にブラシをあて、きっちりと編んでアップにしてから、あらためて鏡をのぞきこんだ。青ざめて、怯えたような顔をしている……でも、怖いのはハンターではなく、自分自身だった。

背筋を伸ばして、これから彼とどんな話になっても、絶対に泣いたり怒ったりしないわと自分に誓う。誇りだけは、絶対に失いたくなかった。

見張りがふたり立つ扉の前まで行き、静かな声で、面会の許可を求めた。幸い、見張りはふたりとも敬意を忘れず、礼儀正しく接してくれた。何かあったら自分たちを呼ぶようにとのことだった。恐れと高揚感に胸を高鳴らせ、緊張のあまり蒼白になりながら、ラーラは客間に足を踏み入れた。

目の前に、彼がいた。

窓のない部屋の真ん中に、ぽつんと立っていた。真っ先にラーラの目に入ったのは、壁に掛けられた額縁のにぶい金色とよく似た、くすんだ金色と茶色の混じる彼の髪だ。客間は、広さはそれほどないがとても贅沢な作りで、淡い灰色のしっくい塗りの壁には、オリーヴ色と金色の上品なダマスク織りの布が掛けられている。ガラス張りの折れ戸の向こうには寝室があるのだろう。その優雅な客間にひとりたたずむ彼は、どこからどう見ても正真正銘の英国紳士に見えた。彼がいったい何者なのか、どこから来たのか、誰も疑念を抱く者はいないだろう。本当に、カメレオンという言葉がぴったりだ。

「元気だったかい？」射るような目でラーラを見つめながら、彼はたずねた。

その瞬間に、ラーラは胸の内に激しい怒りが湧き起こるのを覚えた。こんな目に遭わせておきながら、まだ愛情めいたものを示してみせるなんて。でも、心の底ではそれを嬉しく思わずにはいられなかった。今すぐに彼に駆け寄り、ぎゅっと抱きしめて、逞しい肩に顔をうずめたい。

「あんまり元気じゃないわ」ラーラは正直に答えた。

ふたりを包む空気は、以前とまったく同じように、安らぎと愛情に満ちていた。ふいにラーラは、ただ彼のそばにいるだけなのに、目もくらむほどの喜びを覚えた。そして、ほかの誰といても決して味わうことができない、すべてが満たされるような感覚も。

「どうやって知ったんだい？」つっけんどんな声が聞こえてきた。

「タイラー大尉と話をしたの」

彼はかすかにうなずいただけで、特に驚きも怒りもしなかった。それを見てラーラは悟った。彼は、あの状態が永遠に続くとは、はなから思っていなかったのだ。ホークスワース伯爵として生きられるのは、どんなに運がよくてもしばらくの間だけだろうと知っていたのだ。だったらなぜ、あんなことを？　たった数カ月間、伯爵として生きるために、どうして人生をなげうつほどの危険を冒したりしたのだろう？

「お願い……」ララは言いながら、自分の声がはるか遠くから聞こえてくるような気がした。「どうしてあんなことをしたのか、教えてちょうだい」

彼はしばらく無言のまま、難しい数式を解くときのように集中した顔で、ララをじっと見つめていた。それから、表情をこわばらせ、まつげを伏せて、わずかに顔をそらした。

「私を育てた人たちは――」彼は宣教師夫婦のことを両親とは呼ばなかった。ただ育ててもらったというだけで、愛情めいたものは、これっぽっちも注いでもらった記憶がないのだろう。「すべてを話してくれた。以来私は、私を捨てた父や、私の存在すらも知らないだろう異母兄のことばかりを考えながら育った。そしてあるとき、ホークスワースがインドに来ている、カルカッタに住んでいるという噂を耳にした。私は、彼のことをもっとよく知りたいと思うようになった。しばらくは遠くからこっそり見ているだけだった。でもある晩、彼が外出しているときに彼の屋敷に忍び込んだ」

「身の周りの品を調べたのね」ララは断言するような口調になり、優雅なソファのほうに行って腰を下ろした。ふいに脚が萎えたようになって、立っていることもできなくなってしまったからだ。

彼は部屋の真ん中に立ちつくしたまま言った。「そうだ」

「そして、私のミニアチュールを見つけた」

「ああ。それに、きみが彼に書いた手紙も」

「私の手紙?」ララは何を書いたか思い出そうとした。大抵は、村の人たちとのやり取りや、一族や友人の近況など、日常のつまらないことばかりだったはずだ。愛してるとか、寂しいとか、自分の気持ちについてはいっさい書かなかった。「どうしてそんなものを取っておいたのかしら。何もおもしろいことなんて書いてないはずなのに」

「私は楽しく読ませてもらったよ」彼は優しく言った。「引き出しの中に見つけたんだ——彼の日記と一緒にしまってあった」

「あの人は日記なんかつけてなかったわ」ラーラは冷やかな声で否定した。

「いや、つけてたんだ」穏やかな答えが返ってきた。「番号と日付がちゃんと書いてあるのを見て、きっとほかにもあるはずだと思った。だから、マーケットヒルのホークスワース邸に潜り込んだあとは、すぐに残りの日記を探し出し、必要な情報を仕入れてから焼き捨てた」

夫の意外な一面に、ラーラは思わずかぶりを振った。「いったいどんなことが書いてあったの？」

「誰かの秘密とか、政治に関することとか、スキャンダルとか……何かに役に立ちそうだと思ったことを書いていたようだよ……まあ、だいたいは、どうでもいいようなことばかりだったが」

「わ、私のことは？」ラーラはおずおずと訊いてみた。「私のことは何て……？」彼の表情から、いいことはひとつも書いてなかったのだと気づき、ラーラは口をつぐんだ。

「日記を読んだだけで、きみたちの結婚生活がうまくいっていないのがわかった」

「彼は私にうんざりしてたのよ」

打ちのめされたようなラーラの声に、彼は急に必死な顔になった。「彼はレディ・カーライルを愛していたんだ。きみと結婚したのは、若いきみならば、一族のために子どもを生んでくれると思ったからだったんだよ」

でも、いつまでたっても子どもはできなかった。「かわいそうなあの人」ラーラはささやいた。

「かわいそうな大バカ者だよ。すぐ目の前に素晴らしい人生があるっていうのに、それに気づかないなんて。きみの手紙を読んですぐ、私にはきみがどんな女性なのかわかった。私が望んでいたような人生を、彼はいとも簡単に捨ててしまったんだと思った——本来ならば、私にだって送れたはずの人生をね」彼は当時に思いをはせるように、薄くまぶたを閉じた。「きみのミニアチュールを盗んで、肌身離さず持っていたよ。来る日も来る日も、今頃きみは何をしているんだろうと想像した……お風呂に入っているんだろうか、髪をとかしているんだろうか、村の友人を訪ねているんだろうか、ひとりぼっちで本でも読んでいるんだろうか、笑っているんだろうか、それとも、泣いているんだろうか。きみのことを、片時も忘れたことはない」

「あの人に会ったことはあるの?」

長い沈黙ののち、「いいや」と彼は答えた。

「嘘ね」ラーラは静かにたしなめた。「本当のことを教えて」

彼はラーラをじっと見つめた。美しく、頑固なラーラ……それまで打ちひしがれたようだったのが、穏やかなのに芯の強さを感じさせる表情に変わるのに気づいて、彼は観念した。もうこれ以上、彼女の前で自分を抑えることなんてできない。心の枷がすべて解き放たれて、どんな小さな秘密もすべて吐き出してしまいたいような気分だった。彼は無意識に部屋の隅に移動して、ひんやりとしたダマスク織りの壁布に額を押しつけた。

「あれは三月の、祭りの頃だった……フーリー・アンド・ドゥレティと呼ばれる祭りで、町中が鮮やかな色彩に彩られる。いたるところで大きなかがり火がたかれ、人びとは浮かれ騒ぐ。ホークスワースがカルカッタ一の盛大なパーティーを催すのは、町中のみんなが知っていた……」彼は、ラーラがそこにいることをほとんど忘れたように、どこか上の空な表情で語り続けた。

――騒々しい人波に紛れて、彼はホークスワースの屋敷に向かった。人びとは笑い、歓声をあげ、鮮やかな色粉や色水を屋根の上から降らせていた。若い女性は、ピストンのついた竹筒を使い、香水や、銀や赤の色水を通行人にかける。若い男性は、顔に色水を塗りたくり、女性用のサリーをまとって通りを練り歩く。

ホークスワースの大邸宅は、フーグリ川の緑の岸辺を一望するぜいたくな古典様式で、大勢の客人でにぎわっていた。外壁は、大理石のように磨き上げられた象牙色のしっくい塗り。建物正面には、堂々たる柱廊《コロネード》がしつらえられていた。英国人の群れはみな同じ顔に見えた。全身に色水を浴び、強い酒のせいで目をぎらつかせ、デザートやドライフルーツを食べたために頰をべたつかせていた。

彼は胸を高鳴らせながら建物に入り、喧騒《けんそう》の中を進んで行った。暗赤色のフード付きのローブを着ていたので、サリーやドレスで着飾った客たちにうまく紛れることができた。邸内は息をのむほど壮麗で、どの部屋も、シャンデリアやティツィアーノの絵画やベネチアンガラスできらびやかに彩られていた。

部屋から部屋へと移動していると、周囲の乱痴気騒ぎに触発されたほろ酔い気分の女性たちが抱きついてきた。彼はそのたびにそっけなく突き放したが、邪険にしても誰も意に介さぬ様子で、くすくす笑いながら、新たな餌食を探しに行ってしまう。

邸内で唯一しらふなのは、現地雇いの使用人だけだった。食欲旺盛な客人たちのために、料理や飲み物を乗せたトレーを休みなく運んでいる。彼はひとりの使用人に、ホークスワースはどこだとたずねた。だが、無表情に肩をすくめられただけだった。仕方なく彼は邸内をこっそりと探しまわり、やがて、書斎のような場所にたどり着いた。扉が半分開いていて、巨大なマホガニーの書架がのぞいて見えた。書架の上には大理石の胸像がずらりと並び、かたわらに手すり付きの脚立が置かれていた。

書斎の奥から押し殺したような声が聞こえて、彼は戸口に近寄った。小さな笑い声、喘ぎ声、低く呻く声……誰かがそこで性交におよんでいるのは間違いなかった。彼は不快げに眉根を寄せながら、扉からやや離れ、暗がりに身を潜めた。じきに声が聞こえなくなり、やがて黒髪の美しい女性が姿を現した。頰を上気させ、笑みを浮かべたまま、襟ぐりの大きく開いた暗赤色のシルクドレスの、スカートと胸元を直した。そして身なりを整え終えると、暗がりに隠れる男には気づきもせず、いそいそと書斎をあとにした。

彼は息を潜めて書斎に足を踏み入れた。長身で肩幅の広い男がひとり、こちらに背を向けたまま、ズボンをはき直しているところだった。男がわずかに頭を傾け、横顔が見えた。高い鼻梁、逞しい顎、額は乱れた黒髪で半分隠れている。男はホークスワースだった。

やがてホークスワースは、緑色の革張りのペデスタルテーブルにつかつかと歩み寄り、琥珀色の液体の入ったグラスを取り上げた。と思ったら、自分以外の人の気配を感じたのだろう、いきなりくるりと振り返り、「誰だ！」と大声をあげた。「そんなふうにこそこそと人の背後に忍び寄って、貴様、いったい何者だ！」

「悪かった」何と言えばいいのかわからず、彼はとりあえずそう答えた。そして、ローブを脱ぐと、ホークスワースの前に立った。気味が悪いくらい自分によく似た顔に、ほとんど釘づけになりながら――。

だが、ホークスワースも同じ気持ちだったらしい。「何てことだ……」とつぶやくと、グラスをテーブルに置き、彼に近寄った。ふたりは、すっかり魅了されたようにお互いの顔をまじまじと見つめた。

とはいえ、瓜二つというわけではなかった……ホークスワースのほうが色黒で、がっしりしていて、さながらお金をかけて磨き上げられたサラブレッドのようだった。だが、ふたりが並んでいるところを見て、赤の他人だと思う者はいないだろう。

「貴様、いったい何者だ？」ホークスワースが言い放った。

「あなたの異母弟だ」彼は静かに返し、ホークスワースの顔にさまざまな思いが浮かんでは消えるのを見ていた。

「なるほど……」ホークスワースは再びグラスを取り上げた。中身を一気に飲み干し、軽くむせてから、目の前に立つ見知らぬ男を上気した顔で睨みつけ「父の私生児か」と低くつぶやいた。「一度だけ、父から聞かされたことがある。ただし父は、貴様がその後どうなったかは何も言わなかったがな」

「私は、ナンダゴウで宣教師夫婦に育てられて――」

「貴様の人生など、私の知ったことではない」ホークスワースはそう言ってさえぎり、いぶかしむ顔で気色ばんだ。「貴様が何をしに来たかくらいわかっている。そういう連中にはもう慣れっこだからな。どうせ金が目的なんだろう？」と言うなり机の引き出しを開け、金庫を取り出した。そして、鍵も掛かっていない金庫から、ひとつかみの金貨を目の前の男に向かって投げつけた。「さあ、そいつをくれてやるから、とっとと帰れ。これっきりだからな、忘れるなよ」

「金なんかいらない」屈辱感と怒りに苛まれながら、彼は光りを放つ金貨を拾おうともせず、じっと立ちつくしていた。

「だったら何が欲しいんだ？」

彼は答えなかった。すっかり途方に暮れて立ちつくしているうちに、父親のことや自分の過去のことを知りたい気持ちなど、どこかに消えてなくなってしまった。

ホークスワースは彼が何を考えているのか悟ったらしい。「こんなところまで来て、いったい何を期待していた？」と蔑むように言った。「私が貴様を抱きしめて、わが家の一員として迎え入れてやるとでも思ったのか？　貴様のことなど、誰も必要としていないというのに。わが家には貴様の居場所などない。私の両親から追い払われたんだから、いちいちこんなこと説明しなくてもわかるだろう。貴様のような汚点は、排除しなければならないのだ」

ひどい愚弄の言葉を聞きながら、彼は心の中で、不公平な運命を呪わずにはいられなかった。どうしてこんな傲慢な男が荘園領主として生まれてきた？　ホークスワースには、家族も、土地も、爵位も、富も、美しく若い妻もある。それなのにやつは、そのすべてを軽んじ、つまらない理由で英国を捨ててきた。対する彼は、私生児として生まれ、何ひとつ誇るものを持っていない。

ホークスワースに敵意を持たれているのが、彼にもいやというほどよくわかった。何しろホークスワースは、今までクロスランド家のたったひとりの息子として育てられてきたのだ。嫡出子にせよ、そうでないにせよ、兄弟など邪魔なだけだろう。それに一族にとっても、私生児など恥さらしなだけ。「何かが欲しくてここに来たわけじゃない」ホークスワースが延々と浴びせてくる罵倒の言葉をさえぎるように、彼はつぶやいた。「ただ、あなたに会ってみたかっただけだ」

だが、ひどく苛立ったホークスワースは、そのくらいでは黙らなかった。「だったらもう目的は果たしたわけだな。さあ、今すぐにわが屋敷から出て行け。さもないと、後悔することになるぞ！」

床に落ちた金貨には指一本も触れず、彼は屋敷をあとにした。帰りの道すがら、レディ・ホークスワースのミニアチュールをまだ持っていることに、確かな満足感を覚えていた。兄の人生のほんの一部分でも自分のものにできた、これを一生離さない、と胸に誓った――。

「……その後も私は、しばらくタイラー大尉の下で働いていた。ところがあるとき、ホークスワースの乗った船が転覆したという話を耳にした」彼は抑揚のない声で語り続けた。「ホークスワースは死んだ。彼のもの――私が求めていたもの――がすべて、この私を待っている。私は、たとえ短い間でもいい、きみを手に入れるためには、どうすればいいんだろうと必死に考えた」

「つまりあなたは、自分のほうが彼よりも優れた人間だと証明するために、彼の名をかたったのね」

「そうじゃない、私は……」彼は言いよどみ、正直に話そうと努めた。「確かに、初めのうちはそういう気持ちもあった。でもすぐに、きみを愛するようになり……きみといることさえできれば、もうそれだけでいいと思うようになった」

「自分のしたことのせいで、周りの人間がどんな目に遭うかは考えなかったのね」ララは怒りに身を震わせた。「あなたのせいで、私はもう二度と人を信じられなくなってしまった。あなたは、他人の人生を奪い、二度と立ち直れないくらい私を傷つけ、しかも自分は絞首刑にされようとしているのよ。そこまでする価値があったというの?」

魂を焼きつくすくらい激しい切望と愛にあふれた瞳でラーラを見つめながら、彼は短く答えた。「ああ」

「勝手な人ね」ラーラは声を震わせた。

「きみのためなら、何にだってなるし、どんなことだってするさ。嘘つきにも、盗人にも、物乞いにも、殺人者にもなれる。この数カ月間のことを、私はこれっぽっちも後悔してない。きみとの日々がなかったら、私の人生なんて何の意味もなかった」

「私の人生はどうなるのよ」ラーラは声を詰まらせた。「私を騙して、利用して、さんざんもてあそんでおいて。それでどうして、私を愛しているだなんて言えるの」

「もてあそんでなんかいない。きみにハンターだと信じてもらうためには、愛し合う必要があった。愛するハンターを信じたいという気持ちが芽生えれば、きみは疑念を捨てるはずだと思った――実際きみは、私を信じてくれるようになった」

「何もかも嘘だったのね」涙があふれてきた。「あのささやきも、口づけも……すべて嘘だったんだわ」

「嘘なんかじゃない」彼は声を殺して言いながら、ラーラに歩み寄ろうとしたが、彼女が身を縮めたのに気づいて足を止めた。

「私はあなたの名前すら知らないのに。ねえ、どうしてハンターのフリなんてしたの」

「ほかの方法じゃ、きみを自分のものにできなかっただろう?」彼の声はかすれていた。涙で頬を濡らすラーラを慰めることもできないのかと思うと、胸が張り裂けるようだった。

「本当の私が何者か知っても、きみは私の話を聞いてくれたかい？」

ラーラはしばらく無言だったが、ようやく、「いいえ」とだけ返した。

彼はうなずいた。彼女がそう答えるのは、初めからわかっていた。

「あなたのために嘘の証言はできません」長い沈黙ののち、ラーラは決意したように言った。

「これから一生嘘をつきとおすなんて、私には——」

「いいんだ」彼はつぶやいた。「そんなこと、してくれなくていいんだよ」

あらためてそっと歩み寄ろうとすると、ラーラがまた身をこわばらせるのがわかった。いきなり動いたら彼女は逃げてしまうかもしれない——彼はゆっくりと近づいて行った。そしてソファの一歩手前で足を止め、その場にひざまずいた。「いつまでもきみを見つめていたい。きみの美しい緑色の瞳。きみの薔薇色の頬」彼の瞳は、ラーラのすべてを焼きつくしてしまいそうなくらい、激しく彼女を求めていた。「ラーラ、どうかこれだけはわかって欲しい。きみと過ごした数カ月間……きみとともに暮らした日々……あの時間のためになら、私は死ねる。もういいんだ、あれだけで私にはもう十分だよ。だから、きみが明日どんな証言をしようと、私の身にこれからどんなことが起きようと、私は決して後悔しない」

ラーラは何も言えなかった。今すぐに彼の前から去らなければ、泣き崩れてしまう。ラーラはすっくと立ち上がると、彼に背を向け、扉のほうに歩を進めた。彼が名前を呼ぶのが聞こえたように思ったけれど、足を止めなかった。その場にくずおれてしまうのが怖かった。

部屋を出ると、ソフィーが待っていた。打ちひしがれたようなラーラの顔を射るように見つめて、「彼を愛しているのね」とだけ言い、肩を抱いてくれた。ふたりは並んで二階に戻った。

「ごめんなさい」ラーラは苦笑まじりに言った。「私のこと、軽蔑しているでしょう。愛してしかるべき人のことは、これっぽっちも愛せなかったのに」

どんなときにも事実をありのままに受け止めようとする実際家のソフィーは、うなずこうともしなかった。「どうして私があなたを軽蔑するの？　ハンターがあなたに愛されてしかるべきだったかどうかなんて、私にはわからないのに。そもそもあの子は、あなたに愛されるように努力したのかしら？」

「いいえ、でも――」

「するわけがないわね。あの子はレディ・カーライルが好きだったんだもの。どうしてあんな男みたいな女性がいいのか、よくわからないけど。とにかく、あの子は彼女に夢中だった。だから本当は、彼女と結婚するべきだったのよ。でも私があの子に、結婚するならラリーサになさい、レディ・カーライルは愛人で十分よと言ったの。どちらともうまくやっていければいいでしょうって。私が間違ってたわ。結婚すれば、いずれあの子もあなたを好きになる、あなたといれば、あの子も少しはマシな人間になるって思い込んでいたの」

「でも、そうはならなかった」ラーラは言った。真面目に言ったつもりだったのに、ソフィーは乾いた笑いを漏らした。

「本当にね」ソフィーはため息をつき、真剣な表情に戻った。ふたりは談話室に足を踏み入れた。「かわいそうなハンター。あの子がよき夫じゃなかったのは、私だってよくわかってるわ。責任感のかけらもない子だもの。甘やかし過ぎたのがいけなかったのね。何でもかんでも、簡単に与えてしまったから。立派な大人になれるよう、少しは苦労もさせるべきだったのに。でもね、私にはできなかったの。あの子は私のすべてだったんだもの。あんな自分勝手な人間になったのも、私のせいかもしれないわ」

そのとおりだと言いたかったけれど、ラーラは黙っていた。ふたりは先ほどまでと同じ場所に座っている。ラーラは疲れた目をこすった。

「それで、明日は何て証言するか、決心はついたの?」ソフィーは快活にたずねた。

「決心も何も。私には、真実を明らかにする義務がありますから」

「またそういうバカげたことを」

「バカげたこと?」ラーラは驚いて聞き返した。

「正直は最高の美徳だなんて、私にはとてもじゃないけど信じられない。真実よりも大切なことなんて、この世にはいくらでもあるわ」

意外な言葉にラーラは目を真ん丸にした。「あの、でも、その考え方はちょっと変じゃないでしょうか?」

「そうかしら。ねえラリーサ、あなたは真面目すぎるの。そもそも、今回の一件で一族の者や使用人がどうなるか考えたことはある？　それに、あなた自身がどうなるかも？」

「それじゃまるで、あの人がハンターの名をかたるのを望んでいるみたいじゃないですか」

ラーラは信じられないという口調で言った。

「私の息子は死んだわ。今の私にできるのは、現状をしっかり見極めることだけよ。アーサーとジャネットがホークスワース家の財産をまともに維持できないのは、これまでのことでもう十分わかってる。きっと、伯爵家の名を思う存分におとしめてくれるでしょうね。一方、問題の彼は、私の夫の子どもなのは間違いない。嫡出子かどうかという問題はさておくとしてね。それに彼は、ホークスワース伯爵としての責任をきちんと果たしてきたようだわ。となると、私には、彼にもアーサーと同等の爵位継承権があるように思えるわね。しかも、彼はあなたの愛情を勝ち取ったらしい。三〇年前、私は彼にずいぶんひどいことをしたわ。彼がみじめな人生を送る羽目になったのも、私の責任。でも彼は、自らの力で立派な大人に成長した。もちろん、今回のことで彼を許すつもりはないわ。だけど、あんなことをしたのは悪意からじゃない、人生に絶望したからだとは、考えられないかしら」

「あの、それは、彼を援護してくださるということですか？」ラーラはほとんど上の空だった。

「あなたがそれを望むならね。だって、これからずっと嘘をつきとおさなくちゃいけないのは、あなたなのよ。彼の子どもを生んで、彼の妻として生きていくのはあなたなの。あなたが彼を夫と信じて生きていくというのなら、私は喜んで、彼は自分の息子だと言いましょう。

ただし、いったん彼をホークスワース伯爵として認めてしまったら、二度と引き返すことはできないわよ」

「そんなふうにして、本物のハンターを裏切ってもいいとおっしゃるんですか？」ラーラはささやくように言った。「ハンター以外の誰かが、彼の名をかたってもいいんですか？」

「ハンターに対する私の気持ちは、他人には関係のないことです」ソフィーはきっぱりと言い放った。「問題は、あなたがどうしたいかよ、ラリーサ。彼を救いたいの、それとも、地獄に突き落としたいの？　彼はホークスワース伯爵として生きていくべきなの、それとも、爵位はアーサーに返すの？　明日までに、あなたが決めるのよ」

ラーラは頭の中がすっかり混乱していた。まさか、ソフィーがこんな突飛なことを言い出すとは思ってもみなかった。こんなの、ありえない。ソフィーの立場なら、他人に息子の名をかたられたと腹をたてて当然なのに。それが、このままフリを続けましょうと言い出すなんて。

まるで考えがまとまらない。そのときふと、ラーラはレイチェルの言葉を思い出した——事実なんて……疑おうと思えばいくらでも疑えるわ。それに、この複雑に絡み合った事情に加え、考慮しなければならない事実は、ほかにもまだいくつかある。下に軟禁されている彼は——それが本当は誰であろうと——私を大切にしてくれた。彼といると私は幸せだった。しかも彼は、ジョニーやレイチェルはもちろん、領地で働く人たちみんなの面倒も見てくれた。過去にどんなことをしてきたにせよ、彼は悪い人間じゃない。それに私は、心の底では、彼を愛している。

「でも……本当は誰かもわからないのに、どうやって愛せばいいの?」ララは、ソフィーにたずねるというより、自分に問いかけるようにささやいた。「どうやって彼の愛を信じればいいの? あいつはカメレオンだってタイラー大尉は言ったわ。これからだって、何度でも私を騙すかもしれない。それに、彼が死ぬまでこの嘘をつきとおし、本心を隠して、自分の正体を明かさずに生きていかなければいけないなんて」

「迷える子羊ね」ソフィーが言った。皮肉と愛情が複雑に入り交じったような、挑むような笑みに、ララは驚かされた。「苦しんでいる人を救うのは、あなたのお手のものじゃなかった?」

20

翌朝ララは、宣誓証言のためにロンドンに呼ばれているはずのタイラー大尉に連絡をとった。幸い大尉は、ホークスワースの別邸にすぐに駆けつけてくれた。大尉は軍服を着ていた。前面に太い金モールがあしらわれた丈の短い緋色の上着に、光沢のある純白のズボン、曇りひとつなく磨き上げられた黒のブーツ、肩から腰にかけて垂らしたサッシュ、そして脇に抱えた羽飾り付きの黒い帽子と、まったく隙がない。

「おはようございます、レディ・ホークスワース」大尉は大股に談話室に足を踏み入れると、ララの差し出した手をうやうやしく取った。

「早速お越しいただいて、ありがとうございます」

「お力になれればいいのですが」

「ええ、本当に」重々しくうなずいたララは、背もたれに彫刻がほどこされた豪奢《ごうしゃ》なベルベット張りの椅子に腰かけた。身ぶりで大尉に、近くに置かれた揃いの椅子にかけるよう促す。「ロンドンへいらしたのは、大法院で証言するためですね」

「さようです」大尉は落ち着かなげに黒い口ひげをひくつかせた。「あなたには、長いこと真実を隠し続けて、本当に申し訳なく思っています。それに先日お会いしたときには、いきなり真相を打ち明けたので、さぞかし困惑されたことでしょう。今回のことで私は、一生自分を責めることになりそうですよ。でも、私が黙っていたことを、いつかお許しいただければ――」

「ご自分を責める必要も、私の許しを乞う必要もありませんわ」ラーラは穏やかに言った。「あなたがなぜ黙っていたのか、私にはよくわかります。むしろ、黙っていてくださって感謝しているんです。じつは……」ラーラは深呼吸し、大尉の顔をまっすぐに見つめながら続けた。「こんなふうに朝早くからお呼びだてしたのは、今後も沈黙を守っていただきたいとお願いするためなのです」

　大尉はほとんど表情を変えなかった。唯一、黒い瞳だけが仰天して瞬いている。「なるほど……大法官の前で、偽証しろということですか。ホークスワース伯爵の名をかたっている男の本性など知らない、そう私に証言しろとおっしゃるのですね？」

「はい」ラーラは短く答えた。

「理由を伺ってもよろしいですか？」

「いろいろ考えて、そのほうが、私を含めたクロスランド家の人間のためになると判断したからです。彼がこのまま家長を務めるほうが、家のためになるんです」

「どうやら、彼がどんな男か、先日の話だけではご理解いただけなかったようだ――」

「いいえ、彼がどんな人かは、よく承知しています」

大尉はため息をつきながら、上着の袖口を飾る太い金モールを親指で何度も撫でた。「確かに、あなたのご希望に応えれば、私としてもずっと心のしこりになっていた借りを彼に返せます……しかし、あの男がそのように大きな権力と責任のある立場に就くとなると……それに、他人の人生を奪うことになるわけですし……やはり私には、正しいこととは思えません」

「借りって、いったい何のことですの？」ラーラは好奇心に駆られた。

大尉は言いにくそうに語り始めた。「じつは、彼に命を救ってもらったことがあるのですよ。われわれは——つまり、わが国は——当時、ガンジス川沿いに新しい町を建設しているところだったのですが、カウンポール地区で問題が発生していました。盗賊団が、道路脇に身を潜めて旅人を襲い、情け容赦なく殺戮《さつりく》を繰り返していたのです。女性も子どもも見境なく。それでもわれわれが計画を推し進める様子なのを見てとると、彼らはますます大胆な行動に出るようになりました。何人もの部下が、盗賊団に襲われたり、殺されたりしました。眠っているところをやられた者もいます。そしてある晩、ついに私も彼らの襲撃に遭いました。カルカッタからの帰り道で、気がついたときには、五、六人ほどの男たちに囲まれていた。若い歩兵少尉と、護衛兵がまず殺され……次は自分の番だと思ったそのとき——」大尉はいったん言葉を切った。恐ろしい思い出に玉の汗をかいている。「まるで影のように、闇の中から彼が現れたのです。彼はあっという間に襲撃者をふたり投げ倒し、その間に、残る四、五人は、怒れる神のお使いが現れたとか何とか、口々に叫びながら逃げて行きました。

そして、それきり彼の姿を見ることはなかった……ホークスワース伯爵として生き返った彼に再会するまでは」

「では、彼のうなじにある傷跡はひょっとして……」ララはふいに思い当たった。

大尉はうなずいた。「取っ組み合いの最中に、盗賊団のひとりが私の剣を奪ったのです。あ、あなたのホークスワース伯爵が、あれで首をはねられなくてよかった。幸い彼は、ああした接近戦では驚くほど敏捷《びんしょう》だったので」大尉は上着の内ポケットに手をやり、ハンカチを取り出して額をぬぐった。「つまり彼は、普通の人間ではないのです。私があなたのご希望に応じたとして、その後どんな苦しみや不幸があなたに降りかかっても、私には責任を取れません」

ララは落ち着いた様子で大尉にほほ笑みかけた。「彼は、絶対に私の信頼を裏切ったりしません。チャンスさえ与えられれば、きっと模範的な人生を送れるはずだと信じてますから」

この人は本物の聖人なのだろうか、それとも頭がどうかしてしまったのだろうか——大尉はそんな表情を浮かべてララを見ている。「正直申し上げて、あまり簡単に人を信じるのはいかがかと思いますが……。どうやら私は、彼がその信頼に応えてくれるよう、心から祈るしかないようですね」

「きっと彼は応えてくれます」ララは言いながら、衝動的に大尉の手を取り、きつく握りしめていた。「私には、わかるんです」

ラーラは、大法官の執務室の次の間で待っている。まだ一時間しか経っていないというのに、待つ時間は永遠のように感じられた。周りの部屋や廊下からかすかに聞こえてくる話し声に耳を澄ませながら、硬い木の椅子に浅く腰かけ、今の状況を冷静に考えようとした。そこへようやく、ひとりの官吏が現れた。いったん廊下に出てから、いよいよ大法官の執務室へと案内される。執務室からちょうどタイラー大尉が出てくるところに出くわし、どきりとした。問いかけるようなラーラの視線と、安心させるような大尉の視線が一瞬絡み合う。ラーラの無言の問いかけに、大尉はかすかにうなずいてみせた。何もかももう大丈夫ですよ――大尉の瞳はそう励ましているようで、ラーラは少しばかり心が安らいだ。

気持ちを引き締め、ラーラは官吏について大法官の執務室へと足を踏み入れた。サンベリー大法官が、重厚なマホガニーのテーブルの向こうで立ち上がり、ラーラが腰かけるのを確認してから、茶色の革張りの椅子にあらためて腰を下ろす。サンベリーはじつに堂々たる風貌の紳士だった。光沢のある緋色の法服をまとい、丸々とした顔は二重顎で、頭には長い銀髪のかつらをつけている。ふと見ると、手のひらの上で小さな地球儀を転がし、もてあそんでいる。指には、大きな金の指輪が三つはめられていた。

肉づきのよい顔に不釣合いな小さな灰色の瞳が、まるで突き刺すように、ラーラをじっと見据えてくる。この立派な執務室を出て、法服を脱ぎ、高そうな指輪を外しても、あの生まれつきの威厳はきっと消えないに違いない。ついに最後の審判の日がやって来て、天国の門の前に並ぶ天使たちを彼が裁いたとしても……きっとラーラは驚かないだろう。

やがてラーラの視線は、まるで磁石に吸い寄せられるように、ハンターのほうへと引き寄せられた。ハンターは、大きなテーブルの一番向こうの端で、窓から差し込むまばゆい光に包まれて座っている。どこかよそよそしい、厳しい表情を浮かべた彼は、ほとんどこの世のものとは思えないくらい美しかった。引き締まった体を、クリーム色の膝丈ズボンと黒いベスト、濃緑色のベルベット地に縞模様が入った上着に包んでいる。ラーラと視線を合わせようとはせず、まるで野生動物のように、まばたきひとつせずにサンベリーをじっと見つめていた。

執務室には、ほかにも数人が顔を揃えていた……証言を書き留める官吏、弁護士のエリオットとウィルコックス、名前が思い出せないがこの一件の検事を務める男性、ソフィー、アーサーとジャネット……そして、最後に目に入った見慣れた顔に、ラーラは驚きと怒りに身を硬くした。ロンズデールだった。蝶の紋様を刺繍したサテンのベストに、光る留め金のついた靴、クラヴァットにはダイヤモンドのピンを刺し、こんなときにまで完璧な装いだ。ロンズデールは、青い瞳を意地悪く輝かせながら、ラーラにほほ笑みかけた。いったいどうしてロンズデールがここに？　大法官に伝えねばならないような、何か重要な情報を持っているのだろうか？

さまざまな疑問や抗議の言葉が口からついて出そうになるのを、ラーラは必死にこらえた。ソフィーのほうを見やると、ピンク色のドレスの胸元に垂らした真珠の首飾りを、ぼんやりともてあそんでいる。

「さあ、いよいよ真実が明らかになるわけだな」アーサーが勝ち誇ったように言い、ラーラを威圧するように睨みつける。それから、まるで小さな子どもを諭すように続けた。「いいかいラリーサ、大法官殿の質問に、ちゃんと正直に答えるんだよ」

だがラーラは、偉そうな態度のアーサーを無視して、サンベリーのほうだけを見ていた。

やがてサンベリーが、重々しい口調で切り出した。「レディ・ホークスワース、この不可解な問題に光明を投げてくださるようお願いしますぞ」

「やってみます」ラーラは静かに答えた。

サンベリーはぼってりとした手を分厚い紙束の上に乗せて続けた。「こちらにいらっしゃる男性について、ホークスワース伯爵に間違いないという証言を、私はすでにいくつも得ています。先代のホークスワース伯爵未亡人も、彼は確かに自分の息子であるとおっしゃった」サンベリーはいったん言葉を切り、ソフィーのほうに視線をやった。ソフィーは慌てて軽くうなずいた。「ところが、それと真っ向から対立する証言も出ている――とりわけ不思議なのは、当の本人が、自分はホークスワース伯爵ではないと主張している点です。しかも彼は、詳しいことは話そうとしない。さて、レディ・ホークスワース……彼はいったい何者なのですか？」

執務室は不気味なくらい静まり返っている。ラーラは唇を濡らしてから、落ち着いた声ではっきりと答えた。「彼は、ホークスワース伯爵、ハンター・キャメロン・クロスランドに違いありません」自分が話している内容を、官吏がそのまま紙に書き留めているのが目に入り、少々居心地が悪くなる。「彼は私の夫です。今までも、そして、できることならばこれからもずっと」

「何だって!?」アーサーが大声を出し、ジャネットは勢いよく椅子から立ち上がった。

「この大嘘つき!」ジャネットが金切り声をあげ、爪をむき出して、バタバタとラーラに駆け寄る。すかさずハンターが立ち上がってジャネットを後ろからつかまえ、逃げようとして必死に振り回す手首を押さえた。ジャネットは、まるで怒り狂った猫のように身をよじり、叫び声をあげている。誰もが呆気にとられている中で、アーサーだけがうんざりしきった表情を浮かべていた。

「出て行きなさい!」サンベリーが怒りに顔をまだらに赤く染めながら、とどろくような声で命じた。「その者を、今すぐにわが執務室から追い出すのです!」

それでも騒ぎはなかなか静まらなかった。

「姪は嘘をついているのです!」アーサーがわめいた。「おい、ラリーサ、この二枚舌の魔女め! おまえなど地獄に堕ちて――」

「黙りなさい!」サンベリーは緋色の法服を揺らしながら、ついに自ら立ち上がった。「そのような冒瀆的《ぼうとくてき》な言葉と暴力で、わが執務室を汚《けが》すのは許しませんぞ。今すぐに奥方をここから連れ出しなさい。それから貴殿も、静かに話が聞けないのならもう戻ってこなくて結構!」

アーサーは怒りに顔を紫色にしながら、なおも身をよじっているジャネットをハンターから引きはがすようにして部屋の外に連れて行った。

ハンターがラーラに歩み寄り、どこも怪我をしていないのを目で確認してから、椅子の肘を握って身をかがめる。彼の顔が近づいてきて……その瞬間、ラーラは彼以外のものはもう何も目に入らなくなってしまった。まるで、そこにふたりっきりで向き合っているような感じがする。彼の黒い瞳は、怒りに煮えたぎるようだった。「ラーラ、どうしてこんなことをする？　なぜ大法官の前で本当のことを言わないんだ！」

ラーラは顎を上げ、ひるむことなく彼を見つめ返した。「あなたを放したくないから」

「バカなことを言うな。まだ懲りないのか？」

「ええ、これっぽっちも」ラーラは優しく返した。

だがラーラの言葉に、ハンターは喜ぶどころか、ますます怒りを募らせたようだ。苛立たしげに唸り声をあげて椅子から手を離し、わずか数歩で大股に部屋を横切って、自分の席に戻ってしまった。ハンターがラーラに怒りをぶつけるという予想外の展開に、誰もが居心地の悪さを感じていた。

やがてアーサーが戻ってきて、検事と小声で慌しく相談し始めた。話し終えた検事はサンベリーのかたわらに歩み寄り、何やら密談を始めたが、じきに不機嫌そうに口をつぐみ、自分の席に戻ると、アーサーにも諦めろというように手を振った。

「さて、それでは」サンベリーが再び口を開き、ラーラの顔をじっと見据えた。「もう少し詳しく状況をお話し願えますか、レディ・ホークスワース。あなたは、この紳士は自分の夫だと言う。だが彼は、自分はホークスワース伯爵ではないと言う。いったいどちらが本当のことを言っているのですか？」

ラーラは真剣な面持ちでサンベリーを見つめ返した。「夫はきっと、過去の軽率な振る舞いを恥じて、私にふさわしくないと感じているのだと思います。というのも夫は、さる女性と……」ラーラは名前を口にするのも苦しいというように、言いよどんでみせた。

サンベリーは、銀髪のかつらを肩の上で揺らしながら大きくうなずいた。「レディ・カーライルですな。すでに彼女の証言も得ていますよ」

「では、夫と彼女がどのような関係にあったのかも、もうご存知ですね。あのことで私は、それはそれは深く傷つきました。だから夫は、深く後悔するあまり、このような思いきった方法、つまり自らを否定することで、自分に罰を与えようとしているのでしょう。でも私は、彼のすべてを許すつもりです。そのことを彼にわかって欲しいんです」ラーラはハンターのほうを見やったが、彼は視線を床に落としたままだ。「何もかもすべてを許します」ラーラはきっぱりとした口調で繰り返した。「あなたと、一からやり直したいの」

「なるほど」サンベリーはつぶやくと、無表情なハンターの顔と固く決意したような表情のラーラの顔を、見比べるようにした。やがて、あらためて視線をハンターに戻すと語りかけた。「伯爵、レディ・ホークスワースの証言が真実なら、いくら何でも名前を捨てるのはやり過ぎでしょうな。男性は、何度も間違いを犯すものです。それを補うのが、より賢き生き物、つまり妻の役目なのですよ」サンベリーはひとりで笑い出した。周りの人間がそれどころではないことなど、少しも気にもしていないようだ。

「いい加減にしろ、ラリーサ！」アーサーはラーラを睨みつけた。「大法官殿、姪は頭がおかしくなっているのです。自分で自分が何を言っているか、わかってないのですよ。きっとこのずる賢いペテン師が、姪に余計なことを吹き込んで味方につけたに違いない。姪はほんの昨日まで、この男を非難する言葉を口にしていたんですからね！」

「今の意見については、どう思われますか、レディ・ホークスワース」サンベリーはラーラに問いかけた。

「私が間違っていたのです」ラーラは素直に認めた。「そのせいでこんな騒ぎになったのだとしたら、私にはただ、申し訳ありませんでしたとしか言えません。私が夫を訴えたのは、夫とレディ・カーライルの関係に腹をたて、おじの言葉を真に受けたからです。普段の私はそんなに弱い心の持ち主ではないのですが……何しろ今は、ささいなことにイライラしやすい時期なものですから」

「イライラしやすい時期？」サンベリーがオウム返しにする。ハンターとソフィーを含めた全員が、意外な展開に口をぽかんと開けてラーラを見つめている。

「はい……」ラーラは顔を赤らめた。まさか、こんなふうにして、あのことを伝えなければならないなんて……。でも彼女は、どんな手を使ってでもハンターを救うつもりだった。

「じつは、私は妊娠しているのです。身ごもった女性がひどく情緒不安定になるのは、大法官殿もよくご存知かと思うのですが」

「もちろんですとも」サンベリーはつぶやき、思案するように顎を撫でた。

ハンターの浅黒い顔が青ざめている。その表情から、今の話を疑っているのがありありとわかる。「もうやめてくれ、ラーラ」ハンターは唸るように言った。

「とんでもない茶番だ！」アーサーは大声をあげて立ち上がり、制止しようとする弁護士の手を振り払った。「大法官殿、姪は完璧な石女《うまずめ》なのです。彼女に子どもができないのは、周知の事実なのです。この場では妊娠したと嘘をついておいて、適当な頃合を見計らって、やっぱり流産しましたと言うに決まってる！」

アーサーがかんしゃくを起こす様子を、ラーラはむしろ楽しんで見ていた。かすかに笑みを浮かべ、サンベリーに向き直る。「必要でしたら、大法官殿の指定される医師の診察を受けても構いません。恐れることなど、何もありませんもの」

サンベリーはしばらくじっと考え込むように、いかめしい表情でラーラの顔を凝視してから、灰色の瞳に笑いをにじませた。「それにはおよびません、レディ・ホークスワース。どうやら、本当のようですからね」

「大法官殿」そのときふいに、ロンズデールの冷淡な声が聞こえてきた。「せっかく私も隣の紳士もレディ・ホークスワースの麗しいお話を楽しませていただいているので、それを台無しにするのは大変心苦しいのですが。じつは私は、この男がペテン師だと一瞬にして証明できるのです。そして、レディ・ホークスワースが嘘つきだということも」

ようにして、ロンズデール卿？」

サンベリーは白髪まじりの太い眉を吊り上げた。「ほほう？　それはまた、いったいどの

ロンズデールは、もったいぶらせるようにしばらく間を置いてから、ようやく口を開いた。

「みなさんがあっと言うような情報を持っているのですよ——本物のホークスワース伯爵に関する、秘密の情報です」

「ふむ、ここで聞かせなさい」サンベリーは言いながら、小さな地球儀を右の手から左の手へと移動させた。

「かしこまりました」ロンズデールは立ち上がり、とってつけたようにサテンのベストのしわを直した。「本物のホークスワースと私は、非常に親しい友人なだけではなく、とある秘密結社の同志でもありました。スコーピオン《サソリ》と、われわれは呼び合っています。結社の目的については、ここでは、政治的なことであるとだけ申しておきましょう。われわれは、結社の一員である証については決して口外しないと誓約しています。しかし、どうやらここでその証についてお話しし、自称ホークスワースがペテン師だと証明せねばならないようです。じつは、ホークスワースがインドに発つ直前のことですが、われわれはみな、左腕の内側に、ある紋様を彫ったのです。この紋様は、インクに浸した針で皮膚に彫り込むものなので、一生涯消えることはありません。私も、ほかの会員もみな同じ紋様を彫りました。つまり、本物のホークスワースであれば、その紋様を左腕に持っているはずなのです」

「それで、その紋様というのがサソリの形をしているというのですかな？」サンベリーが問

いかけた。

「そのとおりです」ロンズデールは上着を脱ごうとした。

「大法官殿、少々お時間をいただけれぱ、私が自らここでその紋様を――」

「それにはおよびません」サンベリーはさらりと言った。「この場合は、ホークスワース卿にご自分の腕を見せていただくほうが妥当でしょう」

一同の視線がハンターに集まる。当のハンターは、不満げな顔でサンベリーを睨みつけている。「その必要はない」ハンターはつぶやくように言った。「私はホークスワースではないのだから」

サンベリーはまばたきひとつせずに、ハンターの射るような瞳を見返した。「だったら、服を脱いでそれを証明してくださいますかな」

「いやです」ハンターは歯を食いしばるようにして言った。

にべもなく拒否されて怒りに顔を紅潮させながらも、サンベリーは穏やかな声音をつくった。「では、誰かに脱がせるよう命じましょうか？」

ララは深呼吸し、冷静になろうとがんばった。腕にサソリの紋様など、一度も見た覚えがない。小さな紋様のせいで、夢も希望もすべて砕け散るのかと思うと……ララは思わず、スカートをぎゅっと握りしめ、「私が証言します！　確かにその紋様を見ました！」と叫んでいた。

サンベリーは冷笑を浮かべた。「お言葉を返すようですが、レディ・ホークスワース。このような場合には、あなたの証言よりも、もっと確実な証拠が必要なのですよ」と言うなり、ハンターに視線を戻した。「さあ、シャツを脱いでくださいますか」

アーサーが大喜びで笑い出す。「これで貴様もおしまいだな、このいかさま師め！」

サンベリーはアーサーの乱暴な物言いをたしなめ始めたが、ハンターが立ち上がったのに気づくと、すぐに視線をそちらに戻した。ハンターはしかめ面で、口をぎゅっと引き結んでいる。床に視線を落としたまま、上着を脱ぎ、乱暴に袖から腕を引き抜いた。上着を放り投げ、続けて黒いベストのボタンを外しにかかる。ラーラは無言で唇を嚙み、横向きになったハンターの顔が怒りに赤黒く染まっていくのを見て身を震わせた。ベストが脇に置かれ、シャツの裾がズボンのウエストから引き抜かれる。だがそこでハンターは、シャツのボタンを外す手をいったん止め、サンベリーのほうを見て言い募った。「私はホークスワースではない。頼むから話を聞いて――」

「早く脱げ」アーサーが口を挟んだ。「さっさとサソリの紋様とやらを見せてみろ」

「お話は聞きますよ、ホークスワース卿」サンベリーが言った。「ただし、まずは腕を見せていただいてからです。さあ、シャツを脱いでください」

ハンターは動かなかった。

苛立ったアーサーが急に立ち上がり、はだけたシャツの前身ごろを引っつかむと、びりびりと音をたてながら引き裂いた。リネンのシャツが引きちぎれ、袖から切れ端がぶら下がり、筋肉に覆われた引き締まった胸板が現れた。浅黒い肌のいたるところに、狩りのときに負ったとは思えない傷がついていた。ラーラはハンターの裸身に釘づけになりながら、これから何が起きるのかを思って身を震わせ、息をのんだ。

アーサーがハンターをサンベリーのほうに押し出す。「さあ」アーサーはせせら笑った。「貴様の腕を大法官殿にお見せするんだ、この嘘つきのペテン師」

ハンターは、ぎゅっとこぶしを握ったまま、左腕を上げ、頭の後ろにやった。

ラーラのところからもちゃんと見ることができた。わきの下のほんの数センチ上のあたりに、小さなサソリの紋様が黒っぽいインクで彫り込まれていた。

すぐそばまで見にきたロンズデールが、ぎょっとしたように後ろによろめく。「なぜだ？」ロンズデールは吠えるように言いながら、サソリの紋様からハンターの張りつめた顔へと視線を移動させた。「どうしておまえが？」

ラーラもまったく同じ疑問を抱いていた。驚きのあまり無言で考えているうちに、やがて、あることに思い至った。夫の日記に書いてあったんだわ……。

激しい怒りにわれを忘れたアーサーは、唾を飛ばし、喘ぎながらわめき、手近の椅子によろよろと座り込んだ。

ソフィーは驚きと賞賛の入り交じったような奇妙な表情でハンターを見つめながら、サンベリーを促した。「大法官殿、これで何もかもはっきりしましたわね」

ロンズデールは殺人も犯しかねないような憤怒の表情で、顔を醜くゆがめて叫んだ。「貴様の勝ちだと思うなよ！　ただじゃ置かないからな！」それから、しきりに罵倒の言葉を吐きながら部屋をあとにし、建物全体が揺れるのではないかと思うほどの勢いで扉をバタンと閉めた。

驚いたような表情のサンベリーが、手のひらの上の小さな地球儀に視線を落とす。地球儀がぱちりとふたつに分かれ、中から星座表が現れた。彼は指先で星をなぞりながら、「さて、ホークスワース卿」とつぶやくように言い、むっつりした表情のハンターを見やった。「どうやら、奥方の証言が正しいようですな。夫は過去の軽率な振る舞いを悔いて自らを罰しようとした、でしたか？ そういうことでいいですかな？ まあ、どれほど立派な紳士でも、ときには自らの欠点に苦しむものですからなあ。それに万が一、あなたがホークスワース伯爵ではないとしても……私は、あなたが本物の伯爵だと主張する方々に反論するつもりはありません。ホークスワース伯爵は……本物のホークスワース伯爵だったとして、本件はただちに取り下げることにしましょう」大法官は、期待するようにハンターを見つめた。「あなたもまさか、異論はありますまいな？ 何しろ私は、これから昼食ですのでね」

「彼はどこなの!?」ララは苛立たしげに大声をあげ、ソフィーがうるさそうに見つめてくるのも構わず、談話室をぐるぐると歩き回った。「彼の顔を見るまでロンドンを発ちたくないけど、でも、すぐにレイチェルとジョニーのところに帰らないといけないし。ああ、もうっ。こんなふうにいなくなるなんて、いったい彼は何を考えているの？」

大法官の裁定のあと、執務室は一時大騒ぎとなり、ハンターはそのどさくさに紛れて姿を消してしまったのだった。ラーラとしては、パークプレースのホークスワース家の別邸にひとまず戻り、彼の帰りを待つしかなかった。だが、すでに四時間もたっているというのに、まだ戻ってくる気配すらない。ラーラはハンターと話がしたくてたまらなかったが、その一方で、すぐにマーケットヒルに帰らなければならないという焦りもあった。できるだけ早く、レイチェルの元に戻らなければ。怒り狂ったロンズデールが何をしでかすかわからない——彼は、マーケットヒルに帰ったらすぐ、力ずくでもレイチェルを取り戻そうとするはずだ。

恐ろしい考えがふと湧いてきて、ラーラは怯えたようにソフィーを見つめた。「もしかして、ハンターはずっと帰ってこないつもりなのかしら？　彼が二度と戻ってこなかったら、どうすればいいの？」

ラーラが激しく感情を爆発させるのを、ソフィーはたしなめるように顔をしかめた。「ラリーサ、あまりくよくよするのはおよしなさい。大丈夫、落ち着いたらきっと帰ってくるわ。大法官の前であんなことを聞かされて、まだ本当かどうかも確認できていないのに、いきなりいなくなるわけがないでしょう？　それより、私もあらためて訊きたいんだけど……あなた、本当に妊娠しているの？」

「ええ、本当です」ラーラはあっさり答えた。それを聞いてソフィーは嬉しそうな表情を見せたが、ラーラはハンターのことで頭がいっぱいでそれどころではない。

ソフィーは夢見るようにほほ笑み、椅子の背にもたれた。「本当によかったこと。これでハリーの血が無事に受け継がれるわね。それにしても、あなたの恋人ときたら立派だわ。早速あなたとの間に子どもをつくるなんて」

「夫です」ラーラは訂正した。「これからは彼のことを、夫と呼んでください」

ソフィーはのんきに肩をすくめている。「はいはい。とにかく少し落ち着きなさい、ラリーサ。そんなにイライラしちゃダメよ。おなかの赤ちゃんによくないわ」

「きっと彼、妊娠したという話を信じていないんだわ」ラーラはつぶやくと、窓辺に立ち、大法官の執務室でハンターが見せた、ぎょっとしたような表情を思い出した。きっとまた、彼を救うための嘘だと思われたんでしょうね……。霜のついた冷たいガラス窓に、ラーラは両手と額を押しつけた。もう二度と彼に会えないかもしれないと思うと、胸が張り裂けそうだった。

21

その晩もだいぶふけた頃、ラーラを乗せた馬車はようやくホークスワース邸に戻った。使用人たちも、もうほとんど眠っているだろう。でもラーラとしては、帰りが遅くなってかえってありがたいくらいだった。これで、ハンターが姿を消してしまったことを、少なくとも明日の朝まではジョニーやレイチェルやほかのみんなに説明せずに済む。話し疲れ、旅疲れ……それに、頭の中を駆けめぐるさまざまな思いを必死に振り払おうとすることに、心底疲れていたのだ。ロンドンからマーケットヒルまで、馬車の車輪の回転する音を聞きながら、絶望感と悲嘆ばかりが大きくなっていった。早く床に入って眠り、その間だけでもすべてを忘れたかった。

「あの、奥様」メイド長のミセス・ゴーストが、ラーラを邸内に誘《いざな》いながら、静かに訊いてくる。「アーサー様は、お屋敷に戻ってらっしゃるのでしょうか?」

「いいえ」ラーラはかぶりを振って答えた。「大法官が、訴えを取り下げてくださったわ」

「そうですか」ミセス・ゴーストは満面の笑みを浮かべた。「それを聞いて、安心いたしました！　それで、伯爵様もすぐにお帰りになられますか?」

「さあ……」

ラーラの落胆した様子に、ミセス・ゴーストも急にしゅんとなってしまった。これ以上は何もおたずねするべきではない……彼女はそう判断し、従者にラーラの旅行鞄を上に運ぶよう、そしてメイドに荷を解くよう命じた。

使用人たちが片づけをしてくれている間に、ラーラは二階に上がり、子ども部屋に向かった。そっと扉を開け、青色の化粧台の上にロウソクを置く。ジョニーの規則正しい静かな寝息を聞くと、喜びに胸が締めつけられるような気がした。少なくとも、これだけは失っていない……ジョニーの信頼と、無垢《むく》な愛だけは。ジョニーの頭は柔らかい枕に深く沈んでいて、赤ん坊のように真ん丸の頬がロウソクの光に照らされ、きらめいている。

ラーラはジョニーの頬に唇を寄せ、「ただいま」とささやいた。

ジョニーが身じろぎして、むにゃむにゃと寝言を言う。黒いまつげがかすかに持ち上がって、真っ青な瞳がわずかにのぞいた。だがラーラの顔を見て安心したのか、穏やかな笑みを浮かべると、すぐにまた深い眠りに落ちていった。

ラーラは化粧台からロウソクを取り上げ、抜き足差し足で子ども部屋をあとにし、自室へと向かった。室内では数人のメイドが荷をほどき、ベッドの用意をしているというのに、なぜかひどく寂しく感じられた。やがて、仕事を終えたメイドたちが退室したところで、ラーラは昼間のドレスを床に脱ぎ捨て、ナイトドレスに着替えた。ランプを消し、ベッドに潜り込み、仰向けになって暗闇をじっと見つめる。

隣の、誰もいないシーツをそっと撫でてみた。このベッドで、ふたりの違う男性と寝たのね……ひとりとは義務感から仕方なく、そしてもうひとりとは情熱に駆られて。

ラーラにはわかっていた。ハンターはもう戻ってこないつもりなのだ。今までラーラにしたことを、こういうかたちでしか償えないと思っているのだろう。ラーラは彼に、これから一生嘘をつきとおすなんてできないと言ってしまった――彼はあのときのラーラの言葉を信じているのだ。だから、自分がいなくなったほうがラーラのためになると判断したのだろう。でも実際には……ラーラは彼を心から愛しているし、絶対に放したくないと思っている。たとえ世間に何と言われようと、夫として彼にそばにいて欲しい。正義よりも、義務よりも、道義心よりもずっと、彼のことを大切に思っている。

そんな不穏な心持ちで、不吉なイメージを頭に描いたまま、ラーラは眠りについた。そして夢を見た。愛する人たちが、彼女のほうを見もせず、話を聞こうともせずに、立ち去って行く夢だった。彼女は、去って行く愛する人たちの影を必死で追いかける。懇願し、腕を引っ張り、泣き叫んでいるのに、誰ひとり振り向きもしない。ひとり、またひとりと去って行き、最後に残ったのはハンターだけ。その彼もついに、消えてしまった。「行かないで！」ラーラは叫んだ。狂ったように彼を探しながら、何度も叫んだ。「いやあああ……！」

静まりかえった屋敷に、叫び声が響きわたった。

ラーラはベッドに起き上がった。心臓がどきどきしている。最初のうち、彼女は、叫んだのは自分だろうと思った。ところがよく耳を澄ましてみると、再び叫び声が聞こえてきた。

「レイチェルだわ」ハッとして、ベッドから慌てて出ると、妹のくぐもった叫び声に駆り立てられるように行動を開始した。室内履きも履かずに裸足のまま、ローブも引っかけず、すぐさま部屋を飛び出す。大階段の一番上にたどりつくと、レイチェルを引きずるようにして、男が階段を下りて行くところだった。片方の手でレイチェルの長い髪を、もう片方の手で彼女の腕をつかんでいる。

「やめて、お願い、テレル」レイチェルは言いながら、階段を一段下りるごとに必死で抵抗している。

最後には、ロンズデールはレイチェルを下に投げ飛ばすようにした。レイチェルの体がよろめき、階段を三段か四段転げ落ちて、床にぐったりと横たわる。

ラーラは恐怖のあまり金切り声をあげた。まさか……いくらロンズデールでも、こんな真夜中にやって来て、レイチェルをベッドから連れ去ろうとするとは思いもしなかった。見ると彼は、酒に酔い、自分勝手な怒りに震えて、顔を真っ赤に紅潮させている。口の端に薄笑いを浮かべたと思うと、ラーラのほうを見上げて言った。

「私のものを返してもらうだけだ」酔っているので、舌がまわっていない。「おまえに目にもの見せてやる！　わが妻には金輪際会えないから覚悟しておけ。おまえたちが一緒にいるところを見かけたら、ふたりいっぺんになぶり殺しにしてやるからな」ロンズデールはレイチェルの髪をつかんで立たせた。彼女が痛みに泣きじゃくるのを見て、楽しんでいるようだ。

「おい、この私から逃げられるとでも思ったのか！　この薄情女！　あいにくだが、おまえは私のものだ。おまえを殴るのも、おまえをひざまずかせるのも、私の自由なんだ。早速、今晩からそれを思い知らせてやるからな！」

レイチェルはしゃくりあげ、ラーラを見上げた。「お姉様、お願い、助けて！」

ロンズデールがレイチェルを引きずって行こうとするのを、ラーラは必死に追いかけた。「妹に触らないで」叫びながら、階段を駆け下り、ふたりに追いつく。「その手を離さないなら、あなたを殺してやるから！」

「フン、やれるものならやってみろ」ロンズデールは醜く笑い、いとも簡単にラーラを押しのけた。ラーラは床に倒れ、壁に頭をしたたかに打ちつけた。一瞬、目が回ったようになり、頭の中に分厚いカーテンが下りてくるような感覚に襲われる。必死にまばたきしながら両手で頭部を押さえると、頭の中で不快な、突き刺すような音がガンガンと鳴り響いた。その激しい耳鳴りの隙間から、レイチェルが懇願する声が絶え間なく聞こえてくる。

ラーラはようやく半身を起こした。だがロンズデールは、よろめき、泣きじゃくるレイチェルを引っ張るようにして、すでに玄関広間の向こう端にまで行ってしまっている。レイチェルはまだすっかり体調がよくなったわけでもないのに、果敢に抵抗し、つかまれた腕を引き抜こうとした。すると苛立ったロンズデールが、手にした何かでレイチェルの頭を殴った。とたんにレイチェルが膝をがくりと折り、床に倒れそうになる。痛みに呻き、恐怖にぶるぶると身を震わせながら、彼女は渋々ロンズデールにつき従った。

騒ぎを聞きつけて、すでに使用人たちも起き出してきていた。中には、信じられないというように呆然と広間に立ちつくし、様子を眺めている者もいる。

「誰か彼を止めて！」ララは叫び、手すりをつかんで、ふらつく足で立ち上がろうとした。

「レイチェルを連れて行かせないで！」

だが使用人たちは、誰ひとりとして動こうとしない。ララはそのとき、ようやく気づいた。ロンズデールの手に握られているのは拳銃だった。あの様子では、一瞬もためらうことなく引き金を引くに違いない。

「扉を開けろ！」ロンズデールが拳銃を突きつけて、従者のひとりに命じた。「早く開けるんだ！」

従者は慌てて従った。玄関に駆け寄り、取っ手を手探りし、重たい扉を押し開く。

そのときふいに、甲高い声が玄関広間に響きわたった。「とまれ！」

ララはすぐさま階段の一番上に目をやった。ジョニーが白いパジャマ姿で、黒髪をくしゃくしゃにしたまま立っている。手にはおもちゃの拳銃を握りしめていた。例の火薬玉をこめてあるやつだ。

「とまらないと、うつぞ！」ジョニーは叫び、ロンズデールに狙いを定めた。

ロンズデールは反射的に拳銃を構え、ジョニーに向けた。

「やめて！」ララは金切り声をあげた。「ただのおもちゃなのよ！」

「レイチェルおばさんをはなせ！」ジョニーが泣き叫び、引き金を引く。ポンッという小さな音が響きわたり、居合わせた全員が一瞬、身を縮ませた。

本当にただのおもちゃだとわかって、ロンズデールはバカバカしいというように笑い出し、階段の一番上で怒りに身を震わせるジョニーを嘲るように睨みつけた。

そのときだった。黒い人影のようなものが、まるで野生動物のようにしなやかな身のこなしで、開け放たれたままの扉の向こうから姿を現した。

「ハンター！」ラーラは息をのんだ。ハンターがロンズデールに飛びかかり、その勢いで、ふたり一緒に床に倒れ込む。

レイチェルの体が衝撃で弾き飛ばされ、一回、二回と床を転がる。彼女は痛みとショックでそのまま気を失い、まぶたを閉じて、捨てられたぬいぐるみのように腕を投げ出したまま動かなくなってしまった。

一方ハンターとロンズデールは、毒づいたり、唸り声をあげたりしながら、互いに殴り合い、拳銃を奪い合っている。ラーラは後ろを振り返り、急いで階段をよじのぼった。すぐさまジョニーの手を取り、小さな体をかばうようにして床に身を伏せる。

ジョニーは喘ぎ、混乱して頬を涙に濡らしている。「ねえママ、なにがあったの？」悲しそうにたずねてくるジョニーを、ラーラはぎゅっと抱きしめた。

思いきって下を見てみると、ハンターが体をひねり、拳銃を奪おうとしているところだった。ラーラは恐怖のあまり唇を噛み、叫び声をあげそうになるのを必死にこらえた。大柄な男がふたり、死に物狂いで、磨き上げられた床の上で争っている……そのとき、耳をつんざくような音が空気を切り裂いた。

男たちの体は、それきりぴくりとも動かなくなった。ジョニーをぎゅっと抱きしめたまま、ラーラは目を大きく見開いて、床に横たわるふたつの大きな体と、その下に徐々に広がっていく深紅の血だまりを凝視していた。喉の奥のほうでヒッというような声があがる。ラーラは手で口を押さえ、叫び声をこらえた。

やがてハンターがゆっくりと身を起こした。ロンズデールから体を離し、相手の腹部に空いた穴を大きな手で押さえる。ぜえぜえと苦しげに息をしながら、近くに立っている従者に命じた。「ドクター・スレイドを呼べ。それから、誰か州長官を連れてくるんだ」続けて執事に向かって顎をしゃくり、「おまえは――レディ・ロンズデールが目を覚まさないうちに二階に運ぶんだ」ハンターの厳しい口調に、どうやら一同は落ち着きを取り戻したらしい。使用人たちは、指示を与えられてほっとした様子で、すぐさま命令に従って動き出した。

安堵のあまり身を震わせながら、ラーラはジョニーの手を取り、恐ろしい現場を見せまいとして顔を横に向かせた。「あなたは見ないほうがいいわ」と言い聞かせたが、ジョニーは必死に抵抗し、肩越しに下の様子を見ようとする。

「かえってきたんだ」ジョニーは言いながら、興奮気味にぎゅっとこぶしを握りしめた。「はくしゃくが、かえってきてくれたんだね」

ハンター、ラーラ、そして使用人たちを相手に長い尋問を終えて、州長官が帰って行ったのは、ほとんど明け方近かった。州長官は、今回の事件に大して驚いた様子は見せなかった。

実際、彼がさらりと指摘したとおり、ロンズデールの飲酒癖や暴力は誰もが知っていることだったからだ。彼がその報いを受けるのは、時間の問題だったのである。

事件は誰もお咎《とが》めなしということで片づけられそうだったが、当のハンターは簡単に忘れることはできなかった。自室に戻った彼は、腰湯を用意させ、ムキになって体を洗った。体中に石けんを塗りたくって、汚れも血痕もすっかり洗い流したものの、まだ汚れているような気がしてならなかった。

物心ついたときから、ハンターは良心などというものは無視して生きてきた。むしろ、そんなもの自分にはないとすら思っていた。それなのに、自分がレイチェルをホークスワース邸に連れてきたためにこういう結末を招いたのだと思うと、ひどく落ち込んだ。あんなことさえしなければ、今頃ロンズデールはまだピンピンしていたのに。とはいえ、レイチェルをあのままロンズデールの元に置いておいたら、彼女のほうが死んでいただろう。本当にあれは正しい選択だったのだろうか？　そもそも、正しい選択肢なんてものがあったのだろうか？

服を着たハンターは、濡れた髪をクシでとかし、ラーラのことを考えた。彼女には、まだ言わなければならないことがある……でも、できることなら言いたくないし、彼女だって聞きたくないだろう。ハンターは呻きながら、ちくちくと痛む目に手のひらの付け根をぎゅっと押しあてた。そして、いくらハンター・キャメロン・クロスランドになりたかったからといって、いったい何だってこんなことを始めてしまったのだろうと悔やんだ。不思議なのは、いざハンターになりすましてみると、それが本当にごく自然に感じられたことだった。ハンターの名をかたるようになってからというもの、彼は、それが他人から奪い取った人生だということを思い出しもしなかった。まるで、埃だらけの汚い屋根裏部屋にカギを掛けてそれきり記憶の彼方に押しやるように、それまでの侘《わび》しい人生のことなど、心の奥底にしまい込んだまま忘れてしまっていたのだ。

しかもラーラまでが、彼には見当もつかないような理由から、この偽りの人生を続けていくために手を貸そうとしている。きっと彼女は、これを例の慈善活動のひとつのように考えているのだろう。哀れな彼を、暗い過去から救い出してやろうというわけだ。

でも彼は、ラーラにまで偽りの人生を送らせるつもりはない。彼女までが自分のように堕落するなんて、とてもではないが耐えられない。

恐れと切望がないまぜになったような気持ちのまま、ハンターは、別れを告げるためにラーラの部屋に向かった。

ラーラは寝室の暖炉の前に置かれた椅子にかけ、石炭から放出される熱に裸足がぬくもっていく感覚に身を震わせた。レイチェルは、ドクター・スレイドが処方してくれた鎮痛剤のアヘンチンキのおかげでぐっすり眠っている。ジョニーも、子ども部屋でホットミルクを飲ませ、本を読んでやると、落ち着いたのかやがて眠りについてくれた。ラーラはといえば、どんなに疲れていても、今日は絶対に起きていようと心に決めている。万が一眠ってしまったら、ハンターがまたいなくなってしまうような気がした。

扉のノブが回される音に、びっくりしたラーラは椅子の上で跳び上がった。ハンターがノックもせずに入ってくる。ラーラは反射的に立ち上がっていた。どこかよそよそしい彼の表情に、ラーラは動揺を抑えようと、自分を抱きしめるように腕をまわした。

「ロンドンで宣誓証言を終えたあと、どこかに行ってしまったんだと思っていたわ」ラーラは静かに口を開いた。「もう、二度と戻ってこないと思ってた」

「そのつもりだった。でも、きみとレイチェルのことを思い出して、ロンズデールが何かしでかすはずだと気づいてね」ハンターは悔しそうな声を出した。「ちゃんと頭が働いてさえいたら、こんなに遅れたりしなかったんだが」

「遅くなんかなかったわ」ラーラの声は震えていた。「ああ、ハンター……下で、一瞬あなたのほうが怪我を……あるいは殺されたのかと……」

「やめてくれ」ハンターはラーラの言葉をさえぎるように手を上げた。

どうすればいいのかわからず、ラーラは口を閉じた。ほんの数日前にはあんなに仲睦まじくしていたのに、どうして今は、まるで赤の他人のように離れて立っているのだろう。彼が本当はどんな名前だろうと、どんな血が流れていようと、何を信じ、何を求めていようと、ラーラは彼を愛している。彼が、自分を求めていてくれる限り。でも、何を考えているのかわからない彼の茶色の瞳をのぞきこんでみて、どれだけ言葉を尽くしたところでわかってはもらえないだろうと思った。

「私と一緒にいて」ラーラは懇願するように手を差し出した。「お願い、ハンター」

彼はまるで、自分自身を憎んでいるように見える。「そんなこと言うな、ラーラ」

「でも、私を愛しているんでしょう？　私にはわかるわ」

「愛していようがいまいが、同じことだ」彼は陰気に言った。「どうして行かなければならないかくらい、きみだってわかるだろう」

「あなたと私は離れられないの」ラーラは諦めなかった。「それにあなたには、おなかの赤ちゃんの面倒を見る義務があるわ」

「赤ちゃんなんていない」ハンターはにべもなく言い放った。

ラーラはハンターに歩み寄り、ふたりの間の距離を縮めた。両脇で握りしめられた大きな手をそっと取り、自分のおなかに置く。その感触で、真実なのだと伝えることができるかのように。「私は、あなたの赤ちゃんをみごもっているのよ」

「嘘だ……ありえないよ」

「あなたに嘘なんかつかないわ」

「ああ、私にはね」ハンターは苦々しげに言った。「その代わりに、世界中に嘘をつかなくちゃならない。この私のせいで」ハンターはもう一方の腕をラーラの体にまわした。自制心を失ったようにラーラを抱きしめ、全身をわななかせながら、ゆるく編んだ彼女の髪に顔をうずめた。ラーラは、ハンターの息づかいが先ほどまでとは違うものになったのに気づいた。今やハンターの偽りの仮面は粉々に砕け、絶望と、叶わぬ愛に打ちひしがれた素顔がのぞいていた。

「ラーラ、きみは私がどんな人間か知らない」

「いいえ、知ってるわ」ラーラは力強く答え、腕を伸ばしてハンターをきつく抱きしめた。「あなたは立派な人よ。自分では気づいていないようだけど。そして、正真正銘、私の夫よ」

ハンターは苦笑を漏らした。「バカな。私がいなくなるのがきみのためになるってことが、どうしてわからないんだ」

ラーラは顔を上げ、ハンターの顔を押さえてまっすぐに見つめ合った。彼の瞳は涙に濡れ、唇はずっと抑えてきた思いにわなないている。ラーラはなだめるように、彼のきらめく髪を、愛しい顔をそっと撫でた。

「私と一緒にいて」ラーラは言いながら、ハンターの肩を揺らすようにしたが、逞しい体はびくとも動かない。「もう何も言わないで。せっかく一緒にいられるチャンスを得ることができたのに、どうして離れ離れになって、苦しい思いをしなくちゃいけないの？　私にふさわしくないと思うのなら、これから五〇年かけて、もっと立派な人間になれるよう努力すればいいじゃない」ラーラはハンターのシャツを握って抱き寄せた。「それに私、完璧な男性なんて求めていないわ」

ハンターは顔をそらし、何とかして自分を抑えようとしている。「確かに私は、完璧とは程遠いからな」

彼の口調に、ラーラはかすかな希望を覚え、小さく笑った。「あなたが求めている人生をあげると言っているのよ。意味のある、生きがいと愛に満ちた人生をあげる。全部あなたのものよ。私はあなたのものなの」ラーラは柔らかな唇をハンターの硬い唇に軽く押しつけた。それからもう一度、なだめるような、誘うようなキスをすると、ハンターの口から呻き声が漏れてきた。ハンターは、ふいに自制心が利かなくなったように、ラーラに唇を重ねた。唸るような声をあげながら舌で探り、一心不乱にラーラのナイトガウンをめくりあげた。

あらわになった片脚をラーラが自らハンターの腰にまわすと、ハンターはますます興奮したようだ。すぐさま彼女を抱きかかえてベッドに連れて行った。ラーラは、先ほどまでの不安をすべて忘れ、激しく胸を高鳴らせた。「愛してるわ」ささやきながらハンターを自分のほうに引き寄せると、彼もまた身を震わせているのがわかった。ナイトガウンがハンターの手に引きちぎられる。ハンターは、乳首を口に含み、強く吸いながら、ラーラのおなかとお尻に指を這わせた。

ラーラは呻きながら、両腕と両脚をハンターの体にからませた。こんなにも強く彼を求めているのが、自分でも信じられないくらいだった。ハンターは身を起こし、ラーラが息もつけなくなるくらい、深くむさぼるように唇を重ねた。ラーラは喘ぎ、彼の服を引っ張り、シャツのボタンを外そうとした。

「もう待てない……」ハンターはズボンに手をやり、荒々しく前を開いた。

「あなたに触れたいの」ラーラは鼻を鳴らしながら、なおもボタンを外そうとした。

「あとにして……ああ、ラーラ……」ハンターは彼女の脚を大きく広げ、一気に挿入した。

力強く甘い圧迫感に満たされて、ラーラは叫び、全身をかけめぐる強烈な快感におののいた。体を弓なりにして、ハンターの優しい動きを味わいながら、永遠に続くようなエクスタシーに身を震わせた。やがてハンターは、さらに奥深く自分のものを沈ませると、じらすように何度も何度も挿入を繰り返した。彼女のすべてを味わうように、ゆったりと、官能的な動きを繰り返す。ラーラは彼のシャツの下に手を差し入れ、背中の逞しい筋肉に息をのみながら、彼にも早くクライマックスを迎えさせようとした。だがハンターは、まるでラーラの喘ぎ声を楽しむように、なおもゆっくりと腰を動かしている。

「もうダメ……ひどく疲れてて……お願い、もうダメ――」

「ダメじゃない」ハンターはかすれ声でラーラを制し、いっそう深くペニスを沈ませた。その瞬間、ラーラは先ほどよりもさらに強烈な、ほとんど泣きそうになるくらいの深いオルガズムに飲み込まれていった。中の筋肉がぎゅっと収縮し、ハンターは、吸い込まれていくような快感に精をほとばしらせ、歯を食いしばって全身のおののきをこらえた。

やがてふたりは、身を震わせ、息を切らしながら、しわくちゃのシーツの上に横たわった。心地よい気だるさにぼうっとしているラーラの髪を、ハンターが撫でる。しんとした室内に朝の光が忍び入ろうとしていたが、重たいカーテンが食い止めてくれていた。

「あのまま本当にどこかにいなくなっていたとしても――」ラーラは眠そうな声でささやいた。「きっとあなたは、じきに帰ってきたわ」

ハンターは苦笑した。「ああ、きみが欲しくてね」とささやき返し、温かな唇をラーラの額に押しつけた。

「でも、私があなたを欲しいと思う気持ちには負けるでしょ」

ほほ笑みながら、ハンターは優しくラーラの体を撫でた。だが、あらためて口を開いたときには、打って変わって真面目な口調になっていた。「あんなことがあって、これからふたりで、どんなふうに生きていけばいいんだろうか」

「わからない」ラーラはハンターのわきの下に頭を乗せた。「もう一度、一からやり直すだけよ」

「私の顔を見るたびに、私が彼の人生を奪ったことを思い出すんだろうね」

「いいえ」ラーラは答え、ハンターの唇を指先でなぞった。もう絶対に、過去の亡霊に惑わされたりしない。「たまには彼のことを思い出すかもしれない……でも、いずれにしても私は、彼のことを全然知らなかったのよ。彼は私との人生を望んでいなかったし、私も彼との人生は望んでいなかった」

指先に触れたハンターの唇が、苦笑にゆがむのがわかった。「私がずっと求めていた人生を、彼はあっさり捨てたわけか」

ラーラは、唇をなぞっていた手を、静かに鼓動を打つ彼の心臓に当てた。「あなたの顔を見るたび、私が思い出すのはあなただけよ――」いっそうハンターに寄り添い、かすれ声で続けた。「だって私、あなたを知ってるもの」

ハンターは思わず笑い声をあげた。横向きになって、ラーラを見つめる。ハンターは何か言いたそうな顔だった。だが、ラーラの小さな顔を見つめているうちに、とてつもなく穏やかな表情になっていった。「そうかもしれないね」彼はつぶやき、ラーラを力いっぱい抱きしめた。

エピローグ

孤児院内を見てまわり、ついに完了した増築工事の出来栄えを確認したラーラは、すっかり満ち足りた気分だった。これで、新たに子どもたちを迎え入れることができる。といっても、人数は予定していた一二人から一〇人に減っていた。じつは、一時的に預かってもらっていた子どもたちのうち二人が、預かり主にたいそう気に入られ、これからも一緒に住むことになったのだ。いずれにしても、空いているベッドはすぐに埋まるだろう。ちゃんとした住む場所を必要としている子どもたちは、あり余るほどいるのだから。

ラーラは馬車を下り、ホークスワース邸に入った。あれこれと考えごとをしながら歩いていたので、玄関を入ったところで訪問客が待っていることにも、まるで気づかなかった。

「あの、すみません……レディ・ホークスワース」

控えめに自分の名前を繰り返し呼んでくる声に、ラーラはようやく足を止め、怪訝《けげん》に思いながらも笑みを浮かべて振り返った。

客人はタフトン卿だった。ロンズデールと結婚する以前からレイチェルに求愛していた、穏やかで内気なタフトン卿。狩りよりも読書を好む物静かな紳士で、優しく、誠実さにあふれている。ラーラも昔から、タフトン卿の人となりを高く買っていた。何でも彼は最近、おじを亡くして思いがけぬ財産を受け継いだとか。きっとこれからは、多くの若い女性たちから追いかけられることになるに違いない。

「まあ、タフトン卿！」ラーラは心からの歓声をあげた。「ようこそいらっしゃいました」

しばらく雑談をしてから、タフトンはぎこちなく、玄関脇のテーブルに置かれた豪華な薔薇の花束を指さした。「あの、みなさんにと思いまして」

「とってもきれいだわ」ラーラはにこやかに言いながら、笑いを噛み殺した。本当はレイチェルのために持ってきたのね……。もちろん、タフトンは喪に服しているレイチェルに遠慮して、ああいう言い方をしたのだろう。「ありがとうございます。みんな喜びますわ——特にレイチェルが。妹は薔薇が大好きですから」

「はあ……あの、それでですね……」タフトンはぎこちなく咳払いをした。「妹さんのご容態を伺っても？」

「ええ、もうすっかりよくなりました」ラーラは安心させるように言った。「ただ……ここ数日はちょっとふさいでいるようで、あまり話もしないんです」

「わかります」タフトンは穏やかに言った。「何しろ、あのような悲劇のあとですから」

ラーラはほほ笑みを浮かべながら考えた。レイチェルは、ロンズデールが亡くなってからのこの二カ月間、誰とも会おうとしない。でも、相手がタフトン卿ならきっと喜ぶだろう。

「タフトン卿……妹はいつも、この時間は庭をゆっくり散歩しますの。あなたにご一緒いただければ、とても喜ぶと思うんですけれど」

タフトンは、期待に胸ときめかせるような、ためらうような、複雑な表情を浮かべた。

「でも、お邪魔じゃないでしょうか……彼女がひとりになりたいようなら……」

「こちらにいらして」ラーラは断固とした口調になり、タフトンの手を引いて玄関広間を突っ切った。庭を臨むフレンチドアのところまで行くと、黒いボンネット帽をかぶったレイチェルが、生垣の間を歩いている姿が目に入った。「ほら、あそこにいますでしょ」ラーラは勝ち誇ったように言った。「すぐに行って、お話してやってください、ね、タフトン卿」

「しかし、ご迷惑では――」

「迷惑なんかじゃありませんから、大丈夫」ラーラはフレンチドアを開けてタフトンをおもてに押し出し、花咲き乱れる庭園を歩いて行く後ろ姿を見送った。

「ママ！」そこへジョニーの声が聞こえてきて、ラーラはほほ笑みながら振り返った。ジョニーは、乗馬用の膝丈のズボンと青い上着に着替えている。

「あら、ばあやはどうしたの？」

「もうじき、がっこうからもどってくるよ」ジョニーは軽く息を切らしながら答えた。「ばあやはぼくとちがって、はしるのがおそいんだ」

ラーラはジョニーの帽子をまっすぐに直してやった。「ジョニーったら、どうしていつもそうせっかちなの？」

「だって、ぼくのいないあいだに、なにかあったらやだもん」

ラーラは笑い声をあげながら、再び窓の外に目をやった。レイチェルがタフトンの腕を取り、並んで歩いているのが見える。黒いボンネット帽のつばの下から、本当に久しぶりに、心からの笑顔がのぞいている。

「あのひとだれなの？　レイチェルおばさんといっしょにいるひと」ジョニーが訊いてきた。

「レイチェルの新しい旦那様になる方よ」ラーラは考え込むように答え、秘密めかした笑みをジョニーに向けた。「ただし、今はまだ内緒よ」

これでまた、ふたりだけの秘密ができた。ジョニーはラーラのスカートを引っ張った。

「ねえママ、あかちゃんがうまれること、みんなにいついうの？」

「見てわかるようになったらね」ラーラは答えた。だがジョニーの困惑したような表情を見て、かすかに顔を赤らめながらつけ加えた。「つまり、おなかが大きくなってきたら」

「ママのおなか、サー・ラルフくらいおおきくなるのかなあ？」ジョニーは、でっぷりと太ったサー・ラルフ・ウッドフィールドの名前を挙げた。

ラーラは思わず笑ってしまった。「いやだわ、まさかあそこまで大きくはならないでしょう」

ジョニーは急に寂しげな表情を浮かべた。「ママ、あかちゃんがうまれたあとも、ぼくのことあいしてくれる？」

幸福感にほほ笑みながら、ラーラはその場にひざまずき、ジョニーのきゃしゃな体に腕をまわすと、「あたりまえじゃない」と言っていっそうきつく抱きしめた。「いつまでもずーっと愛してるわ、ジョニー」

マーケットヒルで雑用を終えたハンターが屋敷に帰ってきたのは、そろそろ夜のとばりが下りようという頃だった。晩餐のために着替えているラーラを見つけたハンターは、彼女に歩み寄り、素早く濃厚なキスをした。

「買ってきたよ」問いかけるようなラーラの表情に、すぐに答えた。

ラーラはほほ笑み、指先でハンターの上着の襟元をなぞった。「今夜の計画のこと、忘れちゃったかと思ったわ」

ハンターはかぶりを振った。「一日中、そのことで頭がいっぱいだったよ」

「先にお食事にする？」ラーラは優しく問いかけた。

「腹なんか減ってないよ。きみは？」

「私も」

ハンターはラーラの小さな手を引っ張った。「じゃあ、行こうか」

＊＊＊

栗毛馬が引く二頭立ての馬車は、ラーラとハンターを乗せ、マーケットヒルの外れにある石造りの教会を目指した。教会は木立の中にたたずみ、隣には牧師館が見える。風情のある小さな教会で、屋根は草葺《くさぶ》き。円柱形のサクソン塔のてっぺんには鐘楼《しょうろう》があって、まるで童話の中から飛び出したようだ。

期待に笑みを浮かべるラーラを、ハンターは抱いて馬車から下ろしてやった。馬車に備えつけのランタンで小道を照らしながら、ラーラの肘を軽く取り、でこぼこの砂利道を進んで行く。教会内はしんと静まり返っていた。ハンターが祭壇の脇に置いたロウソクの明かりを頼りに、ラーラは内部をじっくりと見てまわった。一方の壁に簡素な木製の十字架が掛けられている。装飾的なものと言えば、円形のステンドグラスと、四つ並んだ信者席の長椅子の脇にあしらわれた彫刻だけ。

「完璧だわ」ラーラはつぶやいた。

ハンターはその言葉をいぶかるようにラーラを見つめている。「ラーラ、本当はもっと……」

「これで十分よ」ラーラはさえぎるように言った。ロウソクの光に顔がきらめいている。

「私たちの結婚式に、立派な教会も、大勢の参列者も、牧師もいらないわ」

「でも、きみにはこんなのふさわしくないよ」ハンターはこぼした。

「こっちに来て」ラーラは祭壇の脇に立ち、にこやかにほほ笑んで彼を待った。

ハンターが歩み寄り、ポケットから取り出した小さなベルベットの袋を、手のひらの上でそっと振る。ラーラは息をのんだ。袋から現れたのは、金のペアリング。ふたつの指輪がぴったりと重なるデザインだ。「きれいだわ」ラーラは、ハンターが器用にふたつの指輪を離すのを見つめながらつぶやいた。

何とも言えない安らぎに包まれながら、ラーラは頭を垂れて無言で祈った。希望と幸福感で胸がいっぱいだった。見上げると、ハンターのきらめく茶色の瞳がじっと見つめていた。「もっともっときみと一緒にいたい」ハンターはかすれ声で言った。「どれだけ一緒にいても、まだ足りないくらいだよ」

ラーラは言葉が見つからず、しばらくそうして手を握っていた。ハンターがその手をしっかりと握りしめる。しばらくそうして手を握っていたハンターは、やがて金の指輪を取り上げ、彼女の指にはめた。「約束するよ」ラーラの瞳をじっと見つめながら、ゆっくりと誓いの言葉を述べる。「私のすべて……心も体も、すべてきみに捧げる。これから一生、きみを守り、きみを敬い、そして、死ぬまで……いや、死んでからもずっと、きみを愛し続けると誓う」

ハンターはいったん言葉を切り、ふいに朗らかな笑みを浮かべた。「そして、きみの慈善活動に不平を言わないことを誓う……ただし、私にも少しばかり時間を割いてくれなくちゃダメだよ」

ラーラはかすかに震える手でもうひとつの指輪をハンターの指にはめた。「あなたの妻となり、友となり、恋人となることを誓います。私の愛情も信頼も、すべてあなたに捧げると誓います。あなたとともに人生を歩み……あなたが過去を忘れられるよう、これからのふたりの日々を、毎日大切に過ごせるよう、あなたのために生きていくと誓います」

「子どもは何人生んでくれる？」ハンターは言いながら、ラーラのおなかにそっと手を置いた。

「一〇人でどう?」ラーラはやる気まんまんに答え、ハンターを笑わせた。

「なるほど、きみの魂胆がわかったぞ。私を一生ベッドに縛りつけて、ひたすら子作りに励むつもりだな」

「いやなの?」

ハンターはニッと笑い、ラーラをぎゅっと抱きしめた。「まさか。ただ……」ハンターは熱っぽく、何度も繰り返し口づけた。「それだったら、早速取り掛かったほうがいいかなと思って」

ラーラはハンターの頭の後ろに手をまわし、息もつけなくなるくらい深く唇を重ねた。

「ねえ、あなたの名前を教えて……あなたの、本当の名前」

ラーラはこれまでにも何度も同じ質問を繰り返し、そのたびにハンターは答えを拒否してきた。「教えないよ、この知りたがり屋さん」ハンターは優しく言いながら、彼女の髪を撫でた。「彼は、もうこの世にいないんだから」

「教えなさい」ラーラは食い下がり、ハンターの上着をぐいっと引っ張った。

ハンターはくすぐることでラーラに対抗した。じきにラーラは苦しそうに笑い出し、ハンターの胸にしがみついた。「絶対に教えないよ」とハンター。

「いつかきっと聞き出してみせるわ」ラーラはハンターの首に手をまわして宣言し、首筋の敏感な部分に唇を押しつけた。ハンターが身を震わせるのがわかる。「あなたは、私に抵抗なんてできないんだから」

「そのとおりだよ」ハンターはかすれ声で言い、もう一度、深く唇を重ねた。

訳者あとがき

本作『とまどいの中で恋は』（原題〝Stranger in My Arms〟）は、クレイパスにしては珍しく、ミステリー仕立ての作品となっています。

親のいいつけで愛のない結婚をし、ホークスワース伯爵夫人となったラーラ。伯爵家の子孫を残すことがこの結婚の一番の目的だったにもかかわらず、念願の子宝に恵まれなかった夫婦の関係は、自己中心的な夫の浮気癖もあり、完全に冷え切っていました。結婚から三年ほど経ったある日、夫であるハンター・ホークスワース伯爵は赴任先のインドで船の転覆事故に遭い、ラーラは未亡人に。ところがこの転覆事故から約一年後、意地悪なおじ夫妻に爵位を奪われて、なお領地でつつましく暮らしていた彼女の元に、何と死んだはずの夫ハンターが帰って来てしまいます。しかも、インド赴任前とはまるで別人のように優しい夫となって。果たして、生存者はひとりもいなかったという事故から奇跡の生還を遂げたハンターは、本物のハンターなのでしょうか。

というように、ジョディ・フォスターとリチャード・ギアが共演した一九九三年公開の映画『ジャック・サマースビー』を思わせる筋立ての本作。ハンターは本物のハンターなのか。

本物だとしたら、なぜ別人のように優しく愛情深い夫となったのか。あるいは偽物だとしたら、本当は何者で、何のためにラーラに近づき、伯爵になりすましているのか。財産目当てなのか、それとも、何かの恨みを晴らすためなのか……。まさに謎が謎を呼ぶ感じですが、「謎」を解き明かすヒントは物語の随所に散りばめられていますので、是非とも、じっくりと読んで推理してみてください。

「謎」の真相がついに解き明かされるのは、物語も終盤になってから。前半はラーラとハンターが今度こそ本当の夫婦となり、愛を育み、お互いを知っていくさまが丹念に描かれていくので、ストーリー展開も比較的ゆったりしていますが、後半からラストにかけて、物語は一気に加速していきます。この緩急のつけ方がとてもうまくて、さすがクレイパスと唸らされますね。終盤で明かされる意外な真相には、訳者も正直びっくりでした。でも、当然ながらその意外な真相こそが本作の肝なわけで、いや、本当にうまい作家です。

本作は時代が明確に書かれていないのですが、作品内に描かれる英国とインドの関係から推測するに、おそらくは英国がインドを直接統治下に置いた一八五八年の数年後、一八六〇年あたりと考えられます。これまでの邦訳作品から二〇年ほど経過した時代なわけですが、ラーラの妹レイチェルの言動から判断すると、どうやら一般的な英国貴族の意識はあまり変化していないようです。むしろレイチェルは、クレイパス作品に登場する女性にしては珍しく、典型的な貴族のお嬢様という印象を受けます。未亡人となったあと、慈善事業に精を出し、ひとりで強く生きていこうとするラーラとは対照的ですね。本作では、このレイチェルのロマンスではなく、苦悩の人生がサイドストーリーとなっているのですが、やはり当時はこのような夫婦は多かったのでしょうか。レイチェルの夫は、今で言うならDV夫。浮気はする、妻には暴力を振るう、義姉にも暴言を吐くで、相当ひどい夫です。その上レイチェルがそうした人生を不本意ながらも受け入れているのですから、読んでいて憂鬱になります。

そうした憂鬱を吹き飛ばしてくれるのが、脇役で光るジョニー少年でしょう。味わい深い脇役が多いのもクレイパス作品の特色ですが、本作でも、幼いジョニーのほほ笑ましい言動と、彼を見守る大人たちの優しさが、温かな気持ちを呼び起こしてくれるようです。ほかにも、伯爵夫妻を陰で支える土地管理人のジェイムズ・ヤングの誠実さに打たれたり、ハンターの実母ソフィーの意外な優しさに思わず笑みがこぼれたりと、優れたシーンには事欠きません。

「壁の花」シリーズの軽やかさと、「もう一度あなたを」の重厚さをあわせもつ本作の物語世界を是非ご堪能ください。

二〇〇七年六月

ライムブックス

とまどい

著　者　リサ・クレイパス
訳　者　平林《ひらばやし》 祥《しょう》

2007年7月20日　初版第一刷発行

発行人　成瀬雅人
発行所　株式会社原書房
〒160-0022東京都新宿区新宿1-25-13
電話・代表03-3354-0685　http://www.harashobo.co.jp
振替・00150-6-151594
ブックデザイン　川島進（スタジオ・ギブ）
印刷所　中央精版印刷株式会社

落丁・乱丁本はお取り替えいたします。

定価は、カバーに表示してあります。

©TranNet KK ISBN978-4-562-04324-8　Printed in Japan

ライムブックスの好評既刊 *rhymebooks*

せつない恋…ときめきのストーリー　リサ・クレイパス

大好評既刊書　続々重版!

とまどい　平林 祥訳
突然、亡夫が生きていたとの知らせが。別人のように変貌した夫に強く惹かれていくが……。
930円

もう一度あなたを　平林 祥訳
禁断の恋を引き裂かれた2人が12年後に再会。互いに忘れられなかった想いに……。
920円

ふいにあなたが舞い降りて　古川奈々子訳
30歳の誕生日に男娼を雇い、甘いひとときを過ごした女流作家。その男娼の正体とは…!?
840円

悲しいほどときめいて　古川奈々子訳
RITA賞受賞作。強引な結婚から逃れるために、セクシーで危険な男とかわした取引とは!?
860円

ヒストリカル・ロマンスの逸品!「壁の花」シリーズ四部作!

ひそやかな初夏の夜の　平林 祥訳
上流貴族との結婚を狙っていたのに、忘れられないキスの相手は、貴族ではなかった。
940円

恋の香りは秋風にのって　古川奈々子訳
「理想の相手と出会える」という香水をつけて参加した名門伯爵家のパーティ。香水のききめは!?
940円

冬空に舞う堕天使と　古川奈々子訳
互いの打算のために結婚した2人。愛のない結婚生活のはずだったが次第に……。
920円

春の雨にぬれても　古川奈々子訳
運命の人との出会いを願っていたけれど、父が決めた結婚相手に意外にも惹かれていく。しかし、彼にはある秘密があった……。
920円

価格は税込です